COLLECTION SÉRIE NOIRE
Créée par Marcel Duhamel

Parutions du mois

2565. L'ENFER À ROULETTES
(DANIEL EVAN WEISS)

2566. LE BIKER DE TROIE
(A. A. ATTANASIO ET ROBERT S. MENDERSON)

2567. LA FIANCÉE DE ZORRO
(NICOLETTA VALLORANI)

2568. CLUB SANDWICH
(NICHOLAS BLINCOE)

A.A. ATTANASIO
ROBERT S. HENDERSON

Le biker de Troie

TRADUIT DE L'AMÉRICAIN
PAR FRANK REICHERT

nrf

GALLIMARD

Titre original :

SILENT

À ma femme Margaret,
qui m'a sauvé la vie.

(Je) chante la colère, déesse...

L'*Iliade*, Chant I.

CHAPITRE UN

La colère assombrissait le visage de Manuel Hellas. Les hommes qui l'entouraient — des hommes épais, trapus, aux mines patibulaires, vêtus de costumes coûteux — se dandinèrent nerveusement et plongèrent le regard dans la nuit, vers les dunes, les récifs écumants et le bord de mer. Mais la femme, elle, lui rendait son regard, comme pour le défier. À la douce lumière des lampions, sa chevelure flottait au vent comme une houppe de feu soyeux, et sa peau brillait comme du marbre.

— Fa-*bu*-leux, fit Hank Nalone, en enfonçant son coude dans le flanc de l'homme aux massives épaules debout à ses côtés. Quelle prise. La femme de Manny. Il l'appelle Billie, mais ça rend pas justice à sa beauté.

Silence l'ignora. Il concentrait toute son attention sur la femme à la gorge de cygne et aux cheveux flamboyants coupés en dégradé, dont les lobes d'oreilles s'ornaient de minuscules grappes de diamants virevoltantes. Sa posture le fascinait, car elle gardait une attitude dégagée et, sans montrer le moindre signe d'effroi, se dressait toute droite, depuis ses épaules nues jusqu'à l'endroit où, tendue en travers de ses hanches et de ses cuisses, sa robe du soir rutilait, au bas de la longue courbe de son échine dénudée. Escarpins à talons aiguilles à la main, pieds nus dans le sable, jambes interminables, fines et déliées. Ne voyait-elle donc pas que le visage de Manuel était promesse de violence ? Ils étaient trop loin pour que, dans le tonitruant fracas de la mer sur les brisants, leurs voix puissent porter jusqu'à eux mais le visage crispé de Manuel, son attitude agressive et son épaule basse étaient promesse de chicore.

— Il va la calotter, prophétisa Hank. C'était un homme à l'aspect cadavérique, aux yeux caves de camé, à la barbe crasseuse, et dont la pomme d'Adam protubérante frétillait déjà, à la perspective de la rossée magistrale à laquelle il allait très certainement assister.

Le poing droit de Manuel jaillit et il empoigna à pleines mains le visage de Billie. Le corps de la femme se cabra de stupeur. Elle laissa tomber ses chaussures et ses pendants d'oreilles oscillèrent violemment, mais son regard ne perdit rien de sa fixité, toujours aussi ferme et courroucé — non, rectifia Silence, tout en plissant les yeux pour mieux voir dans l'obscurité — pas courroucé... Altier. *Balance-lui un grand coup de pied dans les couilles,* songea-t-il, en réprimant la subite fureur qui s'était emparée de lui à ce spectacle.

La main de Billie agrippa le poignet de la chemise de Manuel par son revers de soie brute et s'acharna sur les pesants maillons de sa gourmette en or, s'évertuant à desserrer l'emprise de sa poigne. Mais il tenait bon et, rejetant brutalement en arrière la tête de la fille, pressa ses lèvres entre ses doigts et les ratatina. Il aboya quelques mots en lui postillonnant au visage, puis la repoussa en arrière, d'une bourrade si rude qu'elle s'effondra dans le sable. Aucun des hommes présents ne fit le moindre geste pour l'aider à se relever, ni même ne s'aventura à poser les yeux sur elle, et elle resta assise là, en appui sur ses coudes, ses jambes largement écartées dévoilant, jusqu'à la fourche et l'entrejambe noire de sa culotte, l'éclair de chair blanche de sa cuisse.

Manuel, du revers de la main, lui signifia ostensiblement de se couvrir. Elle se contenta de le dévisager sans bouger d'un iota. Puis il adressa un signe de tête à l'un des hommes à la mine patibulaire, qui s'avança de quelques pas et se baissa pour la relever. Elle battit en retraite, refusant son aide, et se remit debout toute seule. D'un geste, Manuel lui fit signe d'approcher et elle se détourna, rajusta sa robe et épousseta le sable qui adhérait encore au bas de ses reins. Il lui fonça dessus par-derrière, vociféra quelques mots puis, voyant qu'elle se disposait à s'éloigner, lui calotta violemment l'arrière du crâne, l'envoyant bouler, titubante, à deux mètres de là.

Elle se retourna vers lui, le visage révulsé, et articula quelques mots hargneux. Hank Nalone aspira une bouffée d'air entre ses dents.

— Elle en redemande. Elle aime ça.

Silence se contraignit à desserrer ses poings crispés et, Manuel la rattrapant à grandes enjambées, à conserver son sang-froid pour regarder la suite,

— Non, Hank, déclara-t-il *sotto voce*. C'est juste qu'elle saisit pas.

Sa façon de se comporter, évoquant l'attitude qu'aurait adoptée une étudiante lors d'un bain de minuit sur la plage, ni insolente ni provocante, mais totalement prosaïque et naturelle, son visage ouvert, empreint d'une séduisante franchise et dénué de toute aigreur maussade, de toute ruse animale, apanage des femmes qui ont grandi avec la pègre — tous ces détails concouraient à le persuader qu'elle ne sortait pas du ruisseau, ni n'appartenait à l'Organisation.

— C'est une tendre.

— Ouais... du bulbe.

Manuel la gifla en expert consommé, d'un cuisant revers de la main dirigé de bas en haut, savamment calculé pour que ses mâchoires claquent avec suffisamment de férocité et qu'elle se morde la langue ou l'intérieur de la joue, mais sans laisser de marques externes. Sa tête bascula sèchement en arrière et elle manqua de peu de perdre l'équilibre. Lorsqu'elle releva de nouveau les yeux pour le regarder, la peur se lisait à présent sur son visage. Mais, même là, elle ne broncha pas en voyant qu'il relevait la main. Cette fois-ci, lorsque le coup porta, elle alla au sol.

Silence fit un pas en avant, et Hank lui harponna le bras.

— Fais pas le con. C'est la fête de Manny.

Silence fusilla Hank du regard, et le squelette ambulant recula d'un pas. Il aurait voulu retirer ces mots, les effacer de l'air et de la tête carrée de Silence, où ils s'étaient gravés. L'autre était mince et musclé, et une expression mauvaise convulsait ses traits. Comme chez le reptile chatoyant, dont les couleurs éclatantes sont une première sommation adressée aux prédateurs, les têtes de mort tatouées qui décoraient ses biceps saillants n'avaient rien d'un leurre. Hank leva les deux mains pour désamorcer la mortelle menace qui luisait dans ces yeux étroits.

— Eh, mec, reprends-toi. Si jamais on intervient, les autres endimanchés nous descendront comme qui rigole. Contentons-nous de faire notre boulot, de nous mêler de nos oignons et de veiller au grain.

Silence savait que Hank avait raison, et il se laissa

circonvenir. Ils avaient été engagés par Algernon, le frère aîné de Manny, pour surveiller le périmètre de la propriété pendant que les membres de la famille Hellas régaleraient leurs hôtes sur la plage. Les festifs lampions japonais tendus entre les dunes brasillaient allégrement sur fond de ciel sans lune, et des lambeaux de musique de danse dérivaient jusqu'à eux dans le fracas du ressac. La party elle-même leur était masquée par les dunes et Silence et Hank ne s'étaient nullement attendus à voir apparaître quelqu'un en robe du soir si loin du lieu de l'action. À présent, il valait beaucoup mieux pour leur petite santé qu'ils fassent comme s'ils n'avaient strictement rien vu.

L'un des hommes à la mine patibulaire les avait repérés et s'avança dans leur direction. Silence porta son regard au-delà du type, vers l'endroit où la fille était toujours assise dans le sable, les jambes entremêlées et les cheveux ébouriffés. Il constata qu'un filet de sang dégoulinait de sa bouche et que, Manny abattant de nouveau sa main experte au moment précis où elle relevait les yeux pour le regarder, la promesse d'un hurlement strident semblait poindre dans son regard.

— Qu'est-ce tu mates ? demanda le costard. C'était une brute épaisse aux petits yeux de goret dépourvus de sourcils, au front semblable à un bloc de granit tapissé de mousse orange vif. Il se nommait Jack Shaw et c'était le briseur de pouces en titre de la famille Hellas.

— Laisse tomber, Jack, répliqua Hank, sur un ton copain-copain qui cachait mal son appréhension. Monsieur Hellas nous paye justement pour ça... Pour rester ici et jeter un œil.

— Allez le jeter ailleurs.

Hank planta son coude dans celui de Silence et se

retourna, s'apprêtant à déménager sa viande. Mais Silence ne bougea pas. Il soutint le regard morne de Jack Shaw et dit :

— Pourquoi il la cogne ?

— Qu'est-ce que ça peut te foutre ? Tire ton gros cul de là.

Hank battit en retraite, hors de portée de Silence. Le briseur de pouces avait fait une grosse boulette. Jack Shaw était plus costaud, certes, mais il venait de traiter un foutu cinglé de gros cul, et Hank ne donnait pas cher de sa peau. Il fit encore deux pas de côté, s'apprêtant à bondir pour se mettre à couvert car, lorsque Silence aurait dépouillé le mastard, les autres sbires en costard se verraient obligés de faire parler la poudre. Et s'il n'était pas question une seule seconde qu'il s'incruste dans les parages pour voir ça, il mourait en revanche d'envie d'assister au spectacle de Silence, disjonctant et s'acharnant comme un fou furieux sur le gorille de Manny.

Les yeux de Jack Shaw, lorsqu'il avança d'un pas tout en enfonçant une main sous sa veste, étaient des éclats de diamant. Silence bondit à sa rencontre et lui éclata la tronche d'un coup de boule porté du sommet du crâne, comme un joueur de foot marquant une tête. Ses poings épais martelèrent le type plus massif, si rapides qu'on les voyait à peine. Jack Shaw tomba à la renverse, titubant, la main droite encore sous sa veste tandis que la gauche fouettait l'air comme celle d'un dompteur de mustangs, pendant que Silence continuait rageusement de le massacrer.

Hank contemplait son partenaire avec une admiration teintée de joie mauvaise, tirant mentalement son chapeau devant une correction administrée avec une telle féroce maestria : les gestes fulgurants de l'homme, le jeu de jambes, les contorsions qu'il imprimait à ses pieds agiles, dans le sable, pour conserver son équilibre, l'inclinaison de la tête, rentrée dans ses épaules pour donner plus de puissance encore à chacun des coups qu'il portait et... mais oui, s'émerveilla-t-il, ça y était, c'était là, dans les yeux exorbités de Shaw, une terreur à vous couper le souffle, pareille aux coups de poignard d'un infarctus.

Silence s'écarta de l'homme, se pencha de côté, si bas que ses doigts balayèrent le sable lorsqu'il shoota, et sa botte percuta avec un craquement sec la face interne du genou de Shaw. Le géant s'effondra au sol et se roula en boule autour de son genou meurtri. Avec la grâce d'un danseur, Silence se redressa en pivotant sur son axe et l'enfourcha d'un bond, le poing crispé sur un énorme clou monté sur ressort, qu'il approcha dangereusement du globe oculaire médusé du briseur de pouces.

— Ôte ta main de là, gros cul... Lentement.

Jack retirant sa main, Silence écarta d'un geste brusque les pans de sa veste et en arracha son arme de poing, un semi-automatique luisant. Il le souleva en le jaugeant d'un œil appréciateur, admirant la finition de l'acier inoxydable et les plaquettes de poignée en caoutchouc compact. Il reconnut immédiatement en lui un 10 mm Smith & Wesson modèle 1076 — l'arme élue par le FBI pour remplacer l'antique .38 à canon court.

— Je le garde, et tu gardes ton œil.

— Mon cul, ouais...

Silence pressa la pointe acérée du clou aiguisé contre la chair de Shaw, au coin de son œil :

— File-moi les chargeurs.

Il appuya un peu plus fort, jusqu'à ce que Shaw condescende enfin à porter la main à sa poche de veston, pour la fouiller maladroitement et en extraire deux chargeurs pleins.

Hank joignit les lèvres pour siffler et exprimer, lui aussi, toute son admiration pour le lourd pistolet, mais aucun son n'en sortit. La démonstration de violence contrôlée à laquelle Silence venait de se livrer avec une telle maîtrise l'avait tellement transporté qu'il venait seulement de remarquer que l'un des autres gorilles accourait vers eux. Un blond au visage de cuir tanné et au menton en pointe de bottine grimpa jusqu'à l'endroit où Silence était accroupi sur Jack Shaw et, affichant un sourire glacial, dévoila des dents aux impeccables jaquettes blanches.

— Hé, monsieur Hellas vous paye pas pour faire mumuse ensemble. Relève-toi, Jack.

Silence et le reste de son équipe avaient surnommé « l'Archer »[1] ce type au visage balafré, parce qu'il avait jadis appartenu au FBI et s'était vendu aux frères Hellas après une longue carrière passée à enquêter sur les flics ripoux. Son véritable nom était Ray Fowler, et ses années d'expérience d'agent fédéral lui avaient conféré un vernis d'autorité et une patine dont les frères Hellas avaient vite compris l'utilité, lorsqu'il leur arrivait de traiter avec les cadres moyens de la municipalité.

— Rends-lui son calibre, Machin.

Silence jeta un rapide regard derrière l'Archer et constata que Manny et son épouse ensanglantée avaient tous les deux disparu.

— L'autre con l'avait cherché, expliqua Hank.

L'Archer décocha à Hank un regard ombrageux :

1. *The Heel*, dans le texte : le Talon (d'Achille), mais aussi le Rangé (au sens de « rentrer dans le rang »...), et le Salaud.

Toutes les notes sont du traducteur.

— Il sait pas parler tout seul ?

— Pas vraiment, dit Hank. C'est bien pour ça qu'on l'appelle Silence.

Silence remisa le clou dans son étui, dans le revers extérieur de sa botte, et se leva, le 10 mm ballant mollement au bout de son bras. Aux yeux de Ray, il avait tout du motard hors-la-loi standard, avec ses cheveux ras, ses « rayons laser » dessinés à la tondeuse au dos du crâne, ses poignets de force et ses multiples tatouages. Mais celui-ci avait quelque chose de différent. Il était propre. Ses mains n'étaient pas noircies de cambouis et son débardeur et son jean noirs semblaient sortir tout droit de chez le blanchisseur. Et, exception faite de sa moustache à la Wild Bill Hickock, son large visage semblait rasé de frais. Ray chercha des traces d'aiguille des yeux mais, dans cette chiche lumière, n'en put distinguer aucune.

— Alors, à quoi on vous paie, exactement ? s'enquit Ray. À patrouiller sur la plage. Allez donc voir au bout de la plage si j'y suis. Et laissez à la famille le soin de laver elle-même son linge sale.

— D'accord, Ray, acquiesça docilement Hank, avant de refluer dans l'obscurité. Viens, Silence. On y va.

Silence jeta un regard noir à Shaw, lequel, toujours assis à terre, se tenait le genou en grognant. Le briseur de pouces repoussa d'un revers coléreux la main tendue de Ray et se redressa péniblement.

— Rends-moi mon flingue.

Silence l'enfonça dans son ceinturon, contre son ventre plat et, des deux mains, l'invita à s'approcher :

— Viens le chercher, gros cul.

Shaw regarda Ray, mais l'Archer avait déjà tourné bride et se dirigeait vers les autres costards. Le briseur de pouces grinça des dents :

— Je vais t'arracher la tête et te la carrer dans le fion, trouduc !

Silence se borna à laisser sa moue compatissante virer au rictus de mépris, tourna le dos à son tour et s'éloigna à pas lents.

Shaw laissa porter un peu de son poids sur sa jambe blessée et, constatant que son genou n'était pas brisé, éprouva un certain soulagement ; mais il n'avait plus l'énergie de s'en prendre à celui qui l'avait humilié. Ça devrait attendre... Et Shaw avait horreur d'attendre. Comment l'autre abruti d'échalas délatté au smack avait-il donc appelé ce connard de tatoué, déjà ? *Silence*. Shaw partit d'un grand rire hennissant. D'une façon ou d'une autre, songea-t-il en son for intérieur, il se débrouillerait pour transformer ce Silence en Hurlement.

— Putain, mec, gémit Hank en se cognant le front du plat de la main à multiples reprises. Je t'envie pas. Vraiment pas. Jack Shaw va te bouffer au petit déjeuner et, après ça, il ira te caguer.

Silence l'ignora et entreprit de remonter la plage vers une dune au sommet couronné d'herbes folles.

— Merde, quoi, Silence. Viens pas me dire que t'as pas eu le trac que ces gorilles défouraillent et nous expédient tout droit en enfer.

Le trac n'avait rigoureusement rien à voir dans la façon dont il s'était conduit. Silence en était conscient. Au départ, il avait simplement eu l'intention de désarmer Shaw et de balancer son calibre loin de lui, hors de sa portée. Mais, dès qu'il avait vu la bête, éprouvé l'impression de puissance qui se dégageait de cet acier luisant et profilé, il n'y avait plus tenu : il fallait qu'elle lui appartienne. Et taxer à un soldat une arme aussi transcendante ne pouvait se faire sans compensation. Sans Silence, qui en avait clarifié pour lui l'énoncé, Shaw n'aurait jamais établi l'équation œil-calibre. Non que ça puisse le moins du monde faire sens pour un dégénéré aussi borné que Shaw, mais l'Archer, lui, avait parfaitement pigé. Il exposerait l'affaire aux Hellas et eux aussi comprendraient — ou ne comprendraient pas. Quoi qu'il en soit, son honneur était sauf. Il n'avait jamais rien volé à un frère d'armes.

— Eh, c'est pas la bonne direction, mec. (Hank Nalone avait pilé net en voyant Silence virer de bord après la dune, pour revenir ensuite sur ses pas en direction de la party.) L'Archer nous a dit d'aller à l'autre bout de la plage. Qu'est-ce que tu vas foutre par là ?

Silence voulait savoir ce qu'il était advenu de Billie. Elle n'avait pas franchement l'air d'une nana habituée à prendre des corrections. Elle faisait l'effet d'être beaucoup trop maîtresse d'elle-même pour ça. Alors pourquoi Manny l'avait-il frappée ? Et qu'est-ce qu'un capitaine de malfrats tel que Manny Hellas pouvait bien avoir à faire, au demeurant, avec une fille aussi douce et aussi adorable ?

— S'ils te repèrent, tu vas servir de repas aux poissons, le prévint Hank. Compte pas sur moi pour t'accompagner, mec. Je veux bien faire tout ce qu'on me paye à faire, mais pas question de m'embarquer avec toi dans ce sac de nœuds.

Dès que la dune se fut interposée entre eux deux, Silence se mit à trottiner. Après la brutale raclée qu'il avait administrée à Shaw, son corps tout entier lui semblait chargé à bloc d'énergie et le sable lui-même, dans lequel on perdait pourtant pied, ne parvint pas à entraver sa foulée nonchalante. Les comprimés de Dilaudid qu'il avait ingurgités juste avant de commencer sa patrouille, une heure plus tôt, n'incitaient certes pas à un exercice physique assidu, et il lui semblait que ses viscères étaient glacés, qu'une aura de néon givré nimbait chacun de ses organes internes. Mais il ne tint aucun compte de cette sensation. C'était juste les DL, ainsi qu'il avait baptisé la came. L'esprit du pavot, dans toute son oublieuse bénignité et dans sa grande sérénité, se rebellait contre l'insistance obstinée qu'il mettait à se déplacer avec rapidité.

Une bouffée de nausée le bloqua net dans son élan et il ralentit l'allure, gravissant au pas la dune suivante. Sur l'autre versant, en contrebas, il repéra deux autres vigiles des frères Hellas, Pat Roccio et Dan Meade. Tous deux de rudes gaillards, qui avaient chèrement gagné leur place dans le sérail des frères Hellas en brisant quelques os et en « mouillant leur chemise », doux euphémisme en usage dans la pègre pour désigner le meurtre. Ils avaient assisté sans états d'âme au spectacle de Manny dépouillant sa propre épouse et, à présent, se relaxaient, oisifs, en fumant — Roccio, trapu et râblé, la poitrine tendue comme une barrique et Dan et son bec-de-lièvre — à côté d'une pile de bois flotté.

D'où il se tenait, Silence pouvait distinguer, juste derrière eux, la marche extérieure de la fête, les lanternes multicolores, les couples titubant dans leurs tenues de soirée à paillettes, et l'orchestre monté sur une estrade au plancher illuminé par les faisceaux des projecteurs. Flairer les effluves d'un barbecue de fruits de mer, mêlés à l'âcre relent qui montait des fumeurs installés au pied de la dune. Ni Billie ni Manny n'étaient en vue. Mais Algernon Hellas était là — l'aîné des frères et le général en chef de ces arcans. Manuel et lui avaient rang de *caporegime* dans l'Organisation, et étaient notoirement réputés pour détourner et extorquer des sommes considérables aux diverses entreprises et aux agences et officines gouvernementales locales.

Algernon, encore que de petite stature, arborait une magnifique crinière argentée et un port racé qui le distinguaient entre tous dans n'importe quelle assistance. Il était en train de terminer une danse avec sa dernière maîtresse en date, sa cadette de deux bonnes décennies, une femme à la coiffure élégante à qui il rendait au moins une tête. Ray Fowler vint se poster à côté du capo dès que la musique s'arrêta et lui chuchota quelque chose à l'oreille, sans doute pour lui relater ce qui s'était passé entre Silence et Jack Shaw.

Le premier fut soulagé et ravi de voir Algernon se contenter d'un simple hochement de tête, avant de se retourner avec un grand sourire vers les couples distingués qui s'étaient agglutinés autour de sa maîtresse. Nul ordre n'avait été donné, de sorte que son équipe et lui étaient hors de danger jusqu'à preuve du contraire. Plus que vraisemblablement, ni Silence ni aucun autre des membres des Street Gypsies[1] ne serait plus jamais embauché par les frères Hellas — et Silence aurait à en répondre devant ses camarades. Au moins avait-il su confiner la violence, et n'aurait-il que ses arrières à surveiller. Mais ça faisait partie du boulot quotidien. Habituel.

Il se serait volontiers attardé pour essayer de retrouver Billie, mais il était conscient que Hank, à présent, avait dû se faire l'écho de ses agissements, lesquels ne manqueraient pas de susciter une certaine anxiété parmi les autres Gypsies. De sorte qu'il dévala le versant sous le vent de la colline et s'enfonça dans les

1. Les Gitans des rues.

ténèbres en direction de l'extrémité nord de la plage, où la plupart des Gypsies, chargés de garder la seule route d'accès, avaient été postés en faction. Il trouva les autres rassemblés tout autour de Hank, sur le banc de gravillons où les convives avaient garé leurs limousines et leurs BMW.

— Espèce d'enculé..., lui lança Frail[1] en guise de bienvenue. (Ce malheureux débris était le bouffon de la bande, bourré d'un bout à l'autre de la semaine et sans cesse en train de trifouiller sa bécane. Une bière à la main et une clef à molette dans l'autre, il était assis à califourchon sur une meule écarlate dont le réservoir était peint d'un vague Jésus à loilpé coiffé d'une marotte.) Jack Shaw va te passer les couilles au sucre glace et les bouffer dans le bol de lait qu'il va te tirer des tétons.

Seaworms[2], chauve et carré, et Marsbars[3], géant à la barbe en tablier de sapeur et au visage aussi criblé de trous qu'une balle de golf, poussèrent de feintes et sarcastiques vociférations de triomphe en l'apercevant. Pete « Bassman »[4] Giamacci brandit les deux seuls doigts qui restaient à sa main gauche et se lança dans une démoniaque danse de la victoire, en fouettant l'air de ses longs cheveux de jais. The Crane — la Grue —, le maître mécano de l'équipe, aux cheveux huileux et vaselinés de graisse, lui décocha un clin d'œil assorti d'un petit hochement de tête, plongea la main dans la glacière bourrée de glace pilée et lui balança une bière à la tronche.

1. Fragile.
2. Vers marins.
3. Barres de Mars.
4. Le bassiste.

Silence cueillit la bière au vol, la décapsula entre ses dents d'un coup sec, et sécha la bibine d'un trait. Il avait besoin de son coup de fouet pour affronter Liam, le leader autoproclamé de la bande, homme solide et robuste affligé d'un début de calvitie. Liam était assez vieux pour être le père de Silence et l'avait d'ailleurs été, de plus d'une façon marquante. Il ne souriait pas. Hank Nalone, qui se tenait juste derrière lui, haussa les épaules.

— Hé, Gueule de Raie... Ce coup-ci, tu peux te vanter de nous avoir embourbés jusqu'à la trogne.

C'était Bobby Gomes, un mulâtre aux cheveux comme des poils de cul, à peu près aussi gras qu'une fermeture éclair. Il haïssait Silence :

— Tu t'es trouvé un joujou, et c'est nous qui allons en payer le prix.

Silence passa devant l'endroit où il se tenait, appuyé à sa moto, et Gomes lui balança un méchant coup de pied dans les jambes. Silence fit volte-face et se retrouva en train de dévisager le .38 Special de Bobby.

— Je devrais bien nous faire une fleur à tous, gouailla Bobby. Exploser la tronche de ce foireux et envoyer ensuite aux capos son corps décervelé.

Liam se faufila entre eux, s'interposant entre lui et Silence, le dos tourné à ce dernier et, lentement mais fermement, écarta le .38 :

— On va pas s'entre-tuer.

— Il a fait une méchante connerie, dit Gomes.

— Écoutons d'abord sa version, insista Liam.

Gomes eut un reniflement sardonique :

— Ouais, tu parles, en cinq mots sinon moins.

— Alors pourquoi t'as dépouillé Jack Shaw ?, demanda Liam.

— C'était nécessaire.

— Moins de cinq !, se marra Gomes.

— C'est quoi, cette histoire que racontait Hank, comme quoi Manny aurait cogné sur sa femme ?, insista Liam. C'est ça qui t'a excité ?

Silence jeta un regard à la Grue par-dessus son épaule, et celui-ci lui envoya une autre bière.

— Ouais.

Liam rumina la chose un moment, puis lui tapota l'épaule.

— D'accord.

Les autres comprirent. Les hommes traitaient toujours correctement leurs femmes en présence de Silence. Il faisait une espèce de fixation là-dessus, et tenait à ce qu'on les traite convenablement, pour la bonne raison que sa môman, selon lui, aurait été une sainte.

Néanmoins, son comportement chevaleresque avait pris dernièrement une tournure quasi obsessionnelle, depuis que Lani Villareal, qui avait été pendant sept ans son épouse, était morte de leucémie. Depuis dix-huit mois qu'elle était morte, il n'avait pas toléré que la moindre grossièreté soit proférée en présence d'une femme, lubie qui avait le don d'exaspérer prodigieusement Bobby Gomes, orphelin et racaille des rues pour qui quiconque possédait encore sa mère était une mauviette.

— Et maintenant, qu'est-ce qui va nous tomber dessus ?, demanda Liam, d'un ton inquisiteur.

— Rien, répliqua Silence après avoir descendu sa seconde bière. Algernon a écouté le compte rendu de l'Archer et il a laissé quimper. C'est juste entre Jack et moi.

— Ouais, rétorqua Gomes. Après ça, m'étonnerait fort qu'on retravaille un jour pour les frères H.

— On n'a pas besoin de leurs jobs, déclara sereinement Liam. Ce soir, on fait une fleur aux frères Hellas. On est un gang des rues — pas une meute de chiens de garde — mais on a accepté le boulot et, maintenant, faut le faire correctement. La messe est finie, têtes de nœuds. Gomes, Seaworms, redescendez la plage avec Hank jusqu'à l'endroit où il se tenait avec Silence. Marsbars, Bassman, remontez vers la route sans vous faire voir. Veillez à ce que personne ne vienne par ici. La Grue et Frail restent là pour garder les meules et surveiller les bagnoles. Si jamais un oiseau fientait dessus, vous récurez et vous me faites reluire ça, vu ? Silence, toi et moi on va faire un tour sur la plage sud, et on restera dans l'ombre. Dès que la fête se termine, on se retrouve tous ici. Allons-y.

Gomes arqua les jambes pour singer la démarche de Liam, puis exécuta un pas de côté et percuta Silence.

— Je vais te taxer ton nouveau joujou, Gueule de Raie... alors regarde-moi faire.

Il esquissa un petit pas de danse pour se mettre hors de sa portée et se soustraire à sa colère et, le toisant d'un œil fixe et absent, braqua son majeur comme un revolver, puis disparut dans l'obscurité moite.

— Tu devrais choisir plus soigneusement tes ennemis, conseilla Liam d'une voix rogue, dès que Silence et lui eurent enfourché leurs machines et mis cap vers le Sud, le long du chemin d'accès gravillonné qui serpentait à travers les cannes. La mer rugissait dans les ténèbres, derrière les dunes, et sa puanteur saline stagnait dans l'air épais. Lorsqu'ils coupèrent les phares, le seul éclairage visible provenait de la party, dans le lointain, d'où montaient encore rires et musique vers la vaste coupole de la nuit.

— Jack va te téter les roues, dorénavant... Et ceci jusqu'à son dernier jour.

Silence laissa sa moto parmi les buggies des sables que les gardes du corps avaient utilisés pour convoyer les invités du parking à la plage. Tandis qu'il gravissait, se déplaçant à petits pas légers, un talus d'herbe saumâtre pour inspecter les alentours, il offrait à Liam le spectacle apparent d'une impressionnante puissance physique. L'étroitesse et la souplesse de sa taille, le volume de sa poitrine, la largeur de ses épaules, son jean qui moulait étroitement ses cuisses épaisses et robustes, et son visage fermé, tout concourait à suggérer cette impression. Sa silhouette, se découpant sur fond d'étoiles à l'éclat terni, lui paraissait aussi tendue qu'indéchiffrable.

— Montre-moi le calibre.

Silence lui passa l'arme, la poignée en avant. Liam éjecta le chargeur, délivra la balle qui était dans le canon, déverrouilla la sécurité et testa le mécanisme de percussion. « La détente est souple et en bon état », admit-il. Il renversa l'automatique sens dessus dessous, examina de plus près le percuteur mais, dans l'obscurité qui régnait, ne put strictement rien voir. Il alluma d'une pichenette le phare avant de sa moto, s'agenouilla et présenta le pistolet au faisceau du phare. Le percuteur était une aiguille scintillante à la tête iridescente. Il coupa la lumière. « Jack passe pas mal de temps au pas de tir. Mais il la bichonne aussi régulièrement. C'est une bonne arme. » Il la rechargea et la rendit à Silence. « Tu vas probablement devoir te chabler avec Bobby, si tu ne veux pas qu'il te la gaule. »

À l'exception des fêtards, qui ressemblaient à des

confettis lumineux dans le lointain, la plage était déserte. Silence remisa le pistolet au creux de ses reins et s'assit. Il regarda Liam se camper devant un bouquet de cannes et vider sa vessie, tout en regrettant amèrement que leur faction ne soit pas déjà terminée. Il n'était là que parce que Liam l'avait mis sur le coup et qu'il serait allé en enfer pour le vieux. Vingt ans plus tôt, quand Liam l'avait trouvé dans une ruelle, inconscient, déglingué par une overdose consécutive à une injection d'héroïne, Silence n'était encore qu'un gamin de treize ans, membre du gang des Brock Avenue Boyz, qui vivaient de minables rapines, se livraient à des batailles rangées avec les gangs de Blacks et de Latino-Américains de leur école et faisaient main basse sur tout ce qu'ils pouvaient scratcher. Ce jour-là, en le maintenant en vie par la respiration artificielle, et en insufflant dans les poumons paralysés de Silence l'air de ses propres poumons, Liam lui avait sauvé une première fois la mise, et une nouvelle fois, de nombreux jours plus tard, en lui montrant comment s'y prendre pour enrayer la toute-puissante emprise de la came.

Liam avait été gardien de prison pendant des années, à Walpole State, mais il avait perdu son boulot de maton en se faisant prendre la main dans le sac à fourguer de la came aux détenus. Tout de suite après, il avait fondé les Street Gypsies, lesquels assuraient leur subsistance par la récupération de sommes empruntées, le racket à la protection des tripots et des claques, le vol de voitures, les effractions et cambriolages, et la revente de médicaments sous ordonnance, qu'ils subtilisaient dans les entrepôts des laboratoires ou extorquaient aux employés des hôpitaux. Il continuait de veiller d'un œil sur Silence depuis le jour où ils s'étaient rencontrés, se plaisant à citer le vieux dicton indien qui veut qu'on réponde à jamais de la vie de l'homme qu'on a arraché à la mort.

Silence s'était montré particulièrement réceptif à la vigilance opiniâtre de Liam, son propre père, un sang-mêlé Navajo, l'ayant abandonné dans le South Bronx lorsqu'il n'avait encore que six ans. Le jeune garçon s'était retrouvé à la charge de sa couturière de mère, laquelle devait également pourvoir aux besoins d'une sœur épileptique et d'une mère diminuée par un transport au cerveau. Enfant, Silence n'avait connu que cette seule et unique embellie : sa mère. Celle-ci, en cousant des gants de jardin et des taies d'oreiller, avait réussi à leur offrir un toit — un foyer — à tous les trois : à lui, à sa tante et à sa grand-mère. Ils faisaient trois repas par jour et la maison était propre. Elle se gardait de l'alcool et des drogues et trouvait son seul et unique réconfort dans les livres : épopées classiques, poètes romantiques, romanciers contemporains, jusqu'aux poètes Beat, tout ce qui, paré de l'aura de la littérature, lui permettait de s'évader et d'échapper à son existence ingrate.

Des sursauts de remords titillaient encore Silence lorsqu'il lui arrivait de songer au chagrin qu'elle avait dû éprouver en le voyant se métamorphoser, en grandissant, en racaille des rues. À cinq ans, ses amis et lui se fabriquaient des pistolets à eau avec les seringues hypodermiques qu'ils ramassaient sur les trottoirs et dans l'entrée des immeubles. À dix ans, il chipait leur médiocre muscat aux poivrots du parc et déboulait à l'école ivre mort. À treize, à peine rétabli d'une overdose, Silence faisait la connaissance de Liam, lequel s'était évertué à le remettre dans le droit chemin et avait même réussi à rencontrer sa mère. Celle-ci avait apprécié Liam, car ce dernier avait terminé le lycée, avait même fait une année d'école de commerce et était capable de soutenir une conversation sans recourir à des obscénités — et elle lui savait gré d'encourager son fils à reprendre ses études. Mais il n'avait pas réussi à convaincre le garçon qu'on n'avait pas grand-chose à espérer de la vie en cassant des pharmacies pour braquer leur came, ou en forçant au pied-de-biche des distributeurs de friandises.

La mère de Silence était morte d'un infarctus lorsqu'il avait quatorze ans et il avait définitivement largué le collège pour devenir le plus jeune membre des Street Gypsies. Au cours des huit années qui avaient suivi, il avait vécu avec Liam dans l'atelier de réparation de motos de la Grue, et appris du premier à voler, à se battre et à monter à moto. Plus essentiel encore, l'homme lui avait inculqué l'omnipotence de la maîtrise de soi, l'art vital de la volonté pure et vraie. En tant que junkies, ils couraient sans cesse le risque de s'abandonner à l'empire de la drogue, laquelle pouvait pousser n'importe qui à commettre les pires conneries qui soient pour se procurer un fix. Liam, très tôt, lui avait appris à endurer le besoin dévorant de came — ce désir aveugle, oublieux de tout, qui vous raclait les nerfs à vif — et à rester lucide même sous l'emprise du manque, lorsqu'on a l'impression de n'être plus qu'une fragile toile d'araignée de verre, susceptible de s'effilocher, de s'effriter d'une seconde à l'autre. Liam l'avait forcé à décrocher tout seul, sans l'aide de personne, et à s'imposer de longues périodes d'abstinence, sans la moindre came, l'obligeant ce faisant à s'aviser que la volonté vraie était le seul garde-fou véritablement efficace, le seul réel garant de la sobriété. À ces occasions, il avait haï cet homme, exécrant tant ses élucubrations délirantes sur la suprématie de la volonté pure que son insistance à exiger de lui qu'il s'inflige ce supplice, l'intolérable torture des frissons ravageurs et des nausées dévastatrices. À écouter hurler, se réadaptant à son nouveau métabolisme, les milliards de cellules de son organisme, il eût volontiers massacré son bourreau, s'il en avait été capable.

Liam l'avait aidé à s'affranchir de son accoutumance aux opiacés à maintes reprises au cours de ces premières années et, à chaque fois, lors de ces épisodes aussi éprouvants qu'imprévisibles, il avait fait figure aux yeux de Silence de manipulateur pervers, d'homme qui se délectait des souffrances d'autrui, et même des siennes propres, puisqu'il s'adonnait lui-même fréquemment à sa propre thérapie et qu'on le retrouvait inéluctablement, à ces occasions, plié en deux dans la friche qui s'étendait derrière l'atelier, gerbant et grelottant comme un pénitent en repentance, sinon dans un état lamentable, véritable loque humaine, avachi, plus blanc que le ventre d'un poisson et ruisselant de sueur. « Rafistoler son âme est une entreprise solitaire », confiait-il de temps en temps à Silence. « Nous sommes des survivants de l'âme... ou bien nous ne sommes rien. »

Mais lorsque la mort avait rompu le serment qu'il avait fait à sa femme, la seule de ses amantes qu'il eût réellement aimée, et lorsqu'il se retrouva soudain le corps glacé, vidé de toute chaleur, tandis que ses souvenirs, s'effilochant, se transformaient progressivement en bouffées de chagrin, éperdues, déchirantes, Silence avait fini par toucher du doigt la vérité tangible de la volonté pure. Et, à présent, en regardant son mentor pisser dans les cannes, il aurait voulu lui dire combien il l'aimait, d'avoir su veiller sur lui de la façon la plus cruciale qui soit lorsqu'il était impuissant et désarmé, et de lui avoir fait don de ce cadeau royal : la maîtrise de soi. Mais les mots, comme d'habitude, lui parurent trop creux, trop légers, trop frivoles pour véhiculer l'émotion dont son cœur débordait.

Un cri fondit soudain sur eux, franchissant la crête des dunes. Liam remonta sa braguette et regarda Silence, lequel jouissait d'un meilleur point de vue.

— C'est le Roc, cria-t-il, lorsqu'il eut avisé la silhouette de Pat Roccio, remontant laborieusement la plage entre deux dunes, dans leur direction. Une cigarette était fichée entre ses incisives et il se hâtait sur le sable, aspirant de vastes bouffées d'air dans une poitrine aussi rebondie et tendue qu'une barrique de bière. Silence et Liam dévalèrent la dune à sa rencontre. C'était encore un homme jeune, âgé de vingt et quelques années, et un émule de l'Archer, mais il s'était déjà bâti une réputation de tueur fiable et consommé, de tireur d'élite expérimenté, prenant pour cible tous ceux qu'Algernon Hellas voulait voir morts.

— J'ai vu vos phares quand vous avez débarqué, haleta-t-il. Vous n'auriez pas vu la femme de Manny ?

Liam secoua la tête.

— Mes gars l'ont aperçue avec Manny et vous autres, il y a moins d'une heure.

— Cette pétasse cinglée a mis les bouts, dit le Roc en regardant tout autour de lui, pour voir si par hasard elle ne serait pas en train de les épier à travers les cannes. Manny est mort de rage. Faut qu'on la retrouve avant qu'il nous pète un vaisseau. Ramène tes lascars par ici, Liam, et fais-leur fouiller ces putains de cannes. Elle pourrait être n'importe où.

— Pourquoi s'est-elle cavalée ? demanda Silence.

Le Roc haussa les épaules :

— Elle est complètement dingue, cette chienne ; qu'est-ce que tu veux que j'te dise ?

Il tourna les talons et entreprit de se frayer un chemin à travers les cannes, s'imposant un long crochet pour regagner la party.

Liam jeta à Silence un regard écœuré :

— J'espère que cette nana va pas encore nous faire des problèmes. Écoute, après ce qui s'est passé tout à l'heure avec Shaw, j'aimerais autant que tu te mettes pas dans les pattes de ces gorilles. Reste dans le coin. Bats un peu les broussailles. Jette un œil derrière ces rochers, puis retourne au parking en contournant la plage. Je vais chercher les autres.

Il enfourcha sa bécane, et Silence s'avança de quelques pas pour remonter à sa hauteur :

— Écoute, Liam... Avec Shaw, j'ai perdu le contrôle.

— Nan. (Il mit le contact, emballa le moteur et alluma le phare avant.) Si t'avais perdu le contrôle avec Shaw, il serait mort à l'heure actuelle.

Il démarra dans un vrombissement et Silence regarda le faisceau de son phare fendre les ténèbres. Un nauséeux malaise le gagnait, de plus en plus virulent. L'effet des DL s'amenuisait. À moins — perspective encore moins plaisante — qu'il n'éprouvât quelque chose de plus profond : cette espèce de lucidité, sans cesse grandissante, qui peut accabler celui qui, trop longtemps exposé aux radiations, sait avec certitude qu'il va mourir, alors qu'il se sent encore, pour l'instant, merveilleusement bien. Mais c'était pourtant bel et bien ce qui s'était passé avec Shaw : il avait perdu les pédales. À cause de cette fille. Il ne la connaissait même pas, pourtant quelque chose en elle l'avait poussé à s'exposer à une dose létale de haine. Et peut-être était-il déjà mort, alors qu'il tenait toujours debout.

Billie Hudson entra dans la mer. Sa robe du soir se troussait au fur et à mesure qu'elle s'enfonçait dans l'eau, délicieusement fraîche sur ses cuisses. La mort était fraîche. La vie, elle, était cuisante et dispensatrice de douleurs féroces. Elle était prête, désormais, à recevoir cette fraîcheur et c'est d'un morne sourire qu'elle l'accueillit lorsqu'elle vint chatouiller son sexe. Lorsqu'elle serait morte, elle perdrait tout souvenir de sa peur, de ses bleus, de son désespoir, et même de la vacuité de son existence. Tout se dissiperait dans la buée scintillante de son dernier souffle, et cette fraîcheur entrerait en elle, la tuerait et l'anéantirait.

Un brisant la heurta en pleine poitrine et la fit pivoter de profil.

Elle fendit laborieusement la lame déferlante et se sentit soulevée, tandis que la vague s'épuisait et se fondait de nouveau dans la mer. Elle se laissa emporter par le reflux et coula dans les ténèbres glacées. Lorsqu'elle refit surface, la tête ballottée par les flots et les cheveux plaqués sur le visage, elle suffoquait et hoquetait douloureusement, cherchant son air. La noyade était chose infiniment plus douloureuse qu'elle ne se l'était imaginé. L'eau salée irritait ses sinus et elle ferma les yeux de toutes ses forces avant de replonger.

Elle bloqua sa respiration, atterrée par l'atroce réalité de ce qu'elle était en train de faire. Elle n'éprouvait aucune peur, rien que de la stupéfaction : la surprise de sentir dans son nez cette eau froide à l'âcre salinité, le pur et simple ahurissement de la chair qui se sait trahie.

L'ultime souffrance, se promit-elle en exhalant. Ses yeux clignotèrent et se rouvrirent brusquement, aveuglés par la morsure cuisante du sel. Une douleur aiguë poignarda le fond de sa gorge, paralysant ses poumons, et elle se débattit convulsivement, ruant des quatre fers. *L'ultime douleur !* Cette pensée se vrilla en elle, stridente, au moment précis où un poing glacé lui broyait le cœur, tandis que les ténèbres se refermaient sur elle.

Un spasme intolérable la ranima en sursaut. Ses yeux s'ouvrirent, mais refusèrent d'accommoder. Une ombre massive se penchait sur elle et comprimait douloureusement sa poitrine.

— Billie.

La voix inconnue était si proche qu'elle pouvait en sentir la chaleur épicée. Elle s'efforça de focaliser et aperçut, à quelques centimètres de son visage, une trogne brutale aux yeux étroits, chargés de rancœur accumulée — mais trahissant néanmoins, diffuse, fugace, une espèce d'affliction. Le paradoxe — l'incongruité de la chose — lui arracha un rire niais, comme lorsqu'on se retrouve nez à nez avec un pitbull au moment de tourner le coin de la rue et que celui-ci vous saute à la gorge... pour vous lécher le visage.

Un nouveau spasme la convulsa, la broyant dans son étau, et sa bouche s'emplit de bile tiède. Elle hoqueta, et la brute à la triste figure la bascula sur le flanc et, du plat de la main, lui administra une gifle experte entre les omoplates, avec une énergie suffisante pour déloger la boule brûlante qui lui obstruait l'œsophage. Elle aspira une longue goulée d'air, dans un hoquet douloureux qui lui incendia les poumons, puis retomba en arrière. Une irrépressible crise de tremblements s'empara de tout son corps et elle se revit soudain entrant dans la mer, et revécut sa propre mort. Elle n'était plus qu'une loque, douloureuse et saturée de toxines.

Lorsque la brute la fit asseoir, elle put constater que ses vêtements étaient imbibés d'eau et sa bouche barbouillée de rouge à lèvres, à l'endroit où il l'avait pressée contre la sienne.

— Qui êtes-vous ? parvint-elle à articuler.

— Silence.

— Dites-le-moi.

— C'est mon nom. Écoutez, ne parlez plus. Tout va bien. Vous avez avalé un maximum de flotte. Mais tout va bien, maintenant.

— Non. (Elle secoua la tête, vaseuse.) Non.

Son visage se crispa, et elle dut refouler ses larmes.

— Ne pleurez pas. Écoutez, c'est fini. Tout va bien.

Elle martela sa poitrine d'un poing sans force.

— Espèce de demeuré..., gémit-elle. Pauvre imbécile...

Silence la serra contre lui, refusant d'affronter sa fureur. Elle éclata en sanglots contre sa poitrine et il enfonça son visage dans ses cheveux humides, au goût salin.

— Vous vouliez mourir, chuchota-t-il, tout en prenant d'emblée conscience de la monstruosité de ces paroles. Je sais. Mais je ne pouvais pas vous laisser faire ça. J'en étais tout bonnement incapable.

À serrer contre lui son corps frêle, il sentit s'inverser sa valence émotionnelle, et celle-ci passer de la gêne empruntée à une sorte d'intérêt, aussi profond que futile, pour cette femme :

— Billie — je vous ai vue avec Manny, ce soir. J'ai vu ce qu'il vous a fait. Je... (Sa voix se fêla.) Je suis désolé, mais je crois comprendre. Vous vouliez vous libérer de lui. C'était le seul moyen.

Elle s'arracha d'une bourrade à son étreinte et retomba en appui sur ses coudes, le dévisageant fixement de ses yeux écarquillés. Ce regard lui inspira un désespoir infini, assorti d'une terrassante impression de solitude. C'était un regard terrifié, totalement dénué de chaleur et de gratitude, comme si elle avait contemplé une araignée venimeuse.

— Qui êtes-vous ? Comment connaissez-vous mon nom ?

— Je suis l'un des Street Gypsies que votre mari a embauchés pour patrouiller sur la plage. Je vous ai vue entrer dans la mer. Je... je veux vous aider.

Elle fronça les sourcils de perplexité. Il ne s'exprimait pas comme les autres. Sa voix était calme, pondérée et pratiquement dépourvue d'accent, chose qui, compte tenu de sa dégaine de malfrat endurci, sonnait de façon pour le moins incongrue.

— Écoutez, vous n'avez nullement besoin de mourir pour le quitter.

Sa moue mystifiée s'accentua encore. Toute la désespérance qui, tout à l'heure, l'avait poussée vers le néant du non-être s'était subitement évaporée au contact de cet homme aux larges épaules, aux yeux cruels et à la bouche barbouillée de rouge à lèvres. L'espace d'une fraction de seconde, l'espoir saugrenu qu'il pouvait effectivement lui venir en aide lui traversa l'esprit. Puis l'aigreur corrosive de la bile, tout au fond de sa gorge, et ses poumons embrasés s'empressèrent de la ramener sur terre sans douceur, dans ce monde réel où nul ne saurait échapper à Manny et à ses semblables, sauf peut-être dans la mort.

Silence lut ses pensées dans son regard.

— Je peux réellement vous aider. Vous emmener là où Manny ne pourra jamais vous retrouver. Vous pourriez refaire votre vie.

Elle mordillait sa lèvre inférieure, absorbée tout entière dans le silence assourdissant qu'exsudait la nausée irrépressible qui lui tordait les tripes. Les côtes douloureuses, elle se cramponna à la main de Silence, sentit l'énergie qui s'en dégageait et, contre tout espoir, s'autorisa de nouveau à espérer, tandis qu'une vague de léthargie la submergeait.

— Elle est là !

Un cri venait de ricocher sur le sable. Des torches balayaient aléatoirement les dunes de leurs faisceaux et des silhouettes noires accouraient dans leur direction.

Silence sentit le corps de Billie se cabrer :

— N'ayez crainte. Je vous aiderai.

Dan Meade pénétra le premier dans leur champ de vision, son visage encore plongé dans le noir hideusement contrefait, déformé par son bec-de-lièvre.

— Qu'est-ce qui se passe, ici ?

Jack Shaw et Pat Roccio arrivaient sur ses talons, martelant pesamment le sable.

Silence s'écarta de Billie et récupéra le 10 mm sur le banc d'algues où, avant de se précipiter à la mer, il l'avait déposé avec ses chargeurs. Il calcula froidement ses chances de les cisailler tous les trois. Puis il aperçut le buggy qui fonçait dans leur direction, fendant le sable humide, tandis que le faisceau aveuglant de son phare occultait ses occupants.

— Elle va bien, dit Silence en s'agenouillant à côté de Billie.

— On dirait que vous avez piqué une petite tête, madame Hellas, lâcha Dan, les mains sur les hanches. C'est un coup à se noyer, ça.

— Je vais très bien, laissa laconiquement tomber Billie, puis elle se raccrocha au bras de Silence pour se relever. Elle chancela et s'affala lourdement sur lui.

Dan Meade et Pat Roccio avancèrent d'un pas pour

venir la prendre, tandis que Jack Shaw restait un peu en retrait, fusillant Silence des yeux, ses traits grossiers déformés par une blême et sourde fureur.

— T'aurais intérêt à surveiller ce calibre, prévint-il.

Billie releva les yeux vers Silence, le vit acquiescer d'un bref hochement de tête et rentrer ensuite celle-ci dans ses épaules. Puis Dan et Pat la prirent chacun par un bras. Elle se laissa entraîner, tandis que le buggy pilait net, vibrant sur ses suspensions, puis que Manny et Ray Fowler en descendaient. En la voyant s'éloigner sous escorte vers la voiture, ses jambes nues à peine capables de la porter, Silence sentit son estomac se crisper de dépit. Sa robe rouge imprégnée d'eau se plaquait à son corps, moulant aussi étroitement ce dernier qu'une couche de peinture, et les courbes pleines et sveltes du corps nu qu'elle dessinait, en éveillant un désir chimérique, portaient à son paroxysme sa conscience d'avoir échoué.

— Qu'est-ce qui t'a pris ?, lui hurla Manny. T'es cinglée ! (Il prit son visage à deux mains, le serrant comme dans un étau, et le scruta avec malveillance.) Cinglée ! Et tu me rends dingue, moi aussi. Regarde où t'a menée ton entêtement de mule. (Il relâcha son visage.) Fourrez-la dans le buggy, lança-t-il à ses hommes en passant devant eux pour se diriger vers Silence.

— Qu'est-ce que tu comptes faire, pour ce calibre ?

Silence l'enfonça dans son ceinturon.

— Tu l'as tirée de l'océan, fit observer Manny en hochant la tête, tout en prenant la mesure de l'homme qui se tenait devant lui, comme s'il trouvait proprement stupéfiant qu'un motard sache nager. T'aurais peut-être mieux fait de la laisser où elle était, malheureuse comme elle est. Tu peux comprendre ça ? Je lui donne tout ce qu'elle désire. Même des trucs qu'elle n'a pas réclamés. Tout, elle a. Et en échange, je lui demande tout simplement de faire bonne figure, bien dans le décor. Tu vois ce que je veux dire, non ? Sourire, être jolie, gentille. Mais, ce soir, elle s'est pointée avec une tête d'enterrement, comme si elle assistait à des funérailles. (Il se rapprocha encore.) Rien de ce que j'ai pu dire ou faire n'a pu l'empêcher de tirer la tronche. Rien ne l'ébranle, même quand j'essaye de lui flanquer la trouille. Elle est détraquée, si tu veux savoir. (Il se tapota la tempe d'un index épais, orné d'un brillant.) Malade dans sa tête.

Manuel patienta, guettant la réponse de Silence ; puis, légèrement décontenancé, il poursuivit sur sa lancée, en se dandinant pesamment d'un pied sur l'autre sous le regard glacé du motard :

— Écoute, tu t'es bien comporté. Je vais te laisser conserver ce calibre. Je sais qu'il appartient à Jack. Je suis au courant de ce qui s'est passé entre vous. Mais, ce soir, tu t'es mouillé le cul pour moi. Je ne sais pas encore si c'était pour le meilleur ou pour le pire. Toujours est-il que tu l'as fait. Je suis ton débiteur. Je vais donc oublier ce que tu as fait à mon soldat. Et je demande également à Jack de faire une croix dessus. D'accord ? On est quittes, maintenant. Prends le flingue et casse-toi. C'est bonnard ?

Il serra les dents, attendant de nouveau que Silence lui réponde. S'avisant que le motard ne dirait rien, il se contenta de hausser les épaules :

— On est quittes, maintenant. Alors bonne nuit.

Manuel Hellas pivota abruptement sur ses talons et regagna le buggy des sables sans jeter un seul regard en arrière.

Les autres hommes, à la seule exception de Ray Fowler, s'entassèrent dans le buggy tout autour de Billie, de sorte que lorsque celui-ci démarra, Silence ne put voir d'elle qu'une lourde masse de cheveux enchevêtrés.

— Tu aurais dû parler à Manny, dit l'Archer en faisant un pas en avant. Tu lui as rendu un grand service. Il te doit beaucoup. Tu aurais pu obtenir beaucoup plus que le calibre de Jack... Que tu avais d'ailleurs déjà en ta possession.

Silence entreprit de remonter la plage.

— Une seconde, mon pote.

Silence jeta un regard par-dessus son épaule, manifestant une froide insolence.

Ray sourit, et les rides rectilignes qui creusèrent son beau visage le transformèrent fugitivement en une star du rodéo, curieusement vêtue d'un smoking.

— D'accord, je ne suis pas ton pote. Mais ça pourrait se faire. (Il remonta la plage pour venir se camper à la hauteur de Silence.) Tout à l'heure, ta façon de t'y prendre pour estourbir Jack m'avait déjà laissé sur le cul. Et voilà que maintenant tu sors la femme de Manny de la baille. T'es efficace. Compétent. L'Organisation pourrait avoir l'usage d'un type comme toi.

— Pas intéressé, laissa tomber Silence en continuant de remonter la plage.

L'Archer lui emboîta le pas :

— T'es différent des autres. Et d'une, tu refoules pas comme eux.

Silence pila net et affronta l'Archer, adoptant une posture agressive en même temps que son visage se fermait, affichant une expression morose, vaguement inquisitrice.

— Je t'ai insulté. (Ray pencha la tête de côté et haussa les sourcils.) T'es du genre loyal, hein ? « Gardien de mon Frère ». C'est bien la devise de ton chapitre, ça, non ? Y a pas de mal. Les frères Hellas, eux aussi, exigent de leurs hommes une loyauté absolue et sans partage. Mais, eux, ils la paient. Combien tu te fais, avec les Street Gypsies ? Je sais, je sais, c'est pour la fraternité, pas pour le fric, que tu restes avec eux. Mais tu commences à rendre la monnaie. La fraternité, la camaraderie, tout ça, c'est bon pour les ados, pas quand t'arrives à trente balais. T'es plus un gamin. T'es un homme, maintenant, voilà tout, et il te faut un boulot d'homme.

— Pas intéressé.

Silence se détourna d'un air résolu et reprit son chemin.

— Réfléchis-y, mon pote. J'aurais du taf à revendre pour un costaud dans ton genre. Et tu te feras plus de fric sur un seul boulot que tu n'en as gagné de toute ta carrière chez les Gypsies. Tâche d'y gamberger. Donne-moi de tes nouvelles.

Silence balaya fermement cette pensée de son esprit. L'intervention de Ray Fowler lui mettait les glandes, parce qu'il n'était capable, pour le moment, de réfléchir qu'à une seule et unique chose, et que cette chose était Billie. Cette rencontre impromptue avec elle dans la nuit marine l'avait siphonné à blanc, vidé de toute aspiration et de toute ambition, exception faite des horizons nouveaux qu'elle avait ouverts.

Lorsqu'il avait aperçue, ballottée par les vagues entre les brisants phosphorescents, il avait d'abord cru à une hallucination. Qui, néanmoins, avait suffi à lui faire piquer une tête dans les eaux noires, dans l'espoir que ce plongeon lui éclaircirait les idées. Et ce n'est qu'en refermant les bras sur elle qu'il s'était enfin convaincu de sa douce et tendre réalité.

Il s'était vu contraint, les bottes aux pieds, de lutter

contre la mer elle-même et contre la puissance de ses éléments déchaînés pour haler son corps, qui pesait de tout son poids dans ses bras, jusqu'au rivage. Il avait failli se noyer, mais il n'en avait cure sur le moment, car mourir en la tenant dans ses bras lui eût été une récompense amplement suffisante.

Il secoua la tête, en songeant à cet emballement qui, à présent qu'il se retrouvait tout seul dans le noir et que son mari l'avait récupérée, lui paraissait parfaitement absurde. Il s'interrogeait, tout en écoutant vacarmer la mer, se demandant si le désir qu'elle lui avait inspiré ne lui aurait pas tenu lieu de bravoure. Qu'avait-il espéré ? Il n'en savait trop rien. Lorsqu'il l'avait traînée hors de l'eau écumeuse et qu'il l'avait vue dans cet état, gisant sur le sable, privée de pouls, ne respirant plus, il avait carrément disjoncté. Le chagrin l'avait transpercé, comme si cette totale inconnue avait été naguère une maîtresse adulée.

Pourquoi ça ? En désespoir de cause, sans faire preuve d'un détachement excessif mais sans s'énerver non plus, mais en désespoir de cause, il lui avait renversé la tête en arrière, avait collé ses lèvres aux siennes et lui avait insufflé sa propre haleine. Tel un homme égaré, éperdu d'angoisse pour sa bien-aimée, il avait appliqué ses deux paumes sur son sternum et leur avait imprimé les pressions rythmiques d'un massage cardiaque, cherchant son pouls puis respirant de nouveau à sa place, la massant derechef, l'exhortant à respirer, à vivre — comme si sa vie lui importait. *En quoi lui importait-elle ? Parce qu'elle était belle ?*

Ses mains se portèrent à son front, et il sentit son effort de mémoire s'inscrire en relief sur son visage, en même temps qu'il revivait la joie surhumaine qui s'était emparée de lui lorsque, dans un frisson convulsif, son corps était enfin revenu à la vie. Les émotions les plus diverses l'avaient alors assailli. Toute la gamme. Oh oui, elle *était* belle, avec sa lèvre supérieure tuméfiée, ses yeux immenses et ses pommettes saillantes.

Mais ce qui avait en définitive emporté le morceau, et fait qu'elle comptait tant à ses yeux, c'était la force, la toute-puissance de son défi. Sa beauté était aussi sa faiblesse, dans la mesure où elle avait attiré l'attention de Manuel Hellas sur sa personne. Mais sa force, décida Silence, prenait sa source dans la volonté pure, une volonté suffisamment puissante pour la pousser à se dérober à l'existence elle-même, à se supprimer si telle était la seule manière de se soustraire à un tyran domestique. Découvrir la volonté vraie chez une femme stimulait son désir, avec une intensité autrement plus spectaculaire qu'une attirance d'ordre purement physique.

Et, lorsque qu'il se souvint de l'avoir serrée contre lui quand elle avait pleuré — lorsqu'il se souvint du regard qu'elle lui avait jeté avant de revenir à la vie, à cette vie qui la tuait à petit feu, il sut qu'il devait faire quelque chose.

Il enfourcha sa bécane et scruta cet endroit de la mer ténébreuse où, pour la première fois, il l'avait touchée. Il lui avait sauvé la vie, se rendit-il compte, brutalement, comme si cette pensée l'effleurait pour la toute première fois. Et il prit alors pleinement, irrévocablement conscience qu'elle serait morte, à l'heure actuelle, s'il n'était allé la repêcher.

Elle avait délibérément choisi de se supprimer et, ce faisant, était morte à la vie qu'elle partageait avec Manny. Silence lui avait fait don d'une nouvelle vie — et, désormais, elle lui appartenait. Sur cette dernière pensée, il mit le contact et démarra sans allumer son phare, le cœur gonflé, sentant bouffer en lui comme un élan magique.

Jack Shaw, à un moment donné de sa vie, avait tourné le coin d'une ruelle pour se retrouver nez à nez avec un étrange chien écumant. Quelque chose qui surpassait la peur — la certitude absolue qu'un événement horrible allait se produire, et se solderait par sa mort ou ferait de lui un autre homme — avait alors fondu sur lui. Mais le chien, au lieu de l'attaquer, avait fait volte-face et s'était éloigné en godillant. Puis cette perception lui était sortie de l'esprit, jusqu'à aujourd'hui, jusqu'au moment où ce motard aux cuisses épaisses et aux épaules râblées lui était tombé dessus, le clouant au sol de ce corps dur comme de l'acier, d'un acier que la vitesse semblait liquéfier.

Lorsque le crâne de ce fumier avait cueilli Jack sous le menton, la stupeur induite par l'invraisemblable vitesse de réaction du motard avait volé en éclats, cédant la place à une douleur atroce. La féroce volée de coups au corps qui s'était ensuivie lui avait vidé les poumons, l'asphyxiant, et il s'était retrouvé en train de suffoquer. Et, de nouveau, la conviction absolue qu'il allait lui arriver quelque chose de funeste et de fatal lui avait traversé l'esprit.

Et c'était précisément ce qu'il haïssait le plus en Silence. Point tant que ce charlot l'eût humilié devant les copains, ni même qu'il lui eût pratiquement fêlé le genou, mais le fait qu'il avait réveillé cette mortelle certitude, qu'il n'avait encore jamais éprouvée devant aucun autre homme. Rien que pour ça, Silence devait mourir.

— Manny a dit de l'oublier, fit Dan Meade en se servant une poignée de clams marinière. La fête était finie, les invités avaient été raccompagnés jusqu'à leurs voitures et l'orchestre et les traiteurs pliaient bagage. Des plateaux portant les reliefs du festin restaient néanmoins disponibles, pour le bénéfice des hommes qui s'étaient chargés de la sécurité.

— De quoi tu parles ?, grogna Jack. Il était assis sur une chaise pliante, les cuisses largement écartées, et surveillait l'équipe de nettoyage qui ratissait la plage et décrochait les lampions.

— D'oublier Silence, cracha Dan, la bouche pleine, son bec-de-lièvre repoussé en avant comme les crochets d'un crotale. Manny a conseillé d'oublier Silence.

— J'y pensais même pas.

— Ouais, tu parles. T'as même pas touché à ton assiette, t'as adressé la parole à personne de toute la soirée — qu'est-ce que tu t'imagines, que j'ai la tête dans le cul ?

— Manny a dit de faire une croix dessus, dit Jack. J'ai fait une croix dessus.

— Aux chiottes Manny, dit Dan en essuyant ses mains à la nappe. C'est quand, la dernière fois qu'un mec t'a ramassé la gueule ? Et ton calibre, hein ? Il va se payer ta tronche chaque fois qu'il s'en servira. (Il laissa à ses paroles le temps de se frayer leur chemin dans l'épaisse caboche de l'autre abruti, en même temps qu'il tirait une Camel sans filtre du paquet que recélait sa poche de poitrine, la tassait sur un ongle jauni de nicotine et l'allumait.) Viens pas me dire que tu ne mijotes pas de le fumer.

— Qu'est-ce que ça peut bien te foutre ?

Il tira sur sa cigarette, recracha la fumée par la fistule de sa lèvre supérieure et l'aspira de nouveau par les naseaux, tout en soupesant ce qu'exactement il pouvait révéler à son frère d'armes au crâne obtus. Finalement, il décida qu'il était suffisamment bouché pour qu'on puisse tout lui dire, sans prendre plus de risques qu'en s'adressant à un mur :

— J'ai un contact chez les Street Gypsies. Bobby Gomes. Il fait de petits boulots pour mon compte — médicaments, bolivienne, herbe, tout ce que mes connexions peuvent m'envoyer.

— T'as ton propre bizness ? Manny est au courant ?

— C'est trop réduit pour gêner Manny. Des coups occasionnels. Remboursent tout juste mes dettes de jeu. (Il tira sur sa cigarette et souffla un panache de fumée bleue dans la nuit.) Quoi qu'il en soit, le Bobby Gomes en question est pas spécialement dingue de Silence, lui non plus. Je le sais parce qu'il n'arrête pas de le débiner quand je l'interroge. Bobby utilise les autres poivrades déjantées de Gypsies pour mes petites livraisons, vois-tu. Et je tiens pas à ce qu'il y ait du schproum dans la rue. Ce que Manny ignore ne peut pas me nuire. Tu me suis ? Si j'ai besoin d'un des autres Gypsies, Bobby se ramènera avec n'importe lequel, sauf Silence.

— Et alors ?

— Alors, je vous fais une fleur à tous les deux et on expédie Silence en congé illimité. Comme ça, Bobby tâte un chouïa de ma poigne de fer, et ça l'incite à continuer à jouer franc-jeu avec moi. Je ne vais pas tarder à demander à Algernon la permission de m'installer à mon compte. Et je veux que Bobby bosse pour moi dans la rue. Excellent pour mes projets, tout ça. Bon, tu saisis, maintenant ? Ce qui t'arrange toi m'arrange moi aussi.

— Et si Manny apprenait ?

— Personne n'en saura rien, pas même les motards

— pas tous, tout du moins. Seul Gomes sera au parfum, et il fermera sa grande gueule, parce qu'il tient à ce qu'on lui redonne du taf. On cherche pas à déclencher une guerre des gangs. Pas même à récupérer ton feu. Silence peut bien l'emporter avec lui là où il ira.

Jack ébaucha un sourire :

— Tu ferais ça pour moi ?

Dan souffla un rond de fumée, puis un second, plus petit, qui traversa le premier de part en part, et opina du bonnet :

— C'est comme si c'était fait.

Silence conduisait une Harley Davidson XLCH Sportster de 1962, équipée d'un carburateur Linkert standard, une machine construite pour la vitesse. Capable de pousser à 230 sur cinq cents mètres. La Grue l'avait recarrossée tout spécialement pour lui à partir d'une épave que Silence avait récupérée dans une décharge et, comparée aux japonaises légères qu'affectionnaient la plupart des Gypsies, elle avait l'air, hypermassive, d'un char de l'Antiquité.

La Grue, quant à lui, montait une Harley XR750, la plus petite Harley du secteur, une traceuse faite pour le tout-terrain et les circuits boueux, qui lui permettait de négocier à fond la caisse d'improbables virages en épingle à cheveux et non seulement de survivre à cet exploit, mais encore de se cabrer et d'avaler le virage d'un bond, tel un lièvre monté sur ressort.

Liam, pour sa part, avait jeté son dévolu sur la très conséquente « Knucklehead » modèle 1942, dotée d'un moteur de 1 200 cm³ à double soupape en V en tête. La machine, entièrement chromée, avec ses phares profilés en ailerons et sa finition noire étincelante, avait une allure si classique que, comme Liam ne manquait jamais de le rappeler fièrement aux autres, une autre, absolument identique, était exposée au Smithsonian. C'était la bécane amirale des Gypsies, leur porte-drapeau.

Le reste de bande roulait en Yamaha XT550, de petites bécanes de cross, maniables, capables d'exécuter les manœuvres dilatoires et arrachages ultrarapides exigés par les activités des Gypsies. En comparaison, la Harley de Silence ressemblait à un dinosaure, et c'est précisément pour cette raison qu'il l'aimait. Il l'avait l'impression de chevaucher l'Histoire lorsqu'il enfourchait son Dragon d'acier, dont le gros cœur huileux battait de la même énergie qui avait broyé les machines de guerre des nazis, des fascistes et des Japonais, lorsque 90 000 de ces puissantes bécanes avaient portés les « Yanks » et les « Brits » sur les champs de bataille de la Seconde Guerre mondiale.

Non qu'il se souciât spécialement, au demeurant, de l'Histoire avec un grand H — celle-ci n'étant guère, à ses yeux, qu'un pur et simple étalage de la sanglante cupidité humaine — mais il avait conscience que les motos pouvaient être beaucoup plus que de simples véhicules. Qu'elles pouvaient également être des symboles. Qu'une Harley était un emblème du passé — l'emblème des armées victorieuses de la Grande Guerre et celui des premiers motards, forts de leur farouche et vaillante individualité. Les véhicules que montaient les autres gars de l'équipe n'étaient que des machines, certes excellentes pour l'usage qu'on en faisait, mais dénuées de tout pouvoir de suggestion allégorique.

Silence raffolait des emblèmes, les vénérait. Dans le studio qu'il occupait au-dessus de l'atelier de réparation de motos et magasin de pièces détachées de la

Grue, les murs nus arboraient trois objets trouvés, mutuellement disposés pour former un étrange et hétéroclite collage en trois dimensions : des ruines mayas — ou du moins la représentation, déchirée dans un *National Geographic*, qu'en donnait un quelconque artiste — surmontées d'un crâne de corbeau, de manière que les pages arrachées évoquent ses ailes et, au-dessous, à l'endroit où normalement auraient dû se trouver ses serres, deux dés cubiques de plastique rouge translucide. Un peu plus bas encore, à même le mur, il avait calligraphié d'une écriture très lisible les mots : « À piquer vers le ciel sur les ailes de l'histoire, nous regardons la mort en face et nous harponnons la chance au vol. »

Aux yeux de Silence, néanmoins, les plus puissants de tous les emblèmes étaient les livres, ceux qui avaient compté pour lui et l'avaient aidé à demeurer sain d'esprit. Le *Traité du zen et de l'entretien des motocyclettes* de Pirsig l'avait énormément impressionné, par l'explication qu'il donnait de l'*areté*, concept grec que l'auteur avait traduit par « excellence » mais que Silence, pour sa part, préférait rendre par « VAG » — la volonté inébranlable de Veiller Au Grain, quelles qu'en soient les conséquences.

Aussi invraisemblable que cela puisse paraître aux autres, qui ne le connaissaient que sous sa facette la plus bestiale, Silence était un lecteur vorace, un authentique dévoreur de bouquins — de tout ce qui lui pouvait tomber sous la main, de la science-fiction à la poésie. Se « cultiver » — être instruit — lui importait énormément, car c'était ce dont sa mère avait rêvé pour lui. Point tant d'ailleurs qu'il s'en fût inquiété plus que ça quand elle était encore de ce monde. Mais, à l'âge de vingt-quatre ans, une sanglante échauffourée avec un gang de Blacks sanguinaires lui avait coûté trois litres de sang et valu deux semaines de repos forcé. Alité dans sa chambre d'hôpital, souffrant de quatre coups de couteau dont une blessure qui aurait pu lui être fatale (une artère fémorale à un cheveu d'être sectionnée), il s'était mis à lire. Des magazines, pour commencer, puis quelques histoires de Jack London que sa mère lui avait lues quand il était enfant. C'est une vieille amie d'enfance, une fille noire de son ancien quartier, devenue depuis assistante sociale, qui lui avait fait connaître Pirsig et l'*areté* un jour qu'elle lui avait rendu visite. Dès lors, les portes de la philosophie s'étaient ouvertes à la volée, à deux battants, et il n'y avait plus moyen de revenir en arrière.

Au bout de huit années chez les Gypsies et d'une vie entière passée dans la rue, Silence était prêt à changer d'existence du tout au tout, et les livres n'avaient fait que l'y préparer davantage. Mais il aspirait à une nouvelle existence réellement et totalement différente. Au début, il avait envisagé d'émigrer en Alaska, à l'imitation de Jack London. Mais les photos qu'il avait pu voir des hivers de là-bas l'en avaient dissuadé, et il avait finalement fixé son choix sur une autre partie du monde que Jack London avait également visitée au cours de ses voyages... Hawaï.

Comparée à l'existence telle qu'on la menait à South Boston, la vie à Hawaï, dans un coin reculé de l'île de Kauai, tenait du rêve paradisiaque : au milieu des oiseaux gazouillant et jacassant, des racines arc-boutées des grands arbres, des tourbillons des courants thermiques et du tumulte versicolore des hibiscus et des jasmins, la réalité prenait un tout autre aspect, infiniment dissemblable. Là, dans une cabane au toit de tôle ondulée dont la véranda, donnant directement sur les ressacs d'émeraude de la côte nord-ouest, s'ornait de bougainvillées grimpantes, il avait vécu à proximité d'un long récif de corail, qui regardait en face l'azur sombre et glacé des grandes profondeurs.

Au bout de quelques semaines passées à s'immerger dans l'eau verte, à paresser sur la barrière de corail et à se gratter et à frissonner sous le soleil coruscant, le temps qu'il décroche de l'héroïne, il réussit enfin à trouver un job dans une station-service. Un mois plus tard, alors que, par une nuit sans lune, il pêchait à la lanterne en compagnie de quelques pêcheurs avec qui il s'était lié d'amitié, il rencontrait Lani Villareal.

Lani était une liane, une souple fille à la peau bistre et aux yeux topaze, dont les longs cheveux qui lui tombaient jusqu'aux reins avaient la couleur d'un violoncelle. Elle avait dix-neuf ans. Fille d'un cultivateur de taro[1] et d'une horticultrice sortie de l'université, elle vivait et travaillait comme secrétaire dans une ville voisine. Ses parents et ses amis s'étaient alarmés de la voir fréquenter cet inconnu au visage de granit, couvert de tatouages et affligé d'un grasseyant accent bostonien, mais c'était une fille volontaire et déterminée et, deux mois après leur rencontre, ils se mariaient.

Eût-il été plus observateur, peut-être aurait-il reconnu dans les fossettes félines qui creusaient ses joues autre chose que la caractéristique atavique, héritée de son patrimoine génétique, qu'il avait cru voir en elles. Elle mourait déjà de leucémie le jour où ils s'étaient rencontrés, quoique que personne ne s'en rendît compte. Cinq années devaient encore s'écouler avant qu'on n'établisse le diagnostic.

Lesdites années s'étaient déroulées dans une appa-

1. Plante tropicale cultivée pour ses tubercules alimentaires.

rente simplicité, à partager la cabane au toit de tôle ondulée et, la journée de travail terminée, les plaisirs nonchalants de la vie quotidienne — pêcher, arpenter les plages, lire les mêmes livres, économiser pour fonder une famille — une simplicité telle qu'il n'avait jamais songé à se poser des questions. Pas plus qu'il ne s'était penché sur son passé. Il s'abritait derrière le mur de son accent, pratiquait une totale abstinence, apprenait petit à petit qu'il n'était pas dépourvu d'un certain sens de l'humour et envisageait même de se soumettre à un traitement au laser pour faire effacer ses tatouages.

Lorsqu'ils avaient essayé d'avoir un bébé, ils avaient découvert que Lani était gravement malade. Deux éprouvantes années plus tard, après s'être flétrie dans ses bras, réduite à l'état de quasi-squelette au visage momifié, elle était morte. Silence, sur le moment, s'était convaincu qu'il était mort en même temps qu'elle — car, au cours des deux années qu'il avait passées à la veiller, son âme s'était fanée et recroquevillée, confite en morbidité.

Le jour même où l'on avait éparpillé ses cendres au-dessus des eaux émeraude, juste devant leur cahute, il avait quitté Hawaï pour regagner South Boston et les rues sordides où il avait grandi. Il était sous Dilaudid depuis lors, tous les jours que le Bon Dieu fait, et s'évertuait à sectionner, au moyen de la camisole chimique, les nerfs qui reliaient son cœur à son cerveau.

Pendant dix-huit mois, il s'était claquemuré dans la solitude que lui imposait son vœu : aimer Lani à jamais. Il portait toujours son alliance en or et était resté fidèle à son épouse, fidélité à laquelle il comptait bien s'astreindre jusqu'au trépas. Mais, ce soir, ce qui s'était passé entre Billie et lui avait radicalement modifié toutes ses perspectives d'avenir, toutes ses conceptions de la vie et de la mort.

La femme qu'il avait arrachée à l'océan quelques heures plus tôt l'avait fasciné par sa sombre bravoure. Il savait ce que c'était que d'aspirer au trépas, mais il n'avait pu que pressentir, qu'entrevoir la force qui pouvait rendre une telle aspiration irrésistible. Découvrir en une aussi jolie femme un penchant aussi hideux l'avait empli d'épouvante, d'une épouvante qui l'obligeait à prendre les devants.

Il avait survécu au chagrin qu'avait été pour lui la perte de Lani, enduré la totale exécration de cinq cents nuits sous Percodan, souffert les affres létales de cinq cents autres journées sous Dilaudid, surmonté l'horreur physique de fendre le vent à deux cents à l'heure, à cheval sur le gros cœur huileux de son dragon de métal, s'était réveillé en frissonnant d'innombrables cauchemars à grincer des dents, tout ça pour, finalement, se retrouver ici, toujours vivant, assagi, trempé par la souffrance et endurci par elle, assez fort à présent pour affranchir cette femme belle et éperdue de douleur de la prison d'affliction dont elle était l'esclave.

Ces ratiocinations déclenchèrent dans son cerveau la flexion d'une manière de muscle. Il ignorait encore comment il s'y prendrait pour délivrer Billie. Il n'avait rigoureusement aucun espoir de la faire sienne. Une telle prétention outrepassait de loin le mandat que lui avait confié l'enfer. Sa seule et démoniaque ambition se limitait à la soustraire aux griffes des frères Hellas. Cela au moins était peu ou prou en son pouvoir, même si ça devait lui coûter la vie.

Il décida qu'il était préférable de mourir pour ça que de crever d'une overdose ou en se fracassant le crâne sur le bitume de l'autoroute, désarçonné par sa propre moto. Billie, de façon éminemment transparente, était un emblème de son âme — resplendissant d'une beauté que Dieu, la Nature ou tout simplement l'Être imprime à toute âme humaine contrainte, envers et contre tout, de croupir dans la sordide puanteur d'un monde impitoyable.

Une nausée palpitante lui signala qu'il était temps de reprendre quelques pilules. Il piocha trois gélules jaunes de Dilaudid de 4 milligrammes dans la boîte à pilules ornée d'une tête de mort placée sur le bureau délabré où il avait déjà posé le gros 10 mm. Il avala tout rond les DL, les yeux rivés sur l'automatique dont il avait hérité ce soir, en même temps qu'il apercevait Billie pour la toute première fois.

Le puzzle du futur se dessinait lentement. D'abord l'arme dont il aurait besoin, puis leurs retrouvailles en mer dans la nuit, son destin scellé d'un baiser, d'un baiser qui avait insufflé une vie nouvelle dans ses poumons. Son passé en lambeaux cicatrisait de son propre chef, en même temps que tout ce qui s'était produit commençait à trouver son emploi.

Peut-être la perte de Lani ferait-elle elle-même bientôt sens, quand viendrait l'heure de mourir. Et qu'en était-il des Street Gypsies, sa seule famille ? Eux aussi, si ça tombe, finiraient par trouver leur place dans le puzzle — ainsi d'ailleurs que Bella Meris, la vieille copine qui l'avait poussé, à l'origine, à entreprendre le voyage qui l'avait conduit vers Lani. Comme aussi l'*areté*, la volonté pure et vraie, le Corbeau qui l'épiait de son mur, ces mille et un petits morceaux de vie touchés par le dessein secret du destin, afin qu'ils s'imbriquent l'un dans l'autre et forment finalement un tout, achevé et parfait, jusque dans son plus infime détail.

Billie scrutait fixement les ténèbres nocturnes de la fenêtre de sa chambre à coucher. Une cuisante douleur, dans sa gorge et dans ses poumons, lui rappelait qu'elle s'était noyée et cette ecchymose sur sa poitrine, à l'endroit où des mains vigoureuses s'étaient activées pour faire repartir son cœur, était la preuve formelle qu'on l'avait sauvée de la noyade. Cela mis à part, ce terrifiant événement baignait dans un climat irréel. Le décor familier, les rideaux de dentelle, la fenêtre cintrée surplombant le lit rond, le divan pastel et les chaises également rondes houssées de blanc brumeux, qui se gonflaient comme des nuages sur le fond bleu des murs, dans le reflet suspendu entre ciel et terre qu'en renvoyait la vitre coulissante de la fenêtre à guillotine. En contrebas, dans cette cour de prison qu'était son jardin, les ténèbres voilaient une luxuriante cascade de lierre et de rosiers.

Son visage dans la glace lui rendit son regard, morne et désolé. Elle aurait mieux fait de prendre des cachets, décida-t-elle, mais, sur le moment, elle n'avait pas prévu ce subit déchaînement de violence sur la plage, pas plus qu'elle ne s'attendait à sa propre et effrayante réaction. Rien, à l'orphelinat épiscopal où, hormis ces deux dernières années, s'était déroulée son entière existence, ne l'avait préparée à ça. Elle avait toujours cru que ces murs de pierre taillée, que ces soupiraux armés de barreaux des étages inférieurs, et que ces meubles couleur sang de bœuf étaient la quintessence même de la prison mais, en comparaison, ç'avait été une existence idyllique, pleine comme un œuf du parfum de feuilles mortes pourrissantes qui stagnait dans l'air, de l'herbe grasse qui poussait derrière le presbytère où des elfes auraient pu habiter et de vieilles matrones aux visages ridés de farfadets.

À dix-sept ans, lorsqu'elle avait rencontré Manuel Hellas, dans son élégant costume, au pique-nique de la Saint-Jean, ses ambitions de femme s'étaient brusquement réveillées. Il était beau, attentionné et, en apparence, aimable, doux et tendre. Son accent était certes un tantinet vulgaire, mais c'était chose aisément excusable, de la part d'un milliardaire qui s'était construit à la force du poignet. Elle s'était immédiatement entichée de lui et s'était efforcée de comprendre ce qu'un monsieur de cette envergure pouvait bien lui trouver. En tant que l'un des plus libéraux bienfaiteurs de l'Église, il avait fait de nombreuses apparitions à ses galas de bienfaisance, au cours desquels les filles plus âgées de l'orphelinat tenaient le rôle d'hôtesses. Ils s'étaient beaucoup vus cette année-là et, lorsqu'elle avait eu dix-huit ans accomplis et qu'il lui avait demandé sa main, elle avait eu l'impression de vivre un conte de fées.

Ledit conte de fées s'était prolongé pendant les quelques premiers mois. Mais, petit à petit, Billie avait fini par se rendre compte que tout ce que lui avait dit Manny n'était pas entièrement vrai. Au tout début, elle avait relevé dans ses discours de petites contradictions, de légères imprécisions sur des sujets divers : à quelle heure il rentrerait à la maison, où il allait, qui il fréquentait. Il tenait toujours une explication toute prête à sa disposition, et Billie s'en était satisfaite jusqu'au jour où elle avait flairé, sur son costume d'alpaga, les relents d'un parfum qui n'était pas le sien. Dès lors, elle s'était montrée ouvertement suspicieuse et, pour la première fois, s'était mise à écouter ses conversations au téléphone et ses prétendus entretiens en tête à tête dans la bibliothèque.

Au moment même où elle découvrait que Manny et son frère aîné Algernon n'étaient nullement importateurs d'antiquités asiatiques, mais bel et bien d'héroïne, et que le meurtre faisait partie intégrante de leurs activités, elle tombait enceinte. Elle s'était fait avorter sans lui en parler, et avait demandé le divorce. Manny avait été outré par ses accusations et avait fougueusement protesté de son innocence, arguant que son implication dans ce trafic d'héroïne s'était faite à la requête expresse du gouvernement, en tant qu'il était son collaborateur dans la lutte contre la drogue. Mais le parfum inconnu persista sur ses costumes — tout comme il persista lui-même dans ses protestations d'innocence — jusqu'au jour où il eut vent de son avortement.

Manny avait piqué une crise de rage écumante et, dans le feu de la colère, alors même qu'il lui reprochait d'avoir tué son enfant, la vérité avait fini par lui échapper. Il ne lui avait rien dissimulé — ni ses innombrables infidélités, ni la nature brutale de ses activités de capitaine d'une des plus importantes familles du crime de la côte Est. Et c'est à cette époque que les rossées et les viols avaient commencé. Il l'avait fait dès lors surveiller constamment et toutes ses tentatives pour échapper à ce cauchemar s'étaient avérées futiles.

Mais, ce soir, c'était la toute première fois qu'il la battait en dehors de la maison, et devant tous ses hommes. L'humiliation — assortie de la soudaine prise de conscience que sa condition ne pouvait qu'empirer — l'avait conduite à la tentative de suicide. Et elle aurait transformé son essai, réussi son coup — elle lui aurait échappé — si ce motard ne l'avait ramenée d'entre les morts. Il lui avait promis de l'aider, de sa voix la plus suave, mais il n'avait réussi qu'à aggraver les choses. Manny n'avait pas dit le moindre mot quand le motard la lui avait livrée, et ce silence était encore plus terrifiant que ses vociférations.

Un léger grincement de porte la força à se retourner. Manny entra avec lenteur et referma la porte derrière lui. Il arborait le cheveu raide et sombre et le visage noir de bouillante fureur d'un Apache, spectacle d'une féroce beauté mais spectacle effrayant à voir, maintenant que la colère luisait dans ses yeux.

— Tu m'as ridiculisé, ce soir, dit-il d'une voix somnolente, nasillarde.

Les yeux de Billie s'écarquillèrent :

— *Je* t'ai ridiculisé ?

— Il y avait là des gens avec qui je suis en affaires.

— Je suis bien persuadée qu'ils ont vu pire.

Elle referma plus étroitement sa robe et battit en retraite vers son alcôve, de façon que le lit rond s'interpose entre eux deux. Elle lui tourna le dos et, en même qu'elle feignait d'ôter de son visage, à l'aide d'un kleenex, les dernières traces de son maquillage, sentit subitement sa peur se métamorphoser en courroux. Le fait de savoir qu'il n'existait au monde aucun endroit, aucun refuge où elle aurait pu se soustraire aux sévices de cet homme suffit à susciter en elle le plus violent de tous les accès de rage qui l'aient jamais révulsée.

— Tu as passé les bornes, ce soir, Billie.

— J'ai tenté de me suicider, ce soir, Manny. Tellement je te hais.

— Je sais, fit-il de sa voix somnolente. J'ai vu ça. Je ne voulais pas l'admettre. Mais maintenant je m'en rends compte.

— Laisse-moi partir, Manny. Laisse-moi libre de vivre ma vie — ou j'y mettrai un terme.

Manny hocha la tête à une seule reprise, le regard noir, sans un battement de cils.

— Ouais... Je vais te laisser filer. Tu n'es plus ma femme. Tu refuses de porter mes enfants. Tu n'es qu'un boulet.

— Cesse, Manny. Tu me l'as trop souvent répété. Je ne veux plus entendre ça. Laisse-moi tranquille, maintenant. Je ne serai plus là demain.

— Oh, ça, pour être partie, tu seras partie... Mais pas comme tu crois, joli cul. (Sa tête se renversa en arrière, en témoignage de sa morose délectation.) Tu t'imagines peut-être que je vais te laisser tout bonnement me larguer, avec tout ce que tu sais sur moi ?

Une expression incrédule se fit jour à travers son masque courroucé :

— Tu menaces de me tuer ?

— Ce que tu as fait ce soir m'a mis dans l'embarras. Si on te retrouvait morte demain matin dans ta Mercedes, la porte du garage fermée et le moteur en train de tourner, qu'est-ce que les gens s'imagineraient, à ton avis ?

Les yeux de Billie lançaient des éclairs mais, en son for intérieur, elle se sentait glacée :

— Vas-y, tue-moi. Tu me rendras service.

— C'est bien comme ça que je vois les choses. Tu as tué notre enfant. Tu refuses de donner la vie et tu refuses de vivre. Meurs, dans ce cas. C'est une issue commode.

Billie était à présent incapable de réprimer sa terreur, et sa lèvre inférieure chevrotait :

— Va-t'en. Laisse-moi tranquille.

— Tu l'as cherché, dit froidement Manny. Je ne t'ai pas forcée à m'épouser. Tu adorais le clinquant, les fringues chic, les restaurants luxueux et les belles bagnoles. Ç'aurait dû te suffire. Mais il a fallu que tu ailles fourrer ton nez là où il ne fallait pas. Que tu te mêles de...

— Arrête ça, Manny ! Ferme-la. (Son visage était devenu crayeux. Les battements de son cœur avaient encore attisé la douleur, dans sa poitrine, et il lui semblait qu'elle allait s'évanouir.) Laisse-moi en paix.

— Jusqu'à ce que la mort nous sépare, as-tu dit. Et, maintenant, tu voudrais t'en aller. Ben, ça se peut pas. Nous nous appartenons l'un à l'autre. Mon fric t'appartient. Mes maisons, ma voitures et mes bateaux sont les tiens. Et c'est également vrai de mes péchés. Tu ne peux pas les laisser derrière toi en fichant le camp.

— Sors d'ici, Manny.

— Reprends-toi, Billie. Ta vie est ici. Et elle n'est pas si moche que ça, si tu veux bien réfléchir. Qu'est-ce que j'exige de toi, finalement ? Juste que tu souries à mes fêtes. Que tu sois jolie et mignonne. C'est pas le bout du monde. Je me charge des affaires. Tout le sale boulot est pour moi.

— Sors... Ou je hurle.

— Te gêne pas. Hurle. À t'en faire péter la cervelle. Personne ne t'entendra. Tu m'appartiens, mon doux cœur. Et je t'appartiens. Et rien ne pourra jamais nous séparer.

Sur ce, il sortit et, dès que la porte se fut refermée sur lui, Billie s'effondra en larmes sur le lit. Terreur et chagrin rivalisaient de violence en elle. Elle n'avait pas envie de mourir. Elle avait au moins appris ça, aujourd'hui, sur la plage. La vacuité, le néant de la mort est chose effroyable. Pourtant, elle n'avait pas non plus envie de vivre... Pas comme ça, tout du moins.

Au beau milieu de ses sanglots, elle se souvint du motard, au visage dur et à la voix douce, qui lui avait promis de l'aider. Mais ce n'était qu'une promesse en l'air, destinée à réconforter un peu la cinglée qu'il venait d'arracher à la mer.

Elle se leva et retourna se poster devant la fenêtre, sachant désormais ce qu'elle devait chercher des yeux. S'il n'avait pas simplement essayé de lui changer les idées, alors il viendrait forcément. Mais c'était infaisable. Le domaine était sous surveillance électronique et gardé par des chiens. Personne ne pouvait y entrer pour lui porter secours. Et elle ne pouvait pas non plus en sortir.

Son reflet dans la glace lui renvoya le scintillement des larmes qui, après avoir dévalé ses joues et sa gorge, couvraient à présent sa frêle clavicule d'une pellicule luisante. Son masque décomposé était suffisamment parlant : elle allait devoir essayer encore et, cette fois-ci, ne pas rater son coup. Elle plaqua son visage contre le carreau, et son image se dissipa, renvoyée aux ténèbres miséricordieuses.

CHAPITRE DEUX

Silence coupa le moteur et poussa sa bécane hors de la route asphaltée, puis lui fit dévaler un remblai pour entrer dans un enclos cerné de haies touffues et scintillantes de rosée. Il se trouvait à près de deux kilomètres de la propriété des Hellas et voulait s'assurer que personne ne l'avait entendu s'approcher. Il souleva le revers de son blouson de cuir et la Zodiac incrustée dans son poignet de force lui apprit qu'il était deux heures trente du matin.

En s'efforçant de faire les bruits les plus doux et les plus rassurants possibles, il ôta de sa selle le sac de toile, animé de vigoureux soubresauts, qu'il avait arrimé derrière son dos et le balança sur son épaule. Le chat qui se trouvait à l'intérieur poussa quelques féroces miaulements, frétilla encore brièvement puis se tint coi. De l'endroit où il avait garé sa bécane, il pouvait distinguer les masses noires des Heresfords qui paissaient sur un pâturage en pente douce se découpant sur le fond de velours bleu du ciel, sur lequel tranchaient les replis plus foncés des nuages. Personne ne viendrait battre ces haies avant longtemps.

L'esprit clair et lucide, il consacra tout le trajet de la route à la propriété à étudier le terrain, à la recherche d'éventuelles cachettes, plus rapprochées de son objectif, qui lui permettraient de planquer sa meule lorsqu'il reviendrait, ultérieurement, pour délivrer Billie. *Si elle consent à partir*, rectifia-t-il avant d'étouffer cette petite voix intérieure pour reporter sur les environs une attention plus aiguisée. Un vent coulis charriait des parfums de prairies, de meules de foin et de bouses de vaches. Le ciel sombre semblait suffisamment profond pour ensevelir l'univers tout entier dans son linceul, et les battements des ailes de chauves-souris et le hululement d'un hibou l'incitaient à broyer laconiquement du noir.

Au bout d'un moment, des arbres dont les troncs, dans la clarté sodique des réverbères, évoquaient des colonnes de temple, commencèrent de border la route. Une allée, bordée sur presque toute sa longueur d'une grille de fer forgé, s'ouvrait tous les quelque cent mètres. Un aboi de chien retentissait par intermittence. Les boîtes aux lettres étaient incrustées dans les murs de pierres dont le lierre avait été émondé avec une précision toute géométrique, pour laisser apparentes les plaques de cuivre poli portant les numéros des maisons. Il était enclin à s'abandonner tout à la fois à la colère et l'apitoiement sur soi-même : pour qui donc se prenait-il, pour se baguenauder dans un tel quartier ? Une patrouille de flics aurait tôt fait de repérer le clodo qu'il était, et comment, alors, justifierait-il sa présence... Je suis juste descendu faire un tour, pour faire pisser le chat qui s'agite dans ce sac ?

Mais il n'y avait ni patrouilles, ni voitures, ni joggers, et il chassa ces pensées récalcitrantes. La route s'incurvait assez rapidement, pour bientôt se transformer en une sinueuse rue de campagne grimpant à flanc de colline, et il déboucha sur la propriété des Hellas, protégée par son enceinte extérieure de brique sombre. Dans les ombres fluettes portées par les réverbères qui brillaient au travers de rameaux ployant sous leur propre poids, une nouvelle espèce d'animal s'éveilla subitement en lui, vigilante, aux aguets. À la créature prudente qui, l'esprit vide, avait arpenté ces deux kilomètres de route de campagne se substitua une ombre silencieuse et adroite, évasive et fourbe émanation de la nuit.

Cette facette de sa personne prenait ses racines dans ses plus anciens souvenirs, et il se laissa piloter par son instinct, furtivement, jusqu'à un buisson épineux qui escaladait le faîte du mur. S'il n'avait pas eu l'intention de revenir, il n'aurait pas hésité à utiliser son couteau pour se frayer son chemin en rampant à travers les épines, mais il ne voulait pas laisser la moindre trace de son passage. Il enfila des gants de cuir, releva le col de son blouson et entreprit patiemment de démêler les branches enchevêtrées, en se servant pour les repousser du sac de toile contenant le chat qui miaulait à fendre l'âme, pour ensuite s'introduire de profil dans les fourrés, graduellement, en les fendant de son épaule.

La besogne était fastidieuse et vingt minutes au moins s'écoulèrent avant qu'il n'émerge enfin de l'autre côté, le blouson lacéré d'égratignures et le visage éraflé, tandis que le chat poussait des miaulements de vif déplaisir. À présent qu'il avait un peu débroussaillé les branches, il n'aurait aucun mal à ressortir en vitesse, et il progressa dorénavant avec vivacité, totalement invisible de la rue. Un filet d'odeur rance le guida jusqu'au point, situé le long du côté pile du mur, où l'on devait entreposer les poubelles. Une société de ramassage privée passait probablement une fois la semaine et, à en juger par l'odeur, ce moment n'allait certainement plus tarder. La puanteur, espérait-il, suffirait à couvrir sa propre odeur corporelle, laissant ainsi les chiens dans l'ignorance de son intrusion.

Il attacha le sac frétillant aux pattes d'épaule de son blouson et entreprenait déjà l'escalade du mur tapissé de vigne vierge lorsqu'il remarqua, un peu plus loin, un chêne au feuillage touffu qui aurait bien eu besoin d'être émondé. Une fois parvenu à la cime de l'arbre, il parvint à se glisser le long de l'une de ses branches et à franchir ainsi les pointes acérées et hostiles qui garnissaient le faîte du mur. Celles-ci dépassées, il s'accroupit, se suspendit à la corniche du mur puis se laissa tomber au sol sans le moindre bruit, à proximité d'une poubelle. Une cloison revêtue de plantes grimpantes en pleine floraison dérobait la poubelle aux regards et il passa la tête par-derrière pour inspecter les alentours, et aperçut une allée conduisant à un vaste garage. Une pelouse en pente douce et une grande demeure se dressaient juste derrière, sous un semis d'étoiles.

Entrer dans la propriété s'était finalement avéré plus facile qu'il ne se l'était imaginé, et il n'avait même pas eu besoin de recourir aux services du miroir concave, large comme la paume de la main, qu'il avait apporté pour neutraliser les yeux électroniques. Il détacha le sac de son épaule et en extirpa le chat. Inclinant ensuite la tête, il prêta l'oreille aux bruits qui sourdaient de la maison, puis balança le sac vide dans la poubelle béante, traversa l'allée et franchit au petit trot la large bande de gazon soigneusement entretenu. Il avait à peine dépassé le milieu de la pelouse qu'un chien se mit à aboyer. Un pinscher surgit soudain du néant, de derrière un pavillon, et le chargea avec férocité : Silence exécuta un crochet abrupt et poursuivit sur sa lancée.

Un treillage de lierre se dressa brusquement devant lui, pareil dans cette obscurité à une gigantesque gerbe funéraire. Avant même qu'il ait pu l'atteindre, le pinscher était sur lui. À l'instant précis où le chien bondissait, Silence opéra une foudroyante volte-face et lui balança au museau le chat de gouttière glapissant. Il dépassa le treillage d'un bond, poursuivi par un cacophonique remue-ménage de miaulements et d'aboiements farouches, tandis que, dans son estomac, la nausée du manque se figeait tout d'un coup en une boule douloureuse.

Des lumières s'allumèrent instantanément aux fenêtres. Accroupi derrière une vasque, il regarda le chat de gouttière détaler dans les ténèbres, pourchassé par un pinscher écumant. Venait à présent la partie la plus épineuse, et la plus futile aussi, peut-être, de son illicite incursion : trouver Billie. Il était parti d'un certain nombre de présupposés capitaux... Qu'elle était encore vivante, que sa chambre à coucher tournait le dos à la rue et qu'elle s'y trouvait seule. Des geais pépiaient à tue-tête, réveillés en sursaut par le vacarme, et la voix somnolente d'un homme, grommelant d'un ton exaspéré, lui parvint de quelque part — probablement le jardinier s'efforçant de récupérer le clébard. Les abois et les jappements d'autres chiens se faisaient entendre, en provenance d'autres ailes de la maison.

Il inspecta les fenêtres éclairées et son cœur se serra. Un étage plus haut, Billie s'encadrait dans le châssis d'une fenêtre cintrée, le visage plaqué au carreau. Sentant brusquement la tête lui tourner, Silence dut se contraindre à respirer posément pour recouvrer son sang-froid. Les espoirs les plus fous — il en avait fait l'expérience à de multiples reprises — sont les fourriers du danger et de la mort. Lorsqu'il se fut calmé, il entreprit d'escalader le treillage de lierre, manquant de peu de faire s'effondrer l'édifice sous son poids. Insoucieux du vertige ravageur qui menaçait de le faire succomber, il réussit, en progressant à pas comptés depuis le treillage vacillant, à gagner la corniche située juste sous la fenêtre.

À sa vue, Billie battit tout d'abord en retraite. Une seconde plus tard, elle le reconnut et comprit aussitôt pourquoi les chiens avaient aboyé. Elle releva en coup de vent la fenêtre à guillotine.

— Vous !, balbutia-t-elle. Ils vont vous tuer !

Silence se rua à l'intérieur de la chambre et s'accroupit contre un mur, enregistrant le moindre détail de ses yeux vifs, en même temps que son estomac se révulsait et que le sang palpitait furieusement à sa jugulaire.

— Fermez la porte à clé.

— Je ne peux pas, s'écria-t-elle fébrilement. Elle n'a pas de verrou.

Silence se leva et repoussa contre la porte le divan au dossier incurvé. Puis il se dirigea vers l'une des chaises capitonnées et se laissa tomber dessus lourdement. Il lui fallait absolument d'autres pilules, pour que l'univers ne s'effondre pas, pour conserver toute la lucidité, toute la clarté d'esprit dont il aurait besoin pour ressortir.

— Comment êtes-vous entré ?, s'enquit Billie, qui s'était plantée devant lui et serrait à deux mains sa robe de chambre contre son corps.

Il goba une poignée de DL et déglutit, s'efforçant de les faire passer.

— Vous n'êtes pas bien.

Elle se dirigea vers sa table de chevet et lui servit un verre d'eau.

Il déclina ce dernier d'un geste :

— Ça va se tasser.

Il passa la main sur son visage ruisselant de sueur et aspira une longue goulée d'air entre ses dents :

— Désolé... Pour l'intrusion.

— Que venez-vous faire ici ?

— Vous aider.

Billie secoua la tête, cherchant à dissiper la joie illusoire que sa vue avait éveillée en elle.

— Vous ne pouvez pas m'aider, fit-elle, marquant ensuite un temps d'arrêt, dans l'espoir qu'il la contredirait.

— Vous avez tout à fait raison. (Il hocha la tête avec lassitude, puis releva les yeux pour examiner le délicat chaperon de plâtre qui s'épanouissait au ciel de la chambre à coucher, et les moulures soigneusement biseautées, tout en savourant sa chance et en remerciant sa bonne étoile de l'avoir conduit jusqu'ici sans une égratignure.) Vous allez devoir vous prendre par la main, si vous voulez sortir d'ici. Mais si vous avez réellement envie d'en sortir, je peux vous expliquer comment.

Billie s'assit sur le rebord du lit et laissa mollement retomber ses mains entre ses cuisses.

— Comment ?

— Je peux vous aider à filer dans une autre ville... À trouver un emploi.

Le visage de Billie se renfrogna, morose :

— Il me retrouverait.

— Non. Pas si nous allons suffisamment loin.

— Suffisamment loin ? Où ça, à votre avis ?

Silence lui fit face, la découvrant pour la première fois à la lumière. La ligne nette et volontaire de sa mâchoire lui plut. Elle n'avait pas peur.

— Suffisamment loin, c'est juste ici.

Il avait posé la main sur son propre cœur.

Elle le regarda en plissant les yeux et, dans une bouffée de panique, comprit qu'il était fêlé. Ses yeux gris aux pupilles fixes, grosses comme des têtes d'épingles, lui mirent la puce à l'oreille. Son visage barbouillé de crasse et tout égratigné, bosselé de creux et de méplats enfiévrés, révélait un homme capable de toutes les violences.

— Vous l'avez déjà quitté, tout au fond de vous-même, dit-il. Vous êtes entrée dans la mer, ce soir. Pourquoi auriez-vous peur de quoi que ce soit ?

— Je n'y peux rien. (Elle leva les mains, paumes tournées vers le ciel.) J'ai peur.

— Alors peut-être vaudrait-il mieux que vous restiez.

Elle secoua la tête avec la dernière énergie.

— Non. Il va me tuer. Il me l'a dit.

Silence soupira.

Billie se leva et marcha jusqu'à la fenêtre, puis resta plantée devant cette dernière, fixant les rideaux tirés.

— Pourquoi êtes-vous venu ? Pourquoi faites-vous ça pour moi ?

Silence lui servit la réponse qu'il tenait toute prête :

— C'est pour moi que je le fais. Je vous ai sauvé la vie ce soir... À présent, j'en suis responsable.

— Pur monceau de conneries, répliqua-t-elle, blessée par sa pirouette. Elle tourna vers lui un regard sarcastique et une folle pensée la traversa.

— C'est Manny qui vous envoie ?

Silence pointa interrogativement le menton.

— Comment auriez-vous pu entrer, sinon ? (La prodigieuse certitude d'avoir entrevu la vérité passa comme une ombre sur son esprit. La peur lui glaçait la gorge, et elle parlait d'une voix entrecoupée.) Êtes-vous là pour m'humilier avant de m'assassiner ?

— Non. (Silence avait lu la peur dans ses yeux et tentait d'imprimer à sa voix la plus grande sincérité.) Ce n'est pas Manny qui m'envoie. Je suis venu de mon propre chef.

Il déglutit, ravalant le nœud qui lui serrait subitement la gorge et dit avant qu'il n'ait eu le temps de se reformer :

— Je suis là parce que... je vous aime.

— Vous m'aimez ? (Elle le considéra en battant des paupières, totalement prise de court.) Vous ne me connaissez même pas.

Sentant soudainement son estomac se crisper et des picotements parcourir son visage embrasé, Silence se leva tout à trac.

— Écoutez, c'était une erreur. Je regrette. Je vais m'en aller.

Il fit mine de se diriger vers la fenêtre.

— Non.

Elle fit un pas en avant et prit alors conscience de son profond embarras.

— Attendez.

Le fugitif, imprévisible aperçu qui venait de lui être donné de la douceur et de la fragilité dont cet inconnu pouvait être capable, par-delà sa brutale apparence, la contraignit à abaisser totalement sa garde et, sa carapace se fissurant, elle éclata en sanglots.

— J'ai peur, dit-elle, les yeux soudain noyés de larmes. Je ne sais pas quoi faire. Je ne sais pas...

Une émotion de nature quasiment onirique s'empara de Silence au spectacle du subit revirement de Billie. Il ouvrit les bras pour qu'elle vienne s'y blottir et elle se serra contre lui et sanglota sur son épaule. Refusant presque d'y croire, il pressa son visage contre ses cheveux et huma l'odeur de jasmin de son rinçage. Il s'assit sur le lit à côté d'elle et lui murmura à l'oreille :

— Tu peux avoir confiance en moi, Billie. C'est uniquement pour t'en donner la preuve que je suis là ce soir. Tu peux te fier à moi. Si tu y consens, je t'aiderai.

— Oh oui..., bredouilla-t-elle de façon incohérente, en même temps que toute la terreur qui s'accumulait en elle depuis qu'elle vivait dans cette maison débordait, ruisselante, se déversant par ses yeux en larmes brûlantes. Je t'en supplie, je t'en supplie... Aide-moi.

Il lui caressa les cheveux, cependant que son esprit récapitulait rapidement, par le menu, toutes les tâches qu'il lui faudrait mener à bien s'il voulait la délivrer.

— D'accord, alors. Écoute-moi bien. J'ai une amie qui travaille pour la municipalité. (Il songeait à Bella Meris, à présent assistante du District Attorney et attachée à son cabinet.) Elle peut t'aider à adopter une nouvelle identité. Je vais te la présenter.

— Tout de suite ?

— Non, pas maintenant. Je dois d'abord régler certaines choses.

Son cerveau s'activait fébrilement, galvanisé par la perspective de tenir à portée de ses mains une destinée dont il n'avait jamais réellement cru qu'elle pourrait se réaliser un jour. Pourtant, elle était là, bel et bien là, entre ses bras. Il lui avait déclaré qu'il l'aimait, et cet aveu, par son audace, lui avait gagné sa confiance en même temps qu'il brisait le sortilège de ses propres doutes. Mais maintenant, quoi ? Comment pouvait-il espérer lui rendre cette liberté dont il s'était porté garant ?

— Demain soir. Je repasserai te prendre demain soir. Peux-tu te débrouiller pour sortir de la maison ?

— Non. (Elle se rassit, les cils emperlés de larmes.) Manny me surveille. Jamais il ne me laissera une seconde de répit... Et encore moins le soir.

— Alors nous devrons sortir par où je suis entré. Passe des tennis et mets des vêtements noirs... Un pantalon. Emporte un blouson, et uniquement les choses que tu pourras entasser dans tes poches.

Le visage de Billie se convulsa de nouveau, dans un nouvel accès de sanglots, et un frisson la parcourut tout entière.

Silence lui effleura la joue de la main et déclara d'une voix douce :

— Fini de pleurer, maintenant.

— Non, c'est autre chose, cette fois-ci. (Elle essuya ses larmes et expira profondément, s'efforçant de se maîtriser.) Ce n'est plus parce que j'ai peur que je pleure. (Elle lui prit la main et son visage s'illumina.) Mais parce que tu es venu spécialement pour moi.

Ses yeux fouillèrent ses traits en quête d'une confirmation, et lorsque cette certitude fut acquise, elle ajouta avec le plus grand sérieux :

— Merci.

Il étreignit sa main et lui adressa un clin d'œil rassurant :

— Je ferai tout ce qui est en mon pouvoir. Mais, pour le moment, j'aimerais que tu essayes de faire quelque chose pour moi. (Il l'aida à se relever.) Les chiens te connaissent ?

Elle hocha la tête :

— Bien sûr. Ce sont les seuls amis que j'aie dans cette maison.

— Parfait.

Silence marcha jusqu'à la porte et, repoussant le divan, déblaya le passage.

— Descends au rez-de-chaussée. Si quelqu'un t'arrête, raconte-lui que tu vas manger un morceau ou boire un verre de lait, n'importe quoi. Et que tu comptes sortir ensuite dans le verger pour prendre un peu l'air. Si ça marche aujourd'hui, ça marchera aussi demain, et tu n'auras pas besoin d'escalader cette fenêtre pour sortir.

Elle hocha de nouveau la tête et entrebâilla la porte, puis la referma.

— Je ne connais même pas ton nom.

— Tu l'as oublié ? Je te l'ai dit sur la plage.

Elle réfléchit un instant, puis ça lui revint : « Silence ». Un sourire passa sur ses lèvres, révélant une fossette.

— Quel nom étrange.

— Je ne parle pas beaucoup aux gens... En général.

Elle le remercia de nouveau du regard, puis sortit de la pièce.

Silence éteignit la lumière et se posta devant la fenêtre pour l'attendre. Des ondes de force le parcouraient... Une énergie aussi froide et brillante qu'un champ magnétique. L'effet des Dilaudid avait commencé à se faire sentir, un effet encore décuplé par la joie qu'il éprouvait de se trouver dans la chambre de Billie, au milieu de tous les objets qui lui appartenaient, tandis que son sourire flottait encore devant ses yeux. Une foi absolue et triomphante l'inonda : il avait eu entièrement raison de venir, et la vie était une chose merveilleuse.

Des nuages aux doigts de rose rutilaient encore à l'Est lorsque Silence rentra dans South Boston. On jouait relâche et les acteurs de la pièce — gangs, proxos, prostituées, dealers et vendeurs à la sauvette de billets de loto — avaient déserté la rue et dormaient dans leurs tanières. Seuls quelques junkies étaient encore visibles, faisant les cent pas aux coins des rues ou squattant les porches comme autant de spectres. Les travées de vieux immeubles de pierre de taille paraissaient abandonnées, avec leurs fenêtres pour la plupart aveuglées ou barricadées de planches, tandis que débris et tessons de bouteilles jonchaient les trottoirs craquelés, dont les crevasses hébergeaient des herbes en dents de scie. Une épave mangée de rouille, sans roues ni pare-brise, gisait devant un terrain de jeu... bitume et palissade grillagée. La flèche d'une église s'élevait au loin, poignardant l'horizon comme une dague.

L'atelier de réparation de motos de la Grue, bâtiment cubique de deux étages, se dressait entre une maison en ruine et un terrain vague envahi par les herbes folles et les détritus. La porte métallique coulissante avait été baissée, obstruant l'entrée du garage et arborant l'emblème du gang : une tête de mort aux yeux flamboyants, à l'oreille percée d'un anneau d'or et au crâne coiffé d'un bandana bleu. Les mots « Street Gypsies » étaient inscrits juste en dessous en lettres rouge sang. Au-dessus de la porte du garage, on pouvait lire, écrit au pochoir en lettres noires écaillées sur la vieille façade de brique : « CRANE'S » — « Chez la Grue » —, et, en caractères plus petits, encore plus bas, « ENTRETIEN ET RÉPARATION DE MOTOCYCLETTES ».

Silence coupa les gaz et poussa sa Harley jusqu'au fond, le long de l'allée parsemée de taches d'huile de moteur qui séparait le terrain vague du bâtiment. Le trousseau qu'il portait dans sa petite poche de hanche, juste sous son ceinturon, ne comportait que deux clefs : celle de sa bécane et celle de la porte de derrière de l'atelier de la Grue. Il se servit de la seconde pour ouvrir le cadenas, et releva ensuite la porte coulissante, juste assez pour laisser passer sa meule. Encore qu'ils ne fussent que trois — Liam, la Grue et lui-même — à vivre réellement dans ce local, tous les gars de l'équipe y garaient leur moto. La clôture intérieure grillagée et couronnée de barbelés décourageait les éventuels amateurs de pièces détachées, qui désossaient tous les véhicules qui leur tombaient sous la main, et l'auvent de plastique vert ondulé, ainsi que la vaste bâche de toile goudronnée qu'on déployait pendant les tempêtes, protégeaient les machines des intempéries.

Un rayon de lune égaré et quelques étoiles éparses cloutaient le ciel au-dessus de l'immeuble à terrasse et, lorsque Silence eut rangé sa bécane, il ressortit de l'enceinte intérieure pour les contempler. Son épuisement était tel qu'il lui semblait avoir le souffle court et être à deux doigts de s'effriter et, à plusieurs reprises pendant qu'il filait sur l'autoroute, il avait failli tomber dans les pommes. Mais son entrevue avec Billie avait élargi ses perspectives et donné du champ à son espace vital et, à présent qu'il ne risquait plus de se viander dans le décor, l'envie le dévorait d'admirer les beautés de la création et toute la splendeur qui l'environnait.

Le seul endroit — à part la tombe — qui lui soit venu à l'esprit après la mort de Lani, pour surmonter, dompter son chagrin, c'était ces ruelles étroites qui n'étaient jamais que le versant terrestre de l'outretombe. Certes, les substances opiacées savaient engourdir la cuisante douleur du souvenir — mais, à présent, à plonger son regard dans la lumière aqueuse d'un jour nouveau, dans les chatoyantes profondeurs d'un futur riche de promesses, mais qui ne lui appartiendrait que s'il savait associer la clairvoyance à la pugnacité, la lucidité à l'audace, il comprenait qu'il allait impérativement devoir décrocher. La volonté pure et vraie lui permettrait certes de traverser cette épreuve, mais l'heure et le moment étaient-ils bien choisis ?

À la seule évocation du mot « heure », Silence faillit s'assoupir contre la palissade grillagée. Il verrouilla le portail, escalada l'échelle métallique jusqu'à la fenêtre du second étage qui donnait sur son studio et s'effondra sur le futon, sous le regard maléfique du Corbeau.

Silence s'éveilla quatre heures plus tard d'un sommeil sans rêves, mourant de soif, la bouche pâteuse et conscient d'avoir une lourde besogne à abattre avant la fin du jour. *Matin d'areté*, lança-t-il au Corbeau en guise de salut, avant de laisser retomber sa tête, agressé par une nausée terrassante. Il se traîna jusqu'à la salle de bains qu'il partageait avec Liam, en godillant et en traînant la savate comme un macaque et, penché sur le lavabo, dégueula sans s'émouvoir. Au premier répit que lui octroyèrent ses spasmes, il recueillit un peu d'eau dans le creux de sa paume et s'autorisa à l'avaler. Ses nausées le reprirent instantanément, et il les endura stoïquement, tout en bandant déjà ses pensées vers les rudes tâches de la journée.

Bella Meris allait jouer dans ses projets un rôle de tout premier plan — si du moins elle consentait à lui venir en aide. Il ne l'avait pas revue depuis près de neuf ans, depuis qu'elle lui avait fait la fleur de le pousser à quitter South Boston. Tout récemment, il avait appris de la bouche de Liam qu'elle était devenue procureur adjoint du District Attorney. Excellente chose au demeurant, semblait-il, dans la mesure où elle s'était toujours avérée aussi brillante que compréhensive, encore qu'il se demandât jusqu'à quel point elle pourrait encore éprouver de la compassion pour le revenant qu'il était, resurgi à l'improviste de son passé.

Il se déshabilla et prit une douche brûlante. Le manque se faisait puissamment sentir, comme toujours au réveil, mais il n'en résolut pas moins de ne pas se plier pour l'instant à ses exigences. Si le temps lui manquait pour décrocher, il pouvait au minimum se restreindre, réduire les doses. Billie méritait bien ça. L'eau bouillante et le savon qui lui piquait les yeux eurent le mérite de le tirer complètement de sa torpeur ; néanmoins, si réveillé qu'il fût, il n'en revenait toujours pas de sa bonne fortune. *Elle a accepté mon aide !*, exultait-il. *Elle veut bien que je l'aide !*

D'ordinaire, après s'être levé et avoir pris ses pilules, Silence descendait chez Slo Jo, un boui-boui du quartier, et prenait son petit déjeuner mais, ce matin-là, il fit une croix sur ses DL, enfila des BVDs[1] moulants, une chemise bleu marine et un jean noir tout propres, puis passa un ceinturon militaire dont il avait affûté la boucle comme un rasoir ; cela fait, il emprunta l'escalier intérieur et descendit dans l'atelier inondé de soleil. La pendule murale indiquait neuf heures vingt : un peu prématuré pour sortir dans la rue ; toutefois, la Grue avait déjà relevé la porte du garage et hissé au bout d'une chaîne de treuil un moteur de 1200 cm^3 à double soupape en V à refroidissement par air, pour que Frail et lui puissent travailler dessus sans avoir à s'accroupir. Silence se servit du café noir dans une chope ébréchée, s'assit sur la chaise pivotante devant le bureau métallique encombré et décrocha le téléphone pour essayer de

1. Sous-vêtements masculins légers et tissés serré, appelés aussi *beeveedees*.

se renseigner, en l'occurrence s'assurer que Bella Meris travaillait effectivement pour le DA, et qu'elle serait présente aujourd'hui même à son bureau. Il ne tenait pas à lui parler directement au téléphone, convaincu qu'il saurait se montrer nettement plus persuasif de vive voix.

Bobby Gomes, dont la chemise blanche bâillait jusqu'au nombril, entra d'un pas nonchalant, flanqué d'Andrea, sa régulière, vêtue pour sa part d'une mini-jupe noire. Ils habitaient la maison voisine avec Bassman Giamacci et Cassie, la meuf de ce dernier. Andrea, une blonde au visage ingrat qui montrait une prédilection marquée pour les vêtements courts et moulants plus susceptibles de mettre en valeur ses formes généreuses, tenait les registres comptables de la Grue. Elle était également le seul membre des Gypsies à avoir passé son bac et s'enorgueillissait tout autant de son éducation et de la facilité avec laquelle elle maniait les chiffres que de sa silhouette. Elle aimait bien Silence. Lorsque les autres se vautraient autour du poste de télé de 36 pouces, dans le salon de la maison voisine, pour suivre une partie de basket ou de hockey en beuglant comme des hystériques, Silence lui tenait compagnie dans la cuisine et parlait, discutait réellement avec elle, chose qu'il ne faisait avec personne d'autre. Ils bavardaient de gens qu'elle avait pu croiser à la faveur de ses autres activités de comptable, des nouvelles et des bouquins qu'il était en train de lire. C'était lui qui lui avait fait connaître Charles Bukowski, dont les écrits, depuis lors, n'avaient jamais cessé de lui briser le cœur.

— Où qu'est passé ton joujou, Bouche-en-cœur ?, s'enquit Gomes en gratifiant Andrea d'une énergique main au cul, au moment où celle-ci passait devant lui pour se diriger vers les fichiers métalliques.

Silence l'ignora et, quelques secondes plus tard, Gomes et Frail s'insultaient copieusement. Puis il inséra une cassette audio dans le lecteur installé sur le dessus des sommiers métalliques et le *Floated Away* de Hüsker Dü claironna soudain à travers tout l'atelier. Il fit tournoyer Andrea sur son axe, tira l'oreille de Frail et, en roulant des mécaniques, se dirigea vers Silence, lequel, adossé à sa chaise, avait posé les pieds sur le bureau. D'un geste vif, il agrippa les pieds de Silence et le propulsa à la renverse, l'envoyant bouler au sol en même temps qu'il lui arrachait ses baskets. « D'enfer, les écrase-merde ! », beugla-t-il, tout en agitant les New Balance noires sous le nez de l'autre.

Silence se rassit, le sang battant à ses tempes.

Bobby Gomes lui balança les baskets en pleine figure et, voyant Silence se relever d'un bond, sortit une lame de sous sa chemise et se mit à fendre l'air de sa main, de pointe et de taille, avec une telle fluidité, une telle grâce électrique qu'elle semblait se mouvoir au ralenti. Silence se figea à deux centimètres de la pointe du surin, en arrêt, les bras en croix.

— Allez, viens !, glapit Gomes. Tu te prends pour un cador, hein ? Essaye un peu de me dépouiller, pour voir !

Silence se refusait à sortir sa propre lame, sachant qu'il serait obligé de s'en servir s'il s'y risquait, et il n'avait nullement l'intention de piquer Gomes devant sa femme et au beau milieu de l'atelier de la Grue.

Un dur sourire crispa la mâchoire de Gomes, et il articula distinctement, en détachant les syllabes :

— Pauvre fiotte, va ! Tronche de cake !

Un vibrant grondement couvrit les braillements de la musique. Liam apparut dans la lumière, se dirigeant à grandes enjambées vers le lecteur de cassettes, et il coupa le son.

— Range ça, Bobby, ordonna-t-il d'une voix douce, mais ferme.

Gomes replia sa lame. Silence redressa la chaise pivotante et se rassit. La Grue, qui n'avait pas une seule fois relevé les yeux de son travail sur le moteur de 1200, réclama une clef à molette pour gaucher, et Liam la lui passa, tout en déclarant :

— Tout le monde m'écoute, maintenant.

Les autres Street Gypsies, retour de leur petit déjeuner chez Slo Jo, venaient de franchir le seuil du garage : Hank, Seaworms, Marsbars, Bassman et Cassie, sa légitime, s'agglutinèrent autour de Liam ; ils s'adossèrent aux établis ou bien s'assirent, qui sur ces derniers, qui en relevant un tabouret, qui en renversant un seau, qui sur une caisse retournée. Cassie était petite et vive, le visage rond et doux, avec des mains délicates, habituées à récurer tout ce qu'elles touchaient. Elle entreprit d'arpenter l'atelier en long et en large, pour ranger les tabourets à la place précise qu'ils devaient occuper, ramasser tout ce qui traînait, débarrasser les verres vides et les chopes sales.

— On a une journée chargée, annonça Liam. Deux heures quinze au croisement de Lagrange et de Tremont : on va s'attaquer à la fourgonnette d'un entrepôt de médicaments qui fait la tournée des hôpitaux. Mais va falloir jouer serré. Pas question de lambiner sur ce coup. On aura environ trois minutes pour la nettoyer. Quatre caisses de seringues et six autres des produits pharmaceutiques habituels.

Un grognement échappa à Silence. Il savait parfaitement que ce job allait leur tomber dessus, mais n'avait pas prévu une seconde que ça se ferait aujourd'hui.

Liam lui lança un regard noir.

— Ça te pose un problème ?

Il secoua la tête. Ça allait surtout en mettre un sérieux coup à son emploi du temps de la journée, en le précipitant de façon notable, et il enfila ses baskets et sortit ses lunettes noires à monture métallique de sa poche de poitrine.

— Où tu crois aller ?, demanda Gomes.

— VAG, répliqua laconiquement Silence en se levant.

— Ben, tâche d'être de retour ici à temps pour veiller au *nôtre*, de grain, l'interpella Liam.

Silence brandit le pouce en signe d'acquiescement et disparut dans le soleil brasillant.

Quoique Bella Meris fût de taille moyenne et affichât une coiffure assez désinvolte, ses larges épaules et son regard perçant, aussi imperturbable que celui d'un tireur d'élite chevronné, lui conféraient une indiscutable présence. À la lueur argentée des panneaux fluorescents, sa peau prenait une teinte violine et ses lèvres paraissaient d'un bleu livide. Silence l'examinait à travers une vitre de séparation, la regardant se partager avec autorité entre les différents postes de travail des bureaux, grouillants d'activité, du District Attorney, récupérant des rapports, scrutant les terminaux d'ordinateurs, réprimandant ou encourageant le personnel. Lorsqu'elle le repéra, elle pila net dans sa foulée et resta pétrifiée sur place, les bras ballants, en hochant la tête telle une institutrice exprimant sa silencieuse désapprobation.

Elle traversa la pièce et poussa la porte vitrée, laissant s'échapper un raffut tonitruant, concert tapageur d'imprimantes bourdonnantes, de sonneries stridentes de téléphone et de claviers crépitants.

— Tommy Cunningham ! hurla-t-elle quasiment. Mais où donc est passé ton bronzage ? Le téléphone arabe m'avait laissé entendre que tu étais devenu un authentique Hawaïen.

Il l'embrassa sur la joue et lui chuchota dans le tuyau de l'oreille :

— Je suis rentré depuis dix-huit mois.

Elle lui jeta un long regard, comme pour dire : « Sans déc' ? », et l'introduisit dans le bureau bruyant.

— C'est pas tous les jours comme ça, fit-elle en le pilotant par le coude, le long de la travée centrale, vers la vitre fumée des bureaux du fond. Bright Sky[1] s'attaque à un sénateur de l'État pris en flagrant délit de corruption, et le service tout entier est sur les dents.

Leroi Bright Sky était le District Attorney, homme politique jovial mais agressif, que son ascendance pour moitié indienne Cayuga ne pénalisait nullement dans les sondages, et que ses aïeux irlandais, du côté de sa mère, n'empêchaient absolument pas de louvoyer et de magouiller avec les *politicos* du Capitole de l'État. Il avait la réputation d'être un procureur intègre, soucieux de préserver les intérêts des petites gens.

— Tu es occupée, fit observer Silence en pilant net. Je repasserai après les heures de travail.

— Grotesque. C'est précisément le moment le plus creux de ma journée de travail. Tout le boulot effectif se fait après la fermeture. Entre ici, on sera plus au calme.

Elle poussa la porte vitrée gris fumé qui donnait sur son antre et s'assit derrière un bureau de bois blond

1. Ciel Brillant.

dont le dessus de verre injecté de bulles d'air portait un chevalet à son nom, un terminal d'ordinateur et une pile de listings. Le mur du fond était une vaste baie vitrée surplombant un panorama de la ville et un méandre de la Charles, laquelle scintillait sous le soleil estival tel un reptile aux luisantes écailles.

— C'est beau.

— Rien de commun avec notre vieux South Boston, veux-tu sans doute dire ?

— Ouais.

Il sourit, dévoilant une incisive ébréchée.

— Comment as-tu atterri ici ?

— Non mais, écoutez-moi un peu ça. Tu as perdu ton accent. (Son regard aigu de maître d'armes s'adoucit soudainement.) Ton séjour là-bas a fait de toi un autre homme. Tout ça doit te paraître effectivement très étrange, puisque la dernière fois que nous nous sommes croisés, je travaillais encore comme assistante sociale dans notre ancien quartier. Ça fait, voyons... Combien de temps ?... Plus de huit ans. Huit années chargées. J'ai terminé mes cours du soir, décroché ma licence en droit et je me suis inscrite au barreau, puis j'ai occupé un emploi stable, pendant plusieurs années, dans une centrale électrique, avant d'être débauchée par Bright Sky. Il s'efforçait d'inciter de jeunes juristes à faire fonds commun de leurs talents complémentaires et à s'unir dans un effort collectif pour mettre en examen les diverses agences gouvernementales et municipales de la ville, censées assister les communautés les plus défavorisées, mais qui dilapidaient le budget qui leur était alloué en frais purement administratifs, sondages, recensements démographiques et autres projets expérimentaux parfaitement improductifs. À l'époque, c'était un authentique missile prêt à prendre son essor, bouillant théoricien en surface, mais glacé à l'intérieur et bourré à ras bord de mille et une idées détonantes qui, sous la froide pression de la raison pure, s'étaient métamorphosées en stratégies efficaces. Et lorsqu'il a pris son envol, j'ai décollé à son bord. Et aujourd'hui, deux ans après, on vole toujours.

Silence opina du bonnet, très impressionné par son petit laïus.

— J'ai toujours su que tu ferais ton chemin. Mais tu as fait l'impasse sur l'alliance.

Elle exposa en pleine lumière la bague ornée d'un solitaire qui scintillait à sa main gauche, battit des paupières et sourit timidement.

— Oh... Luther. Je l'ai rencontré aux cours du soir. Il s'était spécialisé en métallurgie. Il est aujourd'hui directeur technique d'une aciérie de Newton. Deux gosses — Loulee et Henry, sept et six ans. (Elle montra du doigt les photos posées sur son bureau.) Ils connaissent mieux leurs grand-mères que moi. Je passe ma vie ici. Mais il me semble que tu as toi aussi une alliance à justifier.

— Ouais... Mais elle est morte. C'est d'ailleurs ce qui m'amène ici, pour ainsi dire.

— Vraiment navrée de l'apprendre, Tommy. Comment est-ce arrivé ?

— Leucémie. Il y a dix-huit mois. Plus moyen de m'incruster dans les îles après l'avoir perdue. Je suis rentré.

— Retombé, tu veux dire. Pas vrai ? Si tu ôtais ces lunettes de soleil, je verrais des yeux de serpent... Je me trompe ?

— C'est ma croix depuis toujours.

— Même avec elle ?

Silence retira ses lunettes et fixa Bella de ses prunelles de la taille d'une tête d'épingle.

— Avec elle, j'étais clean. Et je compte bien le redevenir. Mais j'ai besoin de ton aide.

— Où est passée la pure et vraie volonté, Mister Cunningham ?

— Ce n'est pas pour décrocher que j'ai besoin de toi. Mais il y a une tierce personne en jeu... Une femme.

— Ainsi la foudre peut tomber deux fois au même endroit ?

— En l'occurrence. Après Lani... (Il effleura son alliance en or.) Après la mort de ma femme, j'ai voulu la rejoindre. Je suis rentré ici avec cette idée derrière la tête. Mais ensuite... J'ai rencontré Billie. Elle s'est embringuée avec de mauvais fers, et je veux la sortir de là. J'espérais que tu pourrais lui obtenir une nouvelle identité, lui donner une chance de repartir du bon pied, de refaire sa vie ailleurs.

— Et qui sont les mauvais fers en question ?

— Manny Hellas.

— Manny Hellas... le frère d'Algernon Hellas, l'un des *caporegime* de la famille Tulio ? Je t'aurais cru plus avisé, Tommy. Plus au fait des choses de la rue. La seule identité nouvelle qui pourrait faire lâcher prise à ces types, c'est une étiquette de la morgue. Elle est quoi, pour eux ? L'une de leurs pouliches ?

— L'épouse de Manny.

— Tommy !

— Ne m'appelle pas comme ça.

— Pourquoi ? Il n'est pas question une seconde que je t'appelle par ton nom de guerre, Tommy. Souviens-toi... C'est moi, Bella, ta petite voisine. Nos mamans échangeaient des recettes de cuisine.

— Appelle-moi Silence. C'est mon nom, celui que je porte depuis la terminale.

— Et nous sommes amis depuis que tu as entrepris de me protéger, en première année, et d'empêcher les voyous de racketter l'argent de mon déjeuner. Navrée, mais à mes yeux... tu seras toujours Tommy Cunningham.

— J'ai réellement besoin de ton aide sur ce coup, Bella.

— La femme d'un gangster... Sérieusement, Tommy... je te croyais plus mariolle. Depuis quand la fréquentes-tu ?

— Je l'ai rencontrée hier au soir.

Bella repoussa sa chaise en arrière, croisa les bras et riva dans les siens ses yeux au regard glacé.

— Hier au soir. Tu connais cette... cette dame... depuis moins de vingt-quatre heures, et te voilà prêt à défier l'Organisation pour elle ? Et tu comptes m'embarquer, *moi*, dans cette tocade ?

— Ce n'est pas une tocade.

— Comment ça, pas une tocade ? Sois réaliste, Tommy. Ton épouse vient de mourir. Dix-huit mois, ce n'est rien, rien du tout, pour un si grand chagrin. Tu la pleures encore. Et tu es complètement envapé. Tu marches à quoi ? Aux perks[1] ? Tu as une sale gueule, Tommy. Tu n'es pas en état de supporter le choc. Décroche, avant toute chose. Prends un peu de recul.

— Arrête de me brimer, Bella. Tu as une dette envers moi.

— En effet. (Elle hocha gravement la tête.) Sans toi, je n'aurais pas survécu à la rue. Je n'ai oublié ni les junkies aux yeux fous, prêts à te découper en rondelles

1. Percodan.

pour un dollar, ni les bandes de violeurs avec leurs rasoirs. Tu les as fait fuir je ne sais combien de fois, quand ils s'en prenaient à Maman et à moi. Mais il me semblait que nous étions quittes, depuis que j'avais réussi à te persuader d'aller te mettre au vert avant qu'ils n'aient eu ta peau.

— Je suis de retour, Bella. Ma Lani est morte... Et je suis revenu. Ai-je eu tort de rentrer ?

Bella poussa un soupir exaspéré et se départit de son expression sévère.

— Tu as failli t'en sortir, Tommy. Tu étais là-bas, n'est-ce pas ? Tu avais décroché et les portes du paradis s'ouvraient en grand pour toi. Une nouvelle vie, sur une plage tropicale, avec une femme qui t'aimait. C'est pure malchance, si tout cela t'a été repris.

— Ouais... La malchance. Tu parles.

Bella se mordilla la lèvre inférieure, et ses sourcils s'arquèrent tristement.

— Je suis désolée pour toi, Tommy. Sincèrement. J'aimerais pouvoir t'aider.

— Tu obtiendras une nouvelle carte d'identité à Billie ?

— Ce que me demandes, c'est beaucoup plus que ça. Une nouvelle carte d'identité, tu pourrais l'acheter dans la rue.

— La rue ne sait pas garder un secret. Pas pour les frères Hellas, en tout cas. Obtiens-lui des papiers officiels, que les ordinateurs pourront confirmer. Fabrique-lui un passé crédible et un dossier professionnel, avec quelques recommandations élogieuses, qu'elle puisse trouver un emploi décent.

— Et pourquoi pas la Médaille du Congrès, pendant que tu y es ? (Elle riboula des yeux.) Allons, Tommy.

Pour ce que tu me demandes là, il va falloir me donner quelque chose.

— Quoi donc ? Je n'ai rigoureusement rien à t'offrir.

— Mais elle, si. Tu prétends qu'elle est la femme légitime de Manuel Hellas. Elle doit en savoir long sur sa personne et sur ses activités. Amène-la ici avec la preuve de toutes ses saloperies, on se débrouillera pour mettre les fédéraux sur l'affaire et ils la feront bénéficier d'un programme de protection des témoins.

Silence secoua la tête :

— Elle refusera de témoigner.

— Comment peux-tu en être sûr ? Tu l'as rencontrée hier soir, et tu sais déjà ça ?

— Elle refusera de déposer dès qu'elle aura compris qu'il lui faudra affronter Manny à la barre. Il l'a brutalisée. Il lui fait peur.

— Alors demande-lui de m'apporter une preuve recevable, quelque chose de tangible, de matériel, des livres de comptes, des bordereaux dont on puisse retrouver la trace, des documents écrits de sa main.

— Comment veux-tu qu'elle mette la main là-dessus ? Ces types ne passent pas leur temps assis sur le cul à se tourner les pouces.

— C'est son épouse. Si elle ne peut y avoir accès, tu peux la considérer comme morte. Faute de preuves suffisamment concluantes, qui permettraient de l'inculper, elle peut faire une croix sur ses projets de cavale. Elle n'obtiendra pas gratuitement une nouvelle existence.

Silence se massa le menton, cherchant visiblement les mots qui lui permettraient d'étayer et de relancer sa requête.

— Je regrette, Tommy. Ce n'est pas moi qui tiens les rênes. Je ne suis qu'une employée. Si je pouvais lui faire cadeau de toute la panoplie, tu penses bien que je le ferais. Mais je dois pouvoir plaider sa cause devant mes supérieurs. Fais de ton mieux. D'accord ?

Il hocha la tête, le visage impavide, sans rien laisser voir des barbelés qu'il sentait se resserrer autour de ses entrailles.

Silence, à califourchon sur le gros cœur huileux de son dragon d'acier et le visage masqué par une cagoule de ski, patrouillait à l'une des extrémités de Lagrange. Le vent sifflait et rugissait de part et d'autre, tandis qu'il dessinait des 8 entremêlés au carrefour, tout en contemplant, le visage renversé en arrière, les formes barbouillées des nuages, gigantesques Léviathans célestes qui toisaient ses pirouettes, tels les dieux animaux des Anciens, depuis leurs trônes de chatoyante lumière. Sa fonction était double : il devait divertir, distraire les citadins et, en même temps, guetter l'éventuelle irruption de flics ou de membres d'autres gangs. La circulation devait impérativement être bloquée pendant trois minutes fermes — laps de temps proprement interminable lorsqu'on est plongé dans le feu de l'action —, pendant que tous les autres Gypsies *veilleraient au grain* à l'autre bout de la rue.

Quelques instants plus tôt, exactement comme l'avait prévu Liam, la fourgonnette médicale blanche avait bifurqué dans Lagrange pour se diriger vers le Pratt Diagnostic Hospital. Lorsqu'elle arriverait à la hauteur de Tamworth, Hank Nalone et Frail déverseraient sur son pare-brise un plein seau de peinture, puis aveugleraient à la bombe les vitres latérales. Les balles, uniquement destinées à crever les pneus, suffiraient à persuader le chauffeur de rester bien au chaud dans sa cabine pendant que Marsbars forcerait la portière arrière avec un pied de biche. Liam avait choisi cet emplacement en fonction des immeubles éventrés qui s'y dressaient, attendant la rénovation et réduisant d'autant le nombre des témoins éventuels. Marsbars et Seaworms se chargeant de bloquer les autres carrefours, Bassman, la Grue, Gomes et Liam auraient tôt fait de nettoyer la fourgonnette.

Une Chevy marron bourrée d'Asiatiques qui regagnaient Chinatown donna du klaxon. Une femme âgée installée au volant d'une Saab descendit sa vitre pour le prendre à partie. Il tourna vers elle sa cagoule de ski et elle remonta prestement sa vitre à commande électrique. Les Asiatiques martelèrent avec impatience le flanc de leur voiture et tentèrent de se faufiler par une brèche dans le carrefour. Silence attendit qu'ils soient parvenus au beau milieu de l'intersection, puis fit rugir son moteur et remonta à leur hauteur. Il tira du fourreau fixé à l'arrière de son ceinturon sa dague Gerber mini-magnum de douze centimètres et la plongea dans le pneu avant gauche.

L'air s'évada par la déchirure avec une sourde déflagration et il emballa son moteur, contourna la caisse à fond les manettes et lacéra le pneu avant droit. Les Asiatiques dégringolèrent de leur voiture en piaillant à qui mieux mieux, et il dégagea rapidement, le visage renversé vers les nuages tumultueux. La vieille dame s'empara d'un téléphone cellulaire posé sur le siège voisin et le porta à son oreille. Il se rua en avant, abattit le pommeau de sa dague sur la vitre et cette dernière se fêla en étoile. La femme reposa son portable, son visage ratatiné de ouistiti secoué de tressaillements — et il aperçut soudain dans la vitre étoilée son propre reflet et ses lunettes à verres miroirs qui, encadrées par la cagoule noire, le fixaient froidement au-dessus d'un cou noueux, gonflé et palpitant comme le capuchon d'un cobra. Cette vision l'atterra et il s'arracha en vitesse.

Les Asiates s'agitaient furieusement autour de leur bagnole sinistrée ; la scène, suggérant quelque exercice d'évacuation en cas d'incendie tiré d'un film burlesque chinois, l'aurait fait partir d'un rire hystérique à une certaine époque. Mais, pour l'instant, un grondement tout pareil à celui d'un incendie ronflait sous son crâne et son rire sonnait faux. Au cours des quelques années qu'il avait passées avec Lani, la lucidité qui lui faisait défaut dans sa jeunesse s'était éveillée et, désormais, la violence à la sauce raviolis pékinois lui paraissait monstrueuse. *C'est le boulot qui veut ça*, dut-il se persuader. Mais il se rendit subitement compte, rempli de chagrin et de rancœur à son encontre à l'évocation du total désastre qu'était devenu sa vie, qu'il se trompait du tout au tout.

Emballant de nouveau son moteur en signe de tonitruant défi et fonçant droit devant lui, il releva les yeux vers les orgueilleux nuages qui le toisaient de là-haut, ces lumineuses altesses qui n'éprouvaient que mépris pour sa mesquine, misérable existence de camé — et pria : *Faites que ce soit mon dernier acte de violence. Donnez-moi Billie. Aidez-moi à la délivrer des griffes du mal et je m'accorderai le pardon pour avoir douté de Vous... et je Vous pardonnerai ce que Vous avez fait à Lani. Allez. Accordez-moi une dernière chance.*

La stridence d'une sirène arracha Silence à sa contemplation du ciel. Un motard de la police avait réussi à se faufiler à travers la circulation pendant qu'il roulait la tête dans les nuages. Les Asiatiques accueillirent son arrivée par des vivats et la vieille dame brandit un index assassin dans sa direction. Il comprit en un éclair qu'il avait compromis toute l'opération et qu'il n'avait plus le temps de prévenir les Gypsies. Ne lui restait plus qu'un seul espoir.

Silence dévala Lagrange en direction de Washington Street, happant le flic dans son sillage et l'entraînant loin des autres. L'Electra Glide s'était lancée à ses trousses dans un embrasement de gyrophares, en faisant hurler sa sirène. Son signalement devait déjà être diffusé par radio et Silence se maudit d'avoir déconné. Il slalomait entre les voitures, fonçant recta sur les files qui arrivaient dans le mauvais sens et obligeant les conducteurs sidérés à braquer en catastrophe. L'un d'entre eux monta sur le trottoir, tandis qu'un autre emboutissait une voiture en stationnement dans un fracas de vitres brisées et de crissements de tôle froissée.

Silence lui ouvrant le passage, l'Electra Glide n'avait aucun mal à gagner du terrain. Il regrettait amèrement, à présent, de ne pas chevaucher l'une des petites meules hyperpuissantes des Gypsies, capables d'enquiller à toute blinde dans une venelle et de s'évanouir au cœur des pâtés de maisons, dans le labyrinthe des ruelles et des arrière-cours. Il grimpa sur le trottoir d'une saccade, envoyant bouler les piétons hors de son chemin. Les devantures des magasins ne formaient plus qu'une unique image indistincte, cris et hurlements lui arrivaient déformés, étirés par l'effet Doppler et une maman poussant un landau sortit inopinément de l'entrée d'un immeuble, lui barrant le passage.

Il braqua à la toute dernière seconde, d'un sec coup de guidon, vers une VW en stationnement. Son pneu qui tournait dans le vide, affolé, accrocha le garde-boue incurvé et il prit son envol par-dessus le capot, le pare-brise et le toit. La gorge serrée, palpitante d'effroi, il abaissa les yeux sur ses roues tournoyantes et, constatant que personne ne gisait sous lui sur le macadam, sentit tous ses poils se hérisser de soulagement, au garde-à-vous.

Dans un impact à s'ébranler les os, il se reçut juste devant un énorme Mack, qu'il vit arriver droit sur lui, tel un mur enflant démesurément. Il imprima un violent coup de barre à droite, et le poids lourd le frôla dans un puissant déplacement d'air, le soufflant vers une voiture qui lui fonçait dessus. Il exécuta une brutale embardée et dut bander tous ses muscles pour ne pas perdre le contrôle de sa moto.

Une voiture de patrouille surgit devant lui, ses gyrophares clignotant. Il s'engouffra dans une sordide ruelle adjacente de Chinatown, effleurant au passage une voiture qui bifurquait et le choc en retour le fit ricocher vers le stand de journaux qui se dressait au coin de la rue. À la toute dernière seconde, juste avant que la gravité ne fauche ses roues sous ses fesses, il réussit à redresser sa bécane mais ne put cependant éviter de foncer la tête la première dans le branlant éventaire. Le marchand de journaux plongea à couvert en vociférant des imprécations en chinois et, dans un jaillissement de shrapnels et d'échardes de bois, il passa au travers, entraînant un maelström de journaux dans son sillage.

D'autres voitures braquèrent à la toute dernière seconde pour tenter de l'éviter et les piétons affolés, le voyant emprunter le trottoir à fond la caisse avant de couper à angle aigu pour venir rebondir ensuite sur l'asphalte de la rue, s'écartèrent en toute hâte sur son passage. Des dragons de néon le toisaient, ivres de fureur, et des bouffées d'encens venaient occasionnellement embaumer l'atmosphère. Deux autres motards qui s'étaient joints à la traque apparurent à une distance d'un pâté de maisons, faisant ululer leurs sirènes. Il pila net et fouailla la rue du regard, tandis que son moteur vrombissant caracolait impatiemment, vibrant sous ses fesses. Une seule ruelle lui offrait une issue mais, une fois qu'il y serait entré, il se retrouverait totalement piégé et n'aurait même plus le champ de manœuvre nécessaire pour faire demi-tour, si jamais elle était bloquée à son autre extrémité.

Le hululement strident des sirènes se rapprochait et, mettant brusquement pleins gaz, il se propulsa vers l'entrée de la ruelle, bien décidé à traverser cette dernière comme un boulet de canon. Derrière lui, l'écho des sirènes résonna encore plus fort : l'une des Electra Glide lui donnait la chasse. L'étroite venelle était aussi rectiligne que le canon d'un fusil... Mais, tout à trac, son issue illuminée s'obstrua et s'éteignit simultanément, une silhouette venant de s'engouffrer dans le passage. Celle d'un flic au pistolet dégainé. Silence ne pouvait se résoudre à s'imaginer qu'un flic oserait lui tirer dessus pour un simple excès de vitesse et parce qu'il menaçait — vénielle infraction — de lui rentrer dans le lard... Du moins pas tant qu'un autre flic arriverait derrière lui.

Les jambes bien écartées, le policier abaissa l'arme qu'il tenait à deux mains et tira deux balles coup sur coup. La première fit voler du mur un peu de poussière de brique, et la seconde, dans un miaulement sourd, ricocha sur son garde-boue avant. Silence jura et se coucha sur son tableau de bord, le menton plaqué au guidon, le visage déformé par la vitesse, sous sa cagoule de ski, en un féroce rictus. Le flic, craignant sans doute de blesser le motard lancé à sa poursuite s'il tirait encore sur Silence, fit un bond de côté.

Silence fit irruption à l'air libre. Il traversa le trottoir comme une flèche et, s'enfilant entre deux voitures à l'arrêt, traversa la rue avant même d'avoir pu ralentir. Une bagnole de flics lancée à toute allure venait de déboucher à l'une des extrémités de la rue, et deux Electra Glide déboulaient à l'autre bout. Il braqua droit vers la voiture, le cœur cognant férocement dans la poitrine. La voiture chassa, fit un quart de tour sur elle-même pour lui barrer le passage et, derechef, il monta sur le trottoir. Puis il repéra du coin de l'œil, sur le trottoir d'en face, la devanture d'un magasin d'ameublement dont les deux portes battantes avaient été ouvertes en grand pour laisser entrer un canapé encore installé sur le trottoir.

Il pila net, dans un couinement de freins, retourna complètement sa bécane, se faufila par une brèche entre deux voitures en stationnement, traversa la rue en trombe et s'engouffra par la porte béante. Les clients poussaient des hurlement et s'abattaient les uns sur les autres, comme un jeu de quilles, pour lui céder le passage. Dans un tonitruant chaos de cristal fracassé, de vases explosant et de bois brisé, Silence laboura de sa Harley tout le rez-de-chaussée du magasin, renversant tables basses et luminaires dans son sillage.

Parvenu au fond du magasin, il franchit en force les portes battantes qui donnaient sur l'arrière-boutique et enfonça la double porte de l'issue de secours. Le quai de chargement était envahi de caisses de verrerie empilées les unes sur les autres, qui basculèrent lorsqu'il dévala la rampe. Derrière lui, le verre se fracassa en mille éclats scintillants tandis que les funestes sirènes de police se rapprochaient encore, deux voitures de patrouille et trois Electra Glide s'engouffrant simultanément dans le parking situé à l'arrière du magasin.

Les cinq véhicules convergeaient vers le quai de chargement, et Silence se faufila entre eux comme une fusée. Il dévala la travée centrale du parking et en ressortit sur la rampe d'accès qui permettait de quitter Chinatown à la hauteur de Kneeland et conduisait directement à la gare de triage située derrière South Station. La police le prenant en chasse de plus belle, sa concentration forcenée — regard d'acier, jointures blanchies — décrut légèrement. Pour la toute première fois, la route s'ouvrait librement devant lui, du moins jusqu'aux rails. L'espace de quelques secondes, ses pensées eurent le loisir de se fixer — et il maudit ce faisant sa pressante prière qui, en le distrayant, avait attiré sur lui cette malédiction — sur Billie. Qu'allait-il advenir d'elle ? Il l'avait trahie, par pur égoïsme.

Le fond de la gorge noyé d'une bile amère, il s'apprêtait déjà à lancer vers les hauteurs azurées un hurlement démoniaque, lorsqu'il aperçut un train de marchandises, prenant à l'instant son essor pour quitter la gare postale de triage. Les portières d'un des wagons étaient grandes ouvertes. Il se recroquevilla, courbé en deux pour offrir moins de prise au vent, le regard rivé sur l'ouverture ténébreuse, cette cible exiguë et carrée qui semblait clignoter et lui faire de l'œil, juste après le quai. Les esprits ne l'avaient pas abandonné. Soit il sauterait du quai à l'intérieur du wagon ouvert, en un seul bond géant — soit il mourrait dans un inextricable enchevêtrement de chair et d'acier.

La Harley vibrait sous lui de puissance contenue. Agrippant les poignées de gaz à pleines mains, il crispa les poings de toutes ses forces pour empêcher la roue avant de louvoyer. À l'approche du quai, il se rendit compte qu'il aurait besoin de toute la vitesse acquise disponible pour franchir d'un seul bond l'écartement entre les deux rails et atteindre le wagon béant. Le choc, lorsque sa roue toucha la rampe du quai, faillit le désarçonner et il se retrouva debout, plié en deux comme un cavalier pour franchir le quai en un éclair et prendre son essor.

Le vertigineux élan de son décollage lui fit monter les larmes aux yeux et, prenant calmement ses dispositions, il coupa le contact. L'espace était moiré, comme irisé et, pendant quelques brèves secondes, il goûta au sublime de la destinée, à l'infinie sérénité d'être indissolublement soudé à la trajectoire d'autrui, à ses plus secrètes exigences.

Cette fulgurance prit fin dans le fracas des pneus se recevant sur les lattes de bois d'un parquet, tandis que l'inertie le propulsait irrésistiblement vers l'avant. N'eût été la rapidité de ses réflexes, il se serait inéluctablement brisé la nuque : il braqua la roue avant d'un coup sec, la fit pivoter à cent quatre-vingts degrés et exécuta un dérapage contrôlé qui l'envoya bouler au sol, le souffle coupé mais indemne. Dans le lointain, tandis que l'horizon reculait graduellement, il vit les flics estomaqués jaillir de leurs voitures et sauter de leurs motos pour avancer vers le rebord du quai, tandis que le train l'emportait en ferraillant vers la liberté.

Dès que le train de marchandises eut franchi Fort Point Channel et, après avoir perdu de la vitesse, se fut arrêté à un aiguillage pour en laisser passer un autre, Silence retira sa cagoule, mit le contact et jaillit du wagon. Des gravillons giclaient du ballast sur son passage tandis qu'il remontait la voie ferrée vers le tunnel de l'Interstate 90. De nouveau, il regretta de ne pas chevaucher l'une des motos de cross aux pneus épais des

Gypsies. Pourtant, le gros cœur huileux ne lui avait pas fait faux bond une seule seconde. Tous ses os vibraient douloureusement et tous ses muscles étaient courbatus après cette cavale éperdue, mais il était entier et, chose pour le moins surprenante, il n'y avait pas eu de blessés.

La police avait dû rameuter toutes les patrouilles du secteur par radio et il chercha un endroit au milieu des champs de canne, sous l'arc-boutant de béton de l'autoroute, pour y planquer sa bécane et son blouson de cuir. Cela fait, il sortit des joncs sur West Broadway, à pied, et sauta dans un bus. Remonté à bloc, chargé d'adrénaline et imbu de la fatale certitude — prescience mortelle, mais justifiée — qu'il était né pour sauver Billie, il résolut de revisiter de jour la propriété des Hellas. Peut-être verrait-il ou apprendrait-il quelque chose qui pourrait lui être utile dans la soirée, lorsqu'il entreprendrait pour de bon de faire évader Billie. Ou peut-être se contenterait-il tout simplement d'aller la voir pour s'assurer qu'elle allait bien.

Tout le long de l'interminable trajet de retour — encore alourdi par trois correspondances —, il oscilla entre plusieurs stratégies, relatives tant à la façon dont ils sortiraient de la propriété qu'à ce qu'ils décideraient de faire par la suite. Qui sait, peut-être ne voudrait-elle plus rien avoir à faire avec lui. C'était même vraisemblable, se raisonna-t-il ; pourquoi irait-on s'embarrasser d'un camé, assorti de surcroît d'un voleur de poules, alors qu'on vient de brûler ses vaisseaux, de couper définitivement les ponts avec une existence destinée à se dérouler tout entière au sein de l'Organisation ? En admettant même qu'il en appelle à la volonté pure et vraie et décide de marcher dans le droit chemin, ce qu'il était bien résolu à faire, quoi qu'il puisse se passer entre Billie et lui, quel genre d'existence pouvait-il bien lui offrir ? Elle était belle, intelligente, et assez jeune pour imprimer un tour merveilleux à son existence. Jamais, au grand jamais, il n'oserait se bercer de l'espoir de partager tout cela avec elle.

Cette question résolue, il se consacra pleinement à essayer de visualiser les détails concrets de leur évasion. Tout paraissait possible, désormais, et il envisageait à présent des solutions mirobolantes, qu'il aurait dédaigneusement repoussées à peine une heure plus tôt. L'heureux épilogue de son équipée à moto l'avait persuadé que les puissances spirituelles n'étaient pas totalement indifférentes à son sort et que, tant qu'il vivrait dans l'*areté*, elles ne le laisseraient pas choir. Sa féroce cavale brillait encore dans son esprit de tous ses feux, preuves manifestes de leur divine intervention : la VW, la voiture, parquée exactement au bon endroit pour lui éviter d'écraser un enfant innocent, que sa moto avait escaladée... Et puis cette brèche dans la circulation, qui s'était ouverte juste à temps pour qu'il puisse s'y engouffrer... Sans compter ce policier qui faisait sa ronde et qui, alors qu'il avait pris le risque de tirer sur lui à deux reprises, l'avait raté par deux fois... Les portes béantes du magasin d'ameublement... Les portières ouvertes du wagon de marchandises... Tant qu'il continuerait de bander sa volonté vraie, de la pousser dans ses derniers retranchements, l'avenir tout entier s'ouvrirait à lui.

L'agitation fébrile, l'exultation sans partage qui accompagnait ce travail d'anamnèse lui interdisait de rester tranquillement assis à sa place, et il tenta de recouvrer la sérénité qui s'était emparée de lui lors de cette sacro-sainte seconde, lorsque, suspendu entre ciel et terre, il s'était retrouvé en train de piquer droit sur l'ouverture du wagon de marchandises roulant à pleine vitesse. Une illumination, tangible inspiration, venait de lui traverser l'esprit : une fois qu'il aurait arraché Billie aux griffes de Manny, il serait de nouveau propulsé sur une trajectoire tout aussi incontrôlable que celle de son saut à moto. Il savait très pertinemment où il voulait aller avec elle — vers la sécurité — mais il n'aurait la certitude d'avoir réussi que lorsqu'ils toucheraient enfin au but. Et cet aperçu fulgurant, dans toute sa brutale et aveuglante clarté, sa limpidité sans appel, ne laissa pas de l'angoisser.

Il n'avait encore pris que deux pilules aujourd'hui, à simple titre préventif — la première avant son rendez-vous avec Bella, la seconde avant leur petite opération dans la rue — alors qu'en temps normal, à l'heure qu'il était, il en aurait déjà ingurgité six ou huit. Il avait le sentiment d'avoir amplement mérité la troisième, et trouvait superflu d'attendre que l'inéluctable nausée assortie d'idées noires fonde à nouveau sur lui. Son organisme accueillit le Dilaudid avec gratitude et il constata alors, assez rapidement, qu'il était beaucoup plus confortable de rester assis bien tranquillement sur son siège, à se concentrer sur ses plans. De fait, il s'absorba si profondément dans ces derniers qu'il manqua de peu de rater sa station, distante de cinq imposants pâtés de maisons de la propriété des Hellas.

Parvenu au portail de l'entrée, il appuya sur la sonnette et fixa droit dans l'objectif la caméra de surveillance dissimulée derrière un rideau de lierre, dans une cavité du mur. Un instant plus tard, une voix qu'il ne reconnut pas s'adressait à lui par l'interphone :

— Entrez, je vous prie.

La grille s'ouvrit dans un cliquetis et coulissa sur son rail, juste ce qu'il fallait pour lui permettre de passer.

Une fois qu'il fut à l'intérieur, elle se referma derrière lui. Il progressa le long d'un sentier dallé, bordé de pins funèbres et de saules nains. Un homme vêtu d'un spencer blanc et d'un pantalon au pli impeccable, chaussé de croquenots dans lesquels on aurait aisément pu se mirer, l'aborda, armé d'un détecteur de métaux à commande manuelle.

— Monsieur, si je puis me permettre..., dit-il en agitant son ustensile.

Silence ôta le ceinturon militaire auquel était accroché le fourreau contenant sa dague mini-magnum, et dont la boucle décorée d'un drapeau américain était tranchante comme un rasoir depuis qu'il en avait aiguisé les arêtes. Il sortit de sa poche droite son couteau à cran d'arrêt équilibré, dont la lame s'ouvrait d'une simple saccade du poignet. Le clou dont il s'était servi contre Jack Shaw la veille au soir était dissimulé dans un étui spécial, cousu dans la couture extérieure de son jean, et il remit également le tout au larbin de la sécurité.

Ce dernier, après avoir promené le détecteur entre les jambes de Silence, des pieds jusqu'à l'entrejambe, déclara, tout en désignant d'un coup de menton un chemin de galets blanc qui serpentait entre des arbres à l'écorce velue :

— Monsieur Hellas viendra vous rejoindre dans le jardin, au bout de ce sentier.

Silence suivit ledit sentier jusqu'à un ruisseau gargouillant qui alimentait une mare pleine de carpes aux reflets irisés et déboucha sur un renfoncement dont l'intimité était protégée par des haies. Algernon Hellas l'attendait dans cette alcôve, allongé sur un transat installé à proximité d'un cadran solaire, une boisson fraîche à la main et une gazette financière dans l'autre. Il portait un short couleur safran et un pull-over turquoise qui nimbait sa crinière argentée d'un éclat resplendissant. En dépit de sa coupe de cheveux coûteuse et de son bronzage caraïbe, son visage aux joues creuses trahissait une morgue hautaine, empreinte d'animosité.

— Monsieur Cunningham, il me semble, dit-il avec un sourire affable, avant de reposer boisson et gazette sur un plateau pliant en rotin. Je vous en prie, prenez place. (Il désigna plusieurs chaises blanches de jardin dressées alentour.) Que prendrez-vous ?

Silence ôta ses lunettes à verres miroirs et resta planté là comme un piquet, passablement interloqué. Il ne chercha nullement à dissimuler la stupéfaction que lui causait cette entrevue avec le *caporegime* en personne, sans rien dire du fait que l'homme utilisait son patronyme ; de sorte que, dans son empressement à vouloir se montrer courtois, il se laissa aller à la volubilité :

— Monsieur Hellas... Je ne m'attendais pas à vous trouver en personne. Navré de vous déranger. J'étais venu parler à monsieur Fowler.

Algernon l'exhorta à s'approcher d'un geste de la main :

— Ray n'est pas là pour le moment. Allons, asseyez-vous. Que voulez-vous boire ?

La voix affable et cultivée d'Algernon jurait avec son faciès rugueux, et un ange passa, le temps que Silence s'entende répondre :

— Un verre d'eau glacée m'ira très bien.

Algernon adressa un signe de tête à un autre homme en spencer blanc, qui patientait discrètement, posté dans un intervalle entre deux haies.

— Et que lui voulez-vous, à Ray ?

Silence s'assit et laissa pendre ses bras entre ses jambes.

— Il m'a proposé du travail. Je m'étais dit qu'on pouvait peut-être en discuter.

— J'ai eu ouï-dire de votre petit accrochage d'hier au soir avec Jack Shaw. (Algernon paraissait très sincèrement embêté.) Je suis désolé que ça ait dégénéré. Mais, à ce que je me suis laissé dire, vous avez su vous refréner.

Silence ne savait trop que répondre et se contenta d'opiner du chef. Le spencer blanc revint avec son verre d'eau, et il le prit et le sécha en deux gorgées.

— J'ai également cru comprendre que vous aviez sauvé la vie de ma belle-sœur. Notre famille tout entière vous en est redevable.

Silence secoua la tête :

— Vous ne me devez strictement rien. Je n'ai fait que le travail pour lequel on me payait.

— Mais vous l'avez bien fait. C'est probablement la raison qui incite Ray à vouloir vous embaucher. Pensez-vous que cela puisse poser problème : un éventuel conflit d'intérêts avec l'actuelle position que vous occupez chez les Street Gypsies ?

— Non.

— J'en étais sûr. (Il sirota une gorgée de sa propre boisson, un verre de thé glacé au rebord duquel étaient accrochés un zeste de citron et un brin de menthe fraîche.) De fait, l'un des hommes de mon frère... Dan Meade ?... (Il attendit que Silence, d'un hochement de tête, ait signifié qu'il le connaissait.) ...Dan Meade, donc, se livre sans mon consentement préalable à un micmac clandestin, et il emploie à la prospection l'un des membres de votre équipe.

Silence sut instantanément de qui il s'agissait.

— Votre visite d'aujourd'hui, tout comme votre présence inopinée sur la plage, hier au soir, me semblent de bon augure. (Il s'étira en arrière, s'adossa à son transat et considéra Silence de derrière l'arête de son nez.) J'aime bien Dan. Il s'est crevé le cul pour nous. Et je ne lui en veux nullement d'avoir monté sa propre affaire. Il viendra probablement me trouver tôt ou tard pour tout m'avouer. Il y a déjà un bon moment qu'il meurt d'envie de s'installer à son compte. Je n'ai pas l'intention de lui mettre des bâtons dans les roues. Mais, quand il se lancera, je veux pouvoir disposer de quelqu'un sur place, qui pourra me tenir au courant de ses agissements. Et, si vous étiez cette personne que je cherche, ce pourrait être extrêmement gratifiant pour vous.

Silence hocha la tête et vida son verre d'eau.

— Un autre ?

Il secoua la tête et reposa son verre dans l'herbe.

— Cette mission demandera beaucoup de patience — il se passera encore plusieurs mois avant que Dan ne se sente prêt à voler de ses propres ailes. Mais, pardessus tout, elle exigera un maximum de discrétion. Vous ne devrez vous ouvrir à personne du fait que vous travaillez pour moi. Pas même à Ray. Et certainement pas, bien évidemment, aux autres Gypsies. Vous vous en sentez capable ?

— Oui.

— Si jamais vous en parliez à qui que ce soit, ajouta-t-il en se redressant, pour regarder Silence droit dans les yeux, avec une fixité toute reptilienne, je le *saurai*. Et notre petit arrangement devra immédiatement prendre fin. Vous me suivez ?

Silence affronta délibérément son regard et hocha la tête.

— J'en étais sûr. (Algernon dévoila ses crocs, mais ça n'avait rien d'un sourire.) Votre sobriquet sous-entend que vous savez garder un secret.

Il sirota une nouvelle gorgée de son breuvage, puis demanda :

— Vous connaissez l'identité de celui des Street Gypsies qui travaille pour Dan ?

— Bobby Gomes.

— Comment le savez-vous ?

— Je le sais, voilà tout.

— Tenez-le à l'œil. Mais ne vous mettez pas en travers de son chemin. Il ne s'agit pas d'un travail de force. Ce n'est pas pour ça que je vous engage. Ce dont j'ai besoin, c'est de subtilité, d'intelligence. Et il me semble que c'est dans vos cordes.

Son entrevue avec Algernon Hellas laissa Silence perplexe, et parcouru de petits sursauts de colère et de frayeur. L'un des spencers blancs le raccompagna jusqu'au portail et, après lui avoir restitué son ceinturon militaire et ses armes, resta planté là à le regarder s'éloigner, tandis qu'il s'enfonçait à grands pas dans les ombres glauques de l'avenue bordée d'arbres.

Il n'avait même pas réussi à entrevoir Billie, ni d'ailleurs qui que ce fût d'autre, et il avait prit congé en proie à l'étrange impression, assortie d'une appréhension qui ne faisait rien pour arranger les choses, d'avoir été convoqué par le capo. C'était totalement exclu, bien sûr, il en aurait mis sa main au feu, néanmoins les démentielles indiscrétions et révélations — particulièrement confidentielles — dont Algernon s'était fait l'interprète à propos de Dan Meade lui faisaient l'effet d'avoir été préméditées. Était-ce la pure et simple vérité, ou bien s'agissait-il d'un mensonge, d'une pure invention forgée dans le feu de la conversation et destinée à l'éprouver ? Algernon s'était bien gardé de mettre un nom sur le Street Gypsy qui s'était fait le complice de Dan, mais avait laissé à Silence le soin de le désigner lui-même — et Silence, même s'il n'aimait pas particulièrement Gomes, avait le sentiment de s'être déshonoré en le dénonçant.

Un cocktail bariolé, mixture de confusion, d'exaspération et de sombre désappointement, surnageait, luisant d'irisations comme une pellicule de pétrole, à la surface des noirs puits de frayeur qui jaillissaient et retombaient en pluie en son for intérieur. Peut-être Billie était-elle déjà morte. Peut-être lui avaient-ils brisé les doigts, l'un après l'autre, avant de la tuer, et peut-être avait-elle reconnu avoir eu avec lui, dans sa chambre, cette entrevue secrète. Il chassa de son esprit cette pensée terrifiante. Algernon, en pareil cas, ne l'aurait jamais laissé vivre. Alors... Le prendre à son service ? Que pouvait bien cacher cette idée bouffonne ? Mais peut-être n'en était-ce pas une ? L'aura, la quintessence même de cet homme, âpre, glaciale, vipérine, lui collait encore à la peau alors qu'il attendait le bus qui le ramènerait en ville.

Pendant le languissant trajet de retour, il s'assoupit et fut la proie d'un rêve sans queue ni tête, dans lequel un jaguar privé d'yeux hurlait et cabriolait sauvagement en se mordant la queue, au milieu d'une inextricable jungle de rouages, de câbles et de baroque machinerie. Il s'éveilla en sursaut, les yeux cuisants, piqués par la sueur glacée qui avait dégouliné dans ses orbites.

Un jour oblique et cuivré de fin d'après-midi se répandait sur l'herbe grasse de printemps lorsque Silence atteignit l'endroit, sous l'autoroute, où il avait planqué sa moto. Un pathétique et composite encens, fait de pollen, d'huile de vidange, de saumâtres remugles des marécages et de gaz d'échappement, stagnait dans la touffeur. Il longea le remblai de la voie ferrée jusqu'à B Street, puis, une fois revenu dans South Boston, continua d'emprunter les petites rues écartées, en restant certes à l'affût des voitures de patrouille mais en se délectant simultanément de la grisante, héroïque impression de rentrer chez lui en hors-la-loi.

De luxuriantes bigarrures écarlates zébraient le ciel ambré lorsqu'il atteignit enfin l'atelier de la Grue. Tout le monde était déjà là, bullant devant le garage et profitant de cette douce soirée d'été, lorsqu'il entra sur sa moto. Bassman se lança aussitôt dans sa danse endiablée de la victoire, cinglant l'air de sa longue chevelure noire de Peau-Rouge tandis que Frail, Hank, Seaworms et Marsbars poussaient des ululements de cow-boys de rodéo. Cassie se précipita pour l'étreindre et l'embrasser avant même qu'il ne soit descendu de sa bécane et, Andrea faisant mine de l'imiter, Gomes l'agrippa par un coude et la ramena violemment à ses côtés d'une brusque saccade. La Grue lui jeta un long regard, de derrière le moteur de 1200 cm^3 toujours suspendu au milieu du garage, et le salua de son tourne-à-gauche.

— T'étais aux actus, Silence, déclara fièrement Cassie.

— Pas toi, mec, rectifia Hank Nalone, mais une espèce de motard délatté qu'a écumé Chinatown c't'aprèm' en faisant tourner les flics en bourrique.

— Bip-bip, à tous les coups, roucoula Frail. Z'ont jamais vu sa tronche.

Bassman soutint la moto de Silence pendant qu'il en descendait.

— Dis-nous un peu ce qui s'est passé.

— Il a merdé. Voilà ce qui s'est passé, dit Gomes. Cet enfoiré a bien failli nous faire serrer, tous autant qu'on est.

— Lâche-nous, Bobby, fit Cassie, par-dessus le tohu-bohu irrité des autres. Personne ne s'est fait serrer. Vous avez votre camelote. Brime pas Silence parce qu'il a veillé au grain.

— Pas qu'un peu, que je vais le brimer, putain, rétorqua Gomes. S'il avait réellement veillé au grain, il aurait repéré ces schmitts avant qu'ils lui tombent sur les endosses. Qu'est-ce que tu glandais, Gueule de Raie ? Tu t'astiquais le manche ?

— Bobby a raison, intervint Liam, en sortant de l'atelier. T'étais censé faire le pet. Que s'est-il passé ?

Silence haussa les épaules, ulcéré par le ton agressif de Liam. Il reprit sa bécane à Bassman et entreprit de la pousser dans l'allée, vers l'arrière.

— Hé, mec, le héla Hank. Reviens un peu ici et raconte-nous ce qui s'est passé.

Silence ignora leurs suppliques et gara sa moto dans l'enceinte intérieure. Il était déjà en train d'escalader l'échelle qui conduisait à sa piaule lorsque Cassie et Bassman tournèrent le coin.

— Te prends pas la tête, Silence, fit Bassman à voix basse. Liam n'a pas à se plaindre. La journée a été fructueuse. On a chopé encore plus qu'on prévoyait.

— Reviens devant avec nous, Silence, dit Cassie. Histoire de siffler quelques mousses. Ce qui t'est arrivé aujourd'hui entrera dans la légende. Viens fêter ça avec nous.

— Non, dit-il en secouant la tête... puis il ajouta, comme après mûre réflexion : « Merci ».

Une fois revenu dans sa chambre et assis devant le Corbeau, il réprima une nausée. Il était conscient qu'il aurait dû se reposer pendant quelques heures. Que cette nuit serait la plus importante de sa vie... sinon la dernière. Tout bien réfléchi, il était reconnaissant à Liam d'avoir exprimé à haute voix sa désapprobation, car elle lui offrait une bonne excuse pour rester seul.

À coup sûr, c'était la dernière fois qu'il pénétrait dans l'atelier. Si tout se passait comme il l'avait prévu, il ne reverrait plus jamais les Gypsies et, à cette perspective, son cœur se serra dans sa poitrine, en proie à un sentiment mitigé, mélange de tristesse et d'emballement. S'il ne se faisait pas descendre avant, il comptait bien mettre les bouts avec Billie. Pas forcément pour vivre avec elle. Il l'escorterait jusqu'à un endroit fixé au préalable, où Bella pourrait la retrouver, puis poursuivrait son chemin. Il ne retournerait jamais à l'atelier. Celui-ci n'avait plus rien à lui offrir. C'était même pour cette raison précise qu'il y était revenu après la mort de Lani : parce qu'il n'avait plus le goût de rien.

Néanmoins, la tristesse se mêlait à ces conjectures. Liam était un type super tant qu'on jouait franc jeu avec lui, ce qu'avait toujours fait Silence. Jusqu'à ce jour. Mais, ce soir, il allait le plaquer. Et, demain, ou dans les jours qui suivraient, Liam et les Gypsies apprendraient soit qu'il avait été tué, soit qu'il ne s'était strictement rien passé. La dernière fois, lorsque Bella l'avait aidé à prendre sa décision de rouler en solitaire, une soirée arrosée s'était déroulée à la taverne Skull and Dagger[1], assortie de chaudes promesses de garder le contact. Cette fois-ci, il n'y aurait rien de la sorte. Silence était bien décidé à tailler la route sans autre forme de procès, faute de quoi les Gypsies seraient impliqués dans l'histoire. Il n'y avait pas à tortiller.

1. Le Crâne et le Poignard.

Des vagues de nausée l'agressaient, auxquelles il n'aurait pu se dérober qu'en prenant une autre pilule ou en trouvant le sommeil. Il était fermement décidé à ne plus avaler un seul Dilaudid avant le grand jeu, mais il n'osait pas s'endormir. Le cauchemar du jaguar aux orbites vides avait laissé dans son esprit un limon vénéneux et il était persuadé que le sommeil réveillerait sa toxicité. Mieux valait encore, songea-t-il, réviser mentalement ses plans et tenter de les peaufiner, encore que sa stratégie fût tellement misérable et décharnée qu'elle n'offrait guère de prise à l'amélioration. Trop de choses reposaient sur des facteurs imprévisibles, dont le moindre n'était pas qu'il ignorait encore si Billie serait capable de dénicher ces pièces à conviction contre Manny que convoitaient les fédéraux, ou si même elle consentirait à se prêter à la manœuvre.

Il ôta ses baskets et son ceinturon de l'armée et les déposa sur son bureau bancal. Il sortit le 10 mm du tiroir du haut et vérifia qu'il était chargé. Une fois convaincu que personne n'y avait touché depuis qu'il l'avait rangé là, il l'enfonça de nouveau sous sa pile de chaussettes et de sous-vêtements et referma le tiroir. Il espérait de tout son cœur qu'il n'aurait pas à s'en servir ce soir. Qu'il n'aurait jamais à s'en servir.

Puis il s'assit sur le parquet, les jambes croisées, et releva les yeux vers le Corbeau qui le toisait de là-haut. Pendant un court laps de temps, il tenta de visualiser les actions qui l'attendaient dans un futur proche mais, agacé par le manque de netteté et de précision de leurs contours, se laissa aller en arrière sur le futon en essayant d'évaluer ses chances de s'en sortir vivant. Les bras croisés sur la poitrine, il s'assoupit en écoutant battre son cœur, d'un rythme ferme et régulier.

La pointe d'une botte s'enfonçant dans ses côtes le

réveilla, et il émergea lentement d'un sommeil sans rêves. Liam, le visage empreint d'une austère courtoisie, se penchait sur lui en hochant la tête :

— Je t'ai apporté ta part.

Il s'accroupit et déposa à côté de lui un petit sachet en plastique rempli de pilules, qu'il coiffa d'une liasse de billets.

— Garde les pilules, grogna Silence en se redressant et en se frottant les yeux.

— T'en auras besoin. On n'aura pas d'autres embellies comme celle-ci avant longtemps.

Silence bâilla et repoussa les pilules :

— J'ai tout ce qu'il me faut pour le moment. Je décroche.

Liam exprima son approbation d'un bref hochement de tête :

— Tu as bien fait d'éloigner les flics en les lançant à tes trousses. (Il esquissa un petit sourire pincé.) Et tu as encore mieux fait de les semer.

Silence arqua les sourcils en signe d'acquiescement et se hissa sur ses pieds. Il aurait aimé que Liam le laisse tranquille. Dans la salle de bains, il consulta sa montre. Il était onze heures passées... Il devait filer.

Lorsqu'il rentra dans sa chambre, Liam se massait le menton, planté devant le Corbeau :

— Tu l'as fabriqué toi-même ?

Silence hocha la tête une seule fois, et entreprit de farfouiller dans son bureau, triant ses affaires et séparant ce qu'il porterait sur lui de ce qu'il emporterait dans son sac.

— « ...Nous regardons la mort en face et nous harponnons la chance au vol... » (Les coins de sa bouche retombèrent.) C'est bien tapé, parce que c'est vrai. (Il se tourna vers Silence.) Mais, aujourd'hui, tu as perdu de vue cette belle profession de foi, pas vrai ? Pendant qu'on bossait, tu as renâclé... refusé d'admettre ta propre vulnérabilité. Tu rêvais éveillé.

Silence s'empara d'une pile de linge propre et se dirigea vers la douche.

— Tu planes depuis que tu es rentré, poursuivit Liam en le poursuivant dans la salle de bains. Mais encore jamais comme aujourd'hui. Je sais bien que tu n'es pas très causant — mais il me semble qu'on devrait en parler tous les deux. C'est rapport à Lani, n'est-ce pas ?

— Faut que j'y aille, Liam.

— Ben, te gêne pas pour moi. J'ai déjà respiré l'odeur de la merde.

— Non, c'est pas ça, Liam. Je me casse... Pour quelques jours.

— Où ça ?

— J'en sais rien. Je taille la route, voilà tout.

— Vas-y, consentit Liam avec enthousiasme. On n'a strictement rien à glander de tout ce putain de mois. Merde, tiens, je t'accompagne.

— Non. (Le mot avait jailli de ses lèvres, abrupt, irrépressible.) Je dois rester seul.

Liam plissa des yeux cauteleux :

— Tu reviendras ?

Silence opina brièvement du chef et ouvrit l'eau.

Liam le fixa de ses yeux gris, au regard indéchiffrable :

— Tu pars là, tout de suite ?

— Ouais.

Silence se déshabilla.

— En pleine nuit, hein ?

Silence haussa les épaules.

— Bon, d'accord, dit-il avec un sourire qui se voulait

aimable mais dissimulait mal son anxiété. Harponne ta chance au vol, Silence. Et reviens dès que tu seras prêt.

Silence entra dans la douillette chaleur de la cabine de douche et referma sa porte coulissante en évitant de croiser les yeux de Liam. Il coupa l'eau chaude et banda ses muscles, se préparant au choc de l'eau glacée, et à ce qui l'attendait au tournant.

CHAPITRE TROIS

La peur, telle une euphorie insensée, faisait palpiter le cœur de Billie, givrait sa chair et poissait les paumes de ses mains. Loin de s'endormir, lorsque Silence se fut évanoui dans les ténèbres qui semblaient sourdre de la pelouse et s'élever vers le bourdonnement assourdi des étoiles, elle préféra aller s'asseoir sur une chaise de jardin, à proximité de la vasque, tandis qu'un lierre balafrait la Voie Lactée de sa zébrure noire et que deux pinschers donnaient de petits coups de truffe dans sa main pour mordiller la tranche de rosbif qu'elle leur avait rapportée de la cuisine.

De temps en temps, la propriété tout entière semblait s'irradier de la lueur orange argenté diffusée par les lampes halogènes installées dans les arbres et elle en distinguait alors le moindre contour : le garage, les courts de tennis, le chenil et la piscine. Par des nuits de ce genre, ces hommes massifs que Manny appelait des soldats s'installaient dans la cuisine ou déambulaient dans les couloirs jusqu'au petit matin. Et néanmoins, à certaines occasions — ce soir, par exemple —, les serviteurs s'éclipsaient après dix heures du soir et la maison paraissait désertée, tandis que son dispendieux jardin baignait dans l'obscurité. Tel était le cycle de vie de l'Organisation — lumière et ténèbres —, et plus la lumière régnait en maître, plus le danger était grand.

La fête donnée par Algernon sur la plage avait porté ses fruits et, quel qu'ait pu être le pacte qu'elle lui avait permis de conclure, il lui donnait manifestement l'impression d'être désormais suffisamment puissant pour affronter de nouveau les ténèbres. Billie s'offrit avec délices à la brise du soir qui venait se prendre dans ses cheveux et lui caresser la peau. Elle s'était montrée, jusqu'à présent, beaucoup trop farouche pour sortir de la maison par des nuits de ce genre, persuadée qu'un de ces hommes massifs l'attendrait dehors ou que Manny en personne surgirait d'un coin d'ombre. Mais, aujourd'hui, encore que son cœur sautât quelques battements et que ses paumes fussent moites de transpiration, elle avait pris conscience que sa prison n'était pas totalement inexpugnable. Silence y était entré et en était ressorti sans déclencher aucune sirène d'alarme, sans que les faisceaux des projecteurs aient fouillé la nuit à sa recherche, et sans même exciter les chiens outre mesure. Manny l'avait cloîtrée, enfermée dans une prison de terreur et — à condition de se montrer suffisamment courageuse — elle pouvait s'en évader.

Elle avait appris aujourd'hui que la bravoure était une manière de défi. Elle regagna sa chambre et, trop agitée pour s'endormir, tua le temps en essayant d'imaginer ce qu'elle ferait d'elle si elle réussissait à s'évader. Elle avait envie de travailler avec d'autres personnes, de collaborer avec elles à la réalisation de quelque projet acharné et grandiose, qui profiterait à la société tout entière. Elle était tentée par la recherche médicale : elle avait été dans les toutes premières de sa classe au lycée, avait obtenu des notes élevées à ses examens et était sur le point de s'inscrire à la fac lorsque Manny l'avait kidnappée. Deux ans plus tard, elle en avait suffisamment appris sur le chapitre de la peur pour, d'une manière ou d'une autre, sortir de ces mortelles études couverte de lauriers.

Au petit déjeuner, elle ne prit même pas la peine de dissimuler sa fébrilité. Elle aurait été de toute façon terrifiée, même si Silence n'avait pas promis de revenir la chercher. Après sa tentative de suicide, des représailles étaient à craindre, quelle que soit la forme qu'elles revêtent. La Mort avait quasiment fait porter les cornes à Manny et elle savait pertinemment qu'il ne supporterait pas cet accroc à son honneur. Allait-il donner suite à sa menace, et se débrouiller pour qu'elle trouve la mort dans quelque accident préalablement arrangé ? Il ne lui adressa pas une seule fois la parole en mangeant son œuf mollet, sa salade de kiwis et son toast à la marmelade. Là-dessus, en sortant, il l'embrassa sur le front. Le baiser de la Mort ?

Elle résolut de braver sa terreur et de ne pas passer la journée recroquevillée dans sa chambre. Elle alla s'asseoir au bord de la piscine, feignant de feuilleter des magazines tout en essayant de décider de la grande école à laquelle elle présenterait sa candidature. Rien n'était envisageable sur la côte Est, bien évidemment, de sorte qu'elle balançait entre U. Michigan et Stanford. À l'heure du déjeuner — qu'elle prit seule à l'extérieur, à la table en ciment décorée d'un échiquier dressée sous les érables japonais —, elle en était déjà à se chercher un nom et une nouvelle identité. Sa peur était si impérieuse qu'il était totalement exclu qu'elle avale la moindre bouchée, et elle essaya de se changer les idées en découpant en fines lamelles sa salade de radis noirs et d'aragula, tout en articulant des noms à haute voix pour mieux se rendre compte de la façon dont ils sonnaient.

L'après-midi, elle alla s'entraîner au gymnase, retournant à son profit sa terreur persistante, l'utilisant comme un aiguillon pour se pousser dans ses derniers retranchements et s'efforcer d'épuiser cette énergie qui prenait sa source dans son appréhension. Elle n'y gagna que courbatures et nerfs en pelote. Elle piqua une crise d'angoisse dans le sauna, soudain prise d'un incoercible affolement à l'idée que Silence ne reviendrait pas, qu'il paniquerait au dernier moment. Lorsqu'il lui arrivait de penser à lui, la respiration lui manquait, aussi profondément et posément qu'elle s'appliquât à inspirer. Que voulait-il d'elle ? De l'argent ? Elle ne possédait que quelques malheureuses centaines de dollars en liquide. Et quelques milliers d'autres sur un compte bancaire, qu'elle pouvait retirer, plus, bien entendu, ses cartes de crédit. Mais elle savait déjà, en son for intérieur, que l'argent ne l'intéressait pas. Il avait prétendu l'aimer. Elle n'avait pas manqué de remarquer la gêne qui accompagnait cet aveu et avait su sonder les abîmes de sincérité qu'elle avait ouverts en lui. Elle était consciente, en même temps, qu'elle ne pouvait en être tenue responsable. L'amour était une chose qu'elle devrait réapprendre et, à supposer même que cette chance lui soit offerte, elle voyait mal comment elle pourrait s'enticher d'un homme aux pupilles en pointe d'épingle, dont les bras s'ornaient de têtes de mort tatouées. Mais il exigerait néanmoins quelque chose, une quelconque rétribution, qui le dédommagerait de tous les risques qu'il aurait pris. Elle résolut de faire l'amour avec lui si tel était le prix à payer. Et cette décision ne réussit qu'à enraciner encore plus profondément sa peur en elle, dans toutes les fibres de son corps.

Le dîner fut une horreur sans nom, un vrai cauchemar. Devant des cailles aux airelles accompagnées d'un risotto et d'un velouté d'asperges, Manny lui annonça qu'il lui avait trouvé un psychanalyste et qu'elle devrait dès demain se soumettre à des séances de travail intensif en sa compagnie. Elle s'efforça de garder son sang-froid mais, lorsqu'il entreprit de la harceler, de lui demander avec insistance, encore et encore : « C'est bien ce que tu voulais, non ? Ça te plaît ? T'as envie de te répandre sur l'épaule d'un inconnu ? Ça va te faire un bien fou, non ? C'est bien ce qu'il te fallait ? », elle finit par craquer et répondre dans un souffle : « Non ». Et il piqua une crise de rage. L'attrapa par la peau du cou et, lui plongeant la tête dans la crème d'asperges brûlante, se mit à hurler : « Non ? T'essayes de te supprimer et tu trouves encore que tu n'as pas besoin d'aide ? Tu préfères te noyer ? Ben faut surtout pas te gêner ! Vas-y ! Bois la tasse ! »

Elle ne dut d'avoir la vie sauve qu'à l'irruption impromptue d'Algernon. Il l'arracha aux mains de Manny et elle releva la tête de son assiette, suffoquant et recrachant de la soupe par les narines. Elle quitta précipitamment la table, pendant que Manny continuait inlassablement de beugler dans son dos :

— Demain, t'iras, jeune dame ! T'es détraquée ! Tu m'entends ? T'es complètement cinglée, et tu vas me faire le plaisir d'y aller !

Elle repoussa le divan contre la porte de sa chambre, se jeta sur son lit et sanglota pendant un bon moment avant de sombrer dans un sommeil de plomb. Dans son rêve, elle se vit elle-même, assise au comptoir d'un bar devant un verre de lait mais lorsqu'elle porta ce dernier à ses lèvres, il ne contenait pas de lait, mais du sperme. Et le barman n'était autre que Satan en personne, avec de grandes ailes noires ondulées en accordéon. La peau de lézard qui lui couvrait le visage, écailleuse et luisante, épousait les traits de Manny. Sa main griffue, aux ongles acérés, s'empara de son poignet, aussi rapide qu'un serpent, et l'obligea à porter le verre à sa bouche. Elle serra les dents et le rebord du verre les heurta en cliquetant.

Le cliquetis la réveilla en sursaut, le cœur serré de terreur. L'espace d'une atroce fraction de seconde, en proie à la plus totale confusion, elle crut que son rêve se poursuivait dans la réalité, puis se rendit compte qu'on frappait au carreau. Son cœur se dilata douloureusement dans sa poitrine, elle tira les rideaux et aperçut Silence, accroupi sur la corniche extérieure. Elle ouvrit précipitamment la fenêtre en remontant le châssis coulissant.

Il entra sans un bruit, tout de noir vêtu, tel un lambeau de nuit.

— Prête ?

Elle porta des doigts palpitants à ses cheveux et à sa gorge :

— Non. Je suis désolée. J'étais censée vous attendre dehors, je sais. Je me suis endormie.

— Vous allez mettre ça ?

Il considéra en sourcillant son tailleur de lin éclaboussé de velouté d'asperges caillé.

Elle poussa un grognement sourd en prenant conscience de son aspect, puis se dirigea d'un pas vif vers le dressing entièrement tapissé de miroirs et entreprit frénétiquement de sélectionner des vêtements. Elle n'avait pas osé faire ses valises pendant la journée, craignant que Manny ne remarque quelque chose. À présent, elle s'acharnait sur la valise dans laquelle elle avait rangé son petit sac de voyage, tentant de l'extraire de l'armoire.

— Pas de précipitation, conseilla Silence. Faites le moins de bruit possible.

— Je suis réellement désolée, fit-elle en retirant son sac de la valise et en commençant à le bourrer d'articles qu'elle arrachait à sa penderie. Je ne suis qu'une boule de nerfs depuis ce matin.

— Ça n'a pas dû être facile, reconnut-il. Il s'apprêtait à lui avouer qu'il était passé un peu plus tôt et qu'il avait parlé à Algernon mais, en voyant à quel point ses mains tremblaient, préféra s'en abstenir.

— J'aurais dû vous attendre en bas. Je suis navrée. Vous avez dû me croire morte.

— Ça m'a traversé l'esprit.

— Comment avez-vous fait pour éviter les chiens ? demanda-t-elle en se retirant dans la salle de bains pour se changer, enfiler un pantalon noir et un chemisier violet.

— Ils sont restés sur la bonne impression de la nuit dernière, quand vous m'avez présenté à eux. Sûrement le rosbif que vous m'avez autorisé à leur donner. J'ai acheté un kilo de viande chez un traiteur ouvert la nuit, sur mon trajet. Ça a fait l'affaire.

Elle lui décocha un sourire fébrile et revint dans la chambre, vêtue de sa nouvelle tenue et les mains pleines d'objets de toilette. Elle laissa tomber ceux-ci dans son sac et entreprit de fouiller dans sa penderie, en quête de tennis et de chaussures plus pratiques.

— Détendez-vous, dit Silence, en lorgnant la brassée de lotions et de produits de beauté. Et n'emportez que ce dont vous avez besoin pour quelques jours.

— Où allons-nous ?, s'enquit-elle en lui jetant un

bref regard par-dessus son épaule, tout en choisissant un pantalon solide et en négligeant ses chemisiers de soie pour leur préférer ceux de cotonnade légère.

— J'ai contacté une amie à moi qui travaille pour l'État. Elle peut vous fournir une nouvelle identité, avec un passé, des antécédents et des références bancaires. Mais elle exige quelque chose en échange. (Billie cessa tout net de plier ses vêtements.) Manny a-t-il un bureau dans cette maison ?

— Pourquoi ?

— Nous devons absolument dénicher quelque chose dont les fédéraux pourront faire état dans un procès.

— Non. Il me tuerait.

— Il ne peut vous tuer qu'une seule fois — et il a déjà promis de le faire.

— Mais nous pouvons toujours lui filer entre les doigts.

— Pas de façon aussi définitive qu'avec le concours de l'agence. Mais, pour ça, il faudra payer le prix.

— Je préfère prendre le risque seule. Aidez-moi juste à m'enfuir d'ici.

Silence secoua la tête avec lassitude :

— Pas si vite. Réfléchissez bien, Billie. Vous allez devoir trouver du travail.

— Je compte reprendre mes études, dit-elle avec détermination.

— Parfait. Alors il vous faudra un numéro de sécurité sociale — un nouveau, je veux dire. Manny pourra remonter la piste de tout ce que vous auriez acquis à la sauvette, et il vous aura éliminée avant même que votre semaine d'orientation ne soit terminée. Faites-moi confiance. C'est ensemble que nous filons. Et il nous faut ces pièces à conviction pour contenter les feds. (Il vit, à son froncement de sourcils, qu'elle était partagée entre sa terreur et la part d'indéniable vérité que contenait son froid raisonnement, et lui fit signer d'enfiler ses tennis.) Conduisez-moi à son bureau.

— Il s'y trouve peut-être, protesta-t-elle, tandis qu'il remontait la fermeture éclair de son sac de voyage bourré à bloc.

— Peut-être.

Il repoussa d'une bourrade le divan qui calait la porte :

— Dites-lui que vous ne trouvez pas le sommeil.

— Et s'il nous prenait sur le fait ?, s'enquit-elle dans un souffle rauque, au moment où il entrebâillait la porte.

— Faites comme si je n'étais pas là. Il ne me verra pas. Contentez-vous de lui parler. Dites-lui n'importe quoi, pourvu que ce soit crédible.

Silence poussa Billie dans le couloir et, du menton, lui signifia d'ouvrir la marche. Elle inspira profondément, puis baissa la tête et entreprit de longer le couloir à pas feutrés. Silence portait son sac et la suivait à quelques pas de distance. Elle le pilota jusqu'au bas des marches d'un large escalier élégamment convoluté, puis à travers des pièces plongées dans l'obscurité, embaumées du parfum de fleurs fraîchement coupées. Elle pila devant une porte d'acajou massif et tendit l'oreille. Lorsqu'elle tourna la poignée de verre, la porte s'ouvrit.

Une faible odeur d'encaustique et de fumée de cigare éventée s'attardait dans la pièce haute de plafond. La lumière grise de réverbères éloignés répandait un halo granuleux en s'infiltrant par les carreaux. Silence referma la porte derrière lui et se dirigea tout droit vers la silhouette sombre d'une console d'ordinateur, installée sur le grand bureau. Tandis que Billie se cantonnait frileusement en retrait, il alluma l'ordinateur. Lani utilisait un ordinateur à son travail, et elle lui avait enseigné quelques rudiments, ouvrir un répertoire, par exemple. La machine se mit à ronronner et l'écran inonda la pièce d'une lueur glauque et spectrale.

— Voilà ce qu'il nous faut, exulta Silence en désignant une succession de lignes annonçant « COMPT.92 », « COMPT.91 », « COMPT.90 », et remontant ainsi jusqu'aux années soixante-dix. Il pianota sur le clavier et la machine babilla de nouveau, puis afficha : « ENTREZ LE MOT DE PASSE ».

Silence regarda Billie :

— Essayons sa date d'anniversaire.

Mais celle-ci fit chou blanc, tout comme son numéro d'immatriculation, la date d'anniversaire de leur mariage et leur numéro de téléphone. Il demanda alors à Billie le nom de jeune fille de la mère de Manny, mais ça ne marcha pas, pas plus que le prénom de son père. Billie tapa Arthur, prénom qu'elle l'avait souvent entendu prononcer, ivre de rage, lorsqu'il faisait allusion à son avortement, encore que le sexe de l'enfant qu'elle avait fait passer leur fût resté inconnu. L'écran palpita puis afficha un tableau, une liste de numéros de comptes bancaires et de registres comptables.

— Dans le mille, croassa Silence. Mais il nous faudrait des disquettes pour copier ça.

Dans le premier tiroir qu'elle ouvrit, Billie trouva un revolver, et elle le referma en vitesse. Les disquettes se trouvaient dans un tiroir du bas avec le papier à lettres. Silence en inséra une dans l'ordinateur et tenta de copier les dossiers secrets, mais comprit rapidement qu'il devait au préalable formater les disquettes. Il perdit plusieurs longues minutes à essayer de comprendre comment on procédait, pendant que Billie feuilletait le manuel de l'ordinateur. La procédure, une fois qu'elle l'eut trouvée, était relativement simple et, lorsqu'ils l'eurent assimilée, ils furent en mesure de formater les disquettes et de copier les dossiers assez rapidement.

Le bouton de la porte cliqueta. Billie hoqueta et, lorsqu'elle reporta son regard sur Silence, ce dernier avait déjà disparu. D'un seul et même mouvement, il avait éteint l'ordinateur et s'était laissé tomber sous le bureau. La lumière se fit subitement et Billie, clignant encore des yeux, aperçut Algernon qui s'encadrait dans l'embrasure.

— Que faites-vous là ?, interrogea ce dernier.

— Vous m'avez fait peur. (Elle s'écarta d'un pas du bureau, déboussolée, l'estomac noué.) Je n'arrivais pas à trouver le sommeil, dit-elle machinalement — puis les mots se mirent à jaillir d'eux-mêmes, battant sa terreur en brèche :

— Il m'a réellement secouée, au dîner, Al. Il m'a vraiment terrifiée. Je suis venue ici pour respirer son odeur, me sentir proche de lui sans avoir à l'affronter en face. On a un tas de choses à mettre au point, lui et moi.

Algernon hocha la tête d'un air compatissant :

— En réalité, cet esclandre de la plage l'a fait sortir de ses gonds, Billie. Il va falloir vous comporter un peu mieux que ça. Venez. Allons manger un morceau dans la cuisine, et nous en pourrons en discuter tous les deux.

Billie sortit sur ses talons et, durant toute l'heure qui suivit, opina benoîtement du bonnet pour approuver ses conseils avisés, ravie et soulagée à la fois qu'il ne lui pose aucune question sur la tenue — tennis et vêtements de ville — qu'elle avait endossée :

— Ayez un peu foi en lui, ne cessait-il de répéter.

Ni Manny ni moi n'avons choisi cette existence. Nous sommes tombés dedans à notre naissance. Elle nous colle à la peau. Faites-lui un peu confiance. C'est un brave garçon. Tant que vous ne lui battrez pas froid, il ne recourra pas à la violence. Écoutez-moi, Billie. Si vous lui donniez un enfant, un futur, un avenir sur lequel il pourrait méditer, les choses changeraient du tout au tout. Laissez-nous nous occuper des affaires. Ce ne serait guère différent si vous aviez épousé un militaire. C'est un sale boulot. Je sais. Et dangereux. Je sais. Mais, tout bien pesé, ce n'est que le boulot. Sa journée terminée, il rentrera à la maison pour retrouver sa femme et ses gosses. Ayez un peu foi en l'avenir.

Lorsque Billie regagna finalement sa chambre, Silence l'y attendait.

— On va sortir par la fenêtre.

Billie s'en jugeait totalement incapable, mais elle n'en dit rien. Elle enjamba la fenêtre et se retrouva sur la corniche à côté de lui, s'efforçant de son mieux de ne pas regarder en bas. Il laissa tomber son sac au sol et celui-ci atterrit mollement dans l'herbe.

— Regardez-moi faire, chuchota-t-il. C'est très facile.

Lorsqu'il sauta et se rattrapa au treillage, celui-ci vacilla et, l'espace d'une fraction de seconde, elle crut bien qu'il allait s'effondrer. Mais il tint bon. Arrivé en bas, il lui fit signe de l'imiter. Elle bondit et, stupéfaite, se retrouva suspendue des deux mains au treillage de bois, aveuglée par le lierre qui lui entrait dans les yeux. La descente s'avéra un jeu d'enfant. Tout comme leur traversée de la pelouse en cavalcade, en compagnie des chiens qui gambadaient autour d'eux.

Silence balança le sac par-dessus la clôture de pierre, puis la souleva à bout de bras pour qu'elle puisse se cramponner au faîte du mur, et la hissa ensuite jusqu'au sommet. Il escalada le mur immédiatement après elle et lui montra ensuite comment s'y prendre pour empoigner les piques de fer à pleines mains et se balancer par-dessus leurs extrémités acérées. Un peu ragaillardie, elle l'imita en tous points et se laissa retomber de l'autre côté, enfin libre. Puis, elle piqua un sprint sur ses talons et s'enfonça dans les ténèbres scintillantes, avec le chant sourd du sang qui battait dans ses oreilles.

Billie n'était encore jamais montée à moto. Assise derrière Silence, les mains crispées sur son blouson de cuir, elle rejeta la tête en arrière pour laisser flotter au vent, derrière elle, sa chevelure satinée. La vibrante, vrombissante énergie de la machine trépidait sous ses fesses, dévorant la nuit avec une voluptueuse vélocité. Elle plissa les yeux, étourdie, transportée par leur vitesse vertigineuse, et regarda les lumières effilochées de l'autoroute serpenter à travers les intervalles de nuit que découpaient les lampadaires dans les ténèbres, puis offrit son visage au vent mugissant et se laissa pénétrer tout entière par le rugissement de la circulation. Droit devant elle, Boston déversait sa radiance comme un coffret de joyaux.

Toute sa peur s'était dissipée. Le poing crispé qui lui avait noué l'estomac avait disparu, et elle se sentait tendre et molle, malléable, ductile, chatoyante de légèreté. Elle enfonça plus profondément son visage dans le cou de Silence et respira à pleines narines son odeur, mi-sueur, mi-savon. Où l'emportait-il ? Elle n'en avait cure. Elle avait brisé ses chaînes. Les espoirs les plus fous miroitaient en elle, phosphorescents, radieux et frais. Elle se fraierait un chemin dans le vaste monde, parcourrait les lumineuses artères de ce pays, vers cette destinée qu'elle avait repoussée deux ans plus tôt. De nouveau, l'avenir s'ouvrait à elle, offert et tendre à cœur.

Silence roula jusqu'au Swan Dive [1], sur North Beacon, et prit deux chambres contiguës tout au fond du motel. Billie insista pour régler les deux chambres avec l'argent qu'elle avait emporté. Le hall, aussi glacial qu'une chambre froide de boucherie et décoré de motifs évoquant une piscine, au moyen d'un papier peint bleu aux ondulations parées d'imitations de nageurs de Hockney, disposait, outre un distributeur de cigarettes, d'un distributeur de préservatifs. Les lumières fluorescentes du couloir grésillaient et la climatisation ferraillait à tout va dans les chambres confinées, aux parois peintes en rose fluo. Tout se désagrégeait et partait à vau-l'eau : meubles éraflés aux arêtes échancrées de brûlures de cigarettes, miroirs fendillés dans les salles de bains, fauteuils défoncés, à la tapisserie usée jusqu'à la trame, matelas cabossés.

— L'enseigne ne ment pas, laissa tomber Silence en posant le sac de voyage de Billie sur le lit. Un vrai plongeon. Mais nous ne sommes là que pour la nuit. Demain première heure, dès notre réveil, on fonce chez le District Attorney.

Billie plongea son regard dans les yeux de silex de Silence :

— Merci, dit-elle, en mettant toute la sincérité qu'elle pouvait instiller dans ces deux syllabes. Vous m'avez sauvé la vie... Par deux fois.

Silence eut un petit sourire crispé :

1. Le plongeon du cygne.

— Essayez de dormir. On va se lever tôt et on attendra sur place l'heure de l'ouverture des bureaux.

Elle secoua la tête avec une exubérance de petite fille :

— Je ne pourrai jamais dormir. Commandons plutôt quelque chose par téléphone et vous pourrez me parler de vous. Je ne sais rien de vous, pour ainsi dire.

Il y avait dans sa voix comme la trace d'un rire, d'un rire frais et joyeux, non pas d'un rire sarcastique ou lourd de cynisme, mais, chose rarissime, l'écho d'un authentique bonheur. Il avait envie que ça dure, aussi décrocha-t-il le téléphone pour appeler la réception.

Pendant qu'ils attendaient leur repas, Billie prit une douche, se changea et enfila un pyjama de soie imprimé d'un dragon bleu cobalt aux écailles mordorées. Silence, lui, sortit de la chambre, poussa sa moto jusqu'à l'arrière du motel et la gara dans les herbes touffues, sous la fenêtre de sa chambre. À travers la grande baie de verre dépoli de la salle de bains, basculée sur ses gonds pour laisser s'évacuer la vapeur, il vit Billie sortir nue de sa douche. Ce fut une vision extrêmement fugitive, car il détourna aussitôt les yeux, embarrassé par la véhémence de son propre désir et préférant se voir comme un preux chevalier des rues.

Il s'efforça de battre cette image en brèche au moyen de réflexions prosaïques, en se disant que les gonds de la fenêtre de la salle de bains étaient rouillés, qu'elle était beaucoup trop large et constituait pour un éventuel agresseur un accès un peu trop commode. Mais la vision de son corps dénudé, de sa peau couleur de pêche, continuait d'irradier en lui comme un fer porté à blanc, avec une brûlante intensité, une intensité qu'il n'avait plus connue depuis que Lani, laminée par le mal, avait commencé à se flétrir. Il piocha deux pilules dans le petit pilulier orné d'un crâne et de deux tibias entrecroisés qu'il portait toujours sur lui, dans sa poche de hanche, et les avala tout rond.

Ils s'assirent en tailleur, à même le sol, là où l'air était le plus frais et, devant des nouilles noires chinoises arrosées de bière, elle lui narra l'histoire de sa vie, d'une fulgurante simplicité : abandonnée en bas âge sur l'autel d'une église, adoptée presque immédiatement pour se retrouver orpheline avant son premier anniversaire, toute sa famille ayant trouvé la mort dans le crash d'un petit avion. Elle lui montra les cicatrices qu'elle avait gardées de l'accident, de minuscules estafilades à la tempe et sous le menton, aussi fines que les fêlures d'un cristal de quartz. Tout ce qui lui restait de ces gens, de sa deuxième famille secrète, c'était le nom qu'ils lui avaient donné : Willemma Hudson. Ses premiers souvenirs, brouillés et confus, c'était le lino pâle et moucheté de l'orphelinat sur lequel elle rampait, et l'odeur du camphre et de l'ammoniac dont se servaient les filles plus âgées pour nettoyer les vitres et les boiseries. Mais, à compter de là, il n'y avait plus que les souvenirs chéris de quelques filles espiègles, avec qui elle avait grandi.

Écouter l'histoire de sa vie était pour Silence quasiment douloureux. Le douillet cocon d'harmonie qui avait protégé sa merveilleuse enfance l'avaient laissée si désarmée, si vulnérable, qu'il aurait souhaité l'arrêter lorsqu'elle en arriva à ce tournant de son existence où elle rencontrait Manny à cette fête estivale. Il eût aimé garder d'elle l'image d'un morceau du monde qui lui serait resté inconnu, ignorerait la malice et la méfiance et dont rien n'aurait pu troubler l'inimaginable splendeur. C'est dans un état voisin de l'affolement et en proie à une croissante exaspération qu'il écouta son compte rendu des infidélités de Manny et de ses violences sans cesse exacerbées, mais il n'en laissa strictement rien voir, et son visage, tout comme ses yeux, resta de granit.

Avant même qu'elle n'en eût parlé, par une sorte de douloureuse prescience, il sut pratiquement tout ce qu'elle pouvait lui dire sur sa vie dans cette maison du crime. Jusqu'au calamiteux et très confidentiel épisode de son avortement qui s'avéra prévisible. Seul le fait étrange que Manny ait choisi le prénom d'un enfant mort-né pour mot de passe de son ordinateur réussit à l'étonner. Il trouva extraordinaire qu'un membre de l'Organisation puisse à ce point désirer des enfants, à l'instar d'une vieille fille frustrée.

Lorsque Billie en eut terminé, son visage n'affichait plus qu'une sorte de stupeur atterrée. Silence lui ouvrit une autre bière.

— C'est bien fini, à présent, la rassura-t-il. Vous ne le reverrez plus jamais.

Elle opina du chef, regarda autour d'elle comme si quelque invisible danger la menaçait, puis ferma les paupières. Lorsqu'elle rouvrit enfin les yeux, son regard avait recouvré toute sa limpidité. Elle cogna sa bouteille contre celle de Silence et avala une longue gorgée de bière. En même temps qu'elle s'essuyait la bouche du revers de la main, elle trouva en elle assez d'audace pour déclarer :

— Hier soir, vous m'avez dit que vous m'aidiez parce que vous m'aimiez.

Silence cligna des yeux et contempla ses épais battoirs.

— Écoutez, poursuivit-elle. Je vous suis infiniment reconnaissante de tout ce que vous faites pour moi...

Il leva la main :

— Laissez tomber. Il n'y a rien à ajouter. Pas besoin. Je n'attends strictement rien de vous.

— Je le sais, dit-elle tranquillement. Il y a chez vous une gentillesse qui m'a stupéfaite, dès la première fois où je vous ai vu. Lorsque j'ai repris conscience dans vos bras, après que vous m'avez arrachée à la mer, je vous ai d'abord pris pour l'un des truands de Manny. Mais il y avait quelque chose dans votre expression — une certaine tristesse dans votre regard, comme si vous aviez lu en moi ce que je pouvais ressentir. (Silence releva le visage et croisa la douceur de son regard.) Écoutez, j'aimerais juste vous faire comprendre que je ne suis pas certaine de pouvoir vous aimer. (Ses mains retombèrent mollement sur ses cuisses, en signe d'impuissance.) Je ne sais même pas si je suis encore capable d'aimer qui ce soit, après ce que Manny m'a fait. Mais, en revanche, je désire en apprendre plus long sur l'amour. (Elle posa sa main sur la sienne.) Je veux que vous m'expliquiez comment vous pouviez déjà m'aimer, alors que vous ne me connaissiez même pas.

— Ça vous paraît idiot, hein ?

— Non... pas idiot. Plutôt... (Elle retira sa main, s'efforçant de mettre le doigt sur ce à quoi ça ressemblait effectivement.) ...énigmatique.

Il lui sourit — non pour ce qu'elle avait dit, mais pour sa façon de le dire, en le regardant droit dans les yeux, ingénument, cherchant, provoquant, augmentant le malaise qu'elle avait cru y déceler. D'ordinaire, les gens fuyaient son regard, mais il ne semblait nullement la gêner.

— Parlez-moi de vous, dit-elle.

L'ardeur implacable de sa voix avait quelque chose d'irrésistible et, à sa manière placide et laconique, il lui raconta sa vie. Les yeux écarquillés, elle l'écouta lui narrer les horreurs de la rue, qui semblaient avoir été les inséparables compagnes de son enfance, les guerres de gangs, le tragique destin qu'avaient connu tous ses amis d'enfance, à la seule exception de Bella, et la dépendance à la drogue qui avait commencé pour lui dès son adolescence et l'avait ultérieurement amené à rencontrer Liam et à faire l'expérience immédiate, dans sa chair, de la volonté pure et vraie.

Elle hocha la tête avec compassion lorsqu'il évoqua le remords qu'il éprouvait d'avoir, par sa conduite calamiteuse, infligé tant de chagrin à sa mère, une mère dont la clairvoyance n'avait rigoureusement rien signifié pour lui jusqu'au jour où, à Hawaï, bien des années après son décès, il s'était mis à relire les grands auteurs modernes qu'elle avait tant aimés. Et elle pleura au récit de l'incurable amour qu'il avait voué à Lani Villareal, et du tragique trépas de cette dernière.

Lorsqu'il eut terminé, elle comprit enfin ce qu'elle représentait pour lui, la signification qu'elle pouvait revêtir dans la langue qui parlait à son cœur : une femme qu'il avait trouvée belle et se mourant de désespoir, anéantie par un dilemme qu'il avait le pouvoir de trancher... pourvu qu'il fût disposé à prendre tous les risques. Qu'elle représentait très exactement pour lui ce qu'il pouvait représenter pour elle : une chance inespérée à saisir au vol ; car, avec son aide, il serait peut-être en mesure de restaurer sa confiance en soi, de compenser cette déperdition d'âme, cette perte du goût de vivre qui semblait avoir pris un tour inexorable depuis la mort de Lani.

Un subit élan de tendresse à son endroit s'épanouit en son for intérieur et elle le prit dans ses bras. Sa brusque démonstration d'affection le toucha à un point qu'il n'aurait pu imaginer, tant il était privé de ressort à force de remâcher sans trêve une existence inéluctablement vouée à la faillite. Il l'étreignit brutalement, la serra contre lui, muet de stupeur, terrassé par la conscience aiguë, lumineuse, de trouver dans cette étreinte ce que jamais il n'avait osé espérer trouver un jour. Ils se bercèrent mutuellement puis, en le guidant de ses mains, elle lui fit comprendre ce qu'elle désirait.

Soudain saisi d'une piteuse appréhension, il se demanda si le Dilaudid le lui permettrait. Ça faisait si longtemps. Elle l'embrassait avec une fougueuse détermination, s'efforçant de panser sa plaie la plus profonde, cette carence d'amour qui, en le poussant dans ses bras, lui rendait la vie. Il réagit à ses caresses avec cette même ardeur qui l'avait traversé un peu plus tôt, lorsqu'il l'avait entraperçue, nue, au sortir de sa douche : un désir torride, qui trouvait dorénavant son emploi.

Ils entreprirent de se déshabiller mutuellement. La gorge serrée, mêlant leurs haleines, ils s'agenouillèrent pour s'ôter l'un l'autre leur pantalon et il l'écarta légèrement de lui pour contempler ses seins fermes aux pâles mamelons et, un peu plus bas, sa toison de feu. Ses yeux de jade mendiaient son approbation. Il laissa son visage exprimer toute l'urgence de son désir et elle l'embrassa encore, en mettant toute sa vigueur dans sa langue. Ses larges battoirs la pétrissaient, lents et attentifs, inventoriant sa douceur et sa chaleur, tandis que, de son côté, elle explorait son corps de ses mains fraîches.

Ses doigts déliés ouvrirent son ventre, trouvèrent la mèche qui l'embraserait et, avec une méticuleuse et lyrique insistance, entreprirent de la caresser jusqu'à ce que son corps se cabre et se plaque contre le sien dans un frénétique jaillissement de cris étouffés. Le corps tout entier parcouru par les miroitantes paillettes de mica du plaisir, elle reprit son souffle, chassant les larmes qui embuaient ses yeux de quelques battements de cils puis, empoignant sa tumescence à pleine main, le guida gentiment vers le lit.

Il la pénétra, d'abord avec une précaution solennelle, lui sachant gré de la voracité gloutonne qu'elle avait su inspirer à son organisme engourdi par la came, tout en redoutant simultanément que cette chétive vigueur ne s'étiole. Mais elle semblait susciter en lui, bien au contraire, la plus inébranlable des érections. Il la chevaucha rudement et longuement — son corps éreinté répondant finalement avec une efficience à laquelle il n'avait osé croire, basculant souplement pour adopter, avec une tranquille férocité, les postures les plus variées —, avant de condescendre enfin à admettre que cette virilité adamantine, obstinément turgide et cruellement infatigable, était la créature du Dilaudid. L'orgasme pulsait devant ses yeux, tel quelque Saint Graal, pour battre ensuite inlassablement en retraite, hors de sa portée, inaccessible.

Incapable de lui donner ce qu'elle avait exigé de lui en se livrant si librement et si totalement, il désespéra. Néanmoins, ses craintes ne freinèrent point son ardeur, ni le tendre airain qu'elle animait.

Il tendait de toutes ses forces vers cette inabordable autre rive, redoutant de rompre, en lui refusant cet ultime abandon, le mystérieux sortilège qui la poussait vers lui. La culmination charria sa langueur galvanique et, au moment de basculer, explosa en échardes fulgurantes, qui se déchaînèrent aux extrémités glacées de son corps. Et pourtant, son désir aveugle perdurait, sans rien perdre de sa puissance, roulant désormais pour son propre compte, aimant sans exiger d'être payé de retour, entité autonome, indomptée, débridée, surgie du dénuement du monde, fouillant inlassablement ses profondeurs les plus secrètes pour allumer en elle de nouveaux brasiers de joie — la fouaillant de son boutoir pour déterrer son plaisir et l'accroître encore, encore et encore.

Cette joie, justement, que trahissait son visage et qui infirmait toutes ses appréhensions, toutes ses craintes de ne pas se montrer à la hauteur ; de sorte qu'il finit par rendre les armes et par s'abandonner entièrement à l'imperturbable constance de son désir. Et ils chevauchèrent ainsi toute la nuit durant, se carambolant dans un souple, lubrique et joyeux abandon, se délectant du plaisir qu'ils se donnaient l'un à l'autre, oublieux des peines et des chagrins qui les avaient réunis.

Le cœur à deux doigts d'exploser, des veines noueuses battant à ses tempes, Manuel Hellas fit irruption dans l'atrium où Algernon, vêtu d'un complet et assis devant une longue table nappée de soie damassée, au centre de laquelle trônait un arrangement floral, prenait son petit déjeuner.

— Elle est partie !, fulmina Manny.

Algernon releva sereinement les yeux de son omelette aux truffes et de sa salade de groseilles à maquereau confites dans le jus d'orange.

— À quoi t'attendais-tu ? Tu te figures sans doute qu'elle aime recevoir des tourlousines ?

Manny, torse nu et uniquement vêtu de son boxershort, marcha sur le sol dallé en direction de son frère :

— Il faut absolument la retrouver.

Algernon engouffra une petite portion d'omelette,

reposa couteau et fourchette sur son assiette et s'essuya la bouche de sa serviette.

— C'est ta femme. Si tu penses que tu dois la retrouver, eh bien, cherche-la.

— C'est très sérieux, Algernon.

Algernon sirota une gorgée de son nectar de goyave et jeta un regard languide entre les fluettes colonnes de l'atrium, les pentes émeraude scintillantes de rosée et les plates-bandes soigneusement entretenues. D'une voix empreinte de morne perspicacité, il déclara :

— J'ai touché deux mots à Willemma, cette nuit. Dieu sait, Manny, que j'ai essayé de l'émouvoir. J'ai vraiment fait l'impossible. J'avais l'espoir de lui faire comprendre toute la fatalité de notre travail. Nous n'avons pas choisi cette existence, toi et moi. C'est un lourd atavisme qui...

— Tu as parlé avec Billie cette nuit ?

— Elle était en plein désarroi, après l'épisode de la plage. Elle avait l'air tellement...

— Où ça s'est passé ? Dans sa chambre ?

Algernon lui décocha un regard, du genre « Pour qui me prends-tu ? ».

— Non, pas dans sa chambre. Je ne suis jamais entré dans sa chambre. Mais, en me rendant dans la cuisine pendant la nuit, j'ai entendu du bruit dans ton bureau. Je suis entré et elle était là.

— Algernon ! (Manny posa ses deux poings sur la table et rapprocha son visage congestionné de celui de son frère.) Sais-tu au moins ce qu'elle fabriquait là, espèce de connard ?

Le courroux chatoya fugacement sur la longue figure d'Algernon.

— Surveille ton langage, Manny. J'ai trouvé ta

femme dans ton bureau, terrifiée et malheureuse. J'ai essayé de l'aider.

— Tu as essayé de l'aider ! (Manny se rejeta en arrière d'une saccade, en affichant une expression écœurée.) Tu viens tout juste d'ouvrir un pandémonium de souffrances sous tes propres pas, oui !

Il sortit en coup de vent de l'atrium, bouillant de rage.

— Qu'est-ce que tu racontes ?, le héla Algernon en secouant la tête de consternation. L'enchaînement de réflexions qui se formait sous son crâne et le conduisait tout droit à une épaisse dalle de marbre estampillée « TRAHISON » ne lui plaisait guère. Il sécha cul sec son jus de goyave, pour essayer de dissoudre la boule qui, soudainement, lui obstruait le gosier.

Manny réapparut, blême et crispé, les yeux lançant des éclairs.

— Que s'est-il passé ? s'enquit Algernon d'une voix irascible. Raconte. Qu'est-ce qui te prend ?

— Cette chienne a copié nos fichiers comptables des douze dernières années, putain de Dieu — les vrais, pauvre tache —, voilà ce qui me prend !

Algernon se raidit, le visage figé, pétrifié de trouille.

— Les vrais ? Non ! Tu prétendais qu'ils étaient inviolables ! Personne ne connaît le mot de passe de ton ordinateur.

— Eh bien, elle l'a deviné.

— Comment peux-tu le savoir ?

Manny passa ses deux mains dans ses cheveux et entreprit d'arpenter les dalles de long en large :

— Je viens de vérifier sur mon ordinateur. Il garde la trace des heures où l'on a tapé le mot de passe. La dernière fois, en l'occurrence, c'était au milieu de la nuit. De la nuit dernière. Je ne suis pas entré dans mon bureau depuis deux jours. Et il manque des disquettes. Elle l'a bel et bien fait, Al.

Algernon le fixait, hébété, abasourdi :

— Sale coup.

— Pire que ça. On est foutus. Deux cadavres ambulants en train de tailler une bavette.

— Comment est-elle sortie ?

— Quelle importance ?

— Ça en a une, si notre sécurité est menacée, aboya Algernon.

— Menacée ? On est dans une merde noire, Al. Les feds vont nous tomber dessus à bras raccourcis. Si jamais ces documents tombent entre...

— Oublie les feds. (Algernon s'effondra sur sa chaise, tentant d'évaluer les dommages. Ceux-ci semblaient incalculables.) Ces dossiers contiennent tous les détails dont nos ennemis auraient besoin pour nous court-circuiter.

— Merde. J'aurais dû la zigouiller hier soir.

Algernon toisa son frère d'un œil apitoyé :

— Tuer ta *femme* ? C'est complètement dément, Manny.

— Ouais, tu parles. Regarde un peu où nous a menés ton petit cœur d'artichaut. (Manny renifla dédaigneusement.) Clyte t'a coupé les glaouis. C'est elle que t'aurais dû zigouiller.

Clyte était la femme d'Algernon, de vingt ans sa cadette. Ils étaient séparés de corps, car elle l'avait quitté un mois plus tôt pour l'un de ses rivaux de l'Organisation, après avoir eu vent de l'accident mortel qui avait conduit au trépas son ancien amant, accident qu'Algernon, dans un accès de jalousie, avait prémédité. Elle travaillait désormais allégrement à sa perte, en pleine et totale collaboration avec son nouvel amant. La fête de l'autre nuit, sur la plage, avait constitué une tentative, couronnée de succès, pour réparer les dommages qu'elle avait perpétrés en ébruitant à la cantonade, pour la gouverne de ses nouveaux partenaires en affaires, leurs quinze années de conversations sur l'oreiller. Il lui avait fait nombre de confidences et de réflexions peu flatteuses sur ces hommes mais, pendant cette soirée qu'il avait donnée sur la plage, était parvenu à faire amende honorable auprès de la plupart d'entre eux. La tuer ne lui avait jamais effleuré l'esprit, encore qu'il eût assez longuement ruminé le projet de mutiler atrocement son nouvel amant.

À la mention de son nom, Algernon haussa les épaules et ses yeux se voilèrent pesamment.

— Des intrigantes. Toutes les femmes sont des intrigantes, Manny. Comment le leur reprocher ? (Il secoua tristement sa lourde tête.) À part leurs nibards et leurs neurones, de quelles armes disposent-elles ? Et quand les nibards commencent à tomber, gare à la casse.

— Si jamais Billie refile ces dossiers à Clyte, on peut tirer un trait sur nos précieuses petites existences. (Manny tira sur son épaisse crinière.) Mieux vaudrait encore qu'elle aille trouver les feds. Au moins, on a des contacts chez eux. Mais... Clyte !

— Cesse de tourner en rond comme un ours en cage. Assieds-toi. Bois un peu de jus de goyave et laisse-moi réfléchir.

Manny obéit à son aîné. Algernon avait douze ans de plus que lui et il avait toujours trouvé une solution aux problèmes, à tous les problèmes que Manny avait dû affronter, qu'il s'agisse de lui procurer une dispense médicale de complaisance lorsqu'il avait tiré le mauvais numéro à la loterie du Nam* ou de lui dénicher un em-

* L'appel sous les drapeaux pendant la guerre du Viêt-nam se faisait par tirage au sort d'un numéro.

ploi lucratif au sein de l'Organisation. Manny téta fébrilement une gorgée de jus de goyave entre ses dents serrées, espérant qu'Algernon découvrirait promptement le moyen de faire rentrer Billie dans le rang, pour qu'il puisse la liquider de ses propres mains.

— Avant tout, fit Algernon d'une voix sourde, méditative, nous devons découvrir si elle a bénéficié d'une quelconque complicité à l'intérieur de la maison. Est-elle tout bêtement sortie par la porte d'entrée ? Vérifie sur la cassette vidéo du portail. Qui était de garde ?

— Elle n'est pas complètement débile, Algernon.

— Débile, peut-être pas, mais suffisamment cinglée, en tout cas, pour avoir essayé de se supprimer. Peut-être a-t-elle suborné ou séduit le garde. Essaye de le découvrir. Je vais demander à Ray de faire passer le mot dans la rue. Il va falloir mobiliser tout le monde. Quelle heure est-il ?

— Sept heures et demie, putain de merde.

— Je veux que Jack et le Roc descendent tout de suite au centre-ville, au siège de JFK et au Secrétariat de l'État. Si elle envisage de contacter les feds, on peut la cueillir à son arrivée. Saute sur ton téléphone et préviens tous les gens à qui on graisse la patte dans le secteur. Avec un peu de chance, elle ira trouver l'un d'entre eux.

— Et pour Clyte ?

— C'est un job pour un type vraiment à la coule. Demande à Dan Meade de contacter Slick[1] Stanger. Il saura comment s'y prendre pour désamorcer la bombe.

Manny se levant, Algernon tendit le bras pour lui serrer la main.

— Surtout, ne parle à personne de ces dossiers éga-

1. *Slick* : le Rusé. Épithète traditionnellement attribuée à Ulysse.

rés dans la nature, insista Algernon. Si jamais le bruit s'en répandait, les caïds nous écorcheraient vifs.

Manny ferma les yeux et hocha la tête. Lorsqu'il eut quitté la pièce en toute hâte, Algernon permit à son effroi de reprendre le dessus. Il ne s'était encore jamais, jusqu'à maintenant, donné en spectacle à son frère cadet lorsqu'il était réellement retourné, et ce n'était pas certainement pas aujourd'hui qu'il allait commencer. Néanmoins, cette crise était de loin la pire de toutes celles qu'ils avaient dû traverser. Ses tripes se nouèrent de terreur, et ce nœud se resserra encore lorsqu'il se laissa aller à évaluer les conséquences désastreuses de la trahison de Billie. Si jamais les patrons avaient vent de la chose, tant Manny que lui-même étaient bons, comme deux et deux font quatre, pour finir avec une balle dans le tuyau de l'oreille.

Une bouffée de puanteur fécale se répandit autour de lui et il s'écarta de la table d'une bourrade, en jurant grossièrement.

Lorsque Liam rentra de son petit déjeuner chez Slo Jo, il constata que tout le monde — à la seule exception de la Grue, qui ne buvait ni ne se défonçait jamais — dormait encore, plongé dans un abrutissement béat consécutif à la nouba de la victoire de la nuit dernière. Il coula un regard vers l'enceinte, derrière l'atelier, pour voir si la Harley de Silence était encore là. Elle ne s'y trouvait pas, mais il ne s'était pas réellement attendu à la voir. À force d'abuser des DL, Silence broyait du noir, ces derniers temps. Liam avait bien songé à l'exhorter à décrocher et à mettre à l'épreuve, ce faisant, sa volonté vraie, mais il n'était pas franchement persuadé que Silence fût actuellement en mesure de supporter les affres de la renonce. Depuis son retour de Hawaï, il était en état de faiblesse, comme si quelque ressort était cassé en lui. Liam — non sans remâcher amèrement le passé, et plus particulièrement le souvenir d'Hector — avait d'ailleurs maintes fois regretté qu'il fût jamais rentré, tellement le voir dans cet état lui était pénible.

Un insondable abîme de silence s'ouvrit en lui à cette seule évocation. Hector avait été le plus grand des Street Gypsies : guerrier intrépide, motard émérite, agile et souple sur sa meule, mariolle et beau comme un soleil. Il était l'idole, le petit préféré de tous : le meilleur mécano de la Grue comme le plus fiable disciple de Liam en matière de volonté pure. À sa mort, il avait cinq ans de plus que Silence et veillait sur lui comme un grand frère, même lorsque le second, s'enfonçant dans un coupe-gorge au cours d'un rodéo, s'était jeté tout droit dans une embuscade tendue par les Imperial Dragons. Liam et Hector, les seuls Gypsies qui l'accompagnaient ce jour-là, avaient été tenus en respect, alors qu'ils étaient désarmés, par un tireur isolé qui les avait obligés à se cantonner à couvert de l'autre côté de la rue. Mais Hector avait chargé et, méprisant la mitraille, s'était engouffré dans la ruelle en faisant tournoyer une chaîne. Certes, il avait refoulé les Dragons loin de Silence, mais il avait en même temps effacé une balle en pleine poitrine. Silence avait lui aussi été gravement touché. Mais Liam n'avait pu prendre en croupe qu'un seul des deux blessés pour le conduire aux urgences, et il avait choisi Hector, lequel était mort un peu plus tard sur le billard. Un flic de patrouille avait découvert Silence en faisant sa ronde, sinon celui-ci y serait resté. Jamais Silence n'avait sommé Liam de lui expliquer pourquoi il avait préféré sauver Hector car, à sa place, il eût agi de même. Mais, très peu de temps après, il avait largué les Street Gypsies pour s'exiler à Hawaï et, pendant très longtemps, Liam avait enduré les cuisantes morsures du remords.

Et voilà que Silence était reparti, sans nul doute sous le coup de l'humiliation que lui avait value son quasi-revers de la veille. S'il rentrait rapidement, ça signifierait qu'il aurait tiré la leçon de sa bourde et finirait, avec un peu de chance, par s'en remettre. Mais plus longtemps durerait son absence, plus grandes seraient ses chances de succomber à ses insuffisances et d'aller rejoindre Hector — à coup sûr dans les vapeurs de l'opium et dans le fracas d'une quelconque collision sur l'autoroute.

Liam ôta le cure-dents de sa bouche et le balança d'une chiquenaude dans le caniveau. *Qu'il aille se faire dorer*, se dit-il, sa conscience commençant à le tirailler et, prétendant lui en remontrer, lui enseigner qu'il aurait pu se décarcasser un peu plus pour ce gosse qu'il avait carrément décroché de l'hameçon, au bout d'une shooteuse. Silence n'était plus un gamin, et Liam n'était pas non plus son papa. S'il désirait se supprimer, grand bien lui fasse ! Tôt ou tard, tous les fleuves finissent par se jeter dans la mer.

— Yo, le héla la Grue lorsque Liam s'engouffra dans l'atelier.

Bien que la Grue n'eût jamais interpellé quiconque quand le besoin ne s'en faisait pas sentir, Liam rétorqua rudement :

— Ouais, quoi ?

La Grue ne parut même pas l'avoir entendu Il avait monté le moteur de 1200 cm³ sur un châssis et se penchait dessus, cassé en deux :

— L'Archer vient tout juste de passer. Il te cherchait.

— Qu'est-ce qu'il me veut, bordel ?

— Ça m'a l'air d'être en rapport avec cette radasse que Silence a sauvée des eaux — la femme de Manny. Elle s'est fait la soie. L'Archer voudrait que les Gypsies les aident à remettre la main dessus.

— S'il éclaire en conséquence, on l'aidera même à retrouver sa queue.

— Le fric est sur le bureau.

Liam s'empara de l'enveloppe et son expression maussade s'adoucit lorsqu'il compta les billets :

— Mille dollars ! Ma parole, le Bon Dieu chie des diams, aujourd'hui ! (Il éclata d'un bref rire hennissant.) Il nous paye mille dollars pour crapahuter sur nos bécanes toute la sainte journée.

— Dix mille de plus si on la retrouve.

Un rictus effaré vint gommer sa dernière ride morose.

— Eh bien, qu'à cela ne tienne, Môssieur la Grue. Allons réveiller ces feignasses de junkies ! On a une biche à débusquer.

Silence s'éveilla juste avant l'aube, stupéfait de découvrir un corps tendre et tiède lové contre le sien. Un étrange sentiment s'épanouit en son for intérieur, et il s'écoula un certain temps avant qu'il ne reconnaisse en lui le bonheur. La tenir ainsi entre ses bras, assoupie et rassasiée, le comblait de joie. C'était beaucoup plus qu'il n'avait jamais espéré et il se demanda combien de temps ça durerait, et même si ça supporterait la lumière du jour. Elle ne l'avait encore jamais vu en plein jour. N'allait-elle pas éprouver dégoût et répulsion à son réveil, se repentir d'avoir enlacé, mue sans doute par la gratitude et la pitié, ce hors-la-loi au corps couvert de tatouages ?

Cette sourde appréhension portait ombrage à son bonheur et il ne souhaitait surtout pas rompre le charme en la réveillant. Il préféra rester étendu à côté d'elle, sans bouger, et regarder par la fenêtre en se remémorant l'invincible énergie qu'elle avait su lui inspirer pendant la nuit et la virtuosité dont ils avaient fait preuve de concert, pour se pousser l'un l'autre dans les ultimes retranchements du plaisir. Une telle magie ne pouvait se perpétuer bien longtemps dans le monde hasardeux, inconstant et frivole du Corbeau. Abîmé dans un bonheur béat, teinté de légère contrition, il regarda les chaumes pastel du ciel se diluer comme des aquarelles puis resplendir comme des huiles et s'embraser finalement en un infernal lever de soleil.

Il enraya les premiers frémissements des inéluctables nausées matinales en humant l'odeur musquée qui montait de ses cheveux. Dans l'asile de ses bras, le manque n'avait plus prise sur lui. Ses symptômes persisteraient, bien entendu, mais ils n'étaient jamais — Liam le lui avait assez enseigné — qu'une illusion, un mirage qu'on pouvait contourner et qui se dissiperait, le temps aidant, s'il avait suffisamment de courage et de volonté pour ne pas l'alimenter. Il se sentait tellement bien en sa compagnie qu'il était d'ores et déjà persuadé qu'il réussirait à se décharger de l'amer fardeau de toutes ses désillusions, pour redevenir aussi simple et sincère qu'il l'avait naguère été avec Lani. Du moins si elle n'exprimait pas de regret à son réveil... Et si Bella parvenait à leur procurer une retraite sûre avant que l'Organisation ne referme ses griffes sur eux.

La première de ces deux conditions échappait totalement à son contrôle, mais il était en son pouvoir d'influer sur la seconde. Pendant qu'elle dormait, paisiblement blottie contre lui, il s'efforça, méprisant tant la nausée qui saturait toutes les fibres de son corps que l'inconfort de sa vessie tendue à rompre, de visualiser les obstacles qui les guettaient. Les frères Hellas — si ce n'était déjà fait — ne tarderaient pas à s'apercevoir de sa disparition et à constater qu'elle avait embarqué des pièces à conviction. Les sempiternels gorilles chargés de surveiller les bâtiments administratifs se déploieraient dans tout le centre-ville, et tous les flics qui émargeaient seraient sur le qui-vive. Billie et lui allaient devoir retrouver Bella dans un autre secteur. Et dénicher un autre moyen de locomotion. Après la poursuite infernale de la veille, il serait beaucoup trop risqué de réintroduire la Harley en ville.

Lorsque Billie s'éveilla, elle se colla à Silence. Elle se rappela qu'avant de sombrer dans le sommeil, son ultime pensée avait été une prémonition angoissée, la crainte de ne pas le retrouver à son réveil. Tant qu'il resterait à ses côtés, tant qu'elle pourrait le toucher, éprouver sa force, elle aurait la certitude que Dame Fortune était de son côté, et elle enfouit son museau dans le creux de son aisselle et se grisa de son odeur animale.

La terreur qui l'avait paralysée au tout début lui paraissait à présent bien lointaine. La nuit dernière, elle avait puisé une partie de sa force, l'avait absorbée, digérée, en avait imprégné ses cellules les plus intimes et les plus profondes et, à présent, pour la toute première fois depuis qu'elle était en âge de connaître l'amour, surface et profondeurs ne faisaient plus qu'un. C'était le compagnon idéal, l'homme de sa vie, celui qui saurait à la fois l'aimer *et* la protéger, ce qu'aucun autre avant lui n'avait su faire. Et, chose plus merveilleuse encore, non seulement elle se sentait en sécurité avec lui, mais encore elle se sentait désirée. Ce désir qu'il avait d'elle, elle l'avait lu dans sa façon de la caresser, de lui parler d'amour, et elle avait été stupéfaite qu'un homme d'un aspect aussi féroce puisse convoiter ce qu'elle avait à offrir, quoi que ça puisse être.

L'inexorable conviction qu'elle pouvait faire sa vie avec cet homme la pénétrait tout entière, encore qu'elle fût bien incapable de la cristalliser en images. Comment gagneraient-ils leur vie ? Elle se voyait mal en motarde. Consentirait-il à rester avec elle si son ambition de reprendre ses études se concrétisait ? Consentirait-il seulement, d'ailleurs, à rester avec elle après la journée d'aujourd'hui, lorsqu'il se serait déchargé sur la police de la responsabilité de sa garde ?

Lorsqu'il se leva pour aller aux toilettes, elle posa la main dans le creux du matelas, l'empreinte qu'avait laissée son corps en reposant, et sentit sa chaleur s'évaporer dans le courant d'air froid et diffus de la climatisation. Son absence fit poindre en elle quelques doutes sur la journée qui les attendait. Elle se leva à son tour, nue, et se délecta de la lumineuse fraîcheur qui échappait au moteur essoufflé installé sous la fenêtre en contemplant, par les jalousies entrebâillées, les reflets de la lumière du jour jouant sur les canettes d'aluminium broyées et les vesses de laiterons.

La bécane de Silence, en appui sur sa fourche, était installée sous la fenêtre, masse inextricable de métal noir et de chromes tendineux entrelacés de tuyaux noircis par la suie. Elle aurait aimé l'enfourcher derrière Silence et fuir immédiatement cette ville, fuir Manny, fuir la police. Mais, maintenant qu'ils avaient volé ses dossiers à Manny, aucune moto ne les emporterait assez loin pour être en sécurité. Elle se souvint d'avoir un jour posé les yeux sur une note de téléphone bourrée d'appels longue distance de Manny, pour Fort Myers, Calgary, Yuma, et même pour Tokyo et Hong-Kong.

Le coulis d'air froid perdit soudain tout agrément et elle se replia vers le lit, s'arrêtant une brève seconde au passage pour se contempler dans le miroir de la penderie. Elle constata sans déplaisir que sa chevelure fauve faisait encore très bon effet, aussi ébouriffée fût-elle, et que la tension croissante des deux dernières journées n'avait en rien gâté son teint. Elle se faufila sous les draps et attendit le retour de Silence avec une gourmande impatience.

Il revint armé d'une serviette éponge, dont il se frictionnait vigoureusement le corps, des pieds à la tête, et elle lui fit signe de revenir se coucher. Il s'assit à côté d'elle, fourra sa main sous ses cheveux et lui massa la nuque, tout en cherchant ses yeux comme pour essayer de lui dire quelque chose.

— Je craignais que tu ne me repousses à ton réveil, finit-il par confesser.

— Et moi, je redoutais de ne plus te trouver.

Soulagés, ils partirent du même rire et leurs fronts se touchèrent. Sa main à elle le palpa, prenant la mesure de son désir. Les yeux de Silence se plissèrent mélancoliquement, mais il secoua négativement la tête.

— Il faut qu'on contacte Bella.

Elle l'attira à elle et le renversa sur le dos, le recouvrant de la tente de ses cheveux et de la tendre douceur de ses seins.

— Il est tôt, chuchota-t-elle. Il n'y a encore personne au bureau.

Il dut convenir qu'elle marquait un point. Et, quoiqu'il se sentît saturé de toxines, que ses veines charriassent encore toute la pesante fatigue de la nuit et que ses muscles fussent aussi pâteux que sable mouillé, il répondit à sa caresse. Ils firent l'amour lentement, paresseusement, presque avec maladresse, mais avec une telle chaleur et une telle dévotion qu'elle jouit à deux reprises, sans jamais interrompre sa quête désespérée : le délivrer. Il se contenta des brèves fulgurances que lui autorisait le Dilaudid et se sépara d'elle avec une tristesse colorée de tendresse.

Après s'être douchés ensemble en se pelotant comme deux ados excités, ils allèrent prendre leur petit déjeuner dans un restaurant, de l'autre côté de l'autoroute. Ils sirotèrent leur café en bavardant, comme deux vieux potes, des films et des livres qu'ils avaient aimés. À neuf heures, Silence appela le bureau de Bella. Il souhaitait qu'elle les retrouve quelque part en dehors de son bureau, et qu'elle fasse immédiatement placer Billy sous surveillance rapprochée. Mais Bella ne pouvait leur offrir la moindre protection tant que ses supérieurs n'auraient pas eu confirmation de l'existence de ces pièces à conviction qu'il prétendait détenir. Elle consentit à les retrouver dans une heure près du lac artificiel, à l'extrémité septentrionale du jardin public, le Commmon's Public Garden.

Ils regagnèrent le Swan Dive, et Silence paya une journée d'avance puis enchaîna sa bécane au tuyau d'arrivée d'eau, à l'arrière du motel. Cela fait, ils descendirent en bus par Commonwealth. Bien qu'il fît déjà très chaud, Silence avait passé son blouson de cuir pour dissimuler le 10 mm plaqué au creux de ses reins, contre son échine. Billie portait une légère robe de cotonnade bleue et des mocassins blancs, et avait relevé ses cheveux sur le sommet de son crâne. Ils formaient un couple assez hétéroclite et attiraient, de la part de tous les passagers qui montaient dans le bus, des regards intrigués. Arrivés au Parc, ils évitèrent les sentiers cimentés et coupèrent à travers les pelouses en se tenant par la main.

Bella Meris, qui les attendait sur le pont en contemplant les barques en forme de cygne qui convoyaient des touristes au fil de l'eau, les repéra la première et agita la main. La fille qui accompagnait Silence n'avait absolument pas la dégaine d'une épouse de mafioso. C'était une jeune et pimpante lycéenne au nez saupoudré de taches de rousseur, dépourvue du moindre bijou et du moindre maquillage. Bella vint les rejoindre sous l'épais feuillage d'un arbre centenaire dont le tronc était ceint d'une banquette et, tout en serrant la main de Billie, tenta de se représenter sa chevelure auburn apprêtée et sa silhouette mise en valeur par ces robes lourdes de strass et de paillettes qu'affectionnaient les femmes de gangsters. N'y parvenant pas, elle comprit alors l'attirance que cette fille aux yeux brillants pouvait exercer sur le lugubre Tommy Cunningham. C'était une adorable transfuge d'un monde autrement plus pacifique et nettement plus idyllique que les maléfiques clapiers où avaient grandi Bella et son motard d'ami. Pour ce loser déglingué aux opiacés qu'était Tommy, elle devait en vérité faire figure de trésor inestimable, méritant hautement d'être chéri.

Ils étaient tout seuls près de l'arbre et, lorsqu'il eut présenté les deux femmes l'une à l'autre, ils s'assirent face à la pièce d'eau éclaboussée de soleil.

— Merci de consentir à m'aider, dit Billie, d'une voix étonnamment voilée, douce et légèrement hésitante.

— Ne vous pressez pas trop de me remercier, la prévint Bella. Voyons d'abord ce que vous avez à m'offrir.

Silence sortit les disquettes de sa poche de blouson et Bella les prit, non sans jeter sur sa tenue un regard oblique, furieusement désapprobateur. Il la savait parfaitement consciente de la raison qui lui imposait le port d'un blouson, et savait également qu'elle réprouvait. Qu'une personne aussi instruite et aussi cultivée qu'elle puisse se montrer aussi cave, aussi peu au fait des mœurs de la rue, l'avait toujours proprement sidéré. Il aurait pu lui rétorquer que l'efficacité de l'arme tenait beaucoup plus à sa valeur symbolique qu'aux balles dont elle était chargée. Que le seul fait de la montrer pouvait leur sauver la vie.

— Vous êtes descendus dans un endroit où je peux facilement vous toucher ?, s'enquit-elle.

— Au Swan Dive.

Bella lui jeta un regard noir.

— Ouais, je sais, ça craint. Alors tâche d'obtenir des bureaucrates qu'ils donnent la priorité à cette affaire. Plus longtemps on restera à frétiller au bout de la ligne, plus ça craindra pour nous. Al et Manny doivent sûrement pas se tourner les pouces.

— Tu auras de mes nouvelles sous deux heures, promit Bella en adressant à Billie un signe de tête rassurant. Si ces disquettes contiennent la moindre bribe d'information utilisable dans un procès, vous serez installés dès ce soir dans une maison sécurisée. (Elle lui tapota l'épaule et se leva.) Il faut que je parle un instant à Tommy en tête à tête. Ça vous convient ?

Pendant une fraction de seconde, Billie ne comprit pas de qui voulait parler Bella, puis elle opina affablement du chef et alla se planter sur la berge du lac, feignant de s'intéresser à une flottille de canards qui dérivait au fil de l'eau. Elle n'en remarqua pas moins, du coin de l'œil, que Bella témoignait d'une certaine véhémence en s'adressant à Silence.

Elle lui avait planté son index dans le plexus solaire :

— C'est toi, n'est-ce pas, qui as écumé Chinatown hier, en long et en large ?

— Qu'est-ce qui peut bien te faire croire ça ?

— Non, Tommy. La vraie question qui te brûle les lèvres, mais que tu n'oses pas me poser, c'est : « Pourquoi les keufs s'imaginent-ils que c'est moi ? ». Ça te rapporte quoi, de terroriser d'honnêtes citoyens et de vandaliser un magasin d'ameublement — pour aller ensuite te pavaner comme si cette prouesse était un pur acte d'héroïsme ?

— Un turbin qui a foiré. On a perdu le contrôle.

Elle plissa les yeux :

— C'est ta vie tout entière, Tommy, qui est en train d'échapper à ton contrôle.

Il en convint, affichant l'expression la plus penaude dont il fût capable derrière ses verres miroirs.

— Bon... Alors comme ça, les keufs croient réellement que c'est moi ?

— Un gang de motards a détroussé hier une fourgonnette de médicaments, à la lisière de Chinatown et très exactement à l'heure où s'est déroulé ce gymkhana. Les flics estiment que le forcené devait être l'un des membres du gang, cherchant vraisemblablement à créer une diversion. Mais il avait le visage masqué et, à part qu'il était grand et costaud, on n'a rien sur lui. Ça vaut pour la moitié des motards de l'État. Personne n'a été témoin de l'agression, et les chauffeurs n'ont pas réussi à voir de quel gang il s'agissait. De sorte que les flics ne connaissent pas son identité... mais qu'ils auront très certainement envie de tailler une bavette avec toi s'ils t'aperçoivent. Tu peux me croire. Ne traîne pas trop dans les parages quand ils viendront chercher Billie.

— S'ils viennent la chercher, Bella, tâche d'être avec eux, sinon, il n'est pas question que je la leur remette.

— Me la joue pas parano, Tommy, s'il te plaît.

Silence se détourna et cracha par-dessus son épaule :

— Compte là-dessus.

Bella comprit, en regardant Silence enlacer Billie puis s'éloigner en sa compagnie, qu'elle n'avait pas réussi à lui faire toucher du doigt tous les dangers qui le menaçaient, ainsi pris en sandwich entre la police et l'Organisation. Autant tenter de convaincre un poisson des risques de la noyade, se dit-elle avec un sourire morose.

Leroi Bright Sky scrutait l'écran de l'ordinateur en se concentrant avec une telle intensité que son profil, par son nez aquilin, ses épaisses arcades sourcilières et sa mâchoire prognathe, évoquait l'Indien scrutant l'horizon de manière si archétypale qu'elle touchait à l'héraldique. Lorsqu'il reporta son regard sur Bella, celle-ci se redressa dans sa chaise. Sa chevelure fournie, noire comme le charbon et lissée en arrière, encadrait le bronze de ses traits accusés en accrochant la lumière qui s'engouffrait dans la pièce par la large baie vitrée qui se dressait derrière lui, parant sa tête d'un halo argenté. Il semblait nimbé d'une aura, tel l'idéal incarné du DA, le parangon de toute justice humaine.

— Elle est fichue, dit-il en se rejetant en arrière dans son fauteuil et en levant ses paumes vers le ciel pour signifier sa totale impuissance. Je ne peux rigoureusement rien pour elle.

La mâchoire de Bella s'affaissa :

— Sommes-nous bien en train de consulter les mêmes relevés de comptes ?

Leroi fit pivoter l'écran pour qu'elle puisse comme lui profiter de l'affichage ambré des comptes bancaires des frères Hellas, dévoilant ce faisant les détails sordides de multiples détournements de fonds, tant grappillages des fonds de l'État que coupes claires opérées dans le budget fédéral, et ce pour pratiquement tous les programmes d'aide sociale.

— Ces sangsues saignent carrément à blanc l'administration de l'État, s'insurgea Bella.

— Indubitablement. Mais ils procèdent en recourant à un puissant anesthésique. C'est sans douleur.

— Qu'est-ce que vous essayez de me faire comprendre, Leroi ?

Il se pencha sur l'interphone :

— Vous pouvez faire entrer June, à présent.

Ses sourcils broussailleux retombèrent tristement :

— Ça ne me plaît pas plus qu'à vous, Bella. C'est pathétique. Alors autant que vous soyez informée de première main.

Le cœur de Bella se serra d'appréhension. La June en question ne pouvait être que June Lucina, procureur fédéral principal et reine du sérail, à qui même l'ombrageux Leroi rendait compte.

La porte s'ouvrit et elle fit irruption, aussi lisse et luisante sur ses talons aiguilles qu'un frelon, hanches moulées dans un tailleur strict, cheveux noirs sévèrement tirés en arrière. En dépit des quelques zébrures grises de ses tempes, attribut d'autorité, son chemisier au col amidonné béait suffisamment pour révéler la naissance d'un décolleté. Elle tendit à Leroi une liasse de listings, adressa un bref signe de tête à Bella et s'assit juste à côté d'elle.

— J'ai mis June sur cette affaire dès que je me suis rendu compte qu'elle impliquait le détournement de fonds fédéraux, expliqua Leroi. Elle a compris sur-le-champ que la situation relevait de ses attributions. Et je lui ai demandé de m'apporter ces dossiers. (Il chaussa ses lunettes et entreprit de compulser les listings.) Dites à Bella tout ce vous savez, June.

— Les frères Hellas grugent effectivement tant l'État lui-même que le gouvernement fédéral, et pompent allégrement dans leurs caisses des sommes considérables tous les ans, reconnut June en plongeant son regard droit dans les yeux de Bella. La lueur pâle qui scintillait dans les siens conférait à son beau visage fardé le tragique d'un masque antique. Au cours du dernier exercice fiscal, reprit-elle, cent vingt millions de dollars ont ainsi été siphonnés. Et des sommes peu ou prou comparables ont été détournées au cours des dix dernières années.

— Vous étiez au courant ?, interrogea Bella d'une voix incrédule, les yeux écarquillés.

— Oui. Parce que les frères Hellas sont en même temps des agents du gouvernement fédéral.

— Oh, non.

Accablée, Bella laissa retomber sa tête.

Un sourire satisfait parut miroiter dans les yeux de June mais, lorsque Bella releva les yeux pour la fixer, il s'était déjà effacé.

— Qu'est-ce qu'ils ont bien pu faire ?, s'enquit Bella. Certainement pas balancer, en tout cas, sinon les parrains les auraient déjà éliminés.

— Information dans le cadre du trafic de drogue, répliqua June. Les frères Hellas ont grade de lieutenant dans la guerre contre la drogue. Ils ont accès à de gros bonnets. En échange des renseignements utiles qu'ils nous fournissent au plus haut échelon, nous les autorisons à mener leurs petites magouilles sans intervenir.

— Petites ?, s'insurgea Bella. Un million deux par an, c'est loin d'être petit. Du moins à mes yeux.

— Nous comptons là en milliards de dollars, Bella. (June paraissait légèrement agacée.) Vous vous souvenez peut-être de Noriega, dans vos bouquins d'histoire ? Les informations qu'ils nous ont fournies se sont révélées cruciales pour son extradition. Et il y en a encore d'autres — de nombreux autres — dont je ne peux divulguer les noms, de crainte de compromettre des opérations en cours.

— Ouais, tu parles. Comme si j'allais m'empresser de publier un compte rendu détaillé en sortant d'ici.

— Vous avez des contacts dans la rue, Bella. Devoir de réserve. Les risques sont trop énormes.

Les sourcils de Bella s'arquèrent et elle pointa sur June un index accusateur :

— Ces soi-disant risques dont vous parlez, au niveau de la rue, ce sont surtout les flics et les inspecteurs qui travaillent en sous-marin qui les prennent pour protéger votre ample postérieur, tous les jours que le Bon Dieu fait.

— Bella !, s'interposa Leroi.

— Et qui donc est l'inspecteur travaillant en sous-marin qui nous a si gentiment livré madame Hellas ?, rétorqua June.

— Ce n'est pas un flic, admit Bella. Mais un agent autonome.

— Un malfrat, autrement dit. Qui est-ce ?

Bella pointa un menton agressif.

— Je ne peux divulguer cette information, de crainte de compromettre une opération en cours.

— Bella très chère, vous n'avez rigoureusement aucune opération en cours dans cette affaire. Les frères Hellas jouissent de l'immunité. Ce sont des agents patentés du gouvernement fédéral.

— Elle a raison, Bella. (Leroi avait relevé les yeux de son listing pour les soumettre à son regard inquisiteur.) National Security, Defense Intelligence et DEA... Intérieur, Défense et Stups... ils sont trois fois couverts. (Il exhala comme un soupir de regret.) Intouchables. Blindés.

Bella lui prit le listing des mains, les doigts gourds :

— Mais... s'agissant de Willemma Hellas ? Que va-t-il lui arriver ? Elle a d'ores et déjà repris sa liberté...

— Conseillez-lui de se trouver un bon avocat spécialisé dans le divorce, suggéra June.

— Si nous ne la prenons pas sous notre aile, elle le paiera de sa vie, dit Bella, s'adressant à Leroi.

Il lui montra ses paumes, feignant de soupeser l'air impalpable :

— Qu'est-ce que j'y peux ?

— Tout ce qui est en votre pouvoir, insista Bella. Installons-la séance tenante dans une maison sécurisée.

— Nous ne pouvons pas faire ça, dit June. Nous n'avons pas le droit d'intervenir dans une querelle conjugale.

— Il y a risque éventuel d'homicide, fit Bella avec irritation.

— Nous n'en savons strictement rien, objecta June.

— Croyez-vous ? (Bella lui décocha un regard ahuri.) Son mari est un gangster et elle a essayé de détourner des pièces à conviction. Si nous ne lui offrons pas un asile, c'est à la morgue qu'on la retrouvera.

— Bella, la coupa rageusement June, ça ne relève en aucun cas de nos compétences. Nous n'avons pas mandat de sauver la planète, chérie.

Belle se tourna vers le District Attorney :

— Leroi...

— Elle a raison, Bella. (Il secoua gravement la tête.) Nous ne lui avons rien demandé. Nous ne pouvons être tenus pour responsables de ses agissements lorsqu'ils sont motivés par l'intérêt personnel. Je regrette. Elle ne peut tabler que sur elle-même.

Bella considéra froidement Leroi et asséna d'une voix sourde et tranquille :

— C'est valable pour tout le monde, j'imagine ?

Elle se leva et se pencha par-dessus son bureau pour extraire la disquette de l'ordinateur.

— Pas question de reprendre ça, fit June.

— Ah non ? C'est propriété privée, madame le Procureur. Je vais les restituer de ce pas à leur légitime propriétaire. C'est le seul appui dont elle disposera.

Elle rassembla les disquettes, sortit de la pièce et laissa béer la porte.

June soupira :

— Elle ne devrait pas prendre cette affaire autant à cœur.

— C'est une fille bien, murmura Leroi.

— Trop bien.

June se leva :

— Je vais devoir récupérer les dossiers que je vous ai remis. Confidentiel.

— En effet. (Leroi tendit les listings à June, tout en la fixant droit dans les yeux, ces yeux rapprochés qui surplombaient de hautes pommettes délicatement ciselées.) Il y a certainement une meilleure façon de procéder.

— Pas dans un monde où les requins ont des dents, Leroi.

Elle referma la porte derrière elle et se dirigea tout droit vers le bureau en hémicycle de la secrétaire de Leroi.

Celle-ci lui adressa un sourire inquisiteur, toute disposée à rendre service.

— Bella a-t-elle demandé qu'on fasse placer son témoin sous escorte ?

— Oui, mais elle a annulé sa requête en partant. Elle a vaguement marmonné quelque chose dans sa barbe, comme quoi elle allait devoir trouver un avocat spécialisé dans le divorce et à l'épreuve des balles.

— Eh bien, j'aimerais savoir où l'on peut trouver son témoin.

— Elle a emporté le formulaire en partant, dit la secrétaire en haussant les épaules d'un air désolé. Mais je crois me rappeler qu'il s'agissait d'un motel. Le Swan Dive. Désirez-vous que je la contacte pour lui en demander confirmation ?

June interrompit son geste au moment où elle décrochait le téléphone.

— Non, merci, mon chou. C'est tout ce que je voulais savoir.

Elle regagna rapidement son bureau et, avant même d'avoir pris le temps de s'asseoir, composa de la première phalange d'un index à l'ongle acéré un numéro de téléphone qu'elle semblait connaître par cœur. Lorsqu'on décrocha, elle déclara :

— Dites à monsieur Hellas que je n'ai pas pu découvrir avec qui elle se trouve, mais qu'en revanche je sais où elle se cache.

Silence transpirait et grelottait simultanément : de brusques suées, en alternance avec de spasmodiques vagues de frissons glacés, et il alla se rencogner dans la salle de bains et s'assit à même le carrelage. D'une main qui sucrait les fraises, il tint devant ses yeux son pilulier orné d'une tête de mort et de deux fémurs entrecroisés, et le contempla d'un œil consterné. Le manque le vidait de toutes ses forces. Il s'était attendu à ce que Bella leur ait déjà passé son coup de coup de fil, pour qu'ils puissent immédiatement gagner une maison sécurisée où il pourrait s'abandonner pendant quelques jours aux transes de la renonce. Mais, ici, c'était totalement exclu.

Quelque chose qui ressemblait à la touffeur tropicale bouillait sous son épiderme, comme une fièvre virulente, tandis que ses os exsudaient une sueur glacée. Il ouvrit la petite boîte et y piocha une petite pilule jaune. Il la contempla avec répugnance, comme on peut contempler un médicament destiné à pallier une défaillance de la volonté — maladie dont il était le seul et l'unique responsable.

Son esprit zigzaguait tous azimuts, pareil à une luciole, s'illuminant et s'évaporant tout à la fois. Il fallait qu'il soit fort pour Billie, mais la triste et pénible réalité de son existence, c'est qu'il était faible, qu'il l'avait toujours été, que sa stature imposante et toute sa puissance musculaire n'étaient qu'un leurre, un déguisement destiné à masquer cette faille interne autour de laquelle il avait grandi... Un vide intérieur, un néant total, absolu, qui n'hébergeait rigoureusement rien, sinon la seule rage nécessaire à sa survie — une rage qui prenait sa source dans la terreur, la peur de cette violence aveugle qui grouillait tout autour de lui : gangs enragés, junkies au regard fou, mutilateurs et violeurs...

Et nulle part où courir s'abriter, sinon dans les bras de Maman, laquelle s'était réfugiée dans les livres, asile qui paraissait pour le moins insensé dans ce monde de couteaux, de revolvers et de force brute... Non, mieux valait se battre, riposter, s'endurcir dans la ruse et par la douleur, devenir encore un peu plus fort après chaque déconfiture, chaque fois qu'on se faisait écraser le pif, plus mariolle après chaque erreur, chaque ramponneau ou feinte de surin mal interprétés, ravaler sa douleur, s'en repaître, la digérer, la phagocyter, la transformer en rage et rendre coup pour coup, se payer de toutes ses souffrances en versant le sang à son tour, en rachetant son propre corps, en gagnant en ruse, en force et en respect, mais jamais suffisamment pour combler cette lacune intime, ce trou qui n'était autre que le néant de la mort, ce vide qui vous guettait, attendant patiemment son heure, chevauchant une balle ou dansant à la pointe d'une lame, et courait à vos côtés, obscène, lubrique, lorsque vous montiez le gros cœur huileux de l'Histoire à deux cents à l'heure, sillonnant les artères de la civilisation tandis que les lignes blanches défilaient sous vos yeux comme des flèches dardées droit dans le mille, droit sur le centre de cette cible de néant qui toujours reculait, à jamais hors d'atteinte, de cet abîme insondable dans lequel il avait failli si souvent basculer, poignardé, touché par une balle, camé à zéro, tabassé à mort, ou tout simplement accablé par la scoumoune, comme Lani qui avait sombré sans pleurer ni tempêter, sans jamais faiblir mais, bien au contraire, en faisant étalage d'une vitalité qu'il ne pouvait qu'imaginer, mais qu'il n'avait jamais expérimentée lui-même, jamais rencontrée... sauf à l'intérieur de cette pilule. Mais, se rappela-t-il, pour entrer dans la pilule, il devait tout d'abord la faire entrer en lui.

Il l'avala et resta assis pendant un petit moment la tête entre les mains, à écouter les battements de son cœur, lourds et spasmodiques. Ses mains lui paraissaient sans force, molles et visqueuses, et sa chair elle-même puait, exhalait tous les relents de l'existence putride qu'il avait menée jusqu'ici. Il s'appuya au lavabo, se cramponna à son rebord et se releva. Puis il se déshabilla avec lassitude et ouvrit le robinet de la douche.

Lorsque le téléphone carillonna, Silence était toujours sous la douche et Billie répondit. C'était Bella, et les nouvelles qu'elle transmit à Billie vidèrent cette dernière de toute substance. Lorsqu'elle raccrocha, elle entendit son cœur cogner dans sa poitrine. Elle avait envie de pleurer, mais elle se retint. Au lieu de fondre en larmes, elle marcha jusqu'à la salle de bains et plaqua ses mains sur la porte.

Un coup discret fut frappé à la porte qui donnait sur le couloir.

— Qui est là ?, cria Billie.

Pas de réponse.

Elle alla jusqu'à la porte, mit la chaîne et cria de nouveau :

— Qui est-ce ?

— La réception, répliqua une voix épaisse.

Elle entrebâilla la porte, aperçut fugacement un gigantesque barbu aux yeux caves de troglodyte et fit un bond en arrière au moment précis où une mâchoire métallique écarlate lui sautait à la gueule. Une pince coupante cisailla net la chaînette et la porte s'ouvrit dans un claquement sec.

— Silence !, hurla Billie, une fraction de seconde avant que l'obèse ne lui saute dessus et, la carambolant de tout son poids, ne la fasse tomber à la renverse.

Une main grassouillette l'empoigna par le col de son chemisier et la souleva en l'air, déchirant la couture tout le long de son échine. Il la porta jusqu'au lit et la bâillonna d'une main d'une stupéfiante fermeté. Il sentait l'huile de moteur et la fumée de cigarette, et ses sourcils broussailleux étaient hérissés comme ceux d'un gnome.

Elle vit se ruer dans la pièce, juste derrière lui, un type de moindre stature dont les longs cheveux blonds et gras tressautèrent lorsqu'il shoota dans la porte de la salle de bains. Celle-ci s'ouvrit à la volée, puis rebondit contre la paroi et se referma en claquant, et il la télescopa de plein fouet, ses deux mains, levées plus haut que son épaule, solidement crispées sur un automatique profilé aux reflets argenté.

Elle pouvait voir l'intérieur de la salle de bains pardelà le genou du jean crasseux de l'obèse, qui pesait sur son épaule et la clouait au lit. La porte de la cabine de douche était fermée, et l'eau continuait de couler. On entendit comme des pétards qui explosaient et la porte en plexiglas de la douche vibra, tandis que de petits trous de la taille d'une pièce de dix cents se mirent soudain à clignoter sur toute sa longueur.

Mais Silence n'était plus là. Dès le premier signe de chambard, il avait jailli hors de la douche, basculé vers l'extérieur les charnières oxydées de la fenêtre et s'était faufilé à l'air libre. Nu comme un ver, il avait traversé au triple galop les chardons épineux jusqu'à l'entrée principale de l'hôtel puis, ignorant royalement les vociférations indignées de l'employé, était entré dans le hall de la réception. Pendant qu'il contournait le motel, il avait repéré, garées devant la façade, deux motos blasonnées d'un cœur transpercé d'un poignard, emblème des Rude Riders[1], et savait donc parfaitement à quoi il devait s'attendre. Une fois revenu dans le hall, il avait agrafé un extincteur au passage, puis avait chargé droit sur la chambre.

Entre-temps, le plus blond et le plus malingre des deux motards, s'avisant que la cabine de douche était vide, s'était dirigé vers la fenêtre à bascule pour scruter les alentours. L'obèse, quant à lui, avait viré Billie du lit en la traînant par la peau du cou et commençait à la pousser vers la porte au moment où Silence fit irruption dans la chambre.

Silence planta de toutes ses forces l'extrémité opposée de l'extincteur dans la tronche de l'obèse et arracha Billie à son emprise. S'interposant ensuite entre elle et les deux autres, il tira sur l'anneau de l'extincteur et lâcha un jet de neige carbonique au nez du blondinet, lequel avait tournoyé sur lui-même et levait déjà son arme. Une déflagration retentit en même temps que le hurlement de l'homme, et une balle vint écorner le chambranle de la porte.

D'une bourrade, Silence repoussa Billie dans le couloir et plongea de nouveau à l'intérieur de la chambre. Le barbu s'était relevé pesamment, un couteau à chasser l'ours massif et luisant à la main :

— Je vais t'couper les balloches, enviandé, grogna-t-il en se fendant.

Son couteau ne rencontra que le vide. Silence rebondit contre le mur et para de l'extincteur un coup porté de taille. Il perçut, à la périphérie de son champ de vision, le racho en train de se redresser, et s'autorisa fugitivement à regretter l'absence du poignard qu'il dissimulait d'ordinaire dans sa botte.

1. Les Cavaliers Implacables.

Le monstrueux motard lui arracha l'extincteur des mains et l'envoya valdinguer à travers la pièce. Sa lame jaillit de nouveau, floue et dardée et, de nouveau, Silence esquiva en souplesse. Il tenta d'empoigner le bras armé, rata son coup et exécuta un bond rapide de côté. Le motard blond s'encadra dans l'embrasure de la porte de la salle de bains, plissant ses yeux à vif et, craignant d'allumer son coéquipier, attendit qu'une ouverture se présente pour tirer.

Dans le couloir, Billie assistait horrifiée à toute la scène. Elle avait vu Silence enfoncer son automatique sous le matelas du second lit jumeau, celui qui était adossé au mur du fond. Elle vit qu'il faisait furtivement mouvement dans cette direction, mais les teigneux coups d'estoc du gros tas continuaient de le refouler vers la ligne de mire du tireur. Silence se retourna vers elle, esquivant au passage un vicieux balayage, et elle vit distinctement l'aile du désespoir passer sur ses traits, cependant que le motard squelettique le couchait en joue.

Billie bondit en hurlant et emboutit le tireur au moment précis où son coup partait. La balle fracassa le miroir du bureau et des éclats de verre retombèrent en pluie crépitante sur le carreau de la fenêtre. Silence se jeta sur le lit le plus proche et le franchit d'une rapide roulade, tandis que l'obèse se lançait pesamment à ses trousses en poussant un rugissement sonore.

Billie fonça derechef sur le tireur, mais celui-ci pivota sur lui-même et l'agrippa par les cheveux. D'une brutale et douloureuse saccade, il rapprocha son visage de ses yeux injectés de sang et lui planta le canon de l'automatique sous la mâchoire. Il avait reçu l'ordre de la ramener en vie... Mais un accident est si vite arrivé...

Silence venait tout juste d'atteindre le deuxième lit

quand le gros type l'agrippa par le visage et, rejetant violemment sa tête en arrière pour lui mettre la gorge à nu, s'apprêta à porter le coup fatal. Silence plongea ses deux mains sous le matelas, tâtonna à l'aveugle et trouva le calibre. Il le brandit par-dessus sa tête, libérant dans le même mouvement la sécurité de la main gauche, et pressa la détente.

La balle frappa le barbu à la gorge, la perfora, fracassa une cervicale et le décapita.

Le tireur blond laissa échapper un glapissement rageur, et fit tournoyer Billie sur son axe pour se faire un rempart de son corps :

— Je lui explose la cervelle !, piailla-t-il.

Silence focalisa sa vision au-dessus de l'épaule de Billie, ignora son regard horrifié et appuya sur la détente. La balle déchiqueta la tempe du blondinet, éclaboussant toute la pièce d'esquilles osseuses et de débris de matière cérébrale, et l'envoya bouler dans la salle de bains.

Les jambes de Billie la trahirent, et elle s'effondra à deux genoux et se voila le visage de ses mains. Silence escalada promptement le lit et la prit dans ses bras :

— Billie ! Billie... Je suis désolé !

Elle tremblait de tout son corps entre ses bras, hoquetant, la poitrine soulevée par de lourds sanglots.

— Tout va bien, maintenant, dit-il, et il continua de le répéter inlassablement, sans cesser de la bercer, s'efforçant d'apaiser sa terreur. Il la souleva et la fit asseoir sur le lit :

— On va devoir filer en vitesse, à présent.

Elle était trop choquée pour réfléchir. Elle refusait de lever les yeux, refusait de voir le type sans tête ou l'autre, celui dont le sang avait aspergé son bras droit. Elle continuait de sangloter et de secouer la tête.

Silence s'habilla rapidement et bourra le sac de voyage de Billie. Le hululement en boucle d'une sirène retentissait dans le lointain lorsqu'il la guida jusqu'à la salle de bains, en faisant de son mieux pour lui épargner le spectacle du motard blond gisant une mare de sang artériel rouge vif qui ne cessait de s'élargir. Lorsqu'il la regarda, elle lui parut vaporeuse, comme pétrie de clair de lune, et il craignit de l'avoir perdue à jamais.

— Tu m'as sauvé la vie, cette fois-ci, dit-il, en cherchant son regard vitreux. On serait morts tous les deux si tu n'étais pas revenue m'aider. (Il la prit par les épaules.) Allons, Billie. Reste avec moi. Tu ne vas pas me plaquer maintenant.

Elle porta à son visage blême une main secouée de tremblements et, d'une voix sourde et entrecoupée, murmura :

— Allons-nous-en d'ici.

CHAPITRE QUATRE

Silence roulait avec Billie en croupe dans une partie de la ville où tout était effroyablement laid. D'antiques citernes de pétrole trônaient sur un horizon écrasé, entre deux fugaces aperçus d'un fleuve miroitant de mille reflets d'acier et au milieu de derricks aux silhouettes arachnéennes. Une obscurité fétide suintait d'immeubles de brique anonymes aux fenêtres éventrées et, deci de-là, entrepôts isolés, friches industrielles et carcasses rouillées d'épaves de voitures défilaient sous leurs yeux, de part et d'autre de la rue. La bécane slalomait entre les nids-de-poule et cahotait sur des décombres. Des herbes folles pointaient, acérées, dans les fissures du macadam. Et il n'y avait pas âme qui vive en vue.

Ils arrivèrent auprès d'une fonderie abandonnée située aux abords du fleuve, un édifice réduit à sa simple ossature devant le portail de hangar duquel s'entassaient des piles de matelas carbonisés. Silence entra dans la cour et s'arrêta près d'un escalier métallique mangé par la rouille. Des moignons de métal déchiqueté poignardaient encore le sol cimenté là où de lourdes machines s'étaient dressées jadis, avant d'être déracinées. Il n'en restait plus que la fournaise, massif et titanesque bubon d'acier chancrellé dont le mufle impitoyable — gueule noire béante aux portillons cruellement dilacérés, aux orifices de ventilation évoquant des orbites caves — donnait l'impression qu'elle avait servi à fondre des cadavres.

— Je viens ici depuis que je suis tout petit, fit Silence en l'invitant à descendre de moto. C'est ma retraite.

Billie leva les yeux vers les poutrelles d'acier des entretoises et les chaînes de treuils qui en pendouillaient comme autant de lianes. L'air nauséabond charriait de fécales puanteurs qui s'exhalaient du fleuve.

— Pour y faire quoi ?

— Glander. Viens, je vais te faire visiter.

Il escalada l'escalier métallique ferraillant, ébranlant les fragiles écailles d'un métal cloqué de rouille.

Elle lui emboîta le pas à contrecœur. L'escalier conduisait à un échafaudage métallique qui quadrillait les niveaux supérieurs du vaste bâtiment. D'importantes sections de la toiture avaient été soufflées ou s'étaient effondrées, et les faisceaux obliques d'une lumière bleuâtre s'infiltraient dans cette caverne enténébrée, véritable escalier du paradis.

Bien qu'elle se sentît encore tout engourdie et anesthésiée intérieurement, elle n'en permit pas moins à Silence de la piloter le long de passerelles métalliques, en traversant au passage les cages de surveillance d'où les contremaîtres guidaient jadis vers leurs moules les torrents rougeoyants de métal en fusion. Il lui fit passer la tête à l'intérieur de la flèche du grutier, une cabine juchée au sommet d'une masse enchevêtrée de rouages et de chaînes, sorte de méduse de fer suspendue entre ciel et terre au-dessus du haut fourneau. Les leviers de commande avaient été arrachés, mais le siège métallique et la vitre de verre trempé étaient encore intacts.

Silence poursuivit son chemin le long d'une passerelle qui perforait une cloison de tôle ondulée pour pénétrer dans une autre salle où, sous leurs pieds, des fourneaux plus petits se pressaient les uns sur les autres comme des igloos de brique. À côté de l'arche de pierre d'une torchère encrassée de suie qui émergeait d'un four ramassé, un panneau mural rouillé céda sous ses secousses vigoureuses avec un crissement métallique.

— Et voici le saint des saints de ma cachette secrète.

Dans une bouffée de lumière, une échelle en spirale s'abaissa lorsqu'il actionna un guindeau dissimulé dans la paroi. Il referma le panneau métallique, empoigna la chaîne rouillée rivetée à l'échelon inférieur de l'échelle et grimpa dans la lumière. Billie le suivit et, traversant le toit, émergea sur un vaste quai ceint d'une rambarde métallique qui surplombait le fleuve et la ville.

Des goélands tournoyaient au-dessus du fleuve fangeux et un soleil sulfureux brillait à travers les épaisses volutes de smog qui montaient de l'autoroute. Les immeubles austères de verre et d'acier de la métropole luisaient d'un éclat froid en dépit de l'air lourd et torride. Tout son corps, après les horreurs dont elle avait été témoin au cours de la dernière heure, palpitait encore d'un frémissement démentiel, d'un bourdonnement pareil au crépitement d'une ligne à haute tension, et dont le volume montait graduellement dans les aigus pour atteindre le pur et simple glapissement, avant de retomber, puis de déferler à nouveau, en vagues ininterrompues. Sa mémoire ne cessait de dériver, de revenir se caler sur la terrifiante vision de la tête du barbu, de son corps enflé comme une outre basculant tandis qu'un geyser de sang allait asperger le plafond.

— C'est terminé, Billie, dit Silence, lisant ses pensées dans son regard fixe. Je suis désolé que ça se soit produit. Mais c'est fini, maintenant. C'est de l'histoire ancienne.

— Qui était-ce ?

— Des motards. Des tueurs à gages. Tu as remarqué le chiffre treize, tatoué à l'encre noire sur leur main, entre le pouce et l'index ?

Billie hocha la tête.

— Le 13 représente le M, la treizième lettre de l'alphabet. Le M noir, pour les Rude Riders, c'est le meurtre. Ils avaient déjà tué auparavant, et ils étaient là pour nous liquider — même s'ils avaient très certainement reçu l'ordre de te ramener en vie, sinon tu serais déjà morte à l'heure qu'il est.

Elle parut se troubler :

— Comment nous ont-ils retrouvés ?

— Ils n'avaient qu'un seul moyen de savoir qu'on était là.

— Bella ?

— Ou quelqu'un de son service.

L'insondable désespérance qui la submergea contraignit Billie à s'accouder à la rambarde. Elle plongea son regard dans les lents tourbillons huileux du fleuve, qui occultaient le courant sous-jacent, et regretta de ne pas s'être noyée dans la mer deux jours plus tôt, d'avoir vécu assez longtemps pour voir tournoyer cette tête ensanglantée.

Silence disparut derrière une écoutille tapissée de papier goudronné, et revint armé d'une chaise longue de jardin.

— Tiens, assieds-toi.

— Où as-tu trouvé ça ?

— Je la garde ici, pour les fois où il m'arrive de passer.

Il déplia la chaise de plastique et d'alu, et elle prit place.

— Tu viens souvent ?

— Deux fois par semaine, environ. Personne ne viendra m'y chercher. C'est ce qui me plaît.

Elle ne l'écoutait plus. Elle pensait encore à la mer et à l'irrésistible envie d'en finir, de s'évader dans la mort, qui s'était alors emparée d'elle. Fugacement, trop fugacement, Silence avait réussi à lui faire regretter ce geste et ce désir atroces. Mais, à présent, elle désirait de nouveau s'évader, fuir la peur, échapper à cette immonde et grouillante sensation de putréfaction qui la dévorait.

— Ces pilules que tu prends ? (Elle le regarda, pleine d'espoir.) Je peux en avoir une ?

Silence, assis et adossé à la rambarde, se redressa brusquement.

— Elles ne te feront aucun bien.

— Pourquoi les prends-tu, alors ?

— J'y suis forcé.

Elle croisa les bras, et laissa son regard balayer paresseusement le panorama de la ville.

— Écoute, je suis un camé. Tu n'as pas besoin d'en tâter. Ce serait remplacer un mal par un autre.

Billie ne le regardait pas :

— Que va-t-il nous arriver ?

— On va s'en sortir.

— Vraiment ?

Elle lui rapporta les mauvaises nouvelles que Bella lui avait annoncées par téléphone.

Il ne parut pas s'en émouvoir :

— Il faut récupérer les disquettes que nous avons confiées à Bella. Avec elles, on pourra conclure un marché avec l'Organisation.

Un sourire dédaigneux joua sur ses lèvres.

— Tu ne connais pas Manny. Il ne passe pas de marchés.

— Ce n'est pas à Manny que je pensais.

— Al est encore pire.

— Il y en a certainement d'autres, dans l'Organisation, qui ne sont pas comme cul et chemise avec Al et Manny.

— Qui ça ?

Silence haussa les épaules :

— Je n'en sais rien. Mais je peux essayer de le découvrir. Si la police refuse de nous aider, peut-être ont-ils au sein même de l'Organisation des rivaux qui accepteront de le faire. Ces disquettes en leur possession, ils pourraient démolir les frères Hellas.

— Et ils nous tueront aussi. (Billie parlait d'une voix lasse et amère.) L'Organisation a une sainte horreur des traîtres.

— Toujours est-il que nous ne devrions pas quitter Boston sans les disquettes, à mon avis.

Billie ferma les yeux :

— Je m'en contrefiche.

— Billie, je t'en supplie. (Silence s'agenouilla à côté d'elle.) Ne me laisse pas choir.

Elle tourna la tête pour le regarder en face :

— Je ne te laisse pas choir, Silence. Tu as fait pour moi l'impossible... l'impensable. Tu as réussi à m'arracher à Manny. Tu m'as prouvé que la vie pouvait être magnifique. Et tu t'es débrouillé pour me faire tomber amoureuse de toi. Tout ça en quelques heures. Je n'aurais jamais imaginé que ça se passerait comme ça. Tu as fait en sorte que ça arrive. Mais ça ne peut pas durer.

Silence lui prit la main :

— Ça *va* durer. On va s'en sortir.

— Non. (Elle lui broya tendrement la main.) Tu as fait tout ce que tu pouvais pour moi. Mais, maintenant, tu dois me laisser partir.

— Partir ? Où ça ? Retourner chez Manny ? N'y songe même pas. Il te tuerait.

— Accompagne-moi à l'aéroport. Mets-moi dans un avion en partance. Pour n'importe où, du moment que c'est au bout de monde. J'ai toujours rêvé de voir Tombouctou.

— Si c'est ça, je viens avec toi.

— Il nous retrouvera où qu'on aille, dit-elle. Et ce qui s'est passé tout à l'heure au motel se reproduira encore et encore.

— Et on s'en tirera, encore et encore.

La lourde, massive franchise qu'affichait son visage carré suffit à dissiper les noirs voiles d'horreur qui s'étaient refermés sur elle. Elle vit de nouveau briller une faible lueur d'espoir, de cet espoir qui avait commencé à scintiller pour elle lorsqu'il l'avait arrachée à la mer. Dans le motel, son courage en herbe avait flanché — mais le même choc qui l'avait alors intimement convaincue qu'on les traquerait jusqu'au jour de leur mort œuvrait désormais à raffermir sa conviction qu'ils parviendraient à s'échapper. Silence et elle s'étaient mutuellement sauvé la vie. Elle avait été épouvantée, terrifiée jusqu'à l'hébétude — et il avait été pris de court, totalement nu — et, pourtant, ils étaient encore là, bien vivants. Ils pouvaient recommencer — encore et encore — aussi souvent qu'il le faudrait pour survivre.

Une puissante onde d'énergie la traversa, et son visage s'éclaira.

— Alors, d'accord... Accompagne-moi à Tombouctou.

Bobby Gomes trouvait que Dan Meade ressemblait au bouledogue qui servait d'emblème aux camions Mack... trapu, musculeux, les jambes arquées et la gueule mauvaise, une bouche que son bec-de-lièvre faisait ressembler à des babines. Il n'aimait pas Dan. N'empêche... Son fric était bon à prendre. Au cours de l'année précédente, Bobby s'était fait trente gros billets rien qu'en dispatchant la camelote de Dan. Vaste échantillonnage.

Une fois par mois, ils se retrouvaient sur une casse de voitures d'East Boston et Bobby, en guise d'acompte, palpait cinquante coupures de cinquante dollars, toutes neuves et craquantes, plus un sac de camelote. Il lui fallait au minimum trois ou quatre jours pour dénicher des dealers disposés à payer le prix fort exigé par Dan, mais il réussissait toujours à tout placer, parce que ses comprimés étaient de première bourre, qualité laboratoire, l'héroïne et la coke pures et non trafiquées, et la marijuana résineuse et peignée, totalement exempte de graines. Tout ce fric qu'il accumulait, Bobby allait le déposer dans une consigne de l'aéroport.

Les possibilités d'arnaquer Dan étaient limitées, non seulement parce que la chose n'aurait pu se faire qu'une seule et unique fois avant que Dan ne l'envoie paître, mais encore parce que Bobby avait évincé les Street Gypsies, les avait soigneusement écartés de sa petite magouille. Et Bobby était parfaitement conscient que si Liam l'apprenait, il risquait de se retrouver avec les deux pouces brisés. Liam considérait que tout micmac en sous-main était une traîtrise.

Les Gypsies tablaient sur le trafic de drogue, tant

pour pourvoir aux exigences de leurs multiples dépendances que pour mener leur existence sur le fil du rasoir. Mais Bobby avait des plans autrement plus ambitieux. En partageant avec les autres Gypsies les fruits de sa combine avec Dan, il s'exposait à voir sa propre part réduite à la portion congrue ; en la gardant pour lui, en revanche, il avait d'ores et déjà réussi à thésauriser la majeure partie du fric qu'il avait empoché. Encore une petite année, et il aurait mis assez à gauche pour monter à New York et entrer de plain-pied dans le véritable bizness. Il lui suffirait alors de financer deux ou trois gros coups pour pouvoir prendre sa retraite cousu d'or.

Mais mener ses petites manigances clandestines à l'insu des Gypsies n'avait pas été un dîner de gala. Mois après mois, il devait débusquer des dealers dont le théâtre d'opérations était suffisamment éloigné de celui des Gypsies pour qu'ils ne puissent le balancer à Liam ou aux autres. Il justifiait ses absences par une toute récente passion pour la pêche au lancer, et avait même fait l'acquisition d'une ligne et d'une collection haute en couleur de mouches artificielles bariolées. Et, afin de dissiper une bonne fois tout soupçon éventuel, il était allé jusqu'à convier plusieurs autres Gypsies, Liam inclus, à venir pêcher avec lui.

Ç'avait été une pénible expérience que cette journée passée dans ces putains de joncs, à patauger et à s'emmêler les pinceaux dans les lignes, dévorés de surcroît par les moustiques, et tout ça pour revenir bredouilles. Mais Bobby s'était comporté de très convaincante façon, comme s'il n'avait jamais pris un tel pied de toute sa putain d'existence. Il s'était rempli les poumons de copieuses goulées d'air chargé d'humidité, avait testé l'élasticité de sa canne en se fendant comme un escrimeur, accroché méticuleusement à son hameçon un plumet du plus beau pourpre et enseigné aux autres à appâter et à lancer comme s'il savait réellement de quoi il parlait.

Cette lamentable après-midi dans les roseaux — à laquelle était venue s'ajouter, sur l'ardente supplique de Bobby, une nuit à la belle étoile sur un banc de sable — avait amplement suffi aux Gypsies. Par la suite, ils s'étaient empressés de décliner toutes ses invitations à l'accompagner ; nonobstant, il avait toujours pris grand soin de rentrer de ses expéditions les bottes crottées de vase, et éventuellement muni d'un poisson d'eau douce tout frais pêché acheté à la criée.

Bobby retrouvait ordinairement Dan sous le couvert de la nuit et, lorsque le second lui fixait un rendez-vous en plein jour, ne se rendait à la casse qu'en usant des plus extrêmes précautions. Il laissa tourner le moteur de sa bécane pendant qu'il attendait près de la titanesque broyeuse de métal peinte en jaune vif et fit signe à la Mercedes grise aux vitres fumées de se rapprocher. La voiture de Dan roula jusqu'à l'arrière d'une pile d'épaves en souffrance, attendant d'être compressées en petits cubes d'acier, et s'y accula. Lorsqu'il vit la voiture s'approcher, Bobby fit pivoter sa roue avant pour pouvoir, en cas de malheur, aller s'abriter le plus vite possible derrière l'angle protecteur de la broyeuse et déguerpir ensuite sans demander son reste.

— Qu'est-ce qui te rend si nerveux ?, demanda Dan en émergeant du siège du conducteur, une cigarette aux lèvres. Le compte est bon. Mes gars, dans la rue, disent que les dealers sont aux anges. T'as quelque chose à te reprocher ? Pas vrai ? (Il faisait frétiller son index.) Tu m'aurais pas fait marron, au moins ?

— J'ai été réglo avec vous, dit Bobby. Mais je veux

pas savoir ce qu'en pensent les dealers. J'prends pas de risques.

— Détends-toi, déjà. (Il téta sa cigarette.) Tout le monde il est content. Sauf Manny. T'aurais rien appris de nouveau au sujet de sa femme, à propos ?

Le visage de Bobby se crispa, affichant un rictus maussade.

— Nan. C'est pour ça que vous m'avez fait venir ? Déjà que l'Archer nous paye pour fourrer notre nez partout.

— Ah ouais ? Ben, tu devrais faire bien gaffe où tu vas le fourrer, ton nez. Ce matin, deux Rude Riders ont découvert où se terrait cette salope. Ils y sont allés, et on leur a explosé la tronche.

— Sans déconner ? Et c'est cette pétasse qu'a fait ça toute seule ?

— Jamais de la vie. (Le faciès de bouledogue de Dan exprima un profond écœurement.) C'est une tache, cette meuf. Saurait même pas charger un calibre, alors tu penses bien... rafaler... Non, elle a un méchant marlou dans sa manche. On sait pas encore qui c'est, alors ouvre l'œil.

— C'est tout ce que vous aviez à me dire ?

Bobby paraissait agacé.

Dan souffla un rond de fumée.

— Ça, c'était juste histoire de causer. Non, j'ai un job pour toi.

— Quoi ? Comme ça, à découvert ?

De la pointe du menton, il avait désigné une dépanneuse, remorquant un nouveau véhicule HS à l'intérieur de la décharge.

— Du calme, Bobby. C'est pas une affaire de camelote. J'ai un autre style de mission à te confier, cette fois-ci. (Il s'adossa au capot de sa voiture, croisa les jambes et, d'une chiquenaude, expédia sa cendre dans le gravier.) C'est en rapport avec ce qui s'est passé l'autre soir entre Jack Shaw et Silence.

— Ouais, et alors ?

Une lueur d'intérêt avait pétillé dans le regard de Bobby, car il avait immédiatement compris que Jack Shaw méditait de se venger.

— Silence a humilié Jack. Ce n'est pas supportable. Manny et Al ne veulent pas en entendre parler, car ils ont trop besoin des Street Gypsies. Je vais donc me charger en personne d'arrondir les angles pour Jack.

— Pourquoi il le fait pas lui-même ?

Dan se tapota le front du bout humecté de salive de sa cigarette :

— Jack, c'est un physique. Pas une once de chou. C'est pour ça qu'on va l'aider.

— Ah ouais ? Et qu'est-ce qu'*on* va faire ?

Dan coinça sa cigarette entre ses incisives et plongea la main dans son blouson. Il se fendit d'un petit sourire guilleret et s'accorda un court temps de battement, tandis que Bobby se redressait avec nervosité, puis exhiba un sachet qui contenait une espèce de galet noirâtre.

— Un explosif qui réagit à la pression. Tu le plaques contre la bande de roulement du pneu avant de Silence. Lorsque le frottement l'aura suffisamment réchauffé, la pression l'activera. Boum. Terminus. La puissance de l'explosion lui niquera ses freins, et la première collision sera fatale.

Bobby accepta le sachet et l'enveloppe bourrée de fric qui lui faisait pendant, et se garda bien de faire allusion au fait que Silence avait décarré la veille au soir sur sa moto et n'avait pas participé à la battue. Qu'il refasse ou non surface, le fric tombait dans son escarcelle ; quant à l'explosif, il pourrait toujours s'avérer utile un jour. En regagnant l'atelier de la Grue, il constata, non sans stupéfaction, la présence de la moto de Silence dans l'enceinte. Il coinça le galet noir entre la bande de roulement du pneu avant et le garde-boue et entra dans l'atelier en affichant un air détaché.

— Alors comme ça, Gueule de Raie est de retour ?, le héla-t-il en l'apercevant, assis sur un tabouret, en grande conversation avec Andrea.

Celle-ci s'était montrée curieuse de savoir pourquoi il ne s'était pas joint aux autres pour la fête de la nuit dernière, d'autant qu'il avait échappé aux flics à l'issue de son démentiel gymkhana. Il avait éludé la question d'un haussement d'épaules et lui avait demandé où étaient les autres. Et, lorsqu'elle lui avait annoncé qu'ils participaient à une battue dont le but était de débusquer cette fugueuse, tu sais, la nana de Hellas, son humeur avait subitement viré au morose. Elle s'était persuadée qu'il devait probablement s'en vouloir d'avoir fait faux bond aux autres Gypsies lors du coup de la veille, et elle avait tenté de le réconforter.

Mais Silence se demandait surtout ce qu'il allait faire à présent. Il avait laissé Billie à la fonderie et regagné l'atelier dans l'espoir d'obtenir l'aide de ses camarades, supposant que Liam, avec les contacts qu'il avait au sein de l'Organisation, saurait comment s'y prendre pour négocier au mieux la liberté de Billie contre les disquettes... Mais maintenant que les Gypsies avaient accepté le contrat et consenti à traquer la femme de Manny, ils ne pouvaient plus lui être d'aucun recours.

À la vue de Bobby, Andrea plongea son nez dans les registres comptables posés sur le bureau de la Grue et entreprit de forger de toutes pièces de fausses rentrées d'argent pour justifier les sommes, fruits de la refourgue des médicaments volés la veille, que la Grue allait injecter dans l'atelier.

Silence se leva pour partir et, frôlant Bobby de l'épaule en passant, riva ses yeux dans ceux de l'autre, sans piper mot.

— Tu t'es remis de ta foirade d'hier, la Pipeuse ? (Il le dévisagea avec insolence, puis sourit sans la moindre gaieté.) À la revoyure, trouduc. Bonne route.

Silence l'ignora royalement. Il était pressé de quitter de le secteur avant que l'un des autres Gypsies ne refasse irruption, l'obligeant à s'expliquer sur les raisons de son retour. Il avait déjà appelé Bella d'une cabine publique et l'avait mise plus bas que terre, lui reprochant d'avoir laissé filtrer l'information que Billie et lui logeaient au Swan Dive. Il l'avait si copieusement agonie qu'elle l'avait mis en attente le temps qu'il recouvre son sang-froid. Lorsque finalement elle avait repris la ligne, il avait déclaré d'une voix plus sereine :

— Deux personnes sont mortes au Swan Dive. C'est toi qui les a tuées.

— Tommy... J'ai cafouillé. Je suis désolée. Quelqu'un a dû baver dans le giron des frères Hellas.

— Qui ?

— J'ai ma petite idée là-dessus. On en reparlera de vive voix.

— Tu as toujours les disquettes ?

— Oui.

— Les deux macabs du Swan Dive, ç'aurait dû être Billie et moi. Et tu pourrais bien faire le troisième, si jamais le rat qui nous a cafardés te balance aussi. Méfi. Te fais surtout pas dessouder avant de m'avoir rendu mes disquettes.

Ils étaient convenus de se retrouver de nouveau une heure plus tard au Public Garden. Il avait de fortes chances d'arriver en retard s'il n'accélérait pas un peu le mouvement, et il dégringola en catastrophe les ruelles étroites, jusqu'à ce qu'il débouche sur des rues plus larges où le spectacle de parties de base-ball en cours et de mômes gambadant dans les caniveaux sous les geysers des bornes d'incendie s'offrit à lui.

Il décida de couper au plus court par une friche industrielle, où il pourrait mettre pleins gaz et couvrir assez rapidement une certaine distance. Les silhouettes floues de quelques arbres défilèrent devant ses yeux, brouillées par la vitesse, et le hurlement d'agonie de son moteur chauffé à blanc claquait au vent dans son sillage comme un drapeau noir. Des rails lui apparurent, s'étirant sur une lande tapissée de hautes herbes, où des wagons de marchandises se blottissaient parmi les tréteaux, les clôtures de fil de fer barbelé et les torchères d'une usine à gaz.

Une déflagration assourdissante fit soudain vibrer l'air, et Silence exécuta un vol plané. Il eut tout juste le temps d'entrevoir sa bécane couchée sur le flanc, dévorant l'asphalte en crachant des étincelles, puis la vaste paume du ciel, et il heurta le sol, si violemment que les ténèbres explosèrent en lui.

De longs rayons horizontaux se déployaient en éventail au-dessus de la ville, faisant rutiler d'un reflet rubis les fenêtres des immeubles de bureaux. Billie, accoudée à la rambarde de la terrasse de la fonderie, scrutait des yeux le terrain illuminé qui l'environnait tout en sentant monter en elle, de plus en plus aiguë, la conscience de sa propre précarité. Les rues dévastées, les cheminées carbonisées qui se dressaient au-dessus de bâtiments au bord de l'effondrement, et les terrains vagues envahis de mauvaises herbes et de détritus s'embrasaient sous les feux de ce soleil boursouflé, bouffi comme une outre, métamorphosés par la baguette magique du crépuscule en une carte postale d'un royaume féerique.

Le curé de l'orphelinat avait à plusieurs reprises conduit une petite poignée des filles les plus âgées dans les grands musées d'art de la ville mais, de toutes ces expériences, celle qui avait le plus fortement impressionné Billie avait été la visite des galeries d'art moderne de Newbury Street. La liberté dont attestaient ces peintures et ces sculptures se parait d'une étrange séduction, qui l'avait persuadée que tout était possible. Juste avant qu'il ne la quitte pour aller passer son coup de fil à Bella, Silence lui avait à nouveau inspiré cette même émotion. « À Tombouctou... Et marions-nous. » ; ils avaient éclaté de rire ensemble, de fait, et s'étaient étreints comme un vieux couple.

Très peu de temps auparavant, elle avait vu un homme se faire décapiter par une balle et la cervelle d'un autre se répandre sur les murs d'une chambre d'hôtel... Et pourtant, il émanait de Silence une telle force tranquille qu'il avait réussi à museler toute l'horreur qu'elle ressentait et à la transformer en une sorte de résignation hébétée, comme s'il ne lui restait plus qu'à accepter les faits, comme si tel était le cours normal des choses. Il fallait croire, effectivement, que telles étaient à présent les choses, admit-elle en son for intérieur, en relevant son visage vers le ciel repeint en rouge sang. Elle avait troqué sa vie de claustration dans la propriété des frères Hellas, où les meurtres, ourdis en aparté dans les coulisses, n'offraient pas une apparence sanglante, contre une existence qui se déroulerait dorénavant à l'air libre, dans la rue, où la mort n'avance pas masquée.

Du moins est-ce une vie honnête, même si elle est un tantinet agitée et fertile en rebondissements, se persuada-t-elle pour se consoler. Depuis le départ de Silence, sa vessie irritée l'avait conduite une bonne demi-douzaine de fois dans ces toilettes au carrelage démantibulé qu'il lui avait indiquées au rez-de-chaussée. Il conservait sur place une grande clé à molette rouillée pour ouvrir et refermer l'arrivée d'eau principale, qui alimentait les WC et la répugnante cabine de douche. Il la fermait la plupart du temps car, si on laissait trop longtemps l'eau ouverte, les gens de la compagnie viendraient tôt ou tard fermer le compteur et déposer irrémédiablement la tuyauterie. Elle l'avait laissée couler toute la sainte journée.

À l'orphelinat, elle avait caressé l'espoir de devenir quelqu'un d'important, qui contribuerait de façon significative à l'amélioration du monde, pas nécessairement en laissant son nom à la postérité, mais en faisant quelque chose d'utile, le genre de choses qu'on peut attendre d'un professeur ou d'un chercheur. Mais, à présent, alors que sa gorge palpitait, serrée par la terreur, nouée d'anxiété, le seul fait de survivre, de se cramponner à l'existence, lui semblait une ambition amplement suffisante. Les chimériques aspirations de son enfance ne lui semblaient plus que pure et simple prétention, dont le monde réel n'avait que faire. Ses desseins avaient revêtu un aspect beaucoup plus modeste, mais tout aussi flou : la plus grande faveur qu'elle pouvait encore faire au monde, c'était de ne pas le quitter à la fleur de l'âge.

À cette évocation, et au souvenir de la façon dont elle était entrée dans la mer cette nuit-là — dont elle s'était supprimée, finalement (et si Silence ne l'avait pas ramenée d'entre les morts, elle ne serait plus, à l'heure qu'il est, qu'un immonde cadavre ballonné et putréfié) —, un rire amer la secoua silencieusement. Elle avait honte, à présent, de la cruauté dont elle avait fait preuve à son propre égard : une cruauté condamnable, passible de la damnation.

Le ciel évoquait un combat de tigres s'entre-dévorant, prêts à fusionner, et ça lui rappela *Sambo le petit Noir*, le tout premier livre qu'elle avait déchiffré, sans l'aide de personne, et la ruse qu'il déployait pour échapper aux tigres mangeurs d'hommes, en leur offrant des cadeaux et en attisant leur jalousie mutuelle jusqu'à ce qu'ils s'entre-tuent. C'était très exactement ce qui devait se produire en ce moment même, du moins l'espérait-elle. Silence allait reprendre les disquettes à Bella et les transmettrait à l'un des rivaux de Manny et, pendant qu'ils guerroieraient, Silence et elle en profiteraient pour s'enfuir. À Tombouctou... Et marions-nous.

Le soleil plongea sous l'horizon et la masse nivelée des immeubles réduits à l'état de décombres se métamorphosa en une grande huile brune. L'optimisme dont elle se berçait depuis le départ de Silence s'assombrit en même temps. Il lui avait promis qu'il serait bientôt de retour — des heures plus tôt. Elle crevait de soif et de faim, et elle fouilla des yeux les environs, s'attendant à ce qu'il fasse incessamment acte de présence. Mais elle ne vit qu'un chien perdu rôdant dans l'ombre délétère.

La peur commença à grandir en elle. Combien de temps devait-elle... Pourrait-elle encore l'attendre ? Et s'il ne revenait jamais ? À la faveur d'une lumière diffuse, elle entreprit de farfouiller dans son sac de voyage, le retourna sens dessus dessous, trouva enfin son portefeuille et compta l'argent liquide qui lui restait : quatre cent trente-sept dollars. Pas de quoi prendre l'avion jusqu'à Tombouctou. Mais elle avait également ses cartes de crédit. Elle pourrait toujours entrer dans une banque, demain matin, et se faire remettre à la caisse plusieurs milliers de dollars en liquide. À midi, elle serait à bord d'un avion en partance pour Dieu sait où... Très loin, en tout cas... le bout du monde... Honolulu, tiens. Silence y avait vécu, et lui avait communiqué le virus.

Ses pensées ne cessaient de tourner en rond, pour inéluctablement la ramener à Silence, et elle savait à présent qu'il en serait toujours ainsi, jusqu'à sa dernière heure. Il fallait absolument qu'elle le retrouve. Continuer sans lui serait un leurre, un trompe-l'œil, une rodomontade. Il lui avait rendu plus que la vie. Dans la suave douceur de sa force physique, elle avait recouvré son âme.

Tout le temps qu'elle avait passé à l'orphelinat, où elle avait grandi abreuvée de sermons et de péroraisons sur l'immortalité de l'âme, elle n'avait pas eu la première idée de ce dont voulaient parler le curé et les diacres. Elle s'était imaginé quelque chose qui aurait vaguement ressemblé à la plus vaporeuse, à la plus candide, à la plus diaphane des nuisettes, qui enroberait son corps comme un fourreau et, à sa mort, s'envolerait vers le ciel. À présent, elle entrevoyait une facette plus profonde de la réalité de l'âme, commençait à concevoir la stupeur qui devait s'emparer de cette dernière au spectacle de la terre et du cynisme éhonté de la race humaine, à comprendre combien l'amour que se portent un homme et une femme pouvait l'apaiser, la réconforter, la rassasier et, dans cette mesure, comptait infiniment plus que survie ou trépas.

Billie résolut de retrouver Silence. Le ciel était saturé d'ombre violette et elle arpentait la terrasse en tous sens, en quête du moindre signe dénonçant une présence. Il n'y avait personne en vue et elle décida de redescendre, de chercher un téléphone et d'utiliser les informations qu'elle détenait en appelant Bella Meris. Elle n'était pas peu fière de se souvenir du nom de l'assistante du DA et n'espérait qu'une chose, c'est que Bella, parce qu'elle avait affaire à des criminels, n'avait pas fait mettre son numéro de téléphone sur liste rouge. Si tel était le cas, elle n'aurait plus personne vers qui se tourner et il lui faudrait revenir ici et attendre le lever du jour.

Elle appuya sur l'échelle en colimaçon et celle-ci vint docilement se remettre en place, lui permettant de s'enfoncer dans les ténèbres d'un noir d'encre. Elle chercha son chemin à tâtons le long des passerelles, dans l'obscurité, ça lui rappela une attraction de la fête foraine qu'elle avait adorée étant petite, et elle prit tout son temps, de façon à mémoriser le trajet au cas où il lui faudrait revenir. Le fait de savoir que Silence venait souvent ici contribuait pour beaucoup à bâillonner toutes les frayeurs qu'auraient pu susciter cet endroit — sa rance puanteur, les échos métalliques que soulevaient ses pas, la caresse soyeuse des toiles d'araignées. Des oiseaux s'étaient infiltrés par les orifices béants du plafond et nichaient à présent dans les échafaudages et les engrenages, et elle les écouta bruire au-dessus d'elle pendant qu'elle redescendait vers le rez-de-chaussée de la fonderie.

Elle resta plantée un bon moment devant la porte du hangar, à contempler les papillons de nuit dans la lueur violette qui suintait du ciel. Quelques étoiles pointaient le nez. Par où aller ? Elle résolut de prendre à droite, dans la direction où brillaient encore les dernières lueurs du jour. Elle avait en tout premier lieu décidé de suivre la rue sur une distance de quatre pâtés de maisons, avant de la traverser, de piquer par une rue perpendiculaire, puis de revenir sur ses pas par une rue parallèle. Mais lorsqu'elle eut franchi les quatre premiers blocs, elle préféra continuer sur ses pas, droit devant elle, sur au moins deux autres blocs. Ceux-ci n'étaient pas séparés par de véritables rues, mais par de longues allées communes, partagées par de nombreux petits entrepôts et diverses usines. La plupart des bâtiments s'abritaient derrière des palissades de grillage métallique couronnées de barbelés, encore que les édifices ainsi défendus parussent désaffectés. Quelques-uns d'entre eux étaient encore éclairés : il s'agissait de simples ampoules nues protégées par des cages métalliques et vissées au-dessus de portes blindées anonymes.

Le plus terrifiant, là-dedans, c'est qu'il n'y avait pas un chat. De sorte que lorsque des phares éblouissants apparurent subitement à l'autre bout d'une rue, son cœur rata un battement. Paniquée, elle balançait entre l'envie irrésistible de se tapir et le réflexe instinctif de faire signe au conducteur. Mais il n'y avait pas le moindre recoin où se cacher. La nuit s'étirait comme un champ de noirceur de l'autre côté de la rue, là où les lampadaires étaient en panne, et elle envisagea un instant de s'y enfoncer. Mais la perspective de se retrouver piégée jusqu'au matin dans ce trou d'ombre eut raison de sa peur et elle resta à découvert et attendit que la voiture se rapproche.

Une seconde plus tard, son instinct l'incitait de nouveau à décamper. La voiture fonçait sur elle à tombeau ouvert, en slalomant. Elle fit volte-face et repartit d'un pas décidé vers la fonderie, accélérant l'allure en priant pour que la voiture bifurque avant de la rattraper ou pour qu'elle la dépasse en trombe. Mais, au lieu de ça, elle entendit un crissement de pneus, une aile noire grimpa en cahotant sur le trottoir et des visages caves, noyés dans la pénombre, la reluquèrent derrière les vitres.

— Hé... Poulette ! Qu'est-ce que tu glandes dans le secteur ? On t'a jamais dit que le quartier était dangereux ?

Des rires féroces fusèrent du véhicule et les portières s'ouvrirent à la volée. Six ados débraillés, coiffés en brosse et vêtus de guenilles lacérées, s'en déversèrent et l'encerclèrent.

— T'en sniffes une avec nous ? Allez... Joins-toi à la fiesta.

Billie tenta d'articuler quelques mots, mais le martèlement démesurément amplifié de ses battements de cœur semblait couvrir sa voix. Dans le noir, les trognes hostiles des jeunes gens semblaient à demi bestiales, leurs cheveux hérissés évoquaient un pelage et leurs gorges et leurs mâchoires se nouaient de tendons animaux. Leurs mains volaient vers elle comme des pattes de lézards et l'une d'elle empoigna l'un de ses seins.

Elle se dégagea avec violence, leur arrachant des grognements de hyènes. Ils se rapprochèrent encore et le regard de Billie se porta, au-delà de leur cercle, vers le bout de la rue où une autre paire de phares venait d'apparaître et se rapprochait. À la seule idée qu'une autre meute d'hommes-bêtes allait peut-être se joindre à la première, sa terreur fit boule de neige, et plusieurs des jeunes reptiles suivirent son regard paniqué et regardèrent par-dessus leur épaule.

À la vue du véhicule qui lui arrivait dessus, la meute se retourna pour faire front, coinçant Billie entre elle et la palissade métallique. À présent, tous étaient en mesure de constater, à la lumière blanche qui ornait son toit, que le véhicule était un taxi. Ce dernier se gara le long du trottoir d'en face, la portière s'ouvrit et un grand gaillard à la tête carrée en descendit.

— Silence !, hurla Billie — son cri avait fusé de ses lèvres en un bredouillement entrecoupé.

L'un des garçons de la bande la plaqua contre la palissade pendant que les cinq autres se dirigeaient vers Silence, que des couteaux à cran d'arrêt jaillissaient au bout de leurs mains dans un cliquetis et que des chaînes tombaient de leurs épaules en ferraillant pour s'enrouler autour de leurs poings.

Silence avança d'un pas et sa main, armée d'un lourd pistolet, surgit de sous son blouson. Un éclair fulgurant, suivi d'une déflagration assourdissante, illumina la rue l'espace d'une fraction de seconde et la lunette arrière de la voiture du gang se fracassa, réduite à l'état de poudre blanche. Le taxi emballa son moteur et dégagea en faisant couiner ses pneus.

La meute s'égailla dans une bousculade paniquée et, en s'entrechoquant, poussant des jurons et glapissant de trouille, courut se mettre à couvert dans sa voiture. Dès que Billie se retrouva libérée, elle se précipita vers Silence et il la prit sous son aile. De nouveau réunis, ils regardèrent les jeunots passer la première en catastrophe puis détaler sans demander leur reste en faisant affreusement grincer leur boîte de vitesse.

Billie se cramponna à Silence de toutes ses forces, et il la serra contre lui pour pouvoir puiser en elle sa force et son énergie, tandis que le silence de la nuit se refermait sur eux.

Silence avait repris conscience au milieu d'un bruissement de roseaux froissés, la tête douloureuse mais indemne, chair et os intacts. Le pneu avait éclaté au moment où il se penchait pour négocier son virage et la force d'inertie l'avait envoyé valdinguer, la tête la première, dans l'épaisse gadoue et l'herbe haute des marécages. Sa première pensée, à son réveil, avait été pour Billie, car il l'avait quittée alors que le soleil brillant se levait encore derrière son épaule, et il se réveillait à présent dans la désolation des ombres crépusculaires. Après avoir traîné sa Harley cabossée hors de vue, au milieu des roseaux de la berge, il avait passé plus d'une heure, dans une cabine téléphonique à l'entrée de la zone industrielle, à appeler des compagnies de taxis et à attendre qu'elles consentent à lui envoyer une voiture.

Lorsque Silence, pince-sans-rire, raconta à Billie comment le premier taxi qui arrivé sur les lieux avait décampé à toute vitesse dès qu'il s'était précipité vers lui pour grimper dans la voiture, sa grimace mortifiée réussit à lui arracher un rire. Le second chauffeur avait été un flegmatique Pakistanais, étudiant au MIT qui, au cours de son existence, avait vu bien pire qu'un balaise en jean et en blouson de cuir aspergés de boue, et il n'avait commencé à montrer des signes de fébrilité que lorsque Silence l'avait prié de le conduire dans le coin le plus désolé de la ville.

Silence fut soulagé de la voir sourire et il résolut de ne plus la quitter jusqu'à ce qu'ils aient réussi à quitter cette ville librement. Ils regagnèrent la terrasse de la fonderie et il profita de leur trajet dans l'obscurité pour ingurgiter deux autres pilules, cherchant ce faisant à étayer l'effet des deux comprimés qu'il avait déjà avalés un peu plus tôt, afin d'apaiser la lancinante migraine qui lui broyait le crâne.

— Comment allons-nous partir d'ici sans ta moto ?, demanda Billie.

Silence remonta l'échelle coulissante après leur passage.

— On piquera la caisse d'un quelconque pue-la-sueur, on dénudera les fils et on mettra le contact.

— Non, sérieusement, je veux dire..., dit-elle, croyant à une boutade.

— On trouvera un moyen, va. (Il retourna la chaise longue face aux lumières de la ville.) Et si on y est vraiment obligés, on appellera encore un taxi.

Son sourire luisait comme rosée dans le noir. Elle posa une main sur sa poitrine, ravie de la trouver aussi ferme et aussi robuste :

— Qu'est-ce qu'on va faire, Silence ? Bella doit s'inquiéter de ne pas t'avoir vu apparaître à votre rendez-vous. (Ses yeux se plissèrent.) À moins que ce ne soit précisément elle qui ait envoyé ces deux motards à nos trousses.

Silence secoua fermement la tête :

— Jamais de la vie. On remet le couvert. Je sais qu'on peut lui faire confiance. Elle aurait pu nous coincer dans le parc quand on lui a apporté les disquettes, si elle l'avait voulu.

— Pourra-t-elle conserver les disquettes jusqu'à ce qu'on soit en mesure de les récupérer ?

— Tu peux compter là-dessus. Elle sait parfaitement ce qu'elles représentent pour nous. On les lui reprendra demain avant de nous envoler pour Tombouctou. Mais, pour le moment... (D'un signe pressant de la main, il l'invita à s'installer sur la chaise longue, et elle s'exécuta) ...Reposons-nous. On a encore un sacré bout de chemin à faire, avant de débarquer à Tombouctou.

Billie lui prit la main et tenta de l'exhorter à s'asseoir sur le transat, mais il déclina sa proposition :

— J'ai déjà fait une longue sieste dans le parc, aujourd'hui, tu te souviens ? (Il ôta son blouson de cuir et le suspendit au bras de la chaise longue, à côté d'elle.) Le vent qui monte du fleuve peut être cinglant, au lever du jour.

Silence s'étendit sur la terrasse, juste à côté d'elle, la tête adossée à un lé de papier goudronné décollé, et ils bavardèrent des étoiles pendant un petit moment. Il n'avait jamais beaucoup songé aux étoiles, sinon pour s'interroger, se demander s'il existait d'autres mondes habités dans l'espace. Afin de s'assurer qu'elle s'était réellement bien remise de toutes ses terreurs de la journée, il la harcela de questions sur le ciel nocturne, et l'étendue de ses connaissances le stupéfia.

— Si elle ne scintille pas, lui dit-elle, c'est que c'est une planète. Tu vois ce point orangé diffus, qui surplombe la Hancock Tower ? C'est Saturne. Et l'étoile rouge, là, au-dessus de la mer...

— Mars. Il me semble y être déjà allé plusieurs fois. Parcours le ciel avec moi, Billie. Promenons-nous. Désigne-moi les étoiles que tu connais.

Sereinement, secrètement ravie de le sentir si proche, elle le pilota depuis l'échine du Cygne, avec son œil bleu, Deneb, jusqu'au Laboureur dont la charrue retournait de son soc la rouge betterave d'Arcturus puis, plus haut encore, par-delà le pan de paradis du Dragon et des deux Ourses. Silence l'écoutait, l'esprit émoussé, superficiellement anesthésié et enténébré par le trop-plein de Dilaudid, pris de vertige lorsqu'il relevait les yeux pour contempler le tourbillonnant escalier d'étoiles.

Une effroyable tristesse l'envahit soudain, alors qu'il prêtait l'oreille à la voix enjouée de Billie l'emmenant en balade dans les étoiles. Chacune de ces petites lumières avait une histoire à lui raconter. La nuit tout entière était pour elle un vaste livre dont les noirs abysses regorgeaient de faux-semblants. Et il était affligé d'avoir grandi sans connaître ça, sans connaître d'autre mirage que la ravageuse furie des drogues. Et il craignait également que, lorsque tout danger serait écarté, lorsqu'elle n'aurait plus besoin de lui, Billie ne s'aperçoive de sa béance intérieure, et ne le quitte.

Puis le ciel vide se déversa sur lui et les marges obscures de son esprit l'engloutirent.

Billie l'entendit respirer plus profondément dans son sommeil et laissa sa voix mourir. Pendant qu'elle le regardait dormir, inconscient à ses côtés, une étrange mixture de joie et d'anxiété commença de la travailler. Dans l'obscurité, les images mentales qu'elle avait gardées de la longue journée qu'ils venaient de vivre ensemble se mirent à chatoyer devant ses yeux, comme si, en s'extériorisant, elles allaient tout droit s'appliquer sur le visage impavide de Silence, l'épousant presque.

Elle le vit tel qu'il lui était apparu lorsqu'il s'était faufilé par la fenêtre de sa chambre à coucher, agile et sur le qui-vive, toute son énergie ramassée, concentrée dans ses cinq sens. Et elle se remémora son regard aigu, vigilant, alors qu'il scrutait l'écran ambré de l'ordinateur de Manny. Et, plus tard encore, beaucoup plus tard, le désespoir qui avait endeuillé son regard ivre de fureur lorsqu'il avait affronté le barbu au couteau et le jeune tireur halluciné. C'était son expression paniquée, précisément, qui avait su désamorcer sa propre paralysie inspirée par la terreur, et l'avait précipitée dans la bataille. Joie, à l'évocation du courage qu'il savait instiller en elle, et peur que de nouveaux effrois ne viennent le disputer à sa toute neuve détermination.

Elle prit son blouson de cuir et l'étala sur sa poitrine avec toute la douceur dont elle était capable, comme si le seul fait de le chérir pouvait apaiser les turbulences qui, pressentait-elle, devaient hanter son sommeil agité. La chaleur d'un jour nouveau s'évaporait, s'échappant dans l'espace, tandis que le froid glacial qui règne entre les étoiles ne cessait de s'appesantir. Elle sortit de son sac la majeure partie des vêtements qu'il contenait et en drapa ses propres épaules. Elle se demanda de nouveau, en attendant que le sommeil vienne la prendre, ce que cet homme pouvait bien lui trouver.

L'espoir qu'elle puisse constituer pour lui, un peu comme l'avait autrefois été Lani, une nouvelle source de force, d'énergie, la traversa. L'amour, avait-elle retenu de sa douloureuse expérience avec Manny, se gagne à force d'engagement personnel, et non dans le désir. Ayant connu tant la douillette rigueur de l'orphelinat que la luxueuse indifférence de l'Organisation, elle se sentait prête à fonder un foyer n'importe où et dans n'importe quelles conditions. Si Silence voulait bien d'elle, elle était disposée à le suivre partout où il irait, où que ce puisse être. Et cette dernière pensée la rasséréna suffisamment pour qu'elle consente enfin à s'assoupir.

À son réveil, l'aurore meurtrissait le ciel. L'arôme du café embaumait l'air.

— Petit déj' ?

Elle s'assit, vaseuse, et vit Silence, accroupi à ses côtés, lui présenter un plateau en carton chargé de sandwichs sous emballage de papier huilé, ainsi que deux gobelets de café en carton.

— Un traiteur ambulant passe deux fois par jour avec sa camionnette pour ravitailler les gars des usines, expliqua-t-il.

— Depuis quand es-tu réveillé ?

Elle chassa de ses yeux la résine du sommeil.

— Depuis que Deneb s'est couché.

Elle lui sourit à travers le nuage de vapeur qui montait de la tasse qu'elle serrait entre ses mains.

— L'eau est froide, mais la douche fonctionne, dit Silence. Je peux t'emprunter un bout du savon que tu as apporté ?

— Je n'ai pris que du shampoing.

— Ça ira très bien. Je pue encore le marécage dans lequel j'ai roupillé hier.

— Comment se porte ta tête ?

— Elle n'est toujours pas tombée de mes épaules ; il faut croire qu'elle a décidé de rester en place.

Ils mangèrent leurs sandwiches en regardant le monde reprendre ses couleurs, puis allèrent se doucher de conserve, en utilisant juste ce qu'il fallait de l'eau glacée qui giclait à grands jets pour se savonner et se rincer. Ils entamaient tous les deux leur ultime rechange de fringues propres, bien décidés à les balancer toutes à la poubelle ensuite, lorsqu'ils retourneraient en ville, et à renouveler entièrement leur trousseau. Billie s'était mis en tête d'offrir à Silence une garde-robe totalement différente et, méditant de le conduire chez Louis, prestigieux magasin de prêt-à-porter pour hommes, au coin de Newbury et de Berkeley, menaçait de le faire crouler sous les chemises de soie et les chaussures italiennes.

En regardant Billie s'habiller, Silence sentit ses entrailles s'embraser.

— Tu es belle.

— La beauté, c'est juste à fleur de peau, pas vrai ?

Silence sourit, ne sachant trop que répondre.

— Toi aussi, tu es beau, fit-elle en remontant ses cheveux sur sa nuque, pour les attacher ensuite d'une épingle. (Sa bouche se crispa en un petit sourire désabusé.) Bon, d'accord, tu es pas mal craquant physiquement, mais tu es aussi très beau intérieurement. Tu risques ta vie pour moi, parce que tu as vu tout de suite que nos désirs se complétaient.

Silence se rengorgea de béatitude mais sentit néanmoins passer, immédiatement après, l'ombre d'une appréhension qui gâchait son bonheur. La vie n'est jamais toute rose : elle est toujours rose et noire à la fois. *Bof, rien à cirer.* Il releva les yeux de la rue sordide et des bâtiments délabrés et contempla les nuages mordorés qui encombraient les caniveaux célestes. Il était heureux. À quoi bon lutter ?

Algernon Hellas était debout dans l'encadrement des portes-fenêtres de son bureau massif, lesquelles donnaient sur une terrasse encadrée de vignes vierges aussi noueuses que luxuriantes. Les épaules voûtées, la tête baissée, sa blanche crinière ballant dans le vide, il fixait, figé dans une totale immobilité, les vastes domaines qui lui appartenaient. Mais il ne voyait ni les grands arbres vénérables, ni l'herbe couleur d'émeraude, ni les buissons taillés avec une précision géométrique, ni même le mur opposé ombragé de lierre. Il ressassait plutôt, dans le moindre détail, le souvenir de Clyte, son épouse, la soyeuse et fraîche délicatesse de sa peau, la lumière ambrée de ses yeux de lémure et l'arrogance de son profil au long nez aquilin, qu'il avait naguère trouvé aristocratique, mais qui lui semblait désormais aussi inanimé, aussi glacé que celui d'une statue de marbre.

Tant de choses avaient changé. Il n'y a pas si longtemps encore, elle entrait fréquemment de son pas nonchalant dans cette auguste pièce lambrissée de bois sombre, aux sièges rehaussés de cuir froissé et, lorsqu'elle l'y trouvait seul, s'agenouillait pour le prendre dans sa bouche. Puis sa chevelure châtain, agitée de soubresauts, voilait une beauté qu'il réservait à son seul usage personnel.

À la seule mention de ses anciens amants, un feu glauque embrasait son cœur. Tant et si bien que pour le plus marquant d'entre eux, il avait maquillé un *accident*... Un truc qui aurait pu arriver à n'importe qui : une brique descellée tombant du toit d'un vieil immeuble alors qu'il se tenait juste en dessous, attendant son taxi. Une idée superbe, dans la mesure où l'immeuble décati en question appartenait à l'un de ses rivaux de l'Organisation, de sorte que ce dernier avait dû encaisser les allégations diffamantes qui s'étaient ensuivies.

Mais, aussi brillante qu'elle fût, cette idée de génie s'était rapidement ternie, et Algernon grinça des dents en songeant à la stupidité dont il avait fait preuve en négligeant de prévoir que Clyte flairerait immédiatement le pot aux roses. Et, à présent, les masses ondoyantes de sa crinière châtain ne dissimulaient plus qu'un cerveau d'intrigante, et son sein ferme et opulent ne réchauffait plus que le noir serpent de son cœur, car elle l'avait quitté le lendemain même pour se donner au rival dont l'immeuble avait armé la main d'Algernon. Au cours du mois qui avait suivi sa petite erreur de calcul, elle l'avait accablé de ses venimeux ragots, seule arme dont elle disposât, puisqu'il ne l'avait jamais associée à ses véritables entreprises commerciales.

Il se félicita d'avoir toujours su résister victorieusement, au fil des ans, aux insistantes supplications de Clyte — laquelle désirait ardemment des enfants —, préférant s'épargner les tracas et les vicissitudes d'une portée de jeunes arrivistes, et désigner lui-même son successeur et héritier lorsque le moment viendrait. La situation actuelle, eût-il consenti, n'en aurait été que plus catastrophique, car jamais il n'aurait supporté de lui confier sa progéniture. La perspective de lui verser une pension alimentaire était en soi un véritable crève-cœur et il avait exigé de ses avocats et de ses enquêteurs qu'ils fassent des heures supplémentaires jusqu'à ce qu'ils parviennent à la débouter, au motif qu'elle avait abandonné le domicile conjugal pour prendre un amant. Mais, si jamais elle réussissait à mettre les mains sur les dossiers financiers égarés par Manny, une pension alimentaire serait le dernier de ses soucis.

Manny ! Son petit frère n'avait jamais été qu'une source d'affliction et de tracas depuis son arrivée imprévue, au cours du douzième été d'Algernon, cet été qu'il aurait dû normalement passer avec son père dans un ranch de vacances pour citadins. Le vieux, jusque-là, l'avait toujours gâté-pourri mais, dès la naissance du bébé, on avait subitement exigé d'Algernon qu'il fasse preuve de maturité et d'indépendance. Il avait dû se rendre seul dans ce ranch, cet été-là, et s'était fait rosser par les petites terreurs qu'il avait narguées précédemment, sous l'aile tutélaire de son papa. Après ça, il avait rapidement grandi. Mais Manny, lui, n'avait jamais réellement mûri. Le vieux s'était retrouvé six pieds sous terre alors que le gosse n'avait encore que douze ans, et Algernon avait dû se débattre avec des oncles aussi vicelards que cupides pour obtenir sa part légitime du big bizness. Et quand Manny, poussé par leur mère dans les affaires, avait été en âge de réclamer son dû, tout le boulot pénible et sanglant avait déjà été abattu.

Algernon secoua amèrement la tête. Il aurait mille fois mieux valu envoyer le môme à la fac pour en faire un professionnel, dans n'importe quelle branche, sauf dans la partie. Au lieu de ça, il était devenu un prétendant, aussi capricieux que mal embouché. Il ne connaissait strictement rien aux affaires — du moins pas de l'intérieur, à l'instar d'Algernon, et du vieux avant lui. Mais les soldats l'aimaient, parce qu'il avait la poigne, parlait leur langage et agissait comme eux.

Pourtant, ces reîtres eux-mêmes désapprouvaient la manière dont il avait traité Billie. On pouvait certes molester sa petite amie, mais pas son épouse légitime. Ces violentes manières de butor étaient dépourvues de toute dignité et contribuaient à saper le respect qu'ils devaient à leur capitaine. Manny n'écoutait jamais les conseils qu'on lui prodiguait. Même gosse, il faisait ouvertement profession de mépriser les avertissements de son frère aîné — jusqu'à ce qu'il se soit fourré dans le pétrin. Sauf que ce coup-ci, tout le monde se retrouvait dans la merde.

Algernon, comme s'il avait un œil derrière la tête, se rendit compte que quelqu'un venait d'entrer. Il se retourna et aperçut Ray Fowler, debout dans l'encadrement de la porte ; son visage buriné ne parvenait pas à masquer son inquiétude.

— J'ai frappé.

— Navré, Ray. J'étais abîmé jusqu'au cou dans mes tracas... Qui ne pourront d'ailleurs qu'empirer, j'imagine. Tu as de mauvaises nouvelles à m'annoncer, à ce que je crois comprendre.

Ray hocha la tête. Il admirait les façons franches et carrées d'Algernon, lesquelles, d'ailleurs, étaient la principale raison qui l'avait incité à travailler pour lui, alors qu'en tant qu'ex-agent du FBI il faisait preuve de compétences que d'autres capitaines de l'Organisation auraient sans doute plus libéralement rémunérées. Quand on bossait pour Algernon, ruses et fourberies étaient toujours réservées à l'ennemi, et il se montrait toujours réglo avec les hommes qui travaillaient pour lui, trait de caractère unique en son genre chez les gens de son acabit.

— Deux motards ont retrouvé Billie dans un motel borgne de North Beacon, fit Ray. Mais ils ont été tués tous les deux, et Billie s'est échappée.

— Elle est branchée, laissa tomber Algernon, entendant par là qu'elle avait trouvé de l'aide auprès d'un membre quelconque de l'Organisation.

— Pas sûr. La chambre était sens dessus dessous. Il y avait eu du schproum. Ce qui, pour moi, signifie qu'elle n'était accompagnée que d'un seul et unique battant. Si elle était branchée, il y en aurait eu davantage.

Algernon s'assit dans son grand fauteuil de cuir et laissa fuser un petit soupir :

— C'est donc qu'elle n'a pas encore contacté Clyte.

— Et personne ne l'a aperçue non plus dans les bâtiments fédéraux, ni dans ceux de l'État.

— L'aéroport ?

— Logan, et les gares ferroviaires du Nord, du Sud et de Back Bay sont sous surveillance constante, ainsi que les gares routières. Nous avons même demandé à un gang des rues de patrouiller dans le métro, et à deux gangs de motards de sillonner tous les quartiers de la ville. Qu'elle bouge d'un seul poil, et on la repérera immédiatement.

Algernon massa ses mandibules noueuses :

— Qui ? Qui peut bien lui prêter main forte ? Manny la faisait surveiller quand elle s'est tirée. Elle ne peut pas avoir un amant.

— Elle a peut-être engagé quelqu'un.

— Qui pourrait-elle bien embaucher ? J'ai jeté un œil sur tous les coups de fil qu'elle a passés dans l'année. Rien de louche. Et tout le monde répond présent à l'appel dans la baraque. Personne n'a jamais rien accepté d'elle — fric ou tranche de cul. Il ne peut s'agir que d'un étranger.

— Quelqu'un que Clyte lui aurait envoyé ?

— Clyte... Clyte ! (Algernon abattit sa paume sur son bureau.) Rien que d'entendre son nom, j'en ai des brûlures d'estomac.

— Slick Stanger attend dehors, dit Ray. Peut-être a-t-il une solution dans sa manche.

Algernon lui signifia de le faire entrer. Slick était un vieil ami d'enfance, un *caporegime* qui menait sa propre barque à Ithaca, sur les rives lointaines du lac Cayuga. Il était renommé pour sa perspicacité et son doigté, et les caïds du milieu faisaient souvent appel à lui pour régler les litiges qui pouvaient intervenir entre divers autres capos de la région. Algernon l'aimait bien, car ils avaient travaillé et festoyé ensemble quand ils étaient jeunes, essuyé les mêmes revers de fortune, lutiné les mêmes femmes — et à la mort du père d'Algernon, alors que certains des capos les plus âgés lui avaient tourné le dos, Slick lui était resté fidèle.

— Al !, s'exclama Slick avec exubérance en entrant dans la pièce, les bras grands ouverts. Sacré vieux forban ! (C'était un homme de petite stature, à la peau olivâtre, à la barbe hérissée et striée d'argent, aux narines frémissantes et aux yeux qui lançaient des flammes de dragon. Ses cheveux noirs et crépus frôlèrent le menton d'Algernon lorsqu'ils s'étreignirent.) Pourquoi faut-il toujours que tu attendes d'être dans le pétrin pour faire appel à moi ?

— Mis à part se fourrer dans le pétrin, qui peut se vanter d'avoir le temps de faire quoi que ce soit d'autre ?, fit Algernon en présentant un siège à son ami.

— Rien n'est plus vrai, rétorqua Slick en prenant place et en se tapotant le dessous du menton du revers de la main. En ce moment même, je suis jusque-là dans les problèmes, avec leurs nouvelles lois fiscales. On a de plus en plus de mal à gagner malhonnêtement son pain.

— Tu n'as rien de plus neuf à m'apprendre ?, demanda Algernon en se penchant par-dessus son bureau. Voilà que mes propres parents conspirent à présent contre moi. Ma femme et ma belle-sœur se liguent pour m'envoyer derrière les barreaux !

— On ne plaisante pas avec ça !

— Qui parle de plaisanter ? (Algernon fit signe à Ray d'apporter des boissons.) Bacardi et jus d'ananas, avec un doigt de miel, je me trompe ?

— Tu veux ma mort, Al ? Il est neuf heures et demie du matin. Ton coup de téléphone m'a déjà réveillé en sursaut, et je tombe du lit. Apporte-moi juste un jus de tomate avec un zeste de citron.

— Et un petit déjeuner. Croissants, salade de fruits...

— Al, tu as des problèmes. On songera ensuite à se restaurer. Pour l'instant, je veux que tu me racontes tout.

Algernon s'exécuta et Slick l'écouta attentivement, son visage basané et velu ne se crispant que légèrement à l'annonce de l'infidélité de Clyte et de la brutalité avec laquelle Manny avait traité son épouse :

— Ta maison est un véritable boxon, Al. Tu t'es toujours montré trop tolérant... Trop laxiste.

Algernon inclina la tête et croisa ses doigts devant son front.

— D'accord, d'accord. Bon, que vais-je bien pouvoir faire à propos de Clyte ?

— Rien.

— Hein ? (Il releva des yeux au regard acéré.) Si jamais elle entre en possession de ces disquettes, elle me crucifie.

— J'ai du neuf à t'apprendre, Al. Tu es déjà crucifié. On va maintenant s'atteler à ta résurrection.

Dès que Silence eut quitté l'atelier de la Grue, Bobby Gomes adressa un grand sourire à Andrea, laquelle s'efforçait de ne pas regarder dans sa direction. Son visage présentait les aspérités anguleuses et les méplats d'une tête de requin. Son abdomen était d'ailleurs aussi lisse et délié que le ventre d'un squale et, lorsqu'ils faisaient l'amour, elle adorait voir se concentrer à cet endroit, et un peu plus bas aussi, toute la furie de son désir, tandis que les extrémités de son corps pilonnaient la partie la plus intime de son individu et la ramonaient inlassablement, la pilotant d'un orgasme à l'autre. Elle adorait ça, chez lui, comme elle appréciait cette façon qu'il avait de la couver de près, jalousement, de toujours lui offrir les trucs les plus coûteux qui soient, de ne jamais la tabasser et de ne jamais élever la voix quand il s'adressait à elle.

Mais elle n'aimait pas, en revanche, la haine qu'il vouait à Silence. C'était pure cruauté car Silence, comme une espèce de gros demeuré, ne répliquait jamais rien, alors qu'elle savait d'expérience, d'après leurs bavardages, qu'il avait l'esprit délié et aiguisé. Il se contentait de laisser Bobby le traiter des pires trucs. Et, à présent, le sourire tranquille de Bobby, serein et dénué de toute gaieté, lui fichait le trac. Elle tenta de se concentrer sur le registre posé sous ses yeux et sur la calculette dont, à cause de ses ongles trop longs, elle devait presser les touches de la pointe de son crayon.

— Qu'est-ce que tu trouves si poilant, Bobby ?, finit-elle par demander.

— Silence.

Elle lui avait déjà demandé à maintes reprises, auparavant : « Pourquoi détestes-tu tant Silence ? ». Mais, cette fois-ci, elle préféra s'en abstenir. Elle savait d'ores et déjà ce qu'il allait lui répondre : « Ce gros taré d'abruti s'imagine qu'il est plus fort que la peur et qu'il baise mieux que tout le monde. » Car telle était la paille profonde, intime, qui rongeait Bobby de l'intérieur. Il ne connaissait que deux sortes de rapports avec ses frères humains : soit ils lui inspiraient une sainte terreur, soit il les terrorisait. De tous les Street Gypsies, Bobby ne craignait que Liam.

Elle l'avait entendu lui raconter, avec de la déférence dans la voix, comme s'il relatait quelque intervention sacrée, comment, à une certaine occasion, Liam avait exécuté une balance sous ses yeux. Il avait emmené le cafard en balade dans les bois et l'avait ficelé au tronc d'un arbre abattu en l'installant à quatre pattes, en appui sur ses coudes et sur ses genoux, puis avait pris une section de tuyau métallique longue d'un bon mètre et un maillet de deux kilos, et avait enfourné le tuyau dans le rectum de ce chien puant, l'avait enfoncé jusqu'à ce qu'il lui ressorte par la bouche. Cette action

— et notamment le fait que Liam lui avait ensuite demandé de l'aider à soulever le traître pour le suspendre entre deux branches, comme un porc à son crochet — lui avait gagné le respect éternel de Bobby, jusqu'à la fin de ses jours.

— Liam ne t'a pas demandé d'aller faire un tour à l'extérieur pour rechercher cette pétasse en cavale ?, s'enquit Andrea.

Le sourire de Bobby s'élargit encore :

— Ouais. On va remettre le collier.

Ne s'attendant guère à devoir faire beaucoup de chemin pour découvrir le corps disloqué de Silence, Bobby fut assez éberlué, en parcourant les rues à toute allure sur sa XT noire, de ne pas distinguer la moindre manifestation d'une quelconque explosion. Soit l'explosif était bidon, chose qu'il ne pouvait concevoir, dans la mesure où il lui avait été remis par un tueur professionnel, soit Silence n'avait pas roulé suffisamment vite, ou suffisamment loin, pour le déclencher.

Sa joie mauvaise se ternissait de dépit. Il aurait aimé retrouver le corps le premier, pour pouvoir infliger à Silence, en lui confisquant ses couleurs, l'ultime déshonneur du motard.

Dix ans plus tôt, lorsque Bobby avait été relaxé de la maison de correction, après avoir passé la plus grande partie de son adolescence dans une cellule pour avoir poignardé à mort un prof qui avait osé le traiter de raté, il avait rejoint les rangs des Street Gypsies. À cette époque, Silence ne s'était pas encore entiché de lecture et se contentait de se fixer au bourrin et à d'autres saloperies, et de traîner ses guêtres autour de l'atelier avec les Street Gypsies, quand ils ne roulaient pas à moto ou ne se livraient pas à quelque cambriolage ou effraction. Bobby l'avait haï dès le premier moment, parce qu'il n'avait pas détourné les yeux, pas même battu des paupières, lorsqu'il avait posé sur lui son regard de vipère. Les gars les plus balaises de la bande — Hector lui-même — ne se risquaient jamais à soutenir le regard reptilien de Bobby, sachant pertinemment que, s'ils le forçaient ne serait-ce qu'à ciller, il chercherait à les tuer.

Sa réputation remontait à son tout premier mois chez les Gypsies ; du jour, en fait, où Crowbar, un gigantesque Goliath, membre d'un gang de Noirs qui se faisait appeler les Imperial Dragons, avait tenté de le forcer à détourner les yeux. Bobby avait frappé droit aux quinquets, lacéré la cornée de l'un et blessé l'autre si grièvement qu'il était sorti de son orbite et était resté à pendiller sur sa joue, pissant le sang. La guerre de gangs qui avait succédé à cette algarade avait duré trois ans.

Avant même que les Imperial Dragons ne coincent Silence tout seul dans une ruelle et ne l'esquintent si méchamment qu'il avait failli y rester, Bobby exécrait celui-ci pour son comportement princier — sa nonchalance, son détachement, son absence apparente de peur, le silence qu'il observait devant les sarcasmes dont il l'abreuvait. Il se conduisait comme un automate décérébré et, pourtant, à la musicalité qui émanait de son moindre geste lorsqu'ils étaient sur un coup ou lorsqu'ils se bagarraient, on ne pouvait nier qu'il était incontestablement présent, et de tout son être. Bobby le trouvait insupportablement frimeur. Puis il s'était fait la soie à Hawaï et Bobby avait été enchanté de ne plus avoir à se préoccuper de lui. Mais lorsqu'il en était rentré sept ans plus tard, il était toujours aussi totalement givré sauf que maintenant, dès qu'il ouvrait sa gueule, c'était pour jacter de poésie, de romans et de ces enfoirés de Grecs, comme s'il était branché en prise directe sur la réalité, hors d'atteinte, six pieds au-dessus de toute contradiction. Et les femmes l'adoraient et préféraient bavasser avec lui plutôt que de regarder les séries à la télé. Jusqu'à Bassman — qui jusqu'ici avait été le principal allié de Bobby et avait au moins autant que lui décrié l'orgueilleuse réserve de Silence — qui s'était mis à prêter l'oreille à ses délirantes élucubrations sur la Vertu et la volonté pure et vraie.

Bobby voulait voir Silence mort. Il ne voulait plus jamais revoir sa tronche, ni Liam copiner avec lui comme père et fils, ni les filles mouiller leur petite culotte quand il jacassait sur le tragique destin des personnages des romans de Raymond Carter ou sur les poèmes de Charles Beurkowski. Pourquoi diable cet explosif sensible à la pression ne l'avait-il pas déjà expédié en enfer, en vol plané ?

L'idée ne commença à s'insinuer dans sa cervelle qu'à la tombée de la nuit, alors qu'il gisait épuisé aux côtés d'Andrea, contemplant fixement les ombres qui tissaient des toiles d'araignées au plafond : peut-être savait-il finalement où était passé Silence. Bien des années plus tôt, peu de temps après que les Imperial Dragons eurent trucidé Hector et envoyé Silence à l'hôpital, Liam avait embarqué Bobby et deux autres gars de l'équipe jusqu'à la fonderie désaffectée où Silence avait laissé sa bécane. À la façon dont celle-ci était rangée, bien planquée et hors de vue, derrière un escalier métallique, Bobby avait deviné que Silence venait là fréquemment, probablement pour se retrouver seul mais, jusqu'à présent, ça lui était sorti de l'esprit. La fonderie n'était éloignée que d'un ou deux kilomètres et si effectivement il s'y était rendu, il n'avait sans doute pas roulé assez longtemps pour déclencher l'explosion.

À l'aube, Bobby décida de rouler jusqu'à la fonderie et de vérifier de ses propres yeux que Silence s'y trouvait bien. Dans le cas contraire, il lui faudrait envisager de se livrer à la tâche autrement plus accablante de fouiller les roseaux de la friche industrielle par où Silence était probablement passé, s'il avait décidé de couper à travers la ville. Des nuages orange vif s'embrasaient derrière les cheminées des vieilles usines, et sa meule cahotait sur le ciment fissuré, dévalant les ruelles entre les entrepôts.

Dès que la fonderie entra dans son champ de vision, il repéra Silence, lequel, debout sur le trottoir dévasté, contemplait le ciel étincelant. Une fille rousse aux cheveux humides et lissés en arrière comme ceux d'une nageuse surgit du hangar de la fonderie. Elle était belle. Même comme ça, vue de loin, d'une bécane en train de se cabrer et dans cette lumière crépusculaire, on pouvait se rendre compte qu'elle avait une allure d'enfer. Rien qu'à la voir, son cœur s'était mis à cogner. Membres déliés, démarche nonchalante, mâchoire carrée et teint clair de blonde : il émanait d'elle cette candeur physique des stars de l'écran, et il comprit immédiatement qu'elle n'était autre que la pétasse en cavale.

Silence perçut d'abord le vrombissement du moteur de Bobby et reconnut ce dernier alors qu'il se trouvait encore à plusieurs pâtés de maisons. Bobby vit sa masse se dandiner d'un pied sur l'autre pour adopter une posture agressive, et une rougeoyante escarbille de pure exultation brasilla en lui. Silence avait peut-être trouvé cette pute le premier, mais ce ne serait pas lui, en tout cas, qui la ramènerait au bercail.

La femme, en voyant Bobby foncer sur eux bille en tête, alla se poster derrière Silence et Gomes ressentit soudain un choc, le cerveau ébranlé, en prenant brusquement conscience que Silence ne l'avait nullement retrouvée — mais qu'il était son garde du corps, le lascar à la redresse qui l'avait aidée à s'échapper et avait dessoudé les deux Rude Riders du motel. L'admiration étouffa fugacement son antipathie instinctive pour ce taré :

— Tiens tiens, Gueule de Raie. Et qui donc est cette ravissante ?

Silence ne répondit pas, comme à son habitude, et Bobby posa sur la femme son regard de vipère. Elle flancha immédiatement, et Bobby sourit. De près, sa séduction était encore plus manifeste. Les poils couleur de pollen de ses fins sourcils, ses lèvres pâles, et le regard profond de ses yeux sereins, tous ces détails concouraient à composer un charme énigmatique, une beauté à vous couper le souffle, à tel point que Bobby dut s'obliger à reprendre sa respiration.

— Madame Hellas, dit-il et il la vit tiquer. Votre mari s'inquiète énormément à votre sujet, jeune dame. Il a mis la ville tout entière à votre recherche. Montez derrière moi, et je vais vous ramener à lui en vitesse.

— Elle n'ira nulle part avec toi, Gomes.

— Tu le connais ?, demanda Billie d'une voix voilée, sans cesser de fixer d'un regard apeuré ce mince garçon tout en muscles, en nerfs et en os, dont le visage évoquait la tête de quelque noir reptile : glabre, la peau lisse, les arêtes aussi osseuses que cristal taillé, des yeux noirs et fendus de biche, et dont le nez était si petit et si camus qu'on n'en voyait plus, au-dessus de la fente maléfique de sa bouche, que deux trous sombres de vrille.

— Un peu, qu'il me connaît, coassa Bobby. Je suis son frère des rues. Pas vrai, Silence ?

Le cerveau de Silence s'activait fébrilement, sériant

les options. S'il permettait à Gomes de repartir, il lui faudrait ensuite s'en dépêtrer avec tout le reste des Street Gypsies. Le tuer était la meilleure solution — mais, autant il le méprisait, autant il était incapable de le tuer, car il avait totalement raison :

— Ouais, t'es un Street Gypsy... Mais pousse pas trop.

Le visage de Bobby se durcit :

— Pousse pas, hein ? Tu nous lâches pour cette belle salope et c'est moi qui pousse ? Les Gypsies ont un contrat sur elle, trouduc. Ils doivent la retrouver. Dix mille dollars, et tu voudrais pas que je pousse ? Je t'emmerde, mec... C'est en enfer que je vais te pousser.

Dans un rugissement perçant, Bobby fit jaillir sa bécane. Silence eut juste le temps de bousculer Billie hors de sa trajectoire avant que la moto ne le percute, l'envoyant voler par-dessus le trottoir. Sa tête rebondit sur le ciment. Les ténèbres se refermèrent sur lui, zébrées d'étoiles filantes, et il dut lutter de toutes ses forces pour ne pas perdre conscience.

Bobby sauta de sa bécane et pesa de tout son poids sur le bras de Silence, pendant que le grand type tentait désespérément de se remettre sur pied :

— Tu cherches quoi, là, tête de nœud ?, hurla Bobby en faisant rouler Silence sur le flanc, tout en sortant l'automatique de sous son blouson, à la volée. C'est pas ça que tu cherches, par hasard ?

Il lui cingla la figure du pistolet, l'envoyant de nouveau culbuter à la renverse.

Silence vit un éclair noir et se retrouva en train de dévaler un long toboggan, puis se mordit la langue jusqu'à ce que la douleur l'oblige à refaire surface. Plissant les yeux pour accommoder, il distingua la silhouette floue de Bobby penchée sur lui, son visage convulsé, noir de rage, et le 10 mm braqué juste entre ses deux yeux.

— Tu voulais me liquider avec ça ?, glapit Bobby. Ben, mec, la balle sur laquelle tu avais gravé mon nom va t'exploser à la gueule.

Silence entendit Billie vaciller derrière lui, sous la bourrasque d'une terreur irrépressible.

— Sale enfoiré, cracha Bobby en ôtant la sécurité d'une chiquenaude.

Avec une lucidité surhumaine, Silence vit se crisper le doigt qui pressait la détente et banda toutes ses forces en un ultime sursaut de volonté, cherchant à tendre vers l'impossible, à se tortiller pour esquiver la balle.

Billie se jeta sur Bobby et le tamponna, de sorte que le coup de feu effrita le ciment juste au-dessus de la tête de Silence. Elle avait retenu la leçon du tireur qu'elle avait plaqué dans le motel et compris qu'il valait mieux accompagner son placage jusqu'au bout, faute de quoi il risquait de se retourner et de vous harponner. Si bien qu'elle l'encercla de ses deux bras et se précipita elle-même au sol. Il était plus léger qu'elle ne s'y était attendu, et ils s'effondrèrent ensemble, elle dessous et lui dessus, luttant comme des forcenés jusqu'au moment où, en grinçant des dents, il pressa contre le sien son visage grimaçant.

— Putain de salope !, hurla-t-il en s'arrachant à son étreinte, tout en levant l'automatique, s'apprêtant à le lui écraser sur le visage.

Une douleur sourde fulgura tout le long de son bras et son visage convulsé, crispé de souffrance, se retourna laborieusement pour apercevoir, debout derrière lui, Silence en train de refermer sa poigne droite en une lourde serre. Un poing massif s'abattit sur Bobby, l'expédiant dans une ténébreuse inconscience.

Silence souleva le motard reptilien, débarrassant Billie de sa présence, récupéra son automatique et en pressa le canon derrière l'oreille de Bobby.

— Silence !, cria Billie.

— Boum, chuchota Silence, avant de reculer l'arme d'une saccade. Il se redressa, les jambes flageolantes, et rangea le calibre sous son blouson. De minuscules braises ardentes traversaient son champ de vision comme des spirochètes. Il frotta la bosse qui ornait le dos de son crâne et la douleur affûta tous ses sens.

— Viens, Billie. (Il lui tendit la main et l'aida à se relever.) Faut qu'on trouve un moyen de transport.

Billie se pressa contre son corps et abaissa les yeux sur le corps vautré de Bobby. L'hostilité sourdait de son étroit visage de gobelin, même dans l'inconscience.

— J'ai bien cru que tu allais le tuer.

— Nan. (Il ramassa la moto de Bobby et abaissa sa fourche.) Si jamais je dois tuer un frère de la rue, ce sera les yeux dans les yeux.

CHAPITRE CINQ

La tête de Silence le faisait souffrir, et la bosse qu'il s'était faite à l'arrière du crâne en heurtant le trottoir avait enflé jusqu'à atteindre la grosseur d'une palpitante balle de golf. Son organisme aspirait ardemment à d'autres Dilaudid, et son espoir de tenir le coup jusqu'à l'après-midi réduisait comme peau de chagrin, au fur et à mesure que l'étau des serres portées au rouge se refermait sur son crâne. Il se concentrait pour essayer de maintenir la moto sur les routes défoncées et avait l'impression de remonter péniblement, cahincaha, un puissant courant sous-marin. Le bras de Billie enroulé autour de sa taille et ses mains qui pétrissaient les muscles de son abdomen contribuaient fortement à enraciner sa lucidité.

Il décéléra devant un quai de chargement qui bordait un bras étroit du canal, dans l'eau duquel s'épanouissaient de larges taches d'huile. Un chariot élévateur qui débarquait les conteneurs d'un entrepôt était en train d'édifier un mur de cageots d'oignons verts. Les camions qui se chargeraient de les livrer en ville attendaient patiemment, acculés au quai, l'arrière béant. Leurs chauffeurs coinçaient la bulle dans un petit routier du coin, boîte cubique repeinte d'argent.

Le projet de rentrer en ville à bord de l'un de ces camions lui traversa l'esprit, et il le balaya séance tenante. En temps ordinaire, il avait tendance à recourir à la méthode la moins onéreuse ; or, aujourd'hui, ce n'était pas tant l'argent qu'il leur fallait épargner... mais bien plutôt leur vie.

Il roula jusqu'au routier et gara la bécane dans la ruelle, derrière une poubelle, là où on ne l'apercevrait pas de la rue. L'atmosphère était glaciale, à l'intérieur du restaurant, et vibrait des accents nasillards de la musique country diffusée par le juke-box, et le mélange des deux lui chamboula la cervelle, la réduisant à une traînée de tripaille évoquant un accident de la route.

Les chauffeurs, penchés sur leur œufs au jambon devant le comptoir, tournèrent leurs visages burinés vers Billie pour la regarder se diriger vers un box, et Silence dut les fixer l'un après l'autre avant qu'ils ne consentent à détourner les yeux. Pendant qu'elle commandait le petit déjeuner, il se servit du téléphone public installé près du distributeur de cigarettes. Il avait arrêté de fumer à Hawaï, mais le besoin de la familière bouffée de nicotine commençait à se préciser dangereusement et il dut tourner le dos à la machine.

Tout en conversant avec les renseignements, il ouvrit son pilulier et compta les Dilaudid qui lui restaient. Il n'en avait plus que cinq, et il en avala deux sur-le-champ. Sa dose d'entretien, au cours des quelques derniers mois, avait été de trois de ces comprimés jaunes de quatre milligrammes par prise, à raison de trois prises par jour, vice qui lui aurait quotidiennement coûté trois cents dollars s'il avait été contraint de les acheter dans la rue. Mais les Street Gypsies n'achetaient jamais leur came ; ils ne faisaient que la voler ou la vendre.

La violence de sa migraine s'accentua encore à l'évocation des Street Gypsies. Maintenant que Gomes savait que Silence et Billie étaient ensemble, Liam et les autres allaient retourner la ville pour les retrouver. Il aurait mieux fait de tuer Gomes quand il en avait l'occasion, et c'est très exactement ce qu'il aurait fait, probablement, si Billie n'avait pas assisté à la scène. Mais elle avait déjà vu trop d'épanchements de sang, et il s'était retenu par pure considération pour sa santé mentale.

S'ils devaient absolument être repérés, Silence espérait que ce serait par un autre gang ou par l'Organisation — tout sauf les Street Gypsies. Il n'avait pas la moindre envie de tuer ses proches, et se demandait même s'il en serait capable. Il secoua la tête, cherchant à desserrer l'étau de la douleur dont ses angoisses avaient encore aiguisé les mâchoires tranchantes. Si les Gypsies les retrouvaient, eh bien, la tâche de décider de ce qui se passerait ensuite leur incomberait. Mais il ne permettrait jamais à quiconque de lui reprendre Billie.

Après avoir passé deux coups de téléphone, Silence regagna le box et commanda du café et des beignets.

— Tu as appelé Bella ?, s'enquit Billie, juste avant d'éprouver un léger embarras, la serveuse venant apporter sa commande : un toast à la française, deux œufs sur le plat pas trop saisis, un accompagnement de jambon, un muffin au froment et un grand verre de jus d'orange.

Silence réprima un sourire, ravi de voir qu'elle se sentait suffisamment à l'aise en sa compagnie pour ingurgiter toutes ces victuailles.

— Bella n'arrivera pas à son bureau avant deux bonnes heures. J'ai passé quelques coups de fil surprise. Mange. On a une longue journée devant nous.

Billie dévora tout, s'efforçant d'étouffer sa peur. Et ça fonctionna. Le temps de terminer son petit déjeuner, elle se sentait au mieux de sa forme, aussi bien que lors de leur première nuit, bercée par les bras de Silence. Il fit de son mieux pour la détendre pendant qu'elle mangeait, la taquinant en souriant, et la harcelant à propos de la quantité de beurre qu'elle étalait sur son toast à la française — « 001, infarctus garanti », blagua-t-il — et sur la méthode qu'elle devrait employer, la prochaine fois qu'elle se retrouverait derrière le dos d'un type armé d'un calibre, pour l'étendre raide.

Une limousine noire aux vitres fumées foncées se gara le long du routier pendant qu'ils s'attardaient devant leur dernière tasse de café, et Billie décocha à Silence un regard anxieux. Il y répondit par un sourire enjoué.

— C'est pour nous. Si on doit se cavaler, autant le faire en grande classe. Sans compter que toute la ville s'attend à nous voir rouler à moto.

Silence donna cent dollars au chauffeur, ainsi qu'il en avait convenu avec le standard de la compagnie, pour que la limousine les convoie jusqu'aux entrepôts. Confortablement assise sur le siège arrière et protégée par la cloison de séparation, Billie éprouva une atroce sensation de déjà vu, qui faisait remonter en surface les nombreuses fois où Manny l'avait fait conduire en ville dans ses limousines, pour faire du shopping ou aller au salon de beauté, et elle se cramponna âprement au bras de Silence.

Ce dernier la serra contre lui pour la réconforter, puis regarda défiler les bâtiments délabrés derrière les carreaux. Sans le vent pour lui fouetter le visage, et maintenant que les Dilaudid lui décrassaient la cervelle, il se sentait en paix, déraciné, loin des quartiers sordides, des enfants crasseux, des vagues de circulation encombrant les viaducs. Les tours de verre de la ville se dressaient dans un jour radieux. Une meute de Rude Riders les croisa en trombe, filant dans la direction opposée et, l'espace d'une brève seconde, sa peur se réveilla. Puis ils disparurent, sans même que leurs visages tendus se soient détournés pour les dévisager.

La limousine se gara dans une étroite rue adjacente du quartier financier, derrière Winthrop Square, et ils en émergèrent devant l'entrée latérale d'un immeuble, aussi incognito que des célébrités.

— Où sommes-nous ?, demanda Billie.

— Quelque part où on pourra se rafraîchir un peu.

Il dut cogner plusieurs fois à la porte métallique avant que celle-ci ne consente à s'ouvrir, dévoilant un homme tiré à quatre épingles, vêtu d'un polo bleu, d'un short blanc et de tennis aux semelles couleur d'ambre. Silence préleva une autre coupure de cent dollars sur sa liasse et pilota Billie à travers le dédale lambrissé de bois blond d'un club de gym. Derrière des cloisons vitrées, de jeunes cadres supérieurs faisaient une partie de squash avant leur premier rendez-vous d'affaires de la journée.

— L'endroit ouvrait de bonne heure, alors j'ai consenti à payer le tarif qu'exigeait le gérant.

Ils se douchèrent et utilisèrent le sauna dans des pièces distinctes, puis se retrouvèrent au bar diététique, qui ne servait que des boissons saines et hygiéniques, et où Silence avala discrètement deux autres comprimés avant d'appeler Bella à son bureau. Elle n'était toujours pas arrivée et il ne laissa pas de message.

— Où allons-nous, après ?, demanda Billie. À moins qu'on ne patiente tout bonnement ici ?

— La limousine nous attend dehors, répondit Silence. Elle nous emmènera où on voudra.

Billie sourit :

— Alors, à mon tour de te faire une surprise.

La limousine les conduisit à l'autre bout de la ville, au coin de Back Bay et de Newbury Street. Silence suivit docilement Billie à l'intérieur d'une boutique de confection à l'antique devanture, dont la porte s'ornait d'un lourd marteau de cuivre, et écarquilla les yeux, mal à l'aise, à la vue d'une opulente salle d'exposition, garnie de meubles de cuir moelleux, d'un âtre, de lampes tamisées par des abat-jour, et de lambris de bois sombre. Un vendeur qui ressemblait à un comte anglais salua cordialement Billie et arqua un sourcil en regardant Silence.

Billie conféra brièvement avec le vendeur, puis entreprit joyeusement de décrocher des vêtements des présentoirs dissimulés derrière des panneaux de cèdre. Silence battit en retraite lorsque le vendeur s'approcha de lui armé d'un mètre ruban, et Billie dut le prendre à part, en tête à tête, dans un salon d'essayage meublé d'un sofa et de deux grands fauteuils.

— Mets ton revolver là-dedans, dit-elle en ouvrant son sac. Et laisse cet homme prendre tes mesures. Ils disposent d'un retoucheur sur place, qui pourra t'habiller exactement à ta taille.

Silence obtempéra à contrecœur. Il retourna dans la salle d'exposition et le comte prit ses mesures, recula d'un pas, et se fendit de suggestions occasionnelles pendant que Billie appliquait des vêtements contre le corps de Silence. Puis ce dernier essaya un costume, on procéda à d'autres mensurations, et il alla s'asseoir dans le salon d'essayage, vêtu de son seul caleçon, pour feuilleter la revue du Smithsonian en attendant qu'on ait retouché ses vêtements. Il demanda au comte où était le téléphone et on lui remit un combiné sans fil.

Cette fois-ci, Bella était bel et bien là et, paniquée, elle s'enquit anxieusement de la raison pour laquelle il ne s'était pas montré la veille. Il lui assura que Billie et lui allaient bien, et ils convinrent de se retrouver pendant sa pause du déjeuner. Il déclina sa proposition d'un rendez-vous plus prématuré, craignant que l'individu, quel qu'il puisse être, qui avait déjà rencardé l'Organisation la veille ne la file si elle quittait l'immeuble à une heure sortant de l'ordinaire. Il la mit également en garde contre le danger qu'elle courrait tant qu'elle détiendrait les disquettes, et l'exhorta à ne s'ouvrir à personne de leur conversation.

Une vague prémonition lui inspirait de faire une croix sur ces disquettes pour filer immédiatement avec Billie. Descendre jusqu'à New York en limousine et prendre le premier vol en partance pour Hawaï, pour aller se planquer ensuite dans un cottage, sur quelque carré de taro. Mais il savait également que c'était l'opium qui pensait à sa place. Qu'il ne lui resterait bientôt plus un seul gramme de came et qu'il lui faudrait de nouveau gamberger tout seul, comme un grand. Autant s'y mettre tout de suite et réfléchir au moyen d'utiliser les disquettes pour reconquérir véritablement leur liberté.

Lorsque Silence ressortit du magasin de confection sur les pas de Billie, il portait un costume de lin gris-bleu, une chemise sport de soie framboise clair et des sandales de moine de cuir brun tressé. Il se sentait aérien, vaporeux et vulnérable dans ses vêtements neufs, un peu comme s'il avait endossé un pyjama. Il transportait ses vieilles frusques et son blouson de cuir dans un vaste sac en papier glacé qu'il tenait sous son bras, serré contre lui. Dès qu'il en aurait le loisir, il les donnerait à nettoyer, puis aurait avec Billie une courtoise conversation en tête à tête portant sur l'absence totale de pragmatisme des vêtements chic dans un combat de rue.

Néanmoins, sur le trajet de retour, dans la fraîcheur émolliente de la limousine, l'idée que l'époque des combats de rue était peut-être à jamais révolue lui effleura l'esprit. Il entrelaça à ceux de Billie les doigts d'une ses mains, tout en glissant l'autre au fond de sa poche pour la refermer solidement sur son pilulier. Peut-être, finalement, réussiraient-ils à se tirer de ce noir merdier et — enfin libérés de tous leurs ennemis — à trouver le chemin de quelque paradis primitif — libres, libérés de tout, sauf des démons qu'ils nourrissaient en leur sein.

Bobby Gomes, assis sur un tabouret de bar dans l'atelier de la Grue, pressait fermement sur son œil gauche poché un sachet de glace pilée. Andrea, dans une attitude protectrice, se penchait sur lui et caressait son front étroit. Elle avait beaucoup pleuré et, à présent, dévisageait Liam de derrière un masque barbouillé de mascara et d'eye-liner dégoulinant, guettant sa première réaction au récit que Bobby lui faisait de la trahison de Silence.

Liam était rentré quelques minutes plus tôt de sa traque exténuante pour refaire le plein de sa moto à l'un des douze barils de deux cent cinquante litres d'essence entreposés au fond de la boutique. L'essence avait été siphonnée dans un camion-citerne qu'ils avaient piloté hors d'une aire de repos après avoir bouclé son chauffeur dans les toilettes. Ils avaient conduit la citerne sur une route de campagne de l'arrière-pays, et fait deux voyages avec la camionnette de la Grue, jusqu'à ce qu'ils manquent de barils vides. Puis Liam avait loué le camion-citerne à deux autres gangs de motards et récupéré encore quelques centaines de dollars supplémentaires pour l'atelier. Ceci, plus leur raid de l'avant-veille, couronné de succès, sur la fourgonnette de produits pharmaceutiques, ajouté aux mille dollars qu'ils se faisaient en sillonnant les rues pour l'Organisation, avait persuadé Liam de sa bonne fortune. Chose qui, avait-il appris au fil des ans, signifiait qu'une sévère déconvenue l'attendait au tournant. Mais il ne s'était pas attendu à *ça*.

Assis sur le rebord du bureau crasseux et croisant ses bras couverts de poils roux, Liam fixait Bobby de son regard pénétrant. Il savait que ce type au faciès de vampire haïssait Silence, et qu'il n'aurait pas reculé devant un mensonge pour salir la réputation de son rival. Mais son récit avait l'accent de la vérité. Silence était tout à la fois suffisamment songe-creux et assez déglingué pour porter secours à une épouse de gangster en détresse. Et ça avait également l'avantage de rendre compte de la distraction qu'il avait témoignée lors du raid sur la fourgonnette médicale, le lendemain du jour où il avait arraché cette femme aux vagues. Sur le moment, Liam l'avait cru obsédé par le souvenir de Lani. Il comprenait à présent pourquoi Silence avait tellement insisté pour rester seul ce soir-là.

— Qu'est-ce que tu comptes faire, Liam ?, insinua Bobby. Lui enfoncer un tuyau dans le trou de balle ?

Liam inclina agressivement la tête :

— Me fous pas en rogne, Bobby.

— Merde, Liam — c'est pas *moi* qui te fous en rogne. Ce connard de Silence nous chie dans les bottes.

Comment l'Organisation va réagir, à ton avis, quand ils s'apercevront qu'ils nous payent pour traquer une radasse qui s'est tirée avec l'un de nos propres motards ? Hein ?

Liam regretta l'absence du reste de la bande. Il aurait pu mettre fin immédiatement à la battue. Bobby avait raison. Silence les avait mis dans une position délicate, absurde sinon dangereuse. *Pourquoi ne nous a-t-il rien dit, bordel ?*

— On pourrait limiter immédiatement les dégâts, Liam, en appelant Manny pour lui annoncer qu'il est des nôtres, mais qu'on n'est pas dans le coup. Autrement, on est frits.

— Personne n'appellera Manny, le coupa Liam d'une voix cassante. Pas tant qu'on n'aura pas parlé à Silence, en tout cas. Il est des nôtres. Pas question de le leur livrer avant d'avoir écouté sa version.

— Parfait. Joue franc-jeu avec Silence si bon te semble, Liam. Mais, moi, je vais à la pêche.

— Tu n'iras nulle part. On va veiller au grain tous ensemble, comme d'habitude.

Bobby jeta un regard hargneux dans la direction d'Andrea.

— Alors c'est tous ensemble qu'on crèvera.

Le téléphone carillonna et Liam décrocha le combiné d'un geste vif et aboya :

— Ouais ?

— Faut qu'on cause, Liam.

— Toi !, hurla-t-il dans le téléphone en reconnaissant la voix de Silence.

Bobby sauta de son tabouret de bar et lui arracha le téléphone des mains.

— T'es mort, tête de nœud !

Liam le repoussa, affichant une mine féroce.

— C'est bien vrai ? C'est la vérité, ce que m'a dit Bobby ?

— Je suis avec Billie. Je l'ai enlevée à Manny parce qu'il était en train de la massacrer.

— Écoute voir un peu, toi. On est dans la merde, et jusqu'aux fosses nasales. Tu m'entends ? L'Archer nous verse dix mille dollars pour retrouver cette pute. Où t'es, bordel de merde ?

— On est au Ritz-Carlton.

— Me cherche pas, Silence.

— Je ne te cherche pas. On est au seizième étage du Ritz. Tu veux passer ? Faut que je te parle.

— J'arrive.

— Prends ma part des DL qu'on a palpés. Les choses se sont pas passées exactement comme j'aurais voulu. J'en ai besoin, maintenant.

— Ouais ? Quoi d'autre ?

— Amène Gomes avec toi. Le perds pas de vue une seconde, ou tu peux être sûr qu'il ira me balancer.

— Je devrais le faire moi-même, mon salaud.

— Discute d'abord avec moi, Liam. Tu me dois bien ça.

Liam laissa retomber le combiné sur sa fourche et, de son pouce, fit signe à Bobby :

— Allons-y. Tu vas monter derrière moi.

Bobby balança son sachet de glace pilée à travers la pièce, en plein dans l'évier.

— Où qu'il est ? Où qu'il planque son cul de poussah, ce gros enfoiré ?

Liam lui tourna le dos, le temps d'ouvrir le coffre-fort encastré dans le mur, dissimulé derrière un calendrier montrant une Miss Août asiatique dans une pose lubrique. Il en retira le sachet de Dilaudid que Silence avait réclamé, et le fourra dans sa poche.

— C'est pour qui, ça ?, interrogea rageusement Bobby. Tu vas tout de même pas les lui donner, hein ?

Devant le regard lourdement hostile de Liam, il boucla net son clapet, et ils traversèrent la ville à moto sans prononcer le moindre mot. Bobby, qui déjà digérait mal son œil au beurre noir, le vol de sa moto et la trahison de Silence, qui mettait ses jours en danger, vibrionnait de rage d'être forcé de monter en croupe derrière Liam. Et lorsqu'ils se rangèrent dans le parking de l'hôtel et aperçurent Silence qui, debout, les mains dans les poches, les attendait dans un box vide, Bobby sauta d'un bond de la moto.

Liam dut lui harponner le bras et le lui tordre derrière le dos pour le refréner.

— J'vais t'crever, tête de nœud !, hurla Gomes, et les voituriers et les clients de l'hôtel jetèrent un regard alarmé dans leur direction.

Silence sortit ses mains de ses poches et lui fit signe de la boucler. Ainsi vêtu de son complet de lin, de sa chemise de soie et de ses élégantes sandales, il évoquait à Liam le videur de quelque club huppé :

— T'as eu ta chance, Gomes !

Liam resserra douloureusement l'étreinte de sa poigne sur le bras de Bobby, arrachant un cri, suivi d'un mutisme total, à ce dernier.

— M'oblige pas à te faire mal, Bobby. Ferme ta gueule et tiens-toi peinard.

Bobby bougonna quelques paroles maussades, et Liam le lâcha pour qu'il puisse aller garer sa moto.

— D'accord, Silence. Accouche. Dis ce que t'as à dire.

— Pas ici. Monte dans notre suite.

Silence les conduisit, à travers un hall luxueux, vers

un ascenseur aux parois lambrissées de noisetier, planqué derrière des vases chinois et une horloge en acajou.

Le liftier ganté de blanc jeta sur Liam et Bobby, vêtus de leur tenue de combat, un regard désapprobateur, et Silence se sentit obligé de dire qu'ils étaient ses invités. Personne ne pipa mot durant la montée, mais Silence éprouva presque à fleur de peau l'ardeur de leur fureur contenue et, adossé à la rampe de cuivre, se sentit rejeté, exclu, et tout prêt à foncer dans le tas.

Au moment de pénétrer dans la suite, il nourrit derechef certaines appréhensions, se demandant encore une fois s'il avait bien fait de les faire monter ; mais, sur le moment, il avait eu l'impression qu'il n'avait pas le choix. Il ne lui restait plus qu'une seule et unique dose pour assouvir sa guenon, et il crevait les yeux qu'il lui en faudrait davantage, tant que Billie et lui ne seraient pas tous les deux en sécurité. Sans compter qu'il tenait absolument à se justifier aux yeux de Liam :

— Je ne voulais pas que tu le saches, fit-il lorsqu'ils entrèrent.

Liam et Gomes, manifestement bluffés, admiraient, bouche bée, les yeux écarquillés, le lustre de cristal, le mobilier rural à la française et la cheminée dont le manteau portait un arrangement de fleurs pourpres. Le ciel bleu s'engouffrait à flots par les larges baies vitrées qui donnaient sur un vaste panorama de la ville, et les motards avaient l'impression d'avoir mis les pieds dans l'antichambre du paradis.

Gomes se dirigea directement vers le bar mis à la disposition des clients et se servit un cognac dans un grand verre à dégustation en cristal. Liam fouillait la suite des yeux, cherchant la femme, et repéra une chambre à coucher, ainsi que l'orchidée disposée sur l'oreiller.

— Je voulais tout simplement disparaître avec Billie,

s'expliqua Silence. Je ne voulais surtout pas vous embringuer dans cette histoire, ni toi ni aucun autre des Street Gypsies.

— Ouais, cause toujours, trouduc, grinça Bobby. On est dedans jusqu'au cou.

Billie émergea de la chambre à coucher, vêtue d'une chemise blanche, d'un pantalon noir à fronces et de souliers de satin vert, les cheveux relevés en chignon sur le sommet de son crâne. Elle vint se poster à côté de Silence et le prit par le bras. À la vue de Bobby, penché sur le bar et la dévisageant méchamment de son petit œil violacé et tuméfié, la terreur la cisailla. Elle détourna le regard vers l'homme trapu au crâne dégarni et aux avant-bras musculeux.

— Vous devez être Liam, dit-elle avec un petit sourire contrit. (Il avait le nez et les arcades sourcilières d'un boxeur, et des yeux qui se réduisaient pratiquement à deux fentes, mais son front haut et bronzé et son début de calvitie lui conféraient vaguement l'allure d'un vieux papa gâteau.) Nous avons besoin de vous.

Le regard tendu de Liam s'adoucit légèrement à sa vue. Sa beauté sereine, rehaussée par sa rousse et brillante chevelure, dénuée de toute morgue ou agressivité intempestive, et qu'aucune malice ne venait ternir, attisa encore la colère qui bouillonnait en lui :

— Madame Hellas...

— Je vous en prie... Pas ça. Je m'appelle Billie.

Liam inclina la tête :

— Billie. Euh, votre mari nous a engagés pour vous retrouver.

— Liam, si vous me ramenez à lui, il me tuera.

Sa voix était plus basse qu'on aurait pu le pressentir à la seule vue de son frais visage, éclairé de taches de rousseur et nimbé d'un fin duvet doré.

— Si jamais Manny apprend que nous savions où vous étiez et que nous ne vous avons pas ramenée...

Il secoua la tête, se refusant à proférer la moindre obscénité en sa présence.

— Rien ne vous oblige à le lui dire, implora-t-elle.

Bobby partir d'un rire hennissant :

— Écoute pas cette pétasse, Liam.

Liam coula un regard irascible par-dessus son épaule.

— Prends ton verre et va nous attendre dehors, dit-il en désignant de la pointe du menton l'étroit balcon sur lequel donnaient les fenêtres coulissantes.

— T'es en train de faire une grosse connerie. Laisse pas tes couilles réfléchir à ta place, mec. C'est la femme de Manny.

— Sors d'ici, ordonna Liam d'une voix calme, mais inflexible.

Bobby se faufila sur le balcon, referma derrière lui la fenêtre coulissante et s'adossa à la rambarde pour déguster son cognac en les fixant d'un œil mauvais.

— Bobby n'est pas ce qu'on appelle un très gentil garçon, dit Liam, dans un fulgurant rictus de mépris. Mais il a entièrement raison sur ce point. Nous ne pouvons nous impliquer là-dedans. Si vous voulez divorcer, trouvez-vous un avocat.

Un regard peiné vint perturber ses jolis traits :

— Liam, si seulement vous vouliez écouter mon histoire...

— Tout le monde a une histoire, râla-t-il, puis il croisa son regard bleu et y lut la souffrance, et sentit brasiller dans sa poitrine le feu froid de la pitié. « D'accord, d'accord. » Il se dirigea vers le bar et se servir un godet de scotch.

— Trouvez-moi des glaçons et racontez-moi votre histoire.

Silence se gonflait littéralement d'orgueil en regardant Billie travailler Liam au corps. Elle était assise juste à côté sur le canapé, suffisamment proche de lui pour l'englober dans la subtile intimité de son parfum. L'aile d'une angélique tristesse parut un instant l'effleurer, lorsqu'elle banda ses forces pour entamer son préambule. Puis, avec la plus grande humilité et une sincérité sans mélange, elle lui narra le supplice de son existence avec Manny, les rossées et la terreur irrépressible, auprès desquelles même l'agonie de la mort par noyade paraissait constituer un heureux dénouement. Les yeux baissés, elle l'implorait comme elle aurait imploré un père ou un roi, d'une voix fébrile, réduite à un simple filet sous le poids de son regard glaçant, pour se risquer finalement à lui prendre la main et à la serrer dans sa main épouvantée, éveillant ce faisant en lui un peu plus qu'un simple intérêt paternel.

Liam sirotait tranquillement son scotch. Il était fermement décidé à ne pas se laisser émouvoir. Pourtant, à force de scruter la soie souple de ses cheveux tandis qu'elle inclinait la tête devant lui, il se mit peu à peu à oublier le lourd fardeau, pesant sur son épaule, de l'ombre des frères Hellas. La pathétique ferveur qui vibrait dans sa voix l'incita inexplicablement à se persuader qu'il était personnellement responsable de son actuelle fâcheuse posture. Mystérieusement, la honte qu'elle éprouvait à présent d'avoir préféré à la vie l'infamie d'une mort pusillanime le convainquit que s'il n'avait pas abandonné Silence tout seul sur la plage ce soir fatal, elle se serait effectivement noyée et n'aurait jamais connu ni les tumultes de la passion, ni l'espoir d'une existence exempte de toute terreur.

— Bordel, cracha Liam en se relevant brusquement, la veine de sa mâchoire palpitant d'exaspération. Il eut une fulgurante prémonition et se vit lui-même sous la forme d'une charogne hideuse et livide, toute pareille à ces cadavres qu'il avait vus remonter du fleuve. Tel était le prix qu'elle exigeait de lui, en lui demandant de prêter main-forte à son sauvetage : sa mort lui échéait en partage.

— Laisse-la filer, dit Silence en avançant d'un pas pour se rapprocher de Liam. J'irai trouver Manny avec toi et je lui expliquerai que ni les Gypsies ni toi n'êtes pour rien dans cette histoire.

— Tais-toi et laisse-moi réfléchir.

Le cœur battant à tout rompre et charriant un sang visqueux, Liam tenta de prendre du recul, de considérer la situation de l'extérieur, comme s'il visionnait un film. Seules Andrea et les personnes présentes dans cette suite savaient que Silence était impliqué dans l'affaire. Il était enclin à rayer de ses tablettes le fait qu'il ait jamais mis les pieds ici. Andrea aimait suffisamment Silence pour également perdre la mémoire. Quant à Bobby ? Eh bien, Bobby saurait parfaitement garder ce secret... à la seule condition d'être mort.

Liam dévisagea Bobby qui, toujours adossé à la rambarde du balcon, lui rendit son regard d'un œil impavide, luisant d'une féroce malveillance. Cet animal à sang froid n'en était pas moins un Street Gypsy et, à l'instar de Silence, l'avait toujours été, depuis tout petit. Liam ne pouvait se résoudre à le tuer pour une chose pareille.

— Questionne-le donc à propos de Dan Meade, dit Silence, déchiffrant avec clairvoyance ses pensées dans le regard de son vieil ami. Allez, vas-y, interroge-le à propos de Dan Meade.

Liam plissa cauteleusement les yeux, finit son verre, et se dirigea vers le balcon d'un air décidé. Pendant qu'il discutait avec Bobby, Silence caressa le projet téméraire de dégainer son calibre et de ligoter les deux hommes. Mais il chassa presque immédiatement ce projet de son esprit, tenant pour certain que Liam percerait à jour son coup de bluff et préférerait encaisser une bastos plutôt que de se laisser maîtriser par Silence. Et Silence lui-même, d'ailleurs, se sentait totalement incapable de lui tirer dessus, serait-ce dans la jambe.

Liam, le visage marbré de plaques rouges de colère, claqua derrière lui la fenêtre coulissante, marcha vers le bar et se servit un autre verre :

— Cet enfoiré menait son propre petit cirque en coulisse.

Bobby avait tourné le dos à l'intérieur de la suite et, les jointures blanchies, se cramponnait des deux mains à la rambarde du balcon, tout en inspectant le Parc des yeux, la tête agitée de soubresauts de colère réprimée.

Silence se faufila en direction du bar.

— J'étais forcé de le dénoncer.

— Depuis quand es-tu au parfum ?, demanda Liam, en ravalant une longue gorgée de scotch.

— Deux jours, pas plus. Je l'ai appris de la bouche du frère de Manny, quand je suis entré dans leur propriété pour retapisser la disposition des lieux.

— Il t'a dit ça comme ça ?

— Ouais. Je devais soi-disant bosser pour lui. C'était complètement dingue. Il sait même pas que je vais me pointer mais, quand il me voit débouler, il a un turbin tout prêt à m'offrir... Tenir Bobby et Dan à l'œil. Il me connaissait même sous le prénom que m'a donné ma mère.

— C'est tout Al, ça, fit Billie. Il fait toujours mener

une enquête approfondie sur les gens qui travaillent pour lui, que ce soit comme toi pour sa protection, ou pour un simple jardinier.

— Un monsieur méfiant, reconnut Liam. (Un éclair de prudence brilla fugitivement dans ses yeux.) Ça ne va pas être commode d'échapper à ses recherches.

Billie et Silence échangèrent un regard plein d'espoir.

— Vous allez nous aider ? demanda Billie.

— Je vais laisser Bobby gérer son petit marché noir pendant une année encore, pour lui permettre d'acheter sa participation aux activités d'un gang de New York, et de disparaître à jamais de ma vue. En échange, je lui demanderai de fermer sa gueule à votre sujet.

— Liam... Billie l'étudia pendant un moment, cherchant à lire le dépit ou quelque rancune refoulée dans ses yeux, mais n'en vit pas trace... Merci.

Liam regarda dans son verre et se renfrogna :

— Vous auriez tout intérêt à réfléchir soigneusement à la façon dont vous allez vous y prendre pour négocier avec Al et Manny.

— On a déjà réglé la question, lui confia Billie en regardant Silence, attendant qu'il lui donne le feu vert d'un hochement de tête. Lorsqu'elle eut sa réponse, elle poursuivit :

— Quelque part en chemin, on leur expédiera une copie des disquettes, accompagnée de notre promesse de tenir ces dossiers sous le boisseau tant qu'on nous fichera la paix. Au moindre problème qu'ils nous feront, nous prendrons nos dispositions pour faire parvenir des copies à tous ceux qui pourraient leur nuire.

Liam sécha son second verre et aspira entre ses dents une goulée d'air chuintant :

— Une police d'assurances bien supérieure à celle que les feds auraient pu vous fournir. Mais vous allez devoir vous débrouiller tout seuls. Nib de dossier professionnel, nib de comptes en banque.

— Pour l'instant, la liberté suffira à mon bonheur, avoua Billie.

— Ne laissez pas cette liberté vous tourner la tête tant que vous n'aurez pas quitté cette ville, conseilla Liam. Les disquettes sont en sécurité quelque part ?

— Elles sont toujours entre les mains de l'assistante du District Attorney, répondit Silence, avant de tourner les yeux vers Billie, comme pour s'excuser de la suite. Je dois parler à Liam en tête à tête.

Billie opina et se retira dans sa chambre à coucher, où elle n'aurait plus à supporter le spectacle de Bobby tournant en rond sur le balcon comme un puma en cage.

— Tu joue franc-jeu avec moi, n'est-ce pas ?, demanda Silence dès que Liam et lui se retrouvèrent seuls. Tu ne vas pas la ramener à Manny par la peau du cou, à la seconde où j'aurai tourné le dos pour aller récupérer ces disquettes, au moins ?

Liam se servit un autre verre :

— À ton avis ?

— Liam... Il tenta de condenser dans ces mots toute l'ingénuité dont il était capable ...J'aime cette femme.

— Tu la connais depuis deux jours, mon pote.

— Je l'aime d'amour, Liam. Tu peux me croire. C'est la première fois que j'éprouve une émotion vraie depuis la mort de Lani.

Liam gratta pensivement la plaie :

— As-tu songé qu'elle pouvait tout simplement se servir de toi pour l'aider à filer ?

— Si c'est le cas, alors dommage pour moi. C'est

mon problème. (L'inquiétude plissait son front de granit.) Si elle me largue ensuite, je reviendrai. Et s'il y a encore une place pour moi dans l'équipe, je la reprendrai volontiers.

Liam contempla d'un air soucieux ses épais battoirs constellés de taches de rousseur :

— La dernière fois que tu t'es tiré, quand tu es parti pour Hawaï, j'étais content pour toi. Tu avais fait ta sortie sans bavures. Mais, ce coup-ci... Il releva les yeux, lesquels trahissaient un chagrin qui stupéfia Silence... Ton départ ne me rend pas jouasse. Tu ne t'en vas pas d'un pas serein. Tu te cavales. Il n'y a strictement rien de pur ni de vrai là-dedans.

— Je ne vous ai jamais trahis, toi et les Gypsies, insista Silence.

Liam hocha lentement et pensivement la tête :

— Très bien. Je te rends ta liberté. Tu n'appartiens plus aux Street Gypsies. Tu es libre de partir. Mais tu ferais pas mal d'emmener cette fille très très loin. Si jamais les Hellas vous retrouvent, ils ne se contenteront pas de la tuer... Ils la saigneront à blanc, jusqu'à ce que tu leur rendes les disquettes, et que tu gagnes à ton tour le droit d'être achevé.

La peur grippa ses battements de cœur.

— Ils ne nous retrouveront pas, promit-il.

— Va chercher tes disquettes. Tu as ma parole : Billie sera encore là à ton retour.

Silence soutint le regard perçant de Liam pendant un bref moment, puis haussa les sourcils d'un air interrogateur :

— Tu as les DL ?

Sans détourner une seconde les yeux, Liam fouilla dans sa poche et posa un sachet de comprimés jaunes sur le bar.

Le visage de Silence se dérida de soulagement, et il tendit le bras pour s'en emparer. Mais Liam recula le sachet.

— Je ne peux pas te les donner.

Silence s'assombrit tout à trac.

— Laquelle des deux, Silence ? (Les yeux gris de Liam montrèrent une plage de blanc au-dessus de ses iris.) La guenon... ou la femme ?

— Tu es en train de secouer mes chaînes, là, Liam.

— Des chaînes que tu vas devoir briser pour t'enfuir.

— Pas tout de suite, mec. J'ai trop de chemin à faire pour me coltiner maintenant la tremblote et les crampes.

— C'est le seul moyen. (Les traits taillés à coups de serpe de Liam semblaient ciselés dans la pierre.) Si tu prends les DL, j'embarque la fille.

— Fais chier.

— C'est la seule façon de me convaincre, Silence. Le seul moyen de me persuader que cette fille n'est pas un vain caprice, une tocade sans lendemain. (Il secoua le sachet.) Jusqu'à quel point as-tu besoin d'elle ?

Silence se détourna et vit Bobby le fusiller du regard à travers la vitre de la fenêtre, tandis qu'un rictus méprisant venait contracter son visage tuméfié.

— Tu me tues, Liam.

— Tout est douleur, convint Liam. Tout est douleur.

Silence, la tête basse, les nerfs à fleur de peau, agressé par le parfum douceâtre et écœurant qui se dégageait du gazon fraîchement tondu, enfila une longue colonnade de noisetiers dans le jardin public. Il lui restait deux pilules, tout juste de quoi se maintenir en état de marche pendant deux heures. Dès la tombée de la nuit, le manque commencerait à se faire sentir. À cette seule perspective, toutes les fibres de son organisme aspiraient au contenu du pilulier qu'il serrait dans son poing droit crispé.

Par-delà les troncs massifs, les rameaux denses et ployant sous les fleurs du jardin public moutonnaient comme une mer de nuages. Bella Meris était assise sur un banc, flanquée de part et d'autre de pelouses en pente, tapissées de plates-bandes de pensées crémeuses. Elle l'avait vu, mais se garda bien de lui faire signe et, refusant de lui offrir en spectacle son actuel état de déliquescence, il dut bander toutes ses forces pour tenter de réprimer la nausée qui venait d'éclore au creux de son estomac.

— Tu m'as l'air en piteux état, déclara-t-elle lorsqu'il prit place à côté d'elle. L'inquiétude qui se lisait sur son visage austère exaspéra Silence, et il détailla d'un œil maussade son pimpant tailleur de ville et son maquillage impeccable, cherchant en vain quelque chose à critiquer :

— D'accord, dit-elle, tes nouveaux vêtements sont une grosse amélioration, mais tu as une tête de... de déterré.

— De déterré ? C'est le mot, en effet. Depuis le Swan Dive, on peut pas franchement dire que j'ai beaucoup dormi.

— Tu m'en vois navrée, Tommy. (Elle triturait son alliance en or d'un air contrit.) Tu as eu entièrement raison de me passer un savon, hier, au téléphone. Mais ne te voyant pas arriver, j'ai bien cru qu'ils t'avaient possédé. Que s'est-il passé ?

Silence frotta la bosse qui ornait le dos de son crâne. La douleur qu'elle lui infligeait, consécutivement à l'agression de Gomes, comme celle de ses reins endoloris par sa cascade dans la friche industrielle, commençaient à percer sous l'anesthésie des Dilaudid, dont l'effet se dissipait graduellement :

— Mon pneu a éclaté sur le trajet, pendant que j'allais à notre rendez-vous, et je me suis crashé.

Elle scruta ses verres miroirs et n'y distingua que son propre reflet :

— Tu consommes encore ?

— Qu'est-ce que ça peut te foutre ? aboya-t-il.

— Tommy ! (Elle lui fit les gros yeux, comme une institutrice.) Je suis ton amie. Cette chute a dû te faire souffrir. Je me demandais simplement comment tu faisais pour supporter.

— À merveille, Bella. Mets un frein à ta sollicitude, tu veux bien, et donne-moi plutôt les disquettes.

Elle sortit de son sac à main de cuir une petite enveloppe en papier kraft et la lui tendit :

— Je suis navrée que les feds soient contre. Les frères Hellas ont pris soin de bien protéger leur peau.

— Toutes leurs belles protections ne leur serviront à rien si j'apporte ça à la presse. (Il replia l'enveloppe à la dimension exacte des disquettes et la glissa dans la poche de son blouson.) Ça pourrait intéresser très fortement nos concitoyens.

— Je n'en sais trop rien, Tommy. Je ne pense pas que les journaux puissent l'utiliser.

— C'est l'épouse même de ce type qui les leur remettra. Elle n'a rien volé... Elle se contente de dévoiler le pot aux roses.

Bella secoua la tête :

— Je ne sais pas. Tu ferais mieux de soumettre ça à un avocat.

— De soumettre quoi ? (Sa voix porta plus qu'il ne l'aurait souhaité, et il jeta un rapide coup d'œil alentour et aperçut deux mères de familles poussant leur landau sous l'œil brûlant du soleil, et un chien pissant sur la grille d'un arbre.) Essaierais-tu de me faire comprendre qu'un détournement de fonds publics ne serait plus un scoop, tout d'un coup ?

— Les feds te débouteront devant les tribunaux et, entre-temps, l'Organisation en profitera pour te faire assassiner. (Ses sourcils soulignés au crayon s'arquèrent.) C'est la stricte réalité.

Le corps de Silence s'affaissa, et il sentit poindre, exacerbée par son amer désappointement, une première poussée de sueurs froides et de frissons :

— Il y a sûrement un moyen d'utiliser ces disquettes à notre avantage. Je suis certain qu'elles représentent notre sauf-conduit... qu'elles sont notre billet pour la liberté.

— Accompagne-moi chez Leroi, suggéra Bella, pleine d'espoir.

Silence croisa les bras et concentra toute son attention sur la lumière vacillante qui filtrait à travers le dôme des arbres.

— À quoi bon ? Tu viens de me dire qu'il avait les mains liées.

— On peut peut-être le persuader de négocier un compromis avec les frères Hellas. Bien entendu, les fédéraux s'interposeront. Mais cette affaire implique aussi les fonds publics de l'État, comme ceux du comté et de la municipalité. Si Leroi consent à mettre la pression, alors l'administration se verra peut-être obligée de céder. Et lorsqu'ils verront leurs agents en position précaire, les feds consentiront peut-être à conclure avec Billie et toi un arrangement à l'amiable, bénéfique pour les deux parties... En l'occurrence, la faire bénéficier du programme de protection des témoins en échange des disquettes.

— Légèrement tiré par les cheveux, Bella.

— Tu vois un autre moyen ? Tu ne peux pas tout bonnement t'enfuir. Cette fille a passé sa vie entière dans un orphelinat religieux et dans un manoir. Elle n'a pas la première notion de la réalité.

Silence était malade comme chien. Il aurait voulu se débarrasser de Bella et ingurgiter le reste des Dilaudid. Il s'étreignit à bras-le-corps et regarda un papillon gambader à travers les airs. Puis, tout à trac, une idée lui traversa l'esprit, et son cœur se mit à battre la chamade.

— Et pourquoi ne pas aller trouver directement l'ennemi ?, pensa-t-il à voix haute.

Bella parut s'alarmer :

— Parce qu'ils couleraient ton corps dans le béton jusqu'à la glotte, et te balanceraient ensuite à la mer. C'est une raison valable, non ?

— Pas s'ils s'imaginent que je cherche à les aider.

— Que vas-tu encore maquiller ?, s'enquit Bella d'une voix rongée d'anxiété.

— Ce qui est à ma portée. (Silence se leva et essuya un bref coup de tabac.) Qui, dans ton service, a bien pu rancarder les frères Hellas sur le Swan Dive ?

— Sans doute le procureur fédéral... June Lucina. Je ne vois qu'elle. Les frères Hellas sont ses taupes personnelles, dans la lutte contre la drogue.

— Elle connaît mon existence ?

— Non. Je n'ai révélé à personne l'identité de celui qui aide Billie.

Silence réussit à se fendre d'un sourire patraque :

— Parfait. Alors souhaite-moi bonne chance, dit-il par-dessus son épaule en tournant les talons.

— Où vas-tu ?
— Palabrer avec le Diable.

De la fenêtre de sa chambre d'hôtel, Billie avait vu Silence entrer dans les jardins publics. Le fait qu'il l'eût laissée seule en compagnie de Liam et de Bobby ne manquait pas d'ébranler fortement ses nerfs, mais il lui avait certifié qu'elle serait en sécurité. Toutefois, elle préféra s'isoler dans la salle de bains en attendant son retour. Elle entendait la télévision, et un cliquetis de verre lorsque Liam se servait à boire. Lorsque le téléphone sonna, ce dernier décrocha avant qu'elle n'ait eu le temps d'aller répondre, puis s'encadra dans l'embrasure et, de la pointe du menton, désigna le téléphone posé sur la table de chevet :
— C'est Silence. Il veut vous parler.
Son cœur faillit rater un battement lorsque Silence lui annonça qu'il ne rentrerait pas immédiatement, mais resterait encore deux heures dehors, le temps de veiller au grain. Elle protesta et, pour toute réponse, n'obtint qu'un silence las, avant qu'il ne s'appesantisse de nouveau sur l'impérieuse nécessité de sa démarche, sans toutefois consentir à lui préciser de quoi il retournait. Ses dernières paroles, avant de raccrocher, furent :
— Je veille au grain. Fais-moi confiance.
Au moment précis où elle reposait le combiné, Liam passait le haut de son corps par la porte de la chambre, un verre de whisky à la main :
— Il va essayer de négocier un deal avec Algernon.
Elle jeta par-dessus son épaule un regard déconcerté :
— Il n'a rien dit de tel.
— Il n'a pas dit non plus ce qu'il allait faire, insista

Liam. C'est à ça que je le sais. Il ne veut pas vous inquiéter. Môssieur la Grande Âme. (Il émit un rire étranglé, et elle se rendit compte qu'il était ivre.) Ça ne l'a pas effleuré une seconde que rester dans l'ignorance puisse vous paraître encore plus terrifiant.

— Vous semblez le connaître à fond.

Elle se leva et marcha jusqu'à la fenêtre.

— Il avait quatorze ans le jour où je l'ai trouvé dans le ruisseau, en train de crever d'une overdose. (Il sirota une gorgée de son whisky et la suivit des yeux, admirant la grâce nonchalante de sa démarche, qui n'affectait en rien son port altier, tout en imaginant qu'ils lui avaient sans doute appris ça à l'orphelinat, en l'obligeant à déambuler avec des annuaires en équilibre sur sa tête.) Il vous a dit que je l'avais trouvé dans une ruelle ?

— Oui, répliqua-t-elle en se campant devant la fenêtre pour contempler les couleurs vives des fleurs des Gardens et, encore au-delà, la cité scintillante. Il me l'a dit.

— C'est un type bien, Thomas Cunningham. Doué pour la bagarre. Doué pour la bécane. Et doué pour la parole. (Il appuya sa tête contre le montant de la porte et la fixa par-dessus l'arête émoussée de son nez.) Est-il aussi doué au page ?

Son corps tout entier se cabra, et elle se retourna lentement et s'assit sur la banquette capitonnée installée sous la fenêtre :

— Vous devriez le savoir. Vous ne vous livrez donc pas à des orgies, dans votre club de motards ?

— Oh si, bien sûr que si. Après un gros coup, on fait monter des tapineuses et elles se tapent toute la smala. Mais Silence ne participait jamais aux partouzes. En fait, il est pas mal pudique. Je me rappelle qu'il refusait même de se déloquer pour aller faire trempette, quand il était plus jeune. Trop timide. (Il éclata de rire, les yeux vitreux, embués par la nostalgie.) Et dans les putains de douches ! Toujours à se savonner de la tête aux pieds. Comme si sa propre puanteur l'incommodait.

— Pourquoi, à votre avis ?

— Parce que cette existence schlingue. À moto, c'est juste entre vous et ce monde de merde, personne pour s'interposer. Gaz d'échappement, suie et poussière de la route. Et la peur. Le trac, c'est pas ce qui manque, dans la vie. Le trac des flics, des autres gangs, et surtout le trac de soi... De lâcher la rampe, de perdre son tranchant, de s'abandonner à la came et à la trouille, et de terminer clodo, de devenir une épave, un déchet humain. La puanteur de la peur est celle que Silence exècre le plus. Mais celle-ci, il ne réussira jamais à l'effacer en se récurant.

— Et vous ? Vous n'avez jamais peur ?

Son regard s'aiguisa joyeusement :

— Je suis la peur incarnée, jeune dame. La peur en Cinémascope et en Technicolor. Comme tous les Street Gypsies. Et c'est justement pour ça qu'on fait équipe ensemble. On les vit, nos peurs. On méprise les règles et on enfreint les lois. On vole tout ce qu'on envie de voler. On fait tout ce qui nous chante, bordel de Dieu. Parce qu'on n'a pas peur de le faire. La seule chose dont on ait peur, c'est de cette existence pathétique, privée de la folie qui permet de tout chambarder.

— Ça me paraît déborder furieusement de colère.

— De colère... Il vida son verre et ses lèvres se serrèrent, tandis que le whisky se frayait un chemin ardent à travers son organisme. Ouais. De colère et de sincérité. Tout le monde crève de trouille, jeune dame. Vous n'avez pas peur d'être seule, vous ? (Il lui décocha un rire silencieux.) Vous crevez de peur. Dans le ghetto, dans les banlieues, dans cette putain de Maison Blanche, tout le monde crève de peur. Mais ils doivent vivre leur trouille en solo, et se frayer bec et ongles leur chemin dans le monde. (Il se retourna, se disposant à la quitter, puis s'interrompit et déclara, d'une voix tout à la fois bravache et pathétique :) Les Street Gypsies ont peur tous ensemble. Et nous en sommes conscients. C'est le lien qui nous unit.

Silence retourna à l'hôtel et demanda à un groom d'aller récupérer sa tenue de combat à la blanchisserie. Son jean noir, son tee-shirt noir et ses sous-vêtements avaient été lavés et repassés, et même ses baskets noires et son blouson de cuir avaient été brossés, décrottés et époussetés. Il s'habilla dans les toilettes du hall et remit au groom son complet de lin, sa chemise en soie et ses chaussures de cuir tressé pour qu'il les donne à nettoyer.

Dans un recoin du parc dissimulé derrière un rideau de buissons d'aubépine, il repéra une poubelle métallique portant inscrit au pochoir le logo de la municipalité, retira le sac plastique à demi plein de détritus qui la garnissait et déposa son blouson de cuir, les disquettes, son automatique, les chargeurs, ses couteaux et son ceinturon de l'armée sur son fond rouillé. Puis il remit le sac et son contenu à leur place initiale et verrouilla le couvercle métallique et ses portillons rabattants.

Dans sa tenue de combat de tous les jours, Silence se sentait à l'aise, souple et décontracté, tel un fauve sous son propre pelage. Un voiturier lui héla un taxi et il donna au chauffeur l'adresse de la propriété des Hellas. Tout en regardant défiler la ville par les carreaux, il récapitulait ce qu'il allait devoir dire. L'angoisse lui nouait l'estomac... Ou bien était-ce le manque ? Le besoin se faisait sentir avec une acuité croissante, à chaque heure qui passait et dans chacune de ces cellules, et la principale raison de son actuelle visite à Algernon, c'était qu'il vivait ses dernières heures de lucidité, à moins de se ravitailler dans la rue, ou que Liam revienne sur sa décision.

Tandis qu'ils filaient sur l'autoroute, il avala le dernier des Dilaudid et s'affaissa sur la banquette en attendant que la substance opiacée commence à produire son effet, relâchant les muscles noués de son dos et chassant cette migraine dont l'étau lui broyait le crâne. Son esprit renâclait légèrement, conscient qu'il s'agissait du tout dernier Dilaudid. Un désir vorace crispait la moindre fibre de son corps. L'irruption fulgurante de la souffrance le sidérait. À peine un instant plus tôt, le manque n'était encore qu'une vague appréhension et, à présent, il lui tordait tripes et boyaux.

Il demanda au chauffeur de sortir de l'autoroute à la première rampe de dégagement et de s'arrêter dans un poste d'essence. Une fois dans les toilettes de ce dernier, il ne sut trop s'il devait chier ou gerber. Il faillit bien faire les deux à la fois, le temps de dompter peu ou prou la nausée qui le submergeait en recouvrant la mémoire, le souvenir de la soyeuse puissance de la came, lorsqu'il s'aperçut que sa magie recommençait d'opérer en lui. Puis il se vida les tripes et resta un bon moment stupidement vissé sur le siège, totalement incapable de bouger, avant de se faire la promesse formelle d'aller en acheter si tout se passait bien avec Algernon, de l'obtenir d'un des innombrables pourvoyeurs qui officiaient dans la Zone de Combat.

De retour dans le taxi, alors que celui-ci filait de nouveau sur l'autoroute, un épouvantable pathos déferla sur son esprit, et il se prit à élucubrer sur tous les besoins de l'existence. Ces appétits archaïques et tellement comminatoires, qui exigent que vous rassasiiez le moindre besoin vital — faim de nourriture, de sexe, de puissance et, oh que oui, aspiration à la sublime grandeur de la mort. Longtemps, il avait cru que l'instinct de mort était le plus puissant et le plus profond de tous les besoins, et que seule pouvait le contenir l'interminable litanie des autres besoins inassouvis, dont les forces combinées étaient seules capables de maintenir les gens en vie.

Il se souvenait très nettement, à présent, de ce que la rue représentait pour lui quand il n'était encore qu'un môme, assez naïf pour recourir aux shooteuses et à l'héro pour endormir tous ces désirs voraces, à la seule exception du manque. Dérivant, après chaque shoot, dans la quiétude glacée du désir, la cessation provisoire de la gloutonnerie, l'absence de tout appétit, il allait droit à l'essentiel, à l'intolérable vérité... Cette promiscuité de la mort à chaque seconde de l'existence, détournant par la seule force de sa séduction le moi de toutes ses aspirations lointaines et de toutes les ineptes imperfections de la vie, de toutes les abjections liées à la condition humaine, de l'insupportable horreur de manger, de digérer, de déféquer, de tous ces vains, épuisants désirs, de la désespérance engendrée par toutes les chimères de l'existence, ces spectres insaisissables que sont l'amour et la satiété. La vie reste à jamais un rêve inabordable, qu'on ne peut jamais totalement appréhender. Seule la mort est à portée de la main ; elle seule est perfection.

À quatorze ans, cette vérité l'avait anéanti et il serait mort à l'heure actuelle si Liam ne l'avait pas repêché dans cette ruelle, au moment précis où il allait rencontrer la mort. La maîtrise des tactiques de la rue et la connaissance de l'âme humaine dont Liam avait témoigné l'avaient impressionné, et Silence s'était montré particulièrement réceptif à ses enseignements relatifs à la vérité et à la volonté pure. Il s'était tellement imprégné de cette mixture entêtante de philosophies nietzschéenne et pseudo-Zen qui émanait de Liam qu'il avait fini par trouver l'existence passionnante.

Lorsque les Imperial Dragons avaient sectionné son artère fémorale et qu'il avait pissé une bonne moitié de son sang, il avait défié le séduisant sommeil de l'agonie, et continué de vivre, pas seulement pour la vie même, mais pour transmuter cette dernière dans le creuset de son cœur. Après avoir simultanément cherché et trouvé amour et plénitude à Hawaï, il s'était penché avec incrédulité sur son passé de voyou des rues, oublieux du cocon de souffrance qui l'avait enrobé à l'époque, suffisamment puissante, pourtant, pour l'avoir incité à chercher le bonheur dans la came et à voir dans la fascination de la mort un authentique désir.

Puis, pendant que Silence regardait Lani s'éteindre, au cours de cette atroce dernière année qu'ils avaient passée ensemble, la mémoire lui était revenue. Le désir de mort l'avait rongée tout entière, dévorée de l'intérieur. Ça n'avait rigoureusement rien à voir avec ce qu'elle avait été ni avec ce qu'elle avait désiré. La mort est souveraine, elle exerce sa propre suzeraineté, qui évince tous les autres besoins vitaux, moins puissants qu'elle. Et, en dépit de tout leur amour et de leur passion insatiable, l'anéantissement s'était montré le plus vorace de tous les désirs.

Depuis lors, Silence avait loué la grandeur de la mort, l'avait vénérée, en communiant avec elle trois fois par jour, en l'absorbant par petits morceaux. Il avait choisi de faire du Corbeau l'emblème de sa toute-puissance. Et s'était lucidement attendu à succomber à ses atteintes, envers et contre tous les antidotes de la volonté pure et vraie.

Le taxi s'arrêta en tanguant sur ses suspensions, et Silence releva les yeux et aperçut le portail de la propriété des Hellas. L'effet du Dilaudid se faisait à présent pleinement sentir. Il avait avalé son dernier petit morceau de mort, et devrait ensuite endurer les ravages du manque. Mais le jeu en valait la chandelle, se persuada-t-il, puisque Billie en serait la récompense. Et c'est avec cette promesse bien enfoncée dans le crâne, tandis que l'opium estompait toute souffrance, qu'il régla le chauffeur en lui demandant de l'attendre, puis vint se planter sous l'œil de la caméra vidéo du portail.

Après le contrôle de sécurité, effectué par un larbin en spencer blanc qui ne trouva aucune arme sur lui, on lui fit passer la gigantesque porte à double battant et il entra dans un salon au parquet vitrifié, décoré de poteries émaillées. Un second laquais en spencer blanc le pilota à travers des pièces qu'il n'avait qu'entraperçues la dernière fois, dans la pénombre. On le conduisit devant la porte aux épaisses moulures du bureau de Manny et il entra ensuite, plein d'appréhension, dans cette pièce qu'il avait cambriolée deux nuits plus tôt.

Manny, installé derrière son luxueux bureau, était en train de parler au téléphone. Algernon était assis un peu à l'écart sur une chaise pivotante au large dossier, et Ray Fowler, appuyé au rebord du bureau, discutait à voix basse avec un inconnu assis pour sa part dans un autre grand fauteuil de cuir. L'inconnu était un homme de petite taille, dont la barbe rase et bringée dissimulait à grand peine le visage basané d'un homme d'âge mûr.

Ses yeux minuscules pétillaient tout au fond d'énormes orbites très creuses et, dès son entrée, entreprirent de jauger Silence.

Algernon croisa les yeux de Silence, posa un index sur ses lèvres et, de l'autre, montra son frère en train de parler au téléphone. Silence prit place sur la chaise de metteur en scène au siège et au dos toilés que l'Archer avait dépliée pour lui avant de retourner s'asseoir sur son perchoir, sur le rebord du bureau.

Manny raccrocha et, ignorant Silence, adressa un dur sourire aux hommes qui l'entouraient.

— On se rapproche de l'autre pochetée, déclara-t-il. Elle a fait du shopping sur Newbury Street.

Algernon désigna Silence :

— Thomas Cunningham, annonça-t-il à l'inconnu. L'homme dont je t'ai parlé, qui a arraché Billie à la mer.

— Doit-on vous en remercier ou vous maudire pour ce haut fait, Mister Cunningham ?, demanda l'inconnu, dont les yeux brillaient d'un éclat cordial. Je suis Slick Stanger... Un vieil ami d'Algernon.

— Slick et moi, nous avons tenu le secteur nord de la ville pour mon père quand nous étions jeunots, précisa Al. Importations de Marseille, arrivages sur le Battery Wharf. (Il échangea avec Slick un regard de connivence empreint de nostalgie, puis tourna vers Silence un visage solennel.) Eh bien, Tom, qu'est-ce que tu nous amènes ?

— J'ai une amie dans les services du District Attorney, dit-il, lâchant la déclaration liminaire qu'il avait préparée. Une vieille copine d'école. Elle m'affirme que madame Hellas ne serait pas sortie d'ici les mains vides. Qu'elle aurait embarqué en partant quelques dossiers de votre ordinateur.

— Chiasse !, hurla Manny. Qui est cette raclure de bidet ? Elle chante ça sur tous les toits ?

— Du calme, Manny, dit Al en le regardant puis en reportant sur Silence un regard aussi ferme que morose. Comment s'appelle-t-elle, Tom ?

Silence leva les mains et montra ses paumes vides :

— Je ne suis pas là pour la dénoncer. Comme je vous l'ai dit, c'est une vieille copine. Mais elle m'a assuré que ces disquettes contenaient des dossiers très compromettants. Le procureur les a vus, mais refuse de les utiliser. Il prétend que vous bénéficieriez d'une sorte de protection de la DEA.

— Foutredieu !, glapit Manny dans un accès de rage. Le Seigneur patafiole la Vierge et Son Morpion ! Elle déballe tout en public !

— La paix, Manny, ordonna Algernon.

— Comment veux-tu que je me calme ? Si ce connard est au courant, n'importe qui peut l'apprendre.

Algernon fusilla Manny du regard et tourna vers Silence un visage contrit et renfrogné :

— Je te prie d'excuser mon frère. Il est très perturbé. Il ne voulait pas t'insulter.

Silence haussa les épaules :

— Je serais probablement dans le même état que lui si le bruit venait à se répandre que je double l'Organisation.

— Surveille ton langage, Silence, prévint gentiment Ray Fowler.

Silence arqua ingénument les sourcils mais, en son for intérieur, il se sentait investi d'une démoniaque supériorité spirituelle sur ces hommes :

— Je puis vous garantir que mon amie n'a rien confié de tout ceci à quiconque en dehors de son bureau. Elle ne s'en est ouverte à moi que parce qu'elle me connaît depuis toujours, et que je lui ai précisé que je travaillais pour vous.

Il chercha les yeux d'Algernon, en quête d'une confirmation à ses dires, et ne rencontra qu'un regard fixe et glacé.

— Avez-vous pu reprendre ces disquettes à votre amie ?, interrogea Slick Stanger.

Silence secoua négativement la tête :

— Elle les avait déjà restituées à madame Hellas et à la personne qui l'a aidée à fuir, quelle qu'elle puisse être.

— Et c'est tout c'que t'as ?, s'enquit Manny d'un ton sec.

— Non. Mon amie dit également que madame Hellas se serait montrée très déçue lorsque le DA a refusé d'utiliser ses pièces à conviction. Et qu'elle a menacé d'aller trouver une tierce personne pour les lui remettre. Au sein de l'Organisation.

— La salope !, glapit Manny, en cognant sa tête contre son bureau. Il releva les yeux et dévisagea Algernon d'un air mauvais :

— Faut qu'elle y passe !

— Eh bien, pour tout vous dire, une idée m'a effleuré l'esprit, s'interposa Silence. On pourrait peut-être se servir de mon amie pour négocier un petit arrangement avec elle. Elle est morte de trouille. Elle ne veut plus avoir affaire à l'Organisation. Et si vous acceptiez tout simplement de divorcer et de lui rendre sa liberté, elle n'irait certainement pas les trouver.

— Elle a déjà dû en tirer plusieurs copies, fit remarquer Slick. Elle reste un problème. Nous devons la mettre en sommeil, dans la mesure du possible.

Le téléphone sonna et Manny répondit en bougonnant. Mais, la seconde d'après, une bonne moitié de son visage s'éclairait et il raccrochait :

— La banque a relevé une autre trace... dans un hôtel, ce coup-ci.

Silence sentit ses os se glacer jusqu'à la moelle.

— Que se passe-t-il ?

— Mon ami Slick que voilà, expliqua Algernon, a un contact à la banque. Lorsque l'épouse de Manny utilise sa carte de crédit, le contact de Slick peut en retrouver la trace.

— Cette connasse a choisi son jour pour prendre une chambre à l'hôtel, exulta Manny. Il va rappeller dans quelques minutes pour nous donner le nom de l'hôtel. Plus besoin de négocier d'arrangement avec qui que ce soit.

Silence sourit, feignant d'ignorer l'étau glacé qui lui broyait le cœur, mais ses lèvres remuaient comme s'il lui manquait une bonne partie du visage.

— Tu vas bien ?, s'enquit Algernon.

— Ça se tassera. C'est l'heure de prendre ma potion.

Il inclina la tête vers Ray Fowler, en lui décochant un regard d'intelligence.

— Les Street Gypsies consomment, expliqua l'Archer à Slick Stanger, lequel scrutait les traits de Silence de ses yeux luisants de chèvre-pied.

— Moche, ça, laissa tomber Slick en secouant la tête d'un air désapprobateur. Mauvais pour le bizness. Personne ne consomme. C'est la came qui vous consomme.

— Eh bien, pour le moment, elle me consume même salement, avoua Silence en se levant. Je vais donc prendre congé.

— Reste, suggéra Algernon. Tu pourras assister à la grande lessive. Aux premières loges.

— Ouais, renchérit Manny avec une joie mauvaise.

Et tu pourras aussi aller dire à ta copine du bureau du DA qu'elle peut chanter sur tous les toits que les frères Hellas savent régler leurs affaires eux-mêmes, sans l'aide de personne.

Silence acquiesça, d'un hochement de tête somnolent :

— Faut vraiment que j'y aille. Mais je suis ravi qu'en définitive vous puissiez régler vos problèmes. On dirait bien, tout compte fait, que j'ai fait tout ce trajet pour rien. Mais ça me paraissait primordial. (Il se gratta la poitrine, pour dramatiser son état de manque.) Je comptais prendre mes dispositions en rentrant en ville. Vous n'auriez pas un autre téléphone que je pourrais utiliser ? Je serai la discrétion même.

Algernon se rembrunit :

— Il va falloir te montrer beaucoup plus vigilant à cet égard, Tom, si tu veux travailler pour nous. À compter d'aujourd'hui, je ne veux plus entendre parler de cette affaire de came. C'est parfaitement répugnant. Tu m'as bien compris ? (Il attendit le hochement de tête affirmatif de Silence, puis regarda l'Archer.) Ray, montre-lui le poste de téléphone réservé aux invités.

Silence remercia Algernon et suivit l'Archer jusqu'à la porte. En chemin, il entendit Slick Stanger marmonner à Manny :

— Vous embauchez des *junkies* comme gardes du corps ?

Le téléphone sonna au moment précis où ils passaient le seuil, et le cœur de Silence se mit battre épouvantablement lorsque Manny, après avoir décroché et prêté l'oreille pendant quelques instants, éructa :

— C'est le putain de Ritz ! Cette grognasse ne se refuse rien. La grande classe.

— Je veux que Jack et le Roc s'y pointent immédiatement, ordonna Algernon d'une voix sèche. Pas de motards demi-sel sur ce coup. Que ce soit fait proprement. Dans les règles de l'art.

Ray lui ouvrit la porte d'une petite antichambre, contiguë au bureau de Manny. Des étagères bourrées de livres — pour la plupart des codes juridiques reliés pleine peau — tapissaient les murs du sol au plafond. Un antique bureau, chargé d'un bloc de papier à lettres, d'un téléphone et d'un presse-papiers de marbre noir dans lequel était planté un stylo, regardait un œil-de-bœuf. Dehors, un maître-chien faisait cavaler ses bêtes entre les haies fleuries, et des vols d'oiseaux effarouchés se levaient sur leur passage.

Dès que l'Archer fut ressorti, Silence ouvrit le tiroir du bureau, dénicha un annuaire et chercha le numéro du Ritz-Carlton, sans jamais cesser de redouter, tout le temps qu'il conversa avec la standardiste, qu'on ne l'entende de l'extérieur. Liam décrocha :

— Décarrez immédiatement, l'avertit Silence. Ils ont retrouvé sa trace par les cartes de crédit. Jack Shaw et le Roc vont débarquer d'une seconde à l'autre.

L'Archer fit irruption dans la pièce, surgissant de derrière la porte, un dur sourire sur le visage :

— Ainsi, c'était toi le rat, Silence. J'aurais dû m'en douter... (Il tira un calibre de sous son blouson et, dans cet éclair de lucidité qui accompagne les plus redoutables frayeurs, Silence constata qu'il s'agissait d'un 9 mm Browning semi-automatique, et comprit séance tenante que les quatorze balles qu'il contenait seraient probablement dotées d'une tête creuse qui perforerait son corps de part en part, en y creusant un trou dévastateur.) ...Je n'aurais jamais cru qu'un rat aurait les couilles de revenir ici. C'est ce qui m'a égaré...

Silence se persuada que l'Archer n'avait nullement

l'intention de le descendre sur place, et de prendre ce faisant le risque de saloper la moquette, le bureau et les livres de grande valeur qui se trouvaient derrière lui. Et il profita de cette indécision pour s'emparer à deux mains de l'antique bureau et le propulser en avant de toutes ses forces.

L'Archer n'eut pas le temps d'esquiver. Le bureau le faucha, le percutant à la hauteur des cuisses et l'envoyant dinguer contre la bibliothèque. La seconde d'après, Silence, qui avait mis à profit son élan pour se précipiter derrière le bureau, télescopa si rudement l'Archer que les poumons de ce dernier se vidèrent de leur air et que son automatique lui échappa. Silence se laissa tomber du bureau, récupéra l'arme et, bondissant en avant, abattit son canon sur le crâne de l'Archer.

Silence jaillit hors de la pièce en maintenant l'annuaire ouvert au-dessus de sa main droite pour dissimuler son arme. L'un des hommes en spencer blanc tournait justement le coin du couloir, un plateau de rafraîchissements entre les mains, et pila net en l'apercevant. Mais Silence continua de dévaler le couloir, fonçant droit sur lui. Il adressa un signe de tête au passage au spencer blanc éberlué, et allait atteindre le coin lorsque l'Archer fit irruption en titubant dans le corridor, une main crispée sur sa tempe zébrée d'une estafilade sanguinolente.

— Il a mon feu !, beugla-t-il. Arrête-le !

Le spencer blanc tournoya sur son axe en maintenant son plateau en équilibre d'une main tout en portant l'autre à son étui d'aisselle. Silence, sans s'arrêter, lui balança l'annuaire au visage, heurtant le plateau de plein fouet et gagnant ainsi les quelques secondes dont il avait besoin pour tourner le coin et se retrouver hors de la ligne de tir.

Des hurlements éclatèrent dans son dos. Un autre spencer blanc émergea abruptement du salon dénivelé, un calibre à la main. Silence lui tira une balle en pleine poitrine et constata, au jet de sang qui arrosait les meubles blancs, qu'il avait vu juste à propos des têtes creuses.

La déflagration lui fit l'impression d'ébranler toute la maison et il piqua un sprint vers la porte d'entrée. Mais, arrivant en vue de l'escalier en colimaçon, il vit une paire de jambes de pantalon au pli impeccable dévaler ce dernier, et entraperçut le museau camus d'un pistolet-mitrailleur Uzi. Il freina en catastrophe et rebroussa chemin à vive allure.

À l'autre bout du couloir, le spencer blanc qu'il avait carambolé de son annuaire déboulait à toutes jambes, tenant à deux mains la poignée de son pistolet. Ray Fowler, qui cavalait juste derrière lui, pila net à la vue de Silence et se recroquevilla sur lui-même. Silence tira deux fois, deux balles perdues qui allèrent s'enfoncer dans un mur, mais réussit néanmoins à freiner l'élan du tueur. Les glapissements d'autres nervis, l'exhortant à balancer son arme, se firent entendre derrière lui. En dépit du vacarme qu'ils faisaient, il perçut le déclic sourd de l'Uzi qu'on armait.

La porte d'entrée du bureau de Manny s'ouvrait sur sa droite et il se précipita de tout son poids sur cette dernière. La porte se fracassa et il fit irruption dans la pièce au moment précis où Manny, d'un coup sec, insérait un chargeur dans un.45. « Lâche ça ! », brailla Silence en braquant son pistolet sur Algernon, lequel aboyait des exhortations surexcitées dans le téléphone.

Manny abaissa son arme et Silence se précipita derrière Algernon au moment où les spencers blancs envahissaient le petit bureau. Pressant le canon encore chaud de son arme sur la nuque d'Algernon, il vociféra :

— Reculez !

Les piaillements se turent immédiatement, et il entendit dans ses tympans le martèlement de son sang, tictaquant : *Tue-le ! Tue-le ! Tue-le !* Et l'idée insensée qu'il pouvait tout de suite mettre fin à ce souk lui traversa l'esprit. Des électrochocs le parcouraient, tandis qu'il estimait le laps de temps qu'exigerait, avant qu'il ne se fasse descendre, l'élimination de tous ses adversaires.

— Tom, coassa Algernon. Qu'est-ce que tu fabriques ?

— C'est lui, Al !, dit l'Archer en se frayant un chemin entre les gorilles à grands coups d'épaule. C'est lui qui a aidé Billie à s'enfuir.

Silence adressa un bref signe de tête à Manny :

— Écarte-toi du bureau.

Manny contourna le bureau et vint se poster à côté de Slick Stanger, qui fixait Silence avec un calme effrayant.

Il ne tenait pas à les tuer. Sa peur elle-même, atroce, vertigineuse, à vous donner le tournis, répugnait à cette extrémité mais, sur le moment, ça paraissait la seule chose à faire :

— Tout le monde entre dans la pièce !, hurla Silence. Tout de suite !

Il appuya un peu plus durement le canon de son arme contre la nuque d'Algernon, au point que ce dernier parut hocher la tête en signe d'assentiment.

Ray Fowler entra et les trois spencers blancs lâchèrent leurs armes et marchèrent sur ses brisées. Silence leur fit signe de se plaquer contre le mur du fond, puis signifia à Manny et à Slick Stanger d'aller s'aligner devant eux. Tout le monde — sauf Slick, dont les yeux de faune, tout au fond de leurs orbites caves, brillaient d'une lueur amusée — paraissait médusé.

Silence sentait sa vie vaciller sur ses bases. Il avait envie de vivre, de revoir Billie et de rire avec elle, devant le Corbeau, du danger auquel il avait échappé. Mais c'étaient là, pour l'instant, des pensées dangereuses. Il rassembla ses esprits, se concentra tout entier sur l'absolue nécessité d'interposer les décideurs entre leurs soldats et lui.

Sans cesser une seconde d'enfoncer durement le canon dans la nuque d'Algernon, il fit faire à ce dernier un pas en avant, tendit la main et s'empara du calibre de Manny. Puis il avança en crabe vers la porte, en se servant du corps d'Algernon comme d'un bouclier :

— Referme la porte, Al, ordonna-t-il lorsqu'ils eurent franchi le seuil, puis il s'adressa à haute voix à ceux qui se tenaient dans la pièce : Si je vois cette porte s'ouvrir, Al est mort.

Les deux autres spencers blancs qui se tenaient encore dans le couloir laissèrent tomber leurs armes et battirent en retraite. Silence, tout en traînant Algernon derrière lui, le long du couloir, à travers le salon et jusqu'à la porte d'entrée, misait impérativement sur sa bonne étoile. L'avenir allait se décider sur place, ici et maintenant. Cet instant était l'instant crucial, le nœud gordien de l'affaire. À chaque seconde qui s'écoulait, ses perspectives d'avenir grandissaient et il se félicitait de n'avoir pas dû supprimer l'un des grossiums. L'Organisation tout entière, s'il avait tué l'un de ses capos, aurait fait bloc contre lui. Désormais, chacun des pas qu'il faisait le rapprochait de la liberté.

Ce n'est qu'en franchissant le portail et après qu'il eut constaté que le taxi, dont le chauffeur était plongé dans la lecture des pages sportives, l'attendait encore, qu'il comprit que sa fuite péchait par une lourde carence. Ils connaissaient désormais son identité. Il avait trahi leur confiance et violé le sanctuaire de leur domicile. Leur haine, leur soif de son sang, serait désormais une constante de son existence... Aussi longtemps qu'il vivrait.

Il hissa Algernon dans le taxi, juste à côté de lui, en maintenant le revolver en position basse, enfoncé au creux des reins du capo pour que le taxi ne puisse le voir, et le retira dès que la voiture eut démarré. Un fugace soulagement s'empara alors de lui, substituant à l'angoisse rampante et fébrile qui l'avait habité jusqu'ici une funèbre impression de futilité.

— J'aurais pu vous tuer, ton frère et toi, dit-il, tandis que sa lèvre supérieure se retroussait, révulsée par la saveur toxique qui lui emplissait la bouche. Et je pourrais encore le faire.

Algernon le fixait d'un œil où luisait une intense fureur.

— Et je le ferai, crois-moi, si jamais tu tentes quoi que ce soit. Tu peux en être certain.

Silence envisagea un instant de prendre Algernon en otage et de l'échanger contre leur liberté. Mais, là encore, cet acte n'aurait d'autre résultat que de monter l'Organisation contre Billie et lui. Son esprit s'activait fébrilement, explorant successivement toutes les possibilités envisageables de se soustraire à l'ire des frères Hellas, et les radiant l'une après l'autre au motif de leur échec certain, d'ores et déjà prévisible. La frustration grippait ses rouages cérébraux.

— Tu ferais mieux de me tuer, dit Algernon d'une voix d'airain. Parce que si tu ne le fais pas, c'est moi qui te tuerai.

Silence ordonna au chauffeur de se ranger sur le bas-côté.

— Tout ce qu'on veut, c'est se barrer. Fichez-nous la paix, et le bizness reprendra comme avant. Mais si jamais vous nous cherchez... (Il dut s'interrompre pour refouler une bouffée de colère régie par la peur, s'interdire de commettre l'irréparable sous le coup de la panique.) ...Ces disquettes trouveront sans peine le chemin de vos ennemis.

Le visage d'Algernon se durcit et il secoua dédaigneusement la tête. Il descendit de voiture et laissa la portière ouverte, afin que Silence soit obligé de se pencher pour la refermer :

— T'es mort, dit-il encore du trottoir, puis il s'éloigna en marchant d'un pas mesuré, pesant, lourd de fureur rentrée.

Le taxi repartit et Silence s'affaissa sur la banquette comme un sac de vaisselle brisée, tout en angles ébréchés et en arêtes tranchantes. La sueur lui piquait les yeux et imbibait sa chemise, et son sang roulait dans ses veines, pareil à d'ardents tourbillons de fumée effilochée. La peur avait épuisé les dernières ressources de son ultime dose et il sentait béer par tout son corps les bouches minuscules de multiples plaies. Rompu, brisé, accablé de résignation, il regarda s'écouler derrière les carreaux le chatoyant serpent de la route, conscient qu'elle le menait tout droit en enfer.

CHAPITRE SIX

— Tomber amoureux, c'est de la merde en bâton, fit observer Liam tout en suivant Billie à l'intérieur de l'ascenseur du Ritz-Carlton. Le liftier ganté de blanc leur décocha un regard torve et remarqua, à son comportement fébrile, que Billie paraissait en total désarroi.

— Tout va bien, Madame ?, s'enquit-il.

Elle hocha la tête et contempla ses souliers de satin vert. De nouveau, elle se retrouvait en cavale. *Ça ne finirait donc jamais ?* Pire encore... Il y avait ce soupçon diabolique, comme quoi Liam aurait pu mentir... Comme quoi la personne à qui il avait parlé au téléphone n'était pas Silence... Comme quoi il s'était tout simplement débrouillé pour la faire sortir le plus vite possible de la suite pour la livrer lui-même à Manny. Toutefois, elle n'avait pas le choix ; elle ne pouvait que le croire. Faute de quoi il risquait de devenir violent, que ce soit pour son bien à elle ou pour parvenir à ses fins. Elle scruta sa trogne inquiétante, aux traits grossiers, s'efforçant de deviner ses intentions, et il lui fit un clin d'œil.

— Sans vouloir vous offenser, poursuivit-il. Tomber amoureux, c'est réellement de la merde... émotions bonnes pour le vide-ordures, vaine sensiblerie. C'est bien le mot idoine ? Genre sentimental, tu vois, sirupeux, plat de nouilles, à l'eau de rose. Comme les petits mots d'amour des amants. Un babil de bébés au berceau. Rien à voir avec le monde réel — à part, bien sûr, lorsqu'il s'agit de faire des bébés. C'est uniquement dans ce but que la Nature nous fait tomber amoureux. Pour préserver l'espèce.

Liam était saoul. Ses gestes semblaient encore assez sûrs, mais ses joues étaient écarlates et il divaguait comme un pochard. Bobby se tenait juste derrière lui, un mauvais sourire jouant sur son visage osseux.

— Je suis amoureuse de Silence, affirma Billie. Quoi que vous puissiez en penser, c'est la stricte vérité.

— Ce n'est pas l'amour lui-même que je cherche à rabaisser, poursuivit Liam. C'est seulement le fait de tomber amoureux qui est de la merde en barre. L'amour, c'est tout autre chose. Mais ça n'a rien à voir avec ce que s'imaginent la plupart des gens. L'amour, c'est la dévotion. Purement et simplement. Sans gazouillis de bébés. Sans critique, sans jugement, sans mise à l'épreuve. Le véritable amour sait que nous sommes tous, inconsciemment, des menteurs patentés. Le véritable amour est toujours à la hauteur. Quand on le tient, tout le reste est superflu.

Les portes de l'ascenseur s'ouvrirent sur le hall et Liam ramassa le sac de voyage de Billie, la prit par un bras et la pilota rapidement jusqu'à l'entrée. Il tenait à l'installer le plus vite possible dans un taxi, avant d'envoyer Bobby chercher la bécane au garage. Mais à mi-chemin de l'entrée, juste après le grand escalier et la baie vitrée dans laquelle s'encadrait le jardin public, il pila brutalement. Deux hommes élégamment vêtus se tenaient dans l'embrasure de la porte ouverte à deux battants, les regardant fixement. L'un d'eux, aussi large et trapu qu'un baril de pétrole, serrait un cigare entre ses dents crispées ; l'autre était massif, avec des épaules de bison, une tête qui semblait ciselée dans le granit, et sur laquelle se dressaient de courts cheveux orange, hérissés comme les soies d'une brosse.

Billie les reconnut sur-le-champ : Pat Roccio et Jack Shaw, et un petit cri de frayeur lui échappa.

Ils l'aperçurent au même moment et chargèrent droit dans sa direction, bousculant les gens sur leur passage.

Liam rebroussa chemin, traînant Billie en remorque. Il visait les ascenseurs, mais comprit immédiatement qu'ils n'y arriveraient jamais.

— Lâche-la, Liam !, beugla le Roc.

Liam cessa de courir, se baissa et dégaina le .38 à canon court qu'il portait dans un étui de cheville. Il le balança à Gomes :

— Donne-leur du fil à retordre, Bobby.

Bobby braqua le .38 sur les hommes qui fonçaient sur eux, et tous deux freinèrent des quatre fers, dans un dérapage contrôlé.

— Hé, Bobby !, l'interpella affablement Pat Roccio, quelque peu décontenancé. Tu vas tout de même pas nous descendre.

Le Roc avait entendu Liam prononcer le prénom de Gomes. Il indiqua d'un coup de tête le bureau de la réception. Liam et Billie couraient droit dessus. Jack Shaw se lança à leur poursuite.

Bobby tira un coup de feu par-dessus la tête de Jack ; la balle frappa l'horloge d'acajou accrochée au-dessus du grand escalier. La déflagration et le fracas de verre brisé déclenchèrent un concert de hurlements et les gens plongèrent au sol, à couvert. Jack pila net sur sa lancée.

— Bobby ! Bobby !, le héla le Roc. Tu braques ce feu dans le mauvais sens. Arrête Liam ! C'est ta chance. Ne la rate pas. C'est un putain de loser. Descends-le et rentre avec nous. Les patrons te revaudront ça. Ramène-leur cette salope et l'Organisation t'accueillera en héros.

Bobby connut une seconde de flottement. Ce que venait de dire le Roc à l'instant était la vérité vraie. Il n'était pas près d'oublier la façon dont Liam l'avait planté comme un chien sur le balcon. La lancinante pulsation de son œil tuméfié, là où Silence l'avait frappé en prenant la défense de cette pétasse bornée, réclamait vengeance. Un rapide coup d'œil lui permit de situer Liam près de l'ascenseur, appuyant frénétiquement sur le bouton d'appel dans sa précipitation à regagner le parking, puis se défilant en loucedé vers la porte coupe-feu de l'escalier.

— Chopons-le !, beugla le Roc en fonçant bille en tête.

Bobby tira un autre coup de feu, qui déglingua un vase japonais. Il braqua son calibre sur le visage du Roc :

— J'suis pas une donneuse. Recule.

— Pauvre tache !, gouailla le Roc, sardonique.

Bobby arma l'automatique :

— Répète ?

Le Roc recula de deux pas, les paumes levées :

— C'est... c'est vache, j'ai dit.

Bobby poussa un ricanement de hyène, jeta un œil par-dessus son épaule et vit Liam et Billie s'engouffrer par la porte coupe-feu. Il entreprit de reculer à pas lents, en faisant osciller le canon de son arme du Roc à Jack Shaw, et vice versa.

— Lâchez ça ! Police !

Bobby pivota sur son axe et vit un flic surgir en brandissant son arme du bar qui donnait sur la rue. Il tira une balle haute, qui fit voler en éclats la vitre de verre opaque de l'imposte et força le flic à se courber en deux. Les gens qui couraient se planquer derrière les meubles laissèrent échapper de nouveaux hurlements et Bobby se retourna et passa sous le nez du Roc. Il franchit d'un bond une table couverte de magazines et, avec une farouche précipitation, négocia un virage entre les corps vautrés au sol.

Deux autres policiers se ruèrent à l'intérieur du hall par l'entrée principale et Bobby vira à quatre-vingt-dix degrés pour les éviter. Il était piégé, et les policiers qui convergeaient sur lui ne se retenaient de tirer que par crainte d'un feu croisé. L'espace d'une seconde totalement démentielle, il envisagea de rafaler et d'entraîner les flics dans la mort avec lui. Son visage se crispa et il bondit brusquement vers la baie vitrée, en déchargeant son arme sur elle en même temps qu'il plongeait.

Une scintillante gerbe de verre gicla à l'intérieur du hall. Bobby fonça droit dedans et accepta sans barguigner la souffrance aiguë des esquilles de verre acérées, se protégeant le visage d'une main tout en gardant l'autre tendue devant lui, sans cesser de presser sur la détente bien que son arme fût vide. Il franchit le rebord, retomba sur ses pattes, comme un chat, sur la corniche basse, et se gerba à travers une haie dans le jardin public. Concentrant toute son énergie dans ses jambes, il dévala à corps perdu des sentiers fleuris de boutons aux piquants rébarbatifs, zigzagua entre des plates-bandes de tulipes et plongea à travers des buissons, pour se retrouver finalement dans l'allée bordée de noisetiers qui conduisait à l'avenue grouillant de monde.

Enfonçant le calibre sous sa chemise, il entreprit de

redescendre à grands pas la promenade ombragée, en jetant des regards furtifs par-dessus son épaule et en scrutant la circulation en quête d'éventuelles voitures de patrouille. Il descendit du trottoir dans le caniveau et pataugea à contre-courant de la circulation, en cherchant un taxi des yeux. Une moto d'argent se rangea soudain à ses côtés, surgissant en chassant de derrière un camion et montée par Liam et Billie.

Liam lui administra une grande claque dans le dos :

— J'espère que tu les as laissés en train de se tordre de rire sur le sol.

Billie se pressa contre Liam et Bobby enfourcha la moto et s'assit derrière elle. Tandis qu'ils se fondaient dans la circulation, il enfouit son visage dans sa nuque et haleta :

— J'ai sauvé ton joli petit cul.

Liam roula encore sur plusieurs pâtés de maisons avant de se ranger à la hauteur d'un taxi en maraude et de lui faire signe de se garer le long du trottoir. Il laissa sa meule à Bobby et grimpa avec Billie dans le taxi, puis donna au chauffeur un itinéraire qui leur permettrait de quitter rapidement Back Bay. Sans jamais lui préciser leur adresse de destination. Uniquement des indications.

Une fois en route, Billie déclara :

— Merci de m'avoir tirée de là.

Un fugace sourire vint éclairer le visage de Liam :

— Tu t'imaginais sans doute que je t'avais menti, pour le coup de fil de Silence.

— Oui.

— J'aurais réagi exactement comme toi. Mais c'est surtout Bobby qu'il faut remercier.

— J'ai eu très peur, quand vous lui avez passé votre revolver.

Liam haussa les épaules :

— Bobby a deux visages : il déteste Silence au moins autant que Caïn détestait Abel et il peut être vraiment malade dans sa tête. Mais c'est un Street Gypsy.

Billie arqua les sourcils comme si elle avait pu comprendre. Elle se rendit compte que ses doigts tremblaient encore et serra les poings.

— « Et alors ? », tu dois probablement te dire, fit Liam en la considérant, les bras croisés. Mais tu sais quoi ? Les Street Gypsies sont tout ce qui te reste, à présent. Les flics ne t'aideront pas. Tes cartes de crédit ne servent qu'à te faire repérer. Et si je te larguais au premier coin de rue, les arcans des frères Hellas te ramasseraient en moins d'une heure.

— Mais vous ?, interrogea Billie. Manny et Al doivent maintenant savoir que vous m'aidez. Votre vie est en danger.

Il eut un reniflement méprisant et regarda par la vitre :

— Ouais, en danger... Ça me change. (Il repéra une banque et commanda au chauffeur de se garer.) Silence a dit qu'ils peuvent retrouver ta trace quand tu te sers de tes cartes de crédit. Tu ne pourras plus rien acheter avec. Alors, avant de la cisailler définitivement, on pourrait peut-être se faire remettre du fric en liquide par quelques banques, tu penses pas ?

Billie répondit à son regard brûlant par un calme sourire :

— Pourquoi pas ? C'est la seule pension alimentaire que je toucherai jamais.

Lorsque le taxi pénétra en douceur dans un quartier sordide, puis se gara devant la devanture d'un magasin dont la vitrine s'ornait d'un œil d'Horus peint, Billie avait épuisé les possibilités de retrait de toutes ses cartes de crédit et se retrouvait à la tête de dix-neuf mille cinq cents dollars, entassés dans son sac de voyage. Liam lui fit dégager la rue en vitesse et elle eut à peine le temps de déchiffrer l'inscription de la vitrine : « ŒIL POUR ŒIL — Tarots — Horoscopes — Séances Médiumniques — Cassandra Lee, Lecture dans les Pensées — *Connaissez votre Avenir, Gommez le Passé, Vivez pleinement le Présent.* »

La porte s'ouvrit dans un évanescent cliquetis de tubes carillonnant au vent et sur le parfum poivré et entêtant de l'essence de patchouli. L'intérieur était un véritable capharnaüm de l'étrange : une boule de cristal de la taille d'une boule de bowling était perchée sur un trépied formé de trois serres de fer forgé, lui-même installé sur une robuste table laquée de rouge, dont les pieds étaient des serpents lovés, s'apprêtant à mordre. Quatre larges chaises noires, au dossier de bois sculpté en forme de gargouille, se dressaient tout autour. D'hallucinants masques vaudou les toisaient, accrochés aux murs entre des diagrammes médiévaux affichant un bestiaire fantasmagorique. Et toute une collection de petits oiseaux empaillés aux couleurs métalliques — pointes de flèches vert émeraude, bleu cobalt ou rouge corail, aux yeux semblables à de scintillantes gouttes d'huile — pendaient au plafond mouluré, les ailes déployées, comme figés en plein vol.

— Qu'est-ce qu'on vient faire ici ?, demanda Billie en regardant fébrilement autour d'elle, jusqu'à ce que son regard se pose sur son propre reflet, dans un miroir noir encadré de dents de requin.

— Cette boutique appartient à l'une de nos filles, répliqua Liam tout en se dirigeant vers la porte du fond, dissimulée par un rideau de perles. Bassman a installé sa nana ici il y a quelques années. Faut reconnaître qu'elle se fait pas mal de pognon avec ces salamalecs à la mie de pain. Un tas d'habitués de la haute, qui viennent régulièrement la voir de Cambridge et de Brookline, pour discuter de leur portefeuille d'actions ou de leurs petites histoires de cul.

— Plutôt surprenant, dit-elle en avisant une étagère remplie de poupées, dont les faciès affreusement réalistes semblaient avoir la consistance de la chair.

— Ouais, admit-il avec un rire bref, en suivant son regard. Elle sculpte ces têtes dans des pommes. Lorsqu'elles se ratatinent et brunissent, elles ressemblent à de petites vieilles. Ça se vend comme des petits pains.

Billie suivit Liam, derrière le rideau de perles, dans une pièce qui sentait le renfermé et qu'un réfrigérateur compact modèle réduit et un petit bureau portant une cuisinière électrique surmontée d'un poste de télé suffisaient à encombrer. Ils ressortirent par la porte du fond dans un jardin à l'état sauvage, muré de sapins-ciguës touffus festonnés de lichens. Une herbe haute, couleur de rouille, croissait entre des touffes de lis blancs et des bouquets de lilas, et des dalles moussues encerclaient une surface orbiculaire dont les herbes avaient été piétinées et enchevêtrées. Au centre de cette arène, d'épaisses roses grimpantes aux fleurs rouges et blanches s'entrelaçaient en une masse dense et inextricable, aussi haute qu'un homme. Le soleil inondait de lumière la cuvette de la cour, et le jardin paraissait désert, à l'exception d'un chat tigré qui prenait le soleil sur l'une des dalles.

— Cassie, appela Liam.

Un visage barbouillé apparut derrière les roses grimpantes entrelacées et s'exclama d'une voix vibrante d'étonnement : « Liam ! ». Une petite femme au sourire elfique, vêtue d'une salopette crasseuse et tenant un déplantoir à la main, fit vivement irruption de derrière l'hallucinant massif.

— Qu'est-ce que tu fiches ici ?

— On se planque de l'Organisation.

Le sourire de Cassie s'effaça, révélant un visage rond et plein, évoquant presque une nonne par sa coiffure à la coupe masculine, rejetée en arrière sur son crâne.

— Bassman a des ennuis ?

— Pas encore. Bobby est passé à l'atelier de la Grue, pour prévenir tout le monde qu'on est sur le pied de guerre.

— Avec l'Organisation ?

— Nan. Juste avec deux capos mécontents. Les frères Hellas.

Cassie eut une moue entendue et secoua la tête :

— Je redoutais quelque chose de ce genre. Mars est en opposition avec Saturne et Jupiter. Il y a dix-huit mois, quand Mars est entré dans cette configuration de l'autre côté du ciel, Silence est revenu en deuil. C'est encore lui, cette fois-ci ? Pas vrai ?

— Eh bien, ouais, en convint Liam. Il a aidé Billie, que voici, à échapper aux méchants et, maintenant, ils veulent du sang.

Cassie la considéra de ses yeux légèrement plissés, et son visage s'inclina vers l'avant, comme fasciné, aimanté par les carats de lumière mordorée qui scintillaient dans la chevelure de Billie et cette façon qu'elle avait de flotter, légère comme la plume, comme un incendie houleux, tout autour de son doux et joli visage et de sa fine mâchoire, aussi nette et précise qu'un couteau.

— Des hommes vont mourir pour toi, dit-elle d'une voix somnolente.

Billie se raidit, et Liam gronda :

— Cassie.

Les yeux de Cassie s'écarquillèrent brutalement, et sa tête se rejeta en arrière.

— Oh, je suis désolée, bredouilla-t-elle en baissant les yeux. Ça m'arrive parfois. C'est très embarrassant.

— Trop de LSD quand elle était môme, l'excusa Liam. Une bière, et elle a des retours d'acide.

Elle ôta ses gants de jardinier et tendit une main délicate, aux longs doigts fuselés.

— Je suis Cassie Lee.

— Billie.

Elle se serrèrent la main, et la puissance de la poigne de cette femme à la frêle ossature stupéfia Billie.

— Asseyez-vous.

Elle désigna de son déplantoir les chaises blanches en fer forgé, aux pattes griffues de lion, qui se dressaient dans l'ombre des sapins-ciguës.

— Je vous apporte quelque chose à boire. Chicorée, camomille, ou bien une 33 ? Une bière française vachement raide. Bassman et Hank en ont scratché deux caisses aux Docks du Commerce la semaine dernière.

Liam prit une bière et Billie un thé, dans une tasse rouge chinoise sans anse, et ils s'assirent à l'ombre et contèrent leur histoire à Cassie pendant que cette dernière terminait de planter des touffes de ciboulette autour du buisson de roses. Lorsqu'ils eurent terminé, Cassie s'assit sur le sol, les genoux relevés, ficha son déplantoir en terre, entre ses pieds chaussés de mocassins, et marmonna, les paupières baissées :

— Bien navrante histoire. Pour nous tous.

Billie contempla le fond de sa tasse :

— C'est ma faute.

— D'avoir voulu vivre ? (Cassie lui jeta un regard incrédule.) Ne dis pas de sottises. Le destin nous emporte. Ou t'accompagnes le mouvement, ou tu te laisses traîner.

— Je n'aurais jamais dû épouser Manny.

— Tu avais dix-huit ans et tu étais à l'orphelinat, la réconforta Cassie. Que connaissais-tu de la vie ? Tu ne pouvais pas savoir, à l'époque. Et aujourd'hui... (Elle leva les paumes vers le ciel en signe d'impuissance.) ...tu en sais trop. Qu'allez-vous faire de ces disquettes ?

— Je n'en sais trop rien. Je ne sais même pas où est Silence.

— Il reviendra chez la Grue, affirma Liam. Je vais appeler Bobby.

Liam rentré dans la boutique, Cassie se leva et s'assit près de Billie, sur la chaise voisine de la sienne.

— Ne crains rien. Tu es revenue d'entre les morts. Tu n'as plus rien à perdre.

Billie décocha un regard anxieux à la pâle voyante :

— Ce n'est pas tant pour moi que j'ai peur. Mais si Silence devait mourir... Si quelqu'un devait mourir à cause de moi... je ne le supporterais pas.

Ses yeux limpides, très écartés, étaient rivés sur Cassie et des ombres frémissaient, sur son visage perturbé, au gré du vent qui s'engouffrait dans les sapins-ciguës.

— Quand tu as dit que des hommes allaient mourir pour moi... que voulais-tu dire ?

La bouche de Cassie s'ouvrit sur un « Ah » silencieux, puis elle pencha la tête, pressa sur ses paupières et ne répondit pas.

— J'ai bien réfléchi, ajouta lentement Billie. Je devrais peut-être rentrer chez Manny. Le laisser me faire tout ce qu'il veut. Maintenant que je suis amoureuse de Silence, ce serait peut-être faire preuve de mansuétude.

— Cruelle mansuétude, fit Cassie en relevant tristement les yeux. (Elle posa sa main sur celle de Billie.) Ne fais pas attention à ce que j'ai dit tout à l'heure. Personne ne m'écoute, à part les gens qui me paient, et ils n'entendent que ce qu'ils veulent bien entendre.

Liam revenait, plongé dans ses pensées, traversant à pas lents le jardin broussailleux.

— Alors ?, demanda Cassie.

— J'ai parlé à Silence. Il est à l'atelier, avec les disquettes. Il a dit qu'il était revenu prendre ses affaires à l'hôtel et que l'endroit grouillait de flics — un vrai zoo humain — policiers en tenue, inspecteurs, FBI... Bobby les a salement chahutés.

— Maintenant on a les flics sur le dos, en plus, se lamenta Cassie.

— Bah... le quotidien. M'étonnerait que Jack ou le Roc aillent se moucher à la pèlerine. Tiennent pas tant que ça à ce qu'on ait les lardus sur les arêtes. Pas avant qu'ils n'aient récupéré leurs disquettes, tout du moins.

— Et moi, dit Billie d'une voix douce.

— Ouais, toi aussi, t'es sur leur liste noire. Tout comme Silence, au demeurant. Il a dû se frayer un chemin à coups de pistolet pour ressortir de la forteresse des Hellas.

— Il va bien ?, s'enquit Billie, la voix vibrante d'anxiété.

— Intact. Mais l'un des soldats est mort et Al et Manny sont fumasses. Maintenant, ils vont nous tomber sur le poil, comme deux et deux font quatre.

— On ferait mieux de l'embarquer loin d'ici, suggéra Cassie.

Liam s'assit et, joignant les bouts de ses doigts, les

tapota doucement les uns contre les autres, tout en plissant les yeux, comme pour mieux appréhender une pensée beaucoup trop vaste pour que son cerveau en fasse le tour :

— Nous sommes dans une certaine situation, marmonna-t-il, puis il poursuivit d'une voix plus distincte. Grosso modo, la voici : Manny et Al ne tiennent pas à ce que le restant de l'Organisation apprenne qu'ils travaillent pour les feds et leur fournissent, de l'intérieur, de précieuses informations sur les milieux de la drogue. Ils n'ont pas non plus envie que ces disquettes tombent entre les mains de leurs rivaux dans l'Organisation. De sorte qu'on ne les tient pas seulement par les couilles, mais aussi à la gorge. Et que s'ils remuent un peu trop fort, ils le sentiront passer.

— Voudrais-tu dire par là qu'ils ne vont pas se pointer avec les mitraillettes pour nous hacher menu ? traduisit Cassie.

— Pas tant qu'on détiendra les disquettes... et toi, ajouta Liam en dévisageant Billie avec un sourire carnassier. Pas tant qu'ils sauront qu'on est prêts à les recevoir. Ils seront obligés de négocier, faute de quoi ils prendraient le risque qu'on balance tout à leurs ennemis.

Cassie fit la moue et étudia le visage anxieux de Billie :

— Ce qui signifie que tu dois rester. Tu ne peux plus t'enfuir.

— Oh que si, elle peut s'enfuir, dit Liam en se tournant vers Billie, les mâchoires crispées. Tout le problème est là. Silence aimerait énormément te sortir de ce merdier, vois-tu. Mais si tu files, les Street Gypsies se retrouvent tout nus.

— Ils me brisent menu les roubignoles !

La voix de Manny semblait jaillir de l'écouteur du téléphone, un cube compact de couleur beige posé sur le bureau de Leroi Bright Sky.

Sophie Weaver, la cinquantaine, robuste commandant de la police aux lourdes paupières, dont les boucles argentées dessinaient une rangée d'accroche-cœur sur son front pâle comme le marbre, fixa June Lucina en fronçant les sourcils. Le procureur, assise aux côtés du commandant de la police dans le bureau de Bright Sky, semblait désemparée et elle tourna vers le petit homme à la peau olivâtre assis à côté d'elle un regard exaspéré.

— Mon client, bien évidemment, est en plein désarroi, déclara Slick Stanger au DA, lequel s'était rejeté en arrière sur sa chaise et regardait par la baie vitrée en affichant un masque au bec busqué de faucon à peu près aussi acariâtre que celui du démon. Les Street Gypsies sont entrés chez lui par effraction, ont fait main basse sur des informations hautement confidentielles et ont suborné sa femme, l'incitant à s'enfuir avec eux et à conspirer à sa liquidation.

— Vous déformez les faits, intervint Bella Meris. (Elle était installée sur le côté du bureau de Leroi, et faisait face au commandant de la police, au procureur et à Slick Stanger.) Rien ne prouve que ce club de motards soit impliqué dans une quelconque activité illégale. Pures et simples allégations.

— Vous avez vu mes putains de dossiers, ma petite dame ! (La voix de Manny braillait de nouveau dans l'écouteur.) Où les avez-vous trouvés, bordel de Dieu ? Dites-le-moi !

— Mon client fait allusion aux registres commerciaux obtenus illégalement et transmis à ce service par un membre de ce club de hors-la-loi, fit Slick.

— Ces dossiers ont été présentés par l'épouse du plaignant, affirma Bella. Ils n'ont pas été obtenus illégalement. Elle les a fournis comme pièces à conviction destinées à corroborer les pratiques frauduleuses de son époux, en échange de la protection de l'administration fédérale.

— Et ledit service les a rejetés, dit June Lucina, en tapotant nerveusement, de la pointe de son crayon, une haute pommette de porcelaine. Les jugeant irrecevables.

— Grotesque, aboya Bella. Vous ne les inculperez pas, parce que la DEA vous a muselés. Mais l'État, lui, a le devoir d'empêcher ces escrocs de continuer de détourner nos fonds publics.

Un furieux hourvari s'éleva de l'écouteur :

— Va te chier !, glapissait Manny. J'suis pas un escroc ! Faudra le prouver ! C'est de la diffamation !

— Mes clients ne sont pas des criminels, déclara fermement Slick Stanger. Ces prétendues pièces à conviction que vous avez eues entre les mains ont été forgées de toutes pièces par une femme animée par la volonté de nuire. Ce sera en tout cas notre position si vous vous montrez suffisamment stupides pour nous traduire en justice.

— Nous sommes en train de parler d'agents du gouvernement, affirma June, qui ont risqué leur vie en défendant leur pays et en participant à une guerre sans merci contre la drogue. Ce ne sont en aucun cas des escrocs.

— Suffit. (Leroi avait élevé la voix pour couvrir le tumulte.) Que tout le monde se taise.

— J'exige qu'on me rende justice, gémit Manny. Je

ne veux plus qu'on répande à mon sujet des mensonges qui mettent en péril ma vie et celle de des membres de ma famille. Vous m'entendez ?

— Nous vous entendons très bien, monsieur Hellas, fit Leroi en se penchant sur le micro du téléphone. Et nous ferons tout ce qui est en notre pouvoir pour préserver vos droits. Merci de m'avoir présenté votre version des faits. Je peux vous certifier que vous êtes excellemment représenté ici par monsieur Stanger, qui vous tiendra informé des mesures qui suivront.

— Je n'ai pas terminé..., piailla Manny. Et Leroi lui raccrocha au nez.

— On peut peut-être poursuivre à présent sur un ton plus amène, fit-il en se rasseyant et en levant les yeux vers les panneaux fluorescents du plafond. Très bien, comment la situation se présente-t-elle exactement ? Il me semble à moi que nous nous trouvons devant une querelle domestique qui a tourné au vinaigre.

— Il y a des vies en jeu, Leroi, protesta Bella.

— C'est bien pourquoi j'ai demandé à madame Weaver d'assister à cet entretien, répliqua Leroi en désignant d'un hochement de tête la femme imposante en uniforme de la police. Si jamais la police devait intervenir concrètement, elle coordonnera ses actions.

— Pour le moment, la seule intervention policière que nous requérons, fit prestement June, c'est une descente sur le club des Street Gypsies, où nous découvrirons très certainement l'arme qui a servi lors de la fusillade du Ritz-Carlton d'aujourd'hui, ainsi d'ailleurs que le tireur lui-même.

— Pour ça, il nous faudrait un mandat, lui rappela Leroi d'une voix lasse.

— Je peux vous en procurer un en moins de deux heures, certifia June.

— Et des témoins oculaires ?

— Tous les gens présents dans le hall se souviennent d'avoir vu une femme rousse accompagnant les deux motards, dit June. Le liftier, tout spécialement, l'a vue de particulièrement près.

— Et quelqu'un a reconnu en ces motards des membres des Streets Gypsies ?, s'enquit Leroi.

— Personne encore, admit June. Mais les deux individus qui ont été placés en garde à vue après l'incident, messieurs Shaw et Roccio, peuvent les identifier par leur patronyme et confirment qu'il s'agit bien de Street Gypsies.

— Vraiment ?, interrogea Bella en arquant un sourcil dubitatif à l'intention de Slick Stanger. Mais peut-être ne se montreront-ils pas disposés à collaborer ? Peut-être redouteront-ils que, leur déposition se soldant par un raid sur le QG des Street Gypsies, ces derniers, en guise de représailles, n'aillent remettre ces disquettes aux rivaux de vos clients ? La cour trouvera peut-être ces informations irrecevables, mais je doute fort que l'Organisation s'embarrasse d'aussi subtils distinguos. N'est-ce pas ?

— Elle est en train de harceler un témoin potentiel !, protesta June en fusillant Bella du regard.

— Hélas, concéda Slick à Leroi, en levant vers le ciel ses deux paumes ouvertes, votre assistante vient de marquer un point capital. Monsieur Shaw comme monsieur Roccio sont l'un et l'autre concernés au premier chef par le bien-être de leur employeur. En toute conscience, je ne peux les inciter à faire une déposition qui pourrait se révéler fâcheuse pour mon client.

— Jamais de la vie !, s'exclama June en regardant Slick de travers. On ne peut laisser ces fous furieux s'en tirer comme ça. Ils mettent en péril des innocents.

Nous ne pouvons pas autoriser des motards psychopathes à sévir en toute liberté, et à ouvrir le feu dans nos plus grands hôtels. Le FBI veut des noms.

— Vous servez deux maîtres, June, dit Bella avec un sourire amer. Soit vous êtes avec eux, soit vous êtes avec nous.

— La ferme, Bella. (June balaya toute l'assistance d'un œil où triomphait un vertueux courroux.) Je suis du côté du peuple. C'est mon seul maître. J'exige qu'on balaye de nos rues la drogue et les motards sans feu ni lieu — quelle que soit la manière dont on procédera.

— Objectif fort louable, June, laissa tomber Leroi sur le ton de l'ironie sardonique, mais les lois nous imposent certaines bornes. Sans témoins oculaires susceptibles d'identifier ces terroristes comme étant des Street Gypsies, il n'est pas question de les poursuivre ni de risquer la vie de nos policiers.

Sophie Weaver se leva :

— J'en ai suffisamment entendu. (Sa haute silhouette aux larges épaules pivota sur elle-même, comme si elle réclamait l'attention de toute l'assistance.) Le DA a raison. Il s'agit d'une pure et simple querelle entre deux clans de crapules...

Slick se renfrogna :

— Je me garderai bien de décrire mon client comme...

Le commandant de police lui décocha un regard torve :

— J'ai vu votre dossier, Stanger. Vous êtes un gangster de New York, nanti d'un casier judiciaire chargé, d'une longue liste de condamnations pour extorsion de fonds et trafic de drogue. Les soi-disant services patriotiques que les frères Hellas et vous-même rendez à la DEA ne servent pas uniquement à couvrir vos détournements, ils vous permettent également d'éliminer la concurrence. Ne comptez pas sur moi pour prêter l'oreille aux récriminations effarouchées que vous poussez parce qu'on vous a traités de fripouilles, vous et vos amis. Vous êtes un pourvoyeur de drogue et un meurtrier. Une canaille.

— Je n'ai pas à supporter ça, grommela Slick. Mais il ne bougea pas d'un poil.

— Quant aux Street Gypsies... (Le commandant adressa à Bella un petit sourire narquois.) ...Vous devriez avoir honte de vous acharner à protéger l'un d'entre eux, quel qu'il soit. Un ramassis de junkies et d'assassins, tous autant qu'ils sont. Je me suis laissé dire que l'un d'entre eux était votre ami d'enfance. Vous avez bien de la chance d'en être arrivée là, avec des amis d'enfance tels que ceux-ci. La femme de Manuel Hellas s'est carapatée avec votre ami. Il ne l'a pas kidnappée. Elle a pris ses risques, Bella. Qu'elle assume elle-même ses responsabilités, à présent. Et je crois que votre patron a entièrement raison. Il s'agit d'une mésentente conjugale, d'une scène de ménage qui a mal tourné. Nous n'avons pas à nous en mêler. Nous n'avons absolument pas à intervenir. Laissons ces vermines s'entre-tuer.

— Et les innocents qui se retrouveront pris entre deux feux ?, protesta June avec indignation.

— La police assurera la protection du public, la rassura Sophie. Mais il n'est pas question que je mette en péril la vie de mes hommes pour vous aider à protéger ces fripouilles. (Elle fit porter sur Leroi tout le poids de son regard.) Avez-vous encore besoin de moi, monsieur Bright Sky ?

Leroi la libéra d'un geste de la main :

— Non, commandant Weaver. Vous nous avez beaucoup aidés. Merci.

Le commandant sortit de la pièce à grandes enjambées et, lorsque la porte se fut refermée sur elle, le DA gifla de ses deux paumes le dessus de son bureau :

— Ça s'arrête là. (Il offrit à Slick Stanger un masque agacé.) Vous pouvez informer vos clients qu'ils ne recevront aucune aide, s'agissant de récupérer leurs biens égarés, de la part de ces services. Et spécifiez-leur également qu'ils évitent soigneusement de vider leurs querelles dans nos rues lorsqu'ils tenteront de récupérer lesdites possessions pour leur propre compte.

Slick haussa les épaules avec fatalité pour exprimer sa totale impuissance, et se leva :

— Personne ne court après les problèmes, marmonna-t-il en sortant.

June lui emboîta le pas, et s'arrêta sur le seuil pour regarder en arrière.

— Nous nous en lavons les mains, souffla-t-elle d'une voix lugubre.

Leroi lui lança un regard las et une ride accusée, marquant sa profonde confusion, se creusa entre ses épais sourcils

— Ça vaut beaucoup mieux comme ça.

— Pour nous, peut-être, admit Bella. Mais pas pour la lie de cette ville... ou pour celle qui est en train de s'y noyer.

Silence ne s'appartenait plus. Son destin s'était changé en une geôle verrouillée, dans laquelle le choix était exclu, cédant le pas au simple besoin. En rentrant de chez les frères Hellas, il avait demandé par deux fois au chauffeur de son taxi de faire halte sur le trajet, pour appeler l'atelier de la Grue et tenter de découvrir si Liam avait réussi à faire sortir Billie de l'hôtel avant l'arrivée des tueurs. Andrea, dans les deux cas, avait été dans l'incapacité de lui répondre. Il ne lui restait plus qu'à demander au taxi de le déposer devant le Ritz-Carlton et à s'immiscer ensuite dans l'hôtel, non seulement pour essayer de se renseigner sur le sort de Liam et de Billie et retrouver les disquettes, mais encore pour récupérer son calibre. Une guerre ouvertement déclarée avec les frères Hellas impliquait que les Street Gypsies auraient besoin de toutes les armes sur lesquelles ils pourraient mettre la main.

L'essaim de voitures de patrouille qui fourmillaient devant l'hôtel, tout comme le quadrillage de bandes jaunes de la police délimitant la scène du crime, ne manquèrent pas d'éveiller en lui une angoisse déstabilisante. L'absence d'ambulance sur les lieux le rassura, le convainquant que Billie n'avait pas été blessée... à moins que l'ambulance ne soit déjà repartie. Il déposa le 9 mm qu'il avait confisqué à l'Archer sur le plancher du taxi et régla le chauffeur, en le priant d'attendre son retour, aux abords de l'entrée latérale de l'hôtel, devant laquelle s'attroupaient déjà les curieux. L'appréhension, jointe à sa nausée croissante — l'effet des Dilaudid se diluait peu à peu, au fur et à mesure qu'il les évacuait —, lui donnait l'impression de marcher vent debout, et il dut s'arrêter un instant près de la banquette de l'arrêt d'autobus, le temps de trouver la force et la volonté de poursuivre son chemin.

Il apprit ce qui s'était passé de la bouche des badauds : deux motards et une rouquine avaient disjoncté dans le hall, tiré dans le tas et échappé à la police. Silence, sentant brusquement refluer en lui la crainte qu'il éprouvait pour Billie, vécut une brève seconde d'étourdissante jubilation, et il y puisa la force et le courage de se frayer un chemin jusqu'à l'hôtel, à travers la cohue.

Le groom qui se tenait dans le courant d'air frais de l'entrée parut s'alarmer à sa vue, et Silence lui montra son ticket de la blanchisserie en même temps qu'il lui allongeait un billet de vingt dollars. Rasséréné, le groom le conduisit jusqu'à un couloir bondé, bourré jusqu'à la gueule de clients de l'hôtel aux yeux écarquillés de curiosité. Il patienta là un moment, en plaquant mollement son corps contre un mur pour se soustraire à l'attention des flics postés près des ascenseurs. De son point de vue, il essaya d'évaluer les dégâts infligés au hall. Il tenta de reconstituer ce qui s'était passé et la stupéfiante quantité de verre brisé le laissa baba.

Le groom revint lui annoncer que son costume de lin n'avait pas encore été nettoyé, mais Silence insista, malgré tout, pour qu'on le lui remette sur-le-champ. Pendant qu'il l'attendait, il se faufila en catimini parmi les clients désœuvrés, dont certains dévisageaient avec méfiance ce motard tatoué au rude visage. Il repéra des inspecteurs en plein conciliabule dans un coin du hall, et battit en retraite. Mais il lui fallut bien avancer de nouveau lorsque le groom, portant la boîte en carton qui contenait son costume, refit son apparition et lui fit signe de s'approcher.

L'essaim d'inspecteurs s'égailla, abandonnant derrière lui deux hommes aux mains liées derrière le dos par des menottes, assis sur le rebord de fauteuils capitonnées. Les regards que lui décochèrent ces deux trognes patibulaires le transpercèrent comme un vent glacé. Pat Roccio se leva à demi de son siège et rappela les inspecteurs. Mais Jack Shaw resta assis sur son cul à fixer Silence de ses yeux de brute, comme s'il essayait de le broyer dans l'étau de son esprit rongé par la fureur.

Silence prit la boîte en carton des mains du groom et se hâta de s'éloigner avant que le Roc n'ait pu le dénoncer aux inspecteurs. Une fois dehors, il repéra quelques buissons qui poussaient le long de l'immeuble, gerba à deux ou trois reprises, puis traversa le parc. Il récupéra les disquettes, son blouson et ses armes dans la poubelle, derrière les aubépines où il les avait planqués, déposa dans la boîte, avec son costume, calibre, couteaux et ceinturon de l'armée, rangea les disquettes dans son blouson, qu'il retourna pour qu'on ne puisse distinguer ses couleurs. Puis il regagna le taxi qui l'attendait.

Il continua de regarder par la lunette arrière, s'attendant plus ou moins à voir l'un des inspecteurs se ruer à l'extérieur et montrer son taxi du doigt, jusqu'à ce que l'hôtel ait disparu de son champ de vision.

Lorsque enfin l'hôtel fut hors de vue, il s'affaissa sur la banquette arrière, à l'écoute de son organisme : le dragon du manque s'éveillait paresseusement au tréfonds de son corps. Le froid glacial qui se répandait dans ses veines n'en était encore qu'à ses débuts. Il s'épanouirait plus tard, en frissons, tremblements, puis convulsions spasmodiques et, à son paroxysme, il ne serait plus que foudre nue. Mais, pour l'instant, ses flammes glacées se contentaient de balbutier et les premiers signes avant-coureurs d'une nausée rampante, avec tout ce qu'elle impliquait de détresse impuissante, se bornaient à nouer sa gorge d'une boule serrée.

Silence commençait à peine à s'assoupir que le tonitruant vrombissement d'une moto le réveillait en sursaut. Il releva la tête et aperçut, roulant à la hauteur de son taxi et parallèlement à celui-ci, la Knucklehead de

Liam, montée par Gomes. De stupeur, et à la vue du rictus hostile qui déformait le visage contusionné de Bobby, il se redressa brutalement. Ils traversaient South Boston, et des immeubles désolés défilaient de part et d'autre de la rue. Silence descendit son carreau :

— Où est Liam ?, hurla-t-il.

Bobby plongea la main sous sa chemise et en sortit son .38. Il l'agita sous les yeux du chauffeur, lequel poussa un juron effrayé et faillit escalader le trottoir.

— Y a pas de machin, l'apostropha Silence. C'est à moi qu'il en veut. Rangez-vous.

Il lui refila une liasse de billets dont le total dépassait de loin le prix de la course, puis ramassa l'automatique de l'Archer sur le plancher. Il descendit de voiture coté trottoir en tenant d'une main sa boîte en carton, son blouson négligemment jeté sur le revolver, et le taxi redémarra en catastrophe.

Gomes s'était arrêté au beau milieu de la rue ; le moteur de sa moto tournait encore et son arme ballait au bout de son bras. Il le fixait méchamment de son œil indemne, tandis que son œil amoché luisait de l'éclat perfide du métal affûté.

— Qu'est-il arrivé à Billie ?, demanda Silence. Il brandit l'automatique de l'Archer dans son poing crispé, bien en vue.

Gomes se contenta de le fixer. Il remisa son propre calibre sous sa chemise, emballa bruyamment son moteur et s'éloigna dans un vrombissement.

Silence le suivit des yeux jusqu'à ce qu'il ne soit plus qu'un point s'amenuisant graduellement, puis disparaissant hors de vue. Puis il fourra son automatique dans la poche de son blouson et reprit son chemin. Il n'était qu'à deux kilomètres à peine de l'atelier de la Grue, et il s'efforça de réprimer le courroux qu'avait déchaîné en lui le geste de Bobby. Le soleil était déjà suffisamment ardent : inutile d'y ajouter la brûlure de la colère.

Qu'était-il advenu de Billie ? Pourquoi Bobby montait-il la moto de Liam ? La chaleur qui s'élevait du trottoir en vaporeuses et spectrales volutes le contraignit à renoncer à trouver la réponse à ces questions. Il s'obligea à adopter une allure modérée, régulière, de peur de resserrer encore le nœud de nausées qui lui tordait les tripes. Il traînait les patins, progressant sous le cagnard d'un pas presque nonchalant, en s'efforçant de ne pas quitter des yeux le vaste champ de cumulus qui semblaient sortir tout droit d'une illustration de conte de fées. Les gosses qui jouaient au soft-ball et les poivrots qui cuvaient dans les portes cochères l'ignoraient. Une voiture de patrouille en maraude le dépassa sans coup férir. Il concentrait toute son attention sur la lumineuse étendue de nuages, de sorte qu'il trébucha une ou deux fois sur le trottoir disjoint, chacun de ses faux pas se soldant par une vertigineuse vague de nausée à laquelle, avant de reprendre sa route cahin-caha, il résistait en écarquillant les naseaux pour respirer à pleins poumons.

Lorsqu'il atteignit l'atelier de la Grue, sa chemise se plaquait à sa peau, imprégnée d'une sueur glacée. La porte du garage était levée et la Grue avait installé le moteur de 1200 cm³ et son cadre sur le pont élévateur. Andrea, assise devant le bureau, un petit ventilateur en plastique braqué sur son visage, lisait un roman à l'eau de rose. Gomes n'était nulle part en vue mais, en longeant le pâté de maisons, Silence avait aperçu la Knucklehead de Liam, rangée dans l'enceinte du fond.

La Grue s'arrêta net de trifouiller le moteur en voyant Silence remonter l'allée en traînant la patte, et il se dirigea vers le réfrigérateur, au fond de l'atelier, puis revint muni d'une bouteille givrée de soda lacté.

— Où est ta moto ?, demanda-t-il.

— Répandue dans la friche industrielle.

Silence le remercia pour la boisson glacée, en engloutit une bonne moitié et le regretta immédiatement. Il s'assit sur un fauteuil de vinyle défoncé, à côté d'une boîte à outils, en se tenant le ventre. Andrea s'approcha et s'assit sur l'un des bras du fauteuil :

— Tu vas bien ?

— Je cracherais pas sur quelques DL, parvint-il à articuler.

Andrea jeta un regard à la Grue, qui opina du chef et elle se leva et se dirigea vers le coffre-fort dissimulé derrière un calendrier porno.

— Laisse ce truc fermé, Andy, lança soudain Gomes, qui émergeait du fond de l'atelier en torchant avec un chiffon l'huile dont il avait souillé ses mains en graissant son revolver.

Le visage d'Andrea se referma, sceptique :

— Allons, quoi, Bobby. Liam ne ferait jamais un truc pareil à Silence.

Bobby s'assit sur le rebord du bureau et entreprit de leur raconter ce qui s'était passé à l'hôtel, et comment Liam avait mis Silence au pied du mur en lui demandant de choisir entre Billie et les Dilaudid.

— Quand les gars de l'équipe appelleront pour prendre des nouvelles, z'auriez tout intérêt à les rameuter, ajouta-t-il après avoir narré comment ils avaient échappé au Roc et à Jack Shaw. On est en guerre déclarée contre le camp des Hellas.

La Grue et Andrea regardèrent Silence, et ce dernier hocha la tête affirmativement :

— Je me suis rendu dans leur propriété pour essayer

de négocier un compromis avec eux à propos de Billie, mais j'ai dû jouer du flingot pour me tailler. Ils vont tous nous tomber dessus.

— Où sont passés Liam et cette *femme fatale* que tu préfères à ta guenon ? demanda Andrea.

— Aucune idée.

L'idée hideuse que Liam avait pu ramener Billie à Manny lui effleura l'esprit.

— Oh, elle finira par se pointer tôt ou tard, fit Bobby. Et quand ça se produira, on ferait bien de la reconduire là d'où elle vient. Pour quelle raison on prendrait ses patins ?

Silence lança à la Grue et à Andrea un regard désemparé, puis pressa la canette contre son front et ferma les yeux.

Andrea poussa un soupir piteux.

— Oh, Seigneur, Silence... Tant qu'à faire, t'aurais mieux fait d'essayer de décrocher la lune.

Silence avait la tête vide et se sentait complètement abruti, le cerveau engourdi, anesthésié par les effets soporifiques secondaires de ses excès de came. Il somnolait dans son fauteuil, près de la caisse à outils, attendant, en lisant l'avenir dans les plis de sa jambe de pantalon, que le téléphone consente enfin à sonner. Il s'agissait en l'occurrence d'une histoire d'amour passablement embrouillée, entre une harpie aux yeux froids comme l'acier, nantie d'une vaporeuse crinière de cheveux blancs fluo, affublée d'escarpins argentés à talons aiguilles et d'une nuisette moulante tissée dans la plus diaphane poussière d'étoiles, et un type obèse au maillot de corps crasseux qui, tout en mâchonnant un cigare et en la déloquant, l'assurait de sa totale dévotion.

Le téléphone résonna dans le lointain et une voix de velours articula son nom. Très singulièrement, et en s'oubliant de répugnante façon, il prit soudain conscience qu'il était la vamp ! Et que l'obèse dont les yeux lubriques riboulaient comme ceux d'un taureau en rut, tandis que la fumée de son cigare s'évadait comme un ectoplasme par ses naseaux poilus et que sa chair turgide, luisante de transpiration, se gonflait de désir... que l'obèse, également, n'était autre que lui-même !

Il se réveilla en sursaut, pour se retrouver nez à nez avec Andrea, penchée sur lui.

— C'est Liam, dit-elle d'une voix musicale, tandis que l'intervalle entre ses yeux maquillés de couleurs gueulardes se fronçait d'anxiété. Il veut te parler.

Il se redressa péniblement et aperçut Gomes en train de parler au téléphone :

— Il a réclamé des DL.

Silence fusilla Bobby du regard, et l'autre lui retourna son regard féroce, puis laissa retomber le combiné sur le bureau. Silence attendit qu'il se soit débiné en roulant des mécaniques pour décrocher le récepteur du téléphone mural, à portée de sa main.

— Tu nous as tirés de là juste à temps, Silence, dit Liam. Que s'est-il passé ?

— Billie va bien ?

— Ouais, ouais, Billie va bien. Dis-moi ce qui s'est passé, maintenant.

Silence lui narra sa fuite hors de la propriété des Hellas, en même temps qu'il s'efforçait d'oblitérer de son esprit cette image de lui-même d'une vamp amoureuse, et amoureuse, qui plus est, d'un taré répugnant qui n'était autre que lui-même.

— Tu as bien fait de relâcher Al, assura Liam. Si tu l'avais brûlé, toute l'Organisation nous tombait sur le poil. On a encore une petite chance de conclure un arrangement avec eux, surtout si Slick est sur le coup. Il est suffisamment marle pour chercher à éviter les embrouilles, et mettre Manny au pas. Tu as les disquettes ?

— Ouais. Où t'es ?

— Plus là, en tout cas. Bouge pas. On arrive. Et pas touche aux DL, hein ? On a fait un pacte, tu te souviens ?

Silence raccrocha, rassuré et ravi, à présent qu'il savait avec certitude que Billie était indemne et qu'elle allait lui revenir. Il se promit de plus jamais la quitter jusqu'à la fin de leurs tribulations.

Gomes raccrocha le combiné supplémentaire, cloqua ses bottes sur le bureau et se renversa en arrière dans la chaise pivotante. Fixant Silence d'un regard noir, il avala lentement une pilule verte d'un milligramme de Dilaudid.

— Ça te dit ?

Silence se tassa plus profondément dans le fauteuil de vinyle. Il se sentait grisâtre et vaseux et, dans sa nuque et entre ses omoplates, de féroces fourmis le grignotaient, le dévorant tout vif. L'atroce laideur distillée par son rêve s'insinuait dans son âme comme un poison mortel, et seule la conviction que Billie n'allait plus tarder se dressait entre lui et sa puissante envie de descendre Gomes.

— Tu nous as tous entubés, trouduc, dit Gomes en gobant une autre pilule.

— Fous-lui la paix, Bobby, fit Andrea. Tu veux boire un truc frais, Silence ?

— Lâche-lui la grappe, ordonna Gomes. S'il a soif, qu'il aille se servir tout seul. Tu vois donc pas dans quel merdier il nous a tous fourrés ?

Andrea afficha une moue ulcérée, ramassa sur le bureau son roman à l'eau de rose et alla s'asseoir sur un tabouret, près du ventilateur.

— J'ai bien failli te fumer, dans la rue, ce matin, gras du cul, dit Gomes en se goinfrant une autre pilule. Et tu sais pourquoi ? Parce que tu nous as trahis. Tu t'es cavalé avec la femme d'un gangster, et t'as laissé les Street Gypsies encaisser pour ta gueule.

— Où est la Grue ?, demanda Silence à Andrea.

— Frail est passé pendant que tu roupillais à moitié, répliqua-t-elle. Ils ont pris la camionnette de la Grue et sont allés récupérer ta bécane dans la friche industrielle.

— Tu sais ce qui va se passer, maintenant ?, demanda Gomes. Les gorilles vont débouler ici avec leurs Uzis et ratiboiser cette taule jusqu'aux fondations. Et les Gypsies trop chiasseux pour tenir le choc et riposter seront traqués dans les rues. Manny et Al graisseront la patte aux Rude Riders et aux Imperial Dragons pour qu'ils leur rapportent la tête des Gypsies. C'est ça, que tu nous as fait.

Silence braqua sur Gomes un regard sombre et le regarda s'envoyer une quatrième pilule.

— À mon humble avis, on ferait beaucoup mieux de rendre sa pétasse à Manny, poursuivit Gomes.

— Liam ne fera jamais ça, dit Andrea, sans même relever les yeux de son bouquin.

— Ah, tu crois ça ? Tu t'imagines sans doute qu'il a envie de crever ?

Le téléphone sonna et Gomes décrocha :

— Ramène ton cul ici, Bassman, dit-il au bout d'un moment. C'est Silence qui tient la nana que vous cherchez. Il s'est cassé avec elle et ils se planquent ici. Les frères Hellas s'imaginent que les Gypsies les ont fait marron. C'est la guerre, mec. La putain de guerre.

Un démoniaque regain d'énergie investit chacune des fibres du corps de Silence lorsqu'il vit Gomes s'administrer une cinquième pilule, et il dut fermer les yeux pour se défendre de lui rentrer dans le lard. Il passa la main sur son visage et sa peau, sous ses doigts, lui parut aussi épaisse et insensible qu'une croûte d'argile. S'il s'attardait ici trop longtemps, Gomes finirait par le pousser à commettre un acte de violence. Il se leva, s'empara de la boîte en carton qui contenait ses vêtements propres et monta dans sa chambre.

Une fois assis par terre sous le Corbeau, il sentit soudain sa vie tout entière basculer dans un précipice. Il ouvrit la boîte qui contenait sa chemise de soie, son coûteux costume et ses chaussures, et en sortit les disquettes et l'automatique. Il étala les cinq disquettes sur le sol, en éventail, et disposa l'automatique dessous. Il casa les deux chargeurs au beau milieu, puis fixa longuement la configuration ainsi obtenue, s'en pénétrant comme s'il risquait d'y discerner un quelconque signe du destin.

La lancinante douleur de ses blessures, au dos et au crâne, épousait un tempo régulier, une pulsation sourde et synchrone qui faisait contrepoint à l'escalade de sa panique. Tout lui échappait. L'atelier était sous le choc, on avait donné un coup de pied dans la fourmilière et toutes les âmes qu'elle hébergeait glissaient doucement vers l'abîme. Un vent froid montant des abysses ébranla tout son corps et lui glaça la moelle des os : il frissonna et serra les dents pour s'empêcher de grelotter.

Sa propre impuissance lui faisait horreur et, plissant les yeux de concentration à la manière d'une tortue centenaire, il s'efforça de trouver une issue, pour lui tout autant que pour les autres, mais sa peur le harcelait et ne cessait de le ramener au sordide souvenir de son rêve lubrique, à la conscience qu'il se baisait lui-même. Son âme était la vamp, et l'obèse son singe, la guenon qui lui rongeait la nuque.

Le bruit du moteur de la camionnette, retour de la friche industrielle, interrompit sa méditation morose. Il se leva et rangea calibre, chargeurs et disquettes dans son bureau, puis redescendit au rez-de-chaussée.

La Grue avait acculé la camionnette à la porte du garage, et Frail et lui étaient en train d'en décharger la Harley Davidson de Silence. Ce dernier se précipita afin de leur donner un coup de main pour soulever le pesant engin, et c'est avec une stupéfaction non dissimulée qu'il remarqua les rayons tordus de la roue avant, et ses disques de frein gauchis.

— Pour une crevaison, elle est de taille, haleta-t-il, en les aidant à descendre la bécane de l'arrière.

— C'est pas une crevaison, laissa tomber la Grue.

— Mais une putain d'*explosion* !, croassa Frail, en sautant en arrière au moment où la lourde moto rebondissait au sol.

— Qu'est-ce que tu veux dire ?, demanda Silence.

— Le pneu a explosé, dit Frail. KA-BOUM ! Je vais me prendre une bière, mec !

— On a tiré dedans, tu veux dire ?

La Grue secoua la tête :

— Nan. Jamais une balle de fusil aurait pu faire ça.

— Sauf une balle explosive, cracha Frail, en se dirigeant pesamment vers le réfrigérateur.

— Un explosif a déchiqueté ce truc, fit la Grue, tout en s'accroupissant pour caresser de la main le métal tordu.

— Ouais, comme si t'avais heurté une petite mine terrestre, ajouta Frail en décapsulant une 33 pour en biberonner une gorgée, écumante de mousse. Une chance que t'étais en train de prendre un virage. Sinon, t'aurais été éjecté de la moto sur la chaussée et, à l'heure actuelle, tu serais à ramasser à la petite cuiller. Une bonne centaine de petits Silence lilliputiens, tournant en rond en pleurant leur mère !

Silence remâchait ses souvenirs de l'accident, tentant de se rappeler tant l'état de la route que ce qui avait bien pu se produire.

— Te fatigue pas à te creuser les méninges, Silence, dit Gomes en surgissant derrière lui. Quelqu'un a dû te piéger ton pneu pour qu'il explose.

— Les Rude Riders, suggéra Frail en refaisant surface, libérant momentanément son goulot pour respirer. Ces baltringues ont dû chanstiquer ta bécane avant de venir te faire ton affaire au Swan Dive.

Silence secoua la tête, bien persuadé que les Rude Riders qu'il avait tués au Swan Dive n'avaient nullement l'intention de le laisser repartir en moto.

— Va falloir remplacer tout l'assemblage de la roue avant, conclut la Grue. Pendant un temps, tu devras t'asseoir en croupe derrière les copains.

De la position qu'elle occupait, Andrea put voir s'allumer la petite lueur dans les yeux de Silence, lorsqu'il se souvint enfin de l'endroit où il se trouvait juste avant de se viander. Puis cette étincelle s'éteignit, en même temps que son masque habituel se recomposait, et elle vit palpiter une grosse veine verte à sa tempe, signe qu'il venait de mettre le doigt sur l'identité de la seule personne qui avait pu piéger sa bécane. Un morne effroi, sorte d'acceptation résignée, s'empara de tout son être, et elle se rapprocha en douce de Bobby : elle avait envie de pleurer.

La Grue et Silence venaient tout juste de terminer de pousser la Harley à l'intérieur de l'atelier lorsqu'un taxi se gara le long du trottoir et que Liam en descendit. Il resta planté un moment sur le trottoir, inspecta la rue de haut en bas puis, lorsqu'il fut certain que tout était d'équerre, adressa un signe de tête aux gens qui se trouvaient dans l'atelier. Frail claqua des talons et le salua militairement, puis décapsula une autre mousse.

Liam se pencha, se glissa à l'intérieur du taxi et tendit la main à Cassie pour l'aider à en descendre, puis celle-ci resta debout à côté de lui, considérant les autres d'un œil indécis tandis que Liam, fort civilement, donnait la main à Billie. À la lumière oblique de cette fin d'après-midi, elle semblait scintiller, tant sa chemise blanche, en réfléchissant l'éclat ambré de sa chevelure cuivrée, éclairait ses hautes et lisses pommettes.

De fait, pressentait Cassie, le pire était encore à craindre, car peu importait, finalement, qu'Andrea remplisse son corsage avec plus d'opulence que Billie ne remplissait le sien, ou que son cul soit plus rond ; la jeune épouse de gangster possédait au plus haut point la nonchalante vénusté de celle qui a toujours connu une existence protégée, n'a jamais acquis ce regard impudent, lourd de cynisme et de perpétuel défi, qui est la marque de fabrique de ceux qui sont sortis du ruisseau. Cette sereine assurance paraissait totalement déplacée dans ce quartier dévasté et n'avait d'autre effet que de rehausser encore sa séduction, tout en soulignant son isolement, de telle façon que de simples avantages physiques, quelle que puisse être leur charge d'érotisme, ne pouvaient soutenir la comparaison. Et le pire de tout, c'était encore la lamentable lueur de désir qu'elle discernait dans l'œil intact de Bobby.

Liam leur présenta Billie et celle-ci, consciente de sa périlleuse position d'intruse et d'importune, hocha la tête d'un air penaud. Toute cette violence dont elle avait été la cible au cours des deux derniers jours l'avait amenée à reconnaître — amère constatation — qu'elle semait la zizanie partout où elle passait. Spontanément, instinctivement, elle s'attendait à trouver chez ces gens colère et ressentiment.

La Grue semblait totalement apathique : un revenant, resurgi d'une époque révolue avec ses cheveux noirs et gras rejetés en arrière, ses bottes de moto dans lesquelles il nageait, sa salopette graisseuse et sa silhouette d'épouvantail, efflanquée et dégingandée, couverte de tatouages depuis ses poignets osseux jusqu'à sa pomme d'Adam proéminente. Il ne parut même pas la voir, pour ainsi dire. Mais l'autre, le gras du bide, celui dont la brioche débordait sur son ceinturon, avec ses longs cheveux filasse, la reluquait d'un air ahuri, comme si elle était complètement nue. Son surnom, Frail, paraissait incongru, à moins qu'il ne fît référence à sa cervelle. Il lui offrit une bière, qu'elle déclina avec un sourire gêné.

Elle évita de regarder Bobby, redoutant la haine virulente qu'elle risquait de lire dans ses yeux cruels, et tourna vers Andrea un visage plein d'espoir. Alors que Cassie s'était montrée chaleureuse, presque radieuse, dans l'attention anxieuse qu'elle lui avait témoignée, cette fille aux cheveux blonds coupés en éventail, au jean étroit et moulant et la poitrine généreuse lui parut immédiatement hostile. Des étoiles à la froide lumière s'aiguisaient derrière l'interminable frange des cils soyeux qui bordaient ses yeux de biche.

Billie regarda Silence, et la joie lumineuse qui brillait dans son sourire la ravit. Il se passa un moment avant qu'elle ne parvienne à déchiffrer, derrière la façade qu'il lui présentait, la cruelle souffrance qui émoussait le tranchant de son regard. Elle alla à lui et se plaqua fermement contre son corps. Il l'enlaça et ils s'embrassèrent. Andrea balaya toute l'assistance d'un regard où brillait une lueur cynique, et ses yeux s'arrêtèrent sur Cassie, laquelle haussa les épaules. « Amour, toujours », fit-elle en passant devant Andrea, juste avant d'entrer pour s'employer aussitôt à sa sempiternelle corvée de rangement.

Billie demanda à Silence de lui raconter de sa bouche tout ce qui s'était passé depuis qu'il l'avait laissée à l'hôtel. Il la conduisit dans le garage, lui présenta le fauteuil en vinyle rembourré et s'assit près d'elle sur une pile de cartons d'huile de moteur Castrol. Pendant qu'il lui narrait le récit de son évasion de la propriété des Hellas, Hank Nalone et Pete « Bassman » Giamacci débarquèrent sur leurs motos.

Aux yeux de Billie, Hank ressemblait à la Grue comme un frère cadet : grand, les cheveux gominés à l'ancienne mode, mais le corps dépourvu de tatouages et nettement plus étroit et anguleux, tandis qu'une barbe éparse et clairsemée mangeait ses joues caves. Il alla s'installer à sa place habituelle à côté de Frail, près du réfrigérateur, et écouta ce dernier lui expliquer ce qui s'était passé, tout en dévisageant ouvertement la plus jolie femme qui se soit jamais trouvée dans la même pièce que lui.

Bassman avait la longue chevelure noire aux reflets bleus d'un Comanche, une bouche veule et molle et une mâchoire pendante qui semblaient dépourvues de nerfs. Il se dirigea directement vers l'endroit où Cassie s'affairait à débarrasser des bouteilles vides, et entreprit de lui donner un coup de main, en s'accordant de fréquentes pauses pour zyeuter cette fille étrange assise en compagnie de Silence.

Liam les présenta. Hank hocha la tête et Bassman lui fit un petit signe, d'une main à laquelle il ne restait plus que le pouce et l'auriculaire, seuls rescapés d'un accident qui s'était produit des années plus tôt, lorsqu'un tuyau d'échappement lui avait explosé dans la pogne, et, entre les deux, trois moignons charnus. Puis deux autres motos dévalèrent l'allée en vrombissant et, quelques instants plus tard, les derniers des Street Gypsies faisaient leur entrée... Deux énormes types que Liam lui présenta brièvement : Seaworms, un chauve à la longue figure, et Marsbars Lemay, un géant de plus de cent cinquante kilos, à la barbe touffue de sapeur.

Les deux hommes se dirigèrent droit sur Silence, lui tapèrent amicalement dans la main en faisant montre d'une affection toute fraternelle et considérèrent Billie en souriant d'un air ébahi.

— Z'êtes vachement belle, dit Seaworms d'une voix fluette de marionnette de ventriloque, en laquelle Billie vit tout d'abord une mystification, jusqu'à ce qu'il ajoute :

— Z'êtes la plus belle femme que j'aie jamais vue. De ma vie.

Marsbars, à qui les énormes cernes noirâtres qui cerclaient ses yeux et les trous qui criblaient son visage conféraient un aspect répugnant, sourit néanmoins affablement, dévoilant une bouche édentée, en lui prenant la main :

— Si j'étais pas si timide, je vous aurais moi-même enlevée à Manny.

Il lui broya gentiment la main et lui fit un clin d'œil.

— Très bien, fit Liam, réclamant leur attention.

Écoutez-moi bien. On va devoir s'efforcer de gamberger clairement.

— À propos de quoi ?, s'enquit Gomes. Si on garde cette pute, on est morts.

— Ta gueule, tête de con, gronda Marsbars.

— J'ai pas la moindre intention de crever pour cette radasse, Lemay, insista Gomes. Quelqu'un en a envie, ici ?

Billie baissa les yeux, contemplant son pantalon noir à pinces et ses souliers verts, et se sentit soudain complètement stupide de laisser à ces hors-la-loi sans feu ni lieu le soin de décider de son sort. Elle ne voulait qu'une chose, que Silence l'emmène loin d'ici et, comme s'il avait lu dans ses pensées, ce dernier se leva et déclara :

— On n'a pas à encaisser ces conneries. Viens, Billie.

— Hé, une seconde, dit Liam. Où allez-vous ?

— Le plus loin possible.

Il se sentait plus ou moins vaseux, comme s'il venait de choper une mauvaise grippe, mais savait pertinemment que le pire était encore à venir. S'ils devaient absolument se cavaler, c'était maintenant ou jamais.

— Ta meule est HS, gloussa Gomes. Elle t'emmènera nulle part.

— Ouais, fit sèchement Silence. Et peut-être bien que t'as une vague idée de ce qui lui est arrivé.

Les narines de Gomes palpitèrent.

— Ça me dépasse, ducon.

— On va acheter sa camionnette à la Grue, s'il accepte de nous la vendre, dit Silence à Liam. Sinon, on louera une putain de caisse. Mais on se casse.

— Et tu nous laisses ici pour ramasser les pots cassés, pas vrai ? (Gomes déporta agressivement sa mâchoire de côté.) C'est tout toi, ça.

— Pourquoi on resterait ?, demanda Silence.

Il aurait aimé en dire plus, apostropher Liam, lui reprocher de l'avoir obligé à se rendre malade comme un chien, leur faire remarquer qu'ils ne seraient pas là à l'heure actuelle si Gomes n'était allé les débusquer à la fonderie. Mais la sinistrose qui régnait dans l'atelier était si épaisse qu'elle semblait imperméable au verbe.

— T'es mort de rage parce que je t'ai confisqué tes DL, affirma Liam. T'es à ressaut parce que tu n'arrives pas à surmonter le manque. Mais tu as fait ton choix, Silence. La femme ou la came. Tu as choisi la femme. Qu'elle suffise à assouvir ton besoin, à présent.

— Pourquoi ? (Silence s'efforçait désespérément de comprendre. Il se sentait épais, balourd, isolé, exclu de la meute de ces gens qui le toisaient.) Pourquoi m'obliges-tu à choisir ?

— Parce que tu nous as contraints à choisir, rétorqua Liam du tac au tac. J'aurais pu livrer Billie aux gorilles, à l'hôtel, et les Gypsies auraient encaissé un bon pactole. Mais tu m'as obligé à choisir. Et j'ai opté pour toi, parce que tu es un Street Gypsy. Et maintenant, tu vas devoir rester ici avec nous et te coltiner ta part personnelle de souffrance.

— Le manque va le dévaster, Liam, laissa tomber Cassie de l'endroit où elle se tenait, rangeant les paperasses qui encombraient le bureau. Dans l'état où il sera, il aura du mal à charcler efficacement.

— Précisément. (Liam arqua un sourcil, histoire de donner plus de poids à son argument.) Je ne veux pas que cette affaire dégénère en bataille rangée. Manny ne veut pas récupérer Billie. Il croit seulement en avoir envie. Mais, quand il la tenait, il la cognait. Je compte sur Al et sur son ami Slick Stanger pour lui inculquer un peu de bon sens. Et c'est très exactement ce qu'ils feront quand on leur aura rendu ce qu'ils veulent en réalité... Les disquettes.

— Comment pourront-ils être sûrs qu'on n'en a pas fait des copies ?, demanda Silence.

— Tu l'as fait ?

Silence secoua la tête.

— Alors, aucune copie ne refera surface. Ils récupéreront les disquettes, tu garderas Billie, et la Terre continuera de tourner.

— Pas si simple, grogna Gomes. Ils voudront se venger.

— Alors, il faudra qu'ils y mettent le prix, dit Liam. Et c'est bien pour cette raison que nous devons rester solidaires, fermement soudés... Pour leur montrer, bien leur faire voir que le prix à payer pour la vengeance est au-dessus de leurs moyens.

CHAPITRE SEPT

Sous un ciel teinté de rouge, un fourgon cabossé remontait lentement la rue qui passait derrière l'atelier de la Grue. Il ralentit juste avant la ruelle qui conduisait tout droit à la cour de bitume fissuré qui faisait face à l'enceinte dans laquelle les Street Gypsies rangeaient leurs motos. Les portières arrière du fourgon s'ouvrirent en grand, à la volée, et deux hommes massifs vêtus de combinaisons de saut de couleur sombre se précipitèrent dans la ruelle, armés chacun d'un pistolet-mitrailleur Uzi : Dan Meade, son visage défiguré par un bec-de-lièvre férocement badigeonné de zébrures noires et son torse carré protégé par un gilet pare-balles, prit les devants, précédant Jack Shaw jusqu'à l'extrémité de la ruelle.

Lorsqu'ils débouchèrent dans la cour asphaltée aux dalles de bitume déchiquetées comme des pièces de puzzle, Dan indiqua le terrain vague à Jack et ils se déployèrent. Il se glissa en force, par une petite ouverture hérissée de clous, entre les piquets de bois de la palissade défoncée et toute de guingois qui séparait les lotissements, et fit halte sous un vieil arbre au tronc noueux, devant la rampe de gazon qui conduisait à l'enceinte. Puis il regarda Jack se faufiler furtivement entre les broussailles du terrain vague.

Pendant cette courte pause, le plan d'attaque tout entier repassa de nouveau sur l'écran de son esprit et l'anxiété qui l'avait rongé jusqu'ici se dissipa. Il avait craint, en effet, que les Street Gypsies n'aient posté des sentinelles, l'obligeant à ouvrir le feu à ce stade du déroulement de son plan. Le vide béant qu'avait laissé la peur en refluant se combla rapidement, cédant la place à un mépris amusé pour l'ennemi. Un ramassis de junkies, d'êtres déloyaux qui ne connaissaient d'autre maître que leur seringue. Qu'il ait pu un seul instant les imaginer en train de poster des sentinelles lui paraissait à présent parfaitement grotesque, et il avait désormais la certitude que cette opération allait se dérouler sans la moindre anicroche.

Dan Meade avait reçu le baptême du feu au Viêt-nam quand il était encore un ado, et il avait passé depuis son entière existence à ourdir et à exécuter des projets meurtriers. Néanmoins, l'occasion de tirer les leçons de l'enseignement patriotique qu'il avait reçu chez les Marines ne s'était que très rarement offerte à lui sur le champ de bataille urbain où il exerçait son art.

Pat Roccio, pour sa part, avait trouvé que l'idée, initialement suggérée par Dan, de donner l'assaut sous le couvert du crépuscule péchait par sa trop grande complexité, et avait recommandé un assaut frontal massif, franc et direct. Ray Fowler, quant à lui, avait renâclé devant le recours à la violence. Il était favorable à la négociation. Et, en voyant Dan se passer la figure à la peinture corporelle, il avait râlé — oh, pas à haute voix, Ray était bien trop réservé pour ça — mais son regard avait été suffisamment éloquent.

De l'endroit où il se tenait à croupetons, entre les hautes herbes agitées, Dan pouvait voir brasiller les derniers feux du soleil couchant dans les chromes des motocyclettes garées dans l'enceinte, ainsi que la porte arrière du garage, ouverte en grand pour laisser pénétrer la brise. La porte coulissante de l'enceinte était également grande ouverte. Il se rengorgea de satisfaction, désormais persuadé que sa stratégie était la bonne.

L'assaut frontal préconisé par le Roc n'aurait eu d'autre résultat que de saboter immédiatement l'accès commode à leur tanière que leur ménageaient ces junkies. À quoi bon charger en mitraillant au petit bonheur la chance quand Jack et lui pouvaient s'infiltrer à l'intérieur en toute tranquillité ? À partir de là, le plan était d'une simplicité enfantine : ils tiraient sur tout ce qui bougeait et massacraient tout le monde, y compris et surtout Billie Hellas. De la position qu'il tenait dans la ruelle, sur le trottoir d'en face, Jack allumerait tous ceux qui tenteraient de s'échapper. La mechta serait nettoyée en deux coups les gros, le fourgon tournerait le coin de la rue et Ray, après avoir salué l'heureuse initiative de Dan d'un humble hochement de tête, viendrait les rejoindre pour passer la baraque au peigne fin et récupérer les disquettes. Et, si ces dernières s'avéraient trop bien planquées pour qu'on les retrouve sans délai, on mettrait le feu à la boutique.

Dan vérifia que son Uzi était prêt à tirer, adressa un petit signe de tête à son partenaire et commença à fendre furtivement les herbes bruissantes. Son pied se prit dans une racine, et un subit beuglement l'ébranla comme un coup de poing. Il se cassa en deux, les tympans vibrant encore de ce monstrueux glapissement, et comprit tout à trac que son pied n'avait nullement buté sur une racine, mais bel et bien sur un fil piégé. Sa main s'abattit sur une motte de gazon et se referma sur un avertisseur, un dispositif cylindrique rempli d'air comprimé qui tenait dans sa paume et laissait échapper un hurlement strident par un entonnoir en plastique. Il le laissa tomber en poussant un juron et retourna sa rage contre l'atelier de la Grue.

Lorsque l'alarme retentit à l'intérieur, Liam était précisément en train d'exposer les détails de son plan de négociation. Les Street Gypsies se jetèrent aussitôt sur leurs armes et foncèrent se mettre en position aux divers postes de combat qui leur avaient été assignés au préalable, lors de guerres antérieures avec d'autres gangs.

Silence dépêcha Billie à Cassie, laquelle s'employait déjà, aidée d'Andrea, à refermer les stores vénitiens des fenêtres du garage protégées par des barreaux métalliques.

— Reste avec elles, l'exhorta-t-il avant de foncer vers l'escalier.

Billie se blottit contre le bureau à l'instant précis où toutes les lumières s'éteignaient, quelqu'un s'étant chargé d'abaisser la porte métallique du garage. L'obscurité réveilla sa terreur galopante et elle appela Silence.

— Ça ira, mon chou, lui répondit la voix de Cassie dans son dos, puis des mains douces et fermes la pilotèrent, depuis le bureau, jusqu'à un endroit qui sentait le renfermé.

La lumière se ralluma en clignotant et elle réussit à distinguer la silhouette d'Andrea, s'encadrant dans l'embrasure d'une petite porte qui s'ouvrait entre le compresseur d'air et l'établi. Cassie la poussa en avant d'une bourrade et elle en franchit le seuil, pour se retrouver au sommet d'un escalier de pierre qu'Andrea avait déjà dégringolé. Cassie referma la porte derrière elle et la verrouilla, puis conduisit Billie, au bas des marches, dans un petit cellier bourré jusqu'à la gueule de caisses pleines à ras bord de pièces détachées de moto. L'ampoule nue qui pendait aux solives du plafond était enguirlandée de toiles d'araignées. Une table de jeu, ainsi qu'une pile de chaises pliantes, étaient coincées entre ces caisses, au beau milieu de la pièce.

Andrea activa un petit ventilateur disposé sur un bidon métallique et redressa l'une des caisses, puis l'escalada pour jeter un œil par une petite meurtrière perchée assez haut dans le mur de maçonnerie. Cassie déplia trois chaises et invita Billie à s'asseoir.

— On sera en sécurité ici, affirma-t-elle. Détends-toi.

Billie s'assit, et se prit la tête à deux mains. Mais comment avait-on pu en arriver là ?

— Que se passe-t-il ?, demanda-t-elle.

— Tu vois quelque chose ?, s'enquit Cassie.

— Que dalle.

Andrea sortit une cigarette du paquet que recélait la poche de sa robe.

— Pas ici, Andy, fit Cassie.

Andrea alluma sa cigarette avec un briquet à gaz en plastique.

— On est à deux doigts de se faire massacrer... et j'ai même pas le droit de fumer une pipe ?

Billie releva des yeux effrayés.

— Jamais on n'a été à deux doigts de se faire massacrer, affirma Cassie. L'alarme a très pu bien être déclenchée par un chat.

— Ouais. Tu parles.

Andrea souffla un nuage de fumée en direction de l'ampoule.

— Ça s'est déjà fait, dit Cassie. Rappelle-toi la fois

où elle s'est déclenchée toute seule pendant que Hank repeignait les auvents, tout en haut de l'échelle.

Andrea recracha la fumée par les narines, avec un reniflement dédaigneux :

— Ce débile a eu si peur qu'il a laissé tomber un bac de peinture verte sur la boule de billard de Seaworms !

— Encore deux jours après, t'aurais cru une pastèque à pattes, s'esclaffa Cassie.

— Et pendant tout l'été, dès que quelqu'un avait le malheur de prononcer le mot « pastèque », Seaworms bottait son cul à Hank. À la fin, il en pouvait tellement plus qu'il a acheté un seau de peinture verte et a plongé la tête dedans, gloussa Andrea.

— Le plus dingue, dans l'histoire, c'est qu'il n'y avait pas l'ombre d'une attaque, confia Cassie à Billie. Un chat s'était pris les pattes dans le fil.

— Les mecs et leurs marottes, marmotta Andrea.

— C'est leur façon à eux de jouer à la guéguerre, fit Cassie.

Billie lui jeta un regard chargé d'anxiété :

— Quel mode de vie terrifiant ! Comment pouvez-vous vivre de cette façon ?

— Non mais, écoutez-la causer, celle-là ! (Andrea, la bouche torve, se fendit d'un unique éclat de rire.) T'as pas franchement épousé un petit saint, toi non plus.

— C'est bien pour ça que je me suis enfuie. Je ne pouvais plus supporter ça.

— Manny la tabassait, expliqua Cassie, avant de répéter à Andrea l'histoire que Billie lui avait narrée un peu plus tôt.

— Merde, tiqua Andrea. Je tolérerais jamais ça de la part de Bobby. T'as eu raison de te casser, ma fille. Mais t'aurais dû te trisser en solo. En te pointant ici, tu nous as tous mis dans le bain. La dernière des conneries à faire. (Elle se leva et se dirigea vers l'interphone rivé à une poutre porteuse.) Hé, là-haut... Qu'est-ce qui se passe, bordel ?

Au bout d'un court instant de silence, la voix de Bassman répondit :

— Rien. Y a pas un rat, là dehors.

— Tu vois bien, dit Cassie à Billie. C'était l'attaque des hommes-chats.

— Arrête tes conneries, Cassie, la coupa sèchement Andrea. Ç'aurait très bien pu être sérieux, et la prochaine fois sera la bonne. Qu'est-ce qu'on va faire ? Ramper tous dans ce trou et attendre qu'ils nous tombent dessus, assis sur notre cul ?

— Quoi d'autre ?, interrogea Cassie. Ça s'est toujours passé comme ça.

— On n'est pas en train de se battre contre ces minus d'Imperial Dragons, ce coup-ci, Cass. Mais contre la putain d'Organisation. Et ils débouleront pas armés de battes de base-ball et de .38. Ils ont des mitraillettes et des tueurs chevronnés, des professionnels.

— Je n'ai jamais voulu ça, déclara Billie, sentant à brûle-pourpoint le bistouri tranchant de l'hystérie lui titiller le cœur.

— Alors, tu comptes faire quoi pour l'empêcher ?, demanda Andrea. Si tu t'incrustes ici, on y passe tous.

— Fous-lui la paix, Andy, dit Cassie en se relevant. Que veux-tu qu'elle fasse ?... Qu'elle aille les retrouver pour qu'ils la taillent en pièces, et tout ça pour sauver ton petit cul ?

— Justement, fit l'autre en entreprenant de gravir les marches. Mon cul, c'est la seule chose qui m'intéresse.

Billie, tremblant de tout son corps, la regarda monter.

Cassie la prit par les épaules :

— Hé, l'écoute surtout pas. Elle est juste comme ça parce qu'elle a peur. Elle devient hargneuse, alors qu'en réalité elle a tout simplement envie de chialer.

Les yeux de Billie étaient cuisants et noyés de larmes :

— N'empêche qu'elle a raison. Tout est de ma faute. Vous risquez tous votre vie à cause de moi.

Cassie secoua la tête, tandis que son visage lunaire se crispait, préoccupé :

— Dis pas de conneries. Andrea se montre tout simplement égoïste, voilà tout. Elle sait aussi bien que moi que ces types ne vivent que pour le danger. (Elle lui adressa un petit sourire contrit, désarmé.) Et, quand il le faut, ils meurent pour lui.

Billie remonta de la cave et chercha immédiatement Silence des yeux. La lumière était revenue, et Cassie, déjà à l'œuvre, s'activait à redresser les tabourets et les chaises qui avaient été renversés dans la pagaille. Andrea trouva Gomes en train d'épier à travers les jalousies d'une des fenêtres du garage, et ils s'étreignirent. Par-dessus l'épaule d'Andrea, Gomes décocha à Billie un clin d'œil de son œil indemne et lui fit la bouche en cœur. Elle se détourna et croisa le regard de Lemay, le géant barbu, lequel se tenait un peu en retrait de la porte du fond, qu'il avait pour charge de garder, et considérait les alentours en hochant dubitativement la tête.

La nuit avait suspendu des draperies pourpres au-dessus des toits, et festonnait de noir et de gris les rares réverbères qui fonctionnaient encore. Liam, à l'écart des autres et debout dans l'enceinte encore plongée dans l'obscurité, fixait la palissade grillagée, tandis que

Silence et Hank fouillaient le périmètre. L'alarme continuait de hurler.

Seaworms et Bassman, l'un et l'autre armés d'un calibre, avaient disparu au fond de la ruelle et se disposaient à aller de nouveau inspecter le devant de la boutique, et Frail et la Grue arpentaient la terrasse de long en large, un fusil carré au creux du coude comme des gardiens de pénitencier.

Billie, qui avait rejoint Liam, vit soudain Silence s'accroupir sur le talus herbeux, tout au fond de la cour. Puis il se redressa et piétina le sol, et l'alarme se tut dans un couinement. Mais au lieu de revenir vers eux immédiatement après, Hank et lui s'en éloignèrent en patrouillant dans les herbes hautes qui leur arrivaient jusqu'à la taille, pour s'enfoncer dans les ténèbres opaques du terrain vague.

— Qu'est-ce qu'ils fabriquent ?, demanda-t-elle.

— Cherchent l'ennemi.

Billie, dans la chiche lumière, riva son regard sur le profil de Liam et vit qu'il serrait les dents, les mâchoires crispées et le regard tendu :

— Silence ne va pas très bien, hasarda-t-elle. Il ne devrait pas être dehors.

Liam lui jeta un bref regard irrité, puis le reporta sur les silhouettes noires qui arpentaient le pré.

— Serait-ce une punition ? demanda-t-elle.

— Non. Ce n'est pas une punition.

Même dans le noir, elle pouvait voir tressauter les muscles de sa mâchoire. Elle inspira un bon coup, s'apprêtant à lui demander pourquoi il risquait la vie de Silence, lorsqu'il ajouta :

— Il fait ce que font tous les Street Gypsies.

— Silence n'est plus un Street Gypsy, rétorqua-t-elle hardiment.

— Il reste un Street Gypsy, tant que vous serez là tous les deux, répliqua-t-il prosaïquement, sans la regarder.

Une bouffée de colère la traversa :

— Vous le châtiez. Vous lui en voulez de plaquer les Gypsies pour moi, je me trompe ?

Les mains de Liam se contractèrent un peu plus énergiquement sur la palissade grillagée, mais il ne répondit pas.

— Je comprends maintenant, fit Billie, tandis qu'une décharge d'angoisse sans mélange venait douloureusement exploser derrière ses yeux. Vous l'envoyez se faire tuer pour pouvoir me rendre à Manny, et tenir la promesse que vous lui avez faite.

Liam appuya son front à la palissade pour mieux se contrôler et tourna lentement vers elle son visage :

— Je ne l'ai pas envoyé se faire tuer. Je l'ai envoyé là-bas parce que c'est sa guerre. Qu'il nous y a mêlés, et qu'il va devoir maintenant assumer sa part des risques.

— *Nous* vous y avons mêlés, rectifia Billie. Vous ne devriez pas le punir à cause de moi.

La peau se fronça entre les deux yeux de Liam :

— Je dirige un gang des rues, Billie. Il ne s'agit pas d'un travail ordinaire ni d'un passe-temps qu'on peut laisser tomber à tout bout de champ. Nous sommes des hors-la-loi. Nous n'obéissons qu'à nos propres règles et nous vivons et nous mourons en nous y pliant.

— De sorte que vous envoyez Silence à la mort pour le châtier d'avoir violé ces règles.

Le visage tout entier de Liam se renfrogna :

— Je n'envoie pas Silence à la mort, jeune dame. S'il meurt, ce sera le destin. Il est là-bas parce qu'il est un Gypsy et qu'il fait ce que font les autres Gypsies.

— Pourquoi vous sentez-vous obligé de lui faire subir ça ? Ne pourriez-vous pas tout simplement le laisser filer ?

— Je ne l'ai jamais retenu. Il a eu ses vacances à Hawaï. Sept ans, il est resté parti. Puis il est revenu ici et a souhaité redevenir un Gypsy. Il est donc redevenu un Gypsy. Et voilà qu'à présent il vous rencontre et veut de nouveau sortir du rang. Parfait, qu'il en sorte. Mais pas avant qu'on ait réglé ce micmac avec les frères Hellas. Jusque-là, il est un Gypsy et il reste un Gypsy. Il en est conscient, et c'est bien pour cette raison qu'il est sorti dans la nature.

— Et moi ? Qu'advient-il de moi ? J'appartiens à Silence. Pourquoi ne m'envoyez-vous pas avec lui dans la nature ?

Liam la considéra d'un œil étrange, en déportant légèrement la mâchoire de côté comme s'il s'efforçait de résoudre une énigme :

— Ouais. Vous appartenez à Silence. Vous avez votre place parmi nous, et vous devez donc également assumer votre part des risques. Montez dans la chambre de Silence. C'est là que vous trouverez ce que j'attends de vous.

— C'est-à-dire ?

— Vous verrez bien, dit-il en se détournant. Montez, déjà.

Billie hésita, effarée par le timbre tranchant, inflexible, de sa voix. Il s'exprimait avec froideur et détachement. Mais elle n'en rentra pas moins dans la maison, la perspective de s'attarder avec lui dans le noir, à éprouver tout le poids de sa colère, lui paraissant encore plus effrayante. Lemay s'effaça derechef pour la laisser passer et elle entendit Liam crier le nom de Gomes.

Elle réussit à trouver le chemin de l'étroit escalier qui conduisait à l'étage en enjambant un petit réduit triangulaire. Elle se demanda si elle saurait reconnaître la chambre de Silence, mais il n'y avait qu'une seule porte ouverte à l'entresol, à côté de celle de la salle de bains. Elle passa la tête à l'intérieur et aperçut, grande ouverte, la boîte en carton qui contenait son costume de lin.

Se plantant alors devant le Corbeau, elle s'interrogea sur la nature du tourment qui avait bien pu le conduire à faire sa chapelle ardente de cette chose effroyable.

— Harponner la chance au vol, hein ?

La voix sardonique de Gomes provenait du pas de la porte. Billie se retourna en sursautant.

— C'est pas ce que dit le corbeau de Silence ?, demanda-t-il en entrant, avant de refermer la porte sur lui.

Billie fit un pas en avant, bien décidée à lui passer sous le nez pour ressortir de la chambre :

— Ôtez-vous de mon chemin.

— Pas mèche, trésor. Pas mèche.

Il dégrafa la boucle de son ceinturon.

— Je vais appeler au secours, le prévint-elle en reculant, terrorisée par son rictus lubrique.

— Te gêne surtout pas, l'y invita-t-il avec exubérance. Je tiens à ce que Silence t'entende. Je veux qu'il sache que je suis en train de te limer comme personne.

— Fichez le camp ! Laissez-moi tranquille !, hurla-t-elle en repoussant ses mains avides. J'appelle Liam.

Le sourire salace de Gomes s'élargit encore plus :

— Vas-y. Appelle-le. C'est lui qui m'envoie. Je veux qu'il sache que je suis à pied d'œuvre.

Billie respira profondément, s'efforçant d'enrayer sa terreur, de deviner s'il bluffait. Puis il se déplaça à une vitesse foudroyante, tendit une jambe derrière son dos et la fit culbuter à terre.

— Liam !, cria-t-elle. Au secours ! Liam !

Le visage tuméfié de Gomes emplit tout son champ de vision, puis il lui plaqua les deux bras au parquet et la cloua au sol de tout son poids :

— J'vais te prendre par-devant et par-derrière, trésor. Tu vas grimper aux rideaux.

La porte s'ouvrit à la volée et Cassie entra armée d'un balai :

— Dégage, sale porc ! Vire-toi d'elle !

Gomes sauta en l'air en poussant un glapissement clownesque :

— Tire-toi, Cassie, grogna-t-il d'une voix grondante, lourde de menaces voilées. Je veille au grain.

— Fais pas ça, Bobby, dit-elle en brandissant le manche à balai comme un sabre de samouraï. T'as laissé Andy en larmes au rez-de-chaussée.

— Elle est au parfum, répliqua-t-il en lui montrant la porte. Maintenant, tire-toi d'ici, bordel, avant que je t'explose la tronche.

— Écarte-toi d'elle, Bobby !

Elle cingla l'air de son balai et Bobby empoigna le manche d'une main et tira d'un coup sec, la précipitant sur son poing qui volait déjà. L'impact lui projeta violemment la tête en arrière, l'envoyant valdinguer au sol, les quatre fers en l'air.

Gomes se précipita sur elle à quatre pattes, l'agrippa sous les aisselles et la traîna hors de la chambre. Billie entendit le corps de Cassie dégringoler l'escalier, et elle fonça vers la porte ouverte. Gomes la rattrapa par le poignet sur le seuil, la fit pivoter sur son axe et lui tordit le bras derrière le dos. Une douleur fulgurante lui déchira l'épaule lorsqu'il la souleva pour l'appuyer contre le bureau, tout en claquant la porte d'un coup de pied.

— Bon, où en étions-nous ?, tonna-t-il d'une voix rauque, plaquant la bouche contre son oreille en même temps qu'il lui tordait brutalement le bras, jusqu'à ce que la souffrance lui arrache un cri. D'une secousse de sa main libre, il descendit son pantalon et sa culotte et lui empoigna les fesses à pleine main.

— Silence !, hurla Billie.

Son cri avait jailli dans la nuit, haut et clair, et Silence l'entendit depuis le terrain vague attenant.

Hank, voyant mal comment le danger pouvait provenir de l'intérieur de l'atelier, lui jeta un regard interdit. Silence le bouscula au passage et piqua un sprint, piétinant sans bruit la muraille de broussailles. Hank lui emboîta le pas.

Ils se trouvaient à l'autre bout du terrain vague et, au lieu de piquer en droite ligne à travers les hautes herbes, Silence se rua vers la propriété contiguë, un bâtiment trapu en pierre de taille, aux fenêtres barricadées. Dans sa hâte désespérée de rejoindre Billie, il coupa par une cour dont l'asphalte avait été soulevé et fissuré par les racines du grand arbre qui se dressait sur la bordure de la cour arrière de l'atelier. Il se cassa en deux pour s'insinuer par la trouée qui s'ouvrait dans la palissade de piquets de bois vermoulu et, au moment où il jetait un coup d'œil par-dessus son épaule, vit une silhouette émerger de la ruelle.

Hank, qui tournait le dos à cette dernière, tamponna Silence, lequel avait pilé net dans son élan. Les deux hommes se retournèrent de conserve et se retrouvèrent nez à nez avec Ray Fowler. Les cheveux blonds et le plastron de la chemise blanche de ce dernier semblaient rayonner dans le noir. Il portait costume et cravate, et braquait sur eux un automatique chromé. Un sourire amusé éclairait sa belle gueule burinée.

— Eh bien, Silence, fit l'Archer. À croire que t'as encore jamais vu un calibre.

Billie avait cessé de crier. Le chant strident des criquets et l'assourdissant martèlement de son propre pouls couvrirent soudain le silence nocturne.

— Ray, dit Hank, et le pistolet qu'il tenait tressaillit dans sa main, impatient de se relever pour tirer, mais n'osant s'y risquer. C'est toi qui as déclenché l'alarme.

— T'as pas la parole, mon pote.

Le sourire de l'Archer se figea en une grimace mortelle, et il braqua sur Hank son calibre argenté et lui tira une balle en pleine poire.

Hank vola en arrière et percuta de plein fouet la palissade de guingois, laquelle s'affaissa encore plus lamentablement, tandis que son corps glissait lentement au sol. Ses bras et ses jambes tressautèrent une dernière fois, puis il resta affalé là, inerte, écarquillant les yeux au-dessus du trou noir qui naguère avait été son nez. Un flot de sang ruisselait sur sa bouche et sur son menton, évoquant une sombre barbichette dans la chiche lumière.

Le sourd roulement de tonnerre de la déflagration continuait de se répercuter en Silence, en sonore contrepoint au lourd martèlement de tam-tam de son cœur qui battait la chamade. Lorsqu'il releva de nouveau les yeux pour regarder Ray, sa face luisait de transpiration et le feu glacé du manque brasilla en lui, liquéfiant sa chair.

— Ça, c'est pour le soldat que tu as tué dans la propriété, dit l'Archer. Al était tout retourné. Il connaît bien la famille — le petit était le neveu du jardinier.

Les intestins de Silence se rétractèrent, noués d'appréhension. Peur et nausée, auxquelles s'ajoutait l'angoisse que lui causait la vue de Hank, avec sa cervelle qui lui sortait par les trous de nez, tout hurlait en lui à l'unisson.

— La dernière fois qu'on s'est vus, dit l'Archer, tu m'as piqué mon calibre. Tu prends ton pied à voler les flingues, à ce qu'on dirait ? T'es un fétichiste des armes à feu, pas vrai ? C'est quoi, que tu tiens là ? Le mien ou celui de Jack Shaw ?

Silence lui tendit l'automatique, la poignée en avant.

— Le mien, s'exclama joyeusement Ray en reconnaissant son bien. (Il le braqua immédiatement sur Silence et rangea dans sa poche le revolver chromé.) Un bon choix, pour mitrailler dans le noir. Le neuf millimètres est plus léger et plus souple que le dix.

Une nausée naissante plia Silence et il se cassa en deux, les mains sur les genoux, et cracha un filet de bile dans une quinte de toux.

— Tu crèves de trouille, hein ?, s'esclaffa Ray, secoué par un rire bref et brutal. Décompresse, Silence. Je ne vais pas te tuer.

Silence s'essuya la bouche du revers de la main et releva les yeux, englué dans les rets de sa propre détresse. Qu'était-il arrivé à Billie ? Il s'était promis de ne pas la quitter jusqu'à ce qu'elle soit en sécurité. Mais Liam avait insisté. Une intuition démentielle le transperça, ébranlant encore plus durement son cerveau enfiévré : Liam avait délibérément cherché à les séparer pour avoir Billie à sa pogne.

— Ce n'est pas moi qui ai déclenché votre alarme, dit l'Archer. C'étaient Meade et ses gars. Ils s'imaginaient pouvoir s'infiltrer en catimini et vous fumer les doigts dans le nez pendant que vous regarderiez les infos à la télé. Je leur avais pourtant dit que c'était un plan à la noix. Inutile que d'autres personnes se fassent tuer parce que Manny et sa femme se sont chamaillés. Il est dingue d'elle. Littéralement cinglé. Tu le sais aussi bien que moi. Je pense qu'avec Al et les autres, on pourrait réussir à le dissuader d'essayer de la récupérer coûte que coûte. Mais les disquettes... Ça, ça pose un problème autrement plus grave.

Silence s'adossa à la palissade, ployant trop sous le poids du chagrin qui s'abattait sur lui pour ne pas s'asseoir, les jambes coupées.

— T'as pas l'air en grande forme, Silence.

— Je vais très bien.

— Tu parles. (L'Archer exécuta un rapide pas en avant et cingla la tête de Silence de son calibre, contraignant le malabar à s'effondrer à deux genoux.) Ça, c'est pour m'avoir tiré dessus tout à l'heure. On est quittes. J'ai récupéré mon calibre et t'as une bosse sur la tête, aussi grosse que mon crâne. Tu peux regagner ton club et rejoindre tes amis motards, à présent. Demain, de bonne heure, dépêche-nous ton intrépide leader, muni des disquettes et de l'assurance qu'il n'en existe pas d'autres copies.

Silence tenta de dire quelque chose, mais l'atroce douleur qui lui labourait le crâne semblait vouloir lui ôter l'usage de la parole. Finalement, en serrant les dents, il réussit à balbutier :

— Liam n'est pas à ma botte.

— Quand tu lui auras expliqué que c'est sa seule chance de régler ce problème avec Algernon, il t'obéira.

Silence se redressa, vacillant sur ses jambes, en plaquant la main sur son crâne. La vive douleur induite par le coup de crosse exacerbait encore la conscience, autrement plus atroce, qu'il avait de son manque, et décuplait son impression d'avoir à l'intérieur du crâne un couteau qui en raclait les parois intérieures.

— Vous laisseriez Billie filer en échange des disquettes ?, demanda-t-il alors que l'Archer s'éloignait déjà, à reculons.

— En ce qui me concerne, oui. (L'Archer enfouit son calibre dans la poche de sa veste.) Mais on va devoir convaincre les capos que c'est une bonne solution. Bien entendu, histoire d'étancher leur traditionnelle soif de vengeance, il y aura encore un peu de sang versé. Et, bien évidemment, le sang qu'ils entendront verser sera le tien. Si tu es prêt à mourir, Billie peut recouvrer sa liberté.

Silence resta planté un moment sans rien dire, fixant les ombres hachurées, sidéré qu'un semblant d'espoir puisse surgir du sein même du plus total désespoir.

— Oh, ouais, j'allais oublier, dit l'Archer en s'accroupissant. Pendant que j'ai toute ton attention... Tu pourrais peut-être sauver ta propre putain d'existence en rendant un petit service à Al. Tu sais, ce boulot que tu avais accepté de faire pour lui ? Tu te souviens ? Eh bien, il te considère toujours comme l'un de ses soldats. Et si tu te conduis en conséquence, il pourrait fort bien calmer les autres capos.

Le cœur de Silence se serra :

— Qu'est-ce que je dois faire ?

— Dans pas bien longtemps, ça va de nouveau rafaler dans le secteur, murmura Ray sur le ton de la conspiration. Ça commencera par une espèce de tentative de diversion en façade. Je ne sais trop quoi. Puis, Jack Shaw et Dan Meade entreront par l'arrière, exactement comme ils l'ont déjà tenté ce soir.

Silence dodelina de la tête comme un ivrogne :

— Pas question que j'ouvre une porte.

— Non. Rien de tel. Al ne tient nullement à ce que tu leur prêtes main-forte sur ce coup. Il désire que tu les fumes.

Silence releva la tête, pas persuadé d'avoir bien entendu.

— Dan a été très vilain, poursuivit l'Archer. Al te l'a dit : il a écoulé de la camelote pour son propre compte. Et maintenant, si par hasard il se faisait descendre pendant ce coup de main, tu ferais à Al une sacrée fleur. Il t'en saurait gré.

Silence regarda l'Archer se lever et disparaître à reculons dans les ténèbres. Son cerveau bourdonnait à vide, à la fois ébranlé physiquement par le coup de crosse de l'Archer et traumatisé moralement par le meurtre de Hank. Il tentait vainement de jauger en quoi ce qu'on venait de lui dire pouvait lui servir, mais ne parvenait à se concentrer que sur les tremblements qui secouaient désormais jusqu'aux racines de ses dents, au fur et à mesure que les accès de frissons du manque gagnaient en amplitude. Il réussit à se traîner jusqu'au trou dans la palissade, se faufila péniblement au travers et rentra en clopinant à l'atelier.

La Grue et Frail redescendirent de la terrasse en le voyant revenir, et Bassman et Seaworms sortirent précipitamment par le devant, se ruant à sa rencontre. Liam, suivi d'un Marsbars Lemay à la pesante démarche, retrouva Silence devant la porte coulissante de l'enceinte.

— Où est Billie ?, demanda Silence en tentant de forcer le passage.

Liam le bloqua net dans son élan, d'une main de fer posée à plat sur sa poitrine.

— Que s'est-il passé, là dehors ?

— Hank est mort, déclara Silence. Derrière la palissade. L'Archer l'a tué pour venger le soldat que j'ai dessoudé dans la propriété. Laisse-moi passer, Liam. J'ai entendu Billie crier.

D'un regard, Liam exhorta Seaworms et Frail à aller récupérer le corps :

— Billie est en bonnes mains. Raconte-moi plutôt ce qui s'est passé.

Silence lui rapporta rapidement le message de l'Archer, puis avança d'un pas, se faufilant entre Liam et Marsbars :

— Où est Billie ? Que lui est-il arrivé ?

— Je l'ai donnée à Bobby, répondit laconiquement Liam.

Silence pila net, mais ne se retourna pas. Même en tenant compte de la tempête qui rugissait sous son crâne et de la nausée dévorante qui lui nouait les entrailles, il était suffisamment avisé pour ne pas regarder Liam dans les yeux : s'il s'y risquait, il lui faudrait le tuer. Il se borna à digérer l'effroyable nouvelle, à l'incorporer à son corps de douleur, et entra dans l'atelier.

Cassie était assise sur le bureau métallique et pressait contre sa joue un sachet de glace pilée. Andrea, le visage défait et barbouillé de mascara, était accroupie sur le parquet juste à côté d'elle, adossée à un bidon d'essence. Silence les dépassa à vive allure, gravit l'escalier en coup de vent, se ramassa au beau milieu et termina son escalade à quatre pattes. Il pénétra en trombe dans sa chambre et s'arrêta tout net sur sa lancée, comme s'il avait tamponné un mur.

Billie, roulée en boule, gisait nue sur le sol, le visage enfoui dans ses mains. Gomes, allongé à côté d'elle et également nu, lui caressait les cheveux. Lorsqu'il aperçut Silence, il se fendit d'un grand sourire :

— Hé, comment ça se fait que t'es pas avec Andrea ? T'as donc pas entendu ? On a décidé de permuter pour ce soir.

Silence jaillit en avant en poussant un cri inhumain, terrifiant et inarticulé.

Gomes sortit le 10 mm caché derrière Billie et tira. La détonation fut fracassante. Silence sentit le vent de la balle siffler à son oreille, puis elle alla s'enfoncer dans le mur derrière lui, fracassant le Corbeau, faisant voler son crâne en esquilles, déchirant ses ailes de papier et éparpillant les dés, qui allèrent rouler au sol :

— La prochaine, c'est ta putain de cervelle de merde qu'explose !

Silence recula d'un pas, terrassé par la vision de Billie sanglotant dans ses mains, tout le corps secoué de tremblements terrifiés :

— Laisse-la partir, Gomes.

— Pas question, mec. La soirée est encore jeune. Je m'accorde juste une petite pause. Je la lui aurais bien enfoncée dans la bouche, histoire de remettre le couvert, mais vu son état d'hystérie, elle me l'aurait probablement guillotinée.

Il partit d'un bref rire hennissant puis, de son arme, signifia à Silence de vider les lieux.

— Silence, fit soudain la voix de Liam dans son dos. Recule. Bobby, pose ce flingue et rhabille-toi.

— De quoi ?, protesta Gomes. Tu m'as bien dit de la sauter, non ? Ben, je suis encore loin d'en avoir terminé avec elle.

— Oh que si. Décampe. (Liam riva sur Bobby son regard noir, jusqu'à ce que ce dernier eût abaissé le revolver et se fût relevé. Puis il poursuivit d'une voix radoucie.) Billie, habille-toi. Silence est ici.

Il continua de fixer durement Gomes pendant que celui-ci enfilait ses sous-vêtements en maugréant, balançait ses fringues sur son épaule puis se dirigeait vers la porte en toisant Silence d'un œil narquois.

Liam l'arrêta et lui reprit le calibre, puis le suivit à l'extérieur. En passant devant Silence, il fit halte et plongea son âpre regard dans la noirceur enflammée des yeux de Silence :

— Nous sommes des hors-la-loi — des survivants de l'âme — ou nous ne sommes rien.

Silence arracha son regard au sien et s'agenouilla à côté de Billie. Domptant la houle tumultueuse qui chavirait sa tête et son estomac, il tenta de la consoler de son mieux. Il la prit dans ses bras et la berça tendrement. Son étreinte la réconforta immédiatement et elle cessa de pleurer. Son épaule la faisait souffrir, à l'endroit ou Gomes lui avait tordu le bras derrière le dos, mais il avait fait preuve d'une brutalité bien inférieure à celle dont Manny se montrait capable la plupart du temps et, en elle, il avait fait vite, et elle l'avait à peine senti. Sa plus grande terreur avait été que Silence ne veuille plus d'elle. À la véhémence de son étreinte, elle sentit que l'amour qu'il lui portait était resté inchangé, et sa frayeur se dissipa suffisamment pour céder la place à la colère et la répulsion, à l'idée ce que Gomes et Liam lui avaient fait subir.

Elle s'écarta légèrement de Silence pour l'examiner, voir s'il allait bien. Ses yeux riboulaient, paniqués, mais l'affolement qu'ils trahissaient s'enraya dès qu'il eut vu briller dans les siens énergie et vitalité.

— Nous ne devons plus rien à personne, Silence. Allons-nous-en d'ici.

Il plongea encore plus profondément son regard dans l'eau limpide de ses iris, cherchant la lueur de démence qu'il redoutait d'y lire. Ne la trouvant pas, tous les muscles de son corps se relâchèrent de soulagement, et il la reprit de nouveau dans ses bras.

— On s'en va, Billie. Il y a eu suffisamment de souffrance comme ça.

Sa propre voix lui semblait provenir de très loin, affaiblie et rongée par le doute, mais il ajouta néanmoins :

— Allons-nous-en, c'est tout.

Liam était assis sur une chaise en bois à l'arrière de l'atelier, dans l'enceinte encore plongée dans les ténèbres. Une carabine était appuyée au bras du fauteuil ; les disquettes et plus de vingt-deux mille dollars — tout l'argent qui restait à Silence et à Billie — s'entassaient sur ses genoux.

Les lampadaires, à un demi-pâté de maisons de là, répandaient au travers des ramures du grand arbre une lumière tamisée, aqueuse, à laquelle ses yeux s'étaient accoutumés. Il regardait des chats décamper dans les broussailles et, de temps en temps, relevait les yeux vers la terrasse pour s'assurer que Frail continuait de surveiller le périmètre et ne consacrait pas la totalité de son attention au pack de dix qu'il avait monté là-haut. Mais, principalement, il regardait avec son œil intérieur.

Ce qu'il voyait, à la faveur de la lumière cauchemardesque, c'était l'ancien, l'obscène dieu de son enfance, le lointain observateur à la barbe blanche qui vous surveillait du haut de son nuage. Son œil, luisant de l'éclat furieux d'un aigle courroucé, scannait l'éternité du début à la fin des temps, sans jamais détourner son regard sévère du spectacle de son fils supplicié accroché à sa croix, sondant toute âme passée ou à venir, la soupesant soigneusement, qu'elle scintille de miséricordieuse candeur ou qu'elle se soit damnée dans la lubricité, prenant pleinement la mesure de ces ésotériques rites d'initiation en qui les simples mortels ne voient à tort que la misère, exerçant son devoir de juré dans le perpétuel procès de l'accoutumance, dans lequel l'accusé et le juge ne sont toujours qu'une seule et même personne, accordant son attention pleine et indivisible à toutes ces grouillantes vies humaines, puisque les animaux, eux, ne connaissent pas le péché. Dieu avait insufflé la vie aux bêtes et pouvait désormais les ignorer, mais les gens devaient impérativement être surveillés de très près. De nouveaux rebondissements, inattendus et imprévisibles, se produisaient à chaque seconde.

Seul Dieu pouvait entrevoir la sagesse impie qui avait guidé Liam, lorsqu'il avait résolu de faire souffrir Silence — décidé de lui confisquer la came et de l'envoyer dans la gueule du loup pendant que Gomes userait de Billie. Tel était le cauchemar dont la lumière, en se brisant sur le prisme de son cœur, se diffractait en un arc-en-ciel de possibilités. Silence mourrait, tué soit par le manque, soit par les frères Hellas, soit par une combinaison des deux, et ses souffrances prendraient fin. À la vérité, il y avait surtout le fantôme de Hank Nalone, dont le visage crayeux, luisant comme de la matière plastique, était percé d'un trou en son centre, à l'emplacement normal de son nez. Il se laissait aller à la dérive, se déplaçant lentement et en gargouillant comme s'il était sous l'eau, en quête de sa dépouille charnelle.

Liam brandit un pouce entendu en direction de la sombre pyramide de barils d'acier remplis d'essence qui contenait le cadavre, roulé dans le linceul de sa bâche graisseuse. Au matin, ils téléphoneraient aux flics et rendraient compte d'une nouvelle victime de la violence aveugle des guerres de gangs. Et, dans un jour ou deux, les Gypsies auraient peut-être à passer un coup de fil exactement identique à propos de Silence, si Liam avait sous-estimé la force de ce dernier. Et il se retrouverait de nouveau assis à cette place, à veiller Silence, à regarder nager son fantôme à contre-courant de la gravité, dans les ténèbres cloutées d'étoiles, éprouvant à son égard la même douleur transie, anesthésiée, qui l'avait déjà transpercé à la mort de Hank — ou d'Hector, disparu depuis si longtemps —, le même engourdissement que Dieu lui-même avait dû ressentir à la mort de Son fils, avant de le rappeler à Lui.

Le fait de se comparer à Dieu contraignit Liam à s'accorder une courte pause, au cours de laquelle il regretta amèrement d'avoir fusillé depuis belle lurette sa paroi stomacale, avanie qui lui interdisait dorénavant se saouler. L'alcool prodiguait une bienheureuse anesthésie. Certes, les Dilaudid qu'il gobait rituellement lui apportaient cet état de mortelle léthargie dont il avait besoin pour vivre, mais rien de la joyeuse allégresse qu'avaient laissée dans son souvenir les cuites à tout casser de sa jeunesse. Il n'avait même plus droit au réconfort d'une cigarette, du moins depuis le jour où, à l'époque où il était gardien de prison à Walpole, il avait, pendant une émeute — émeute qui avait définitivement mis fin à sa carrière de maton en crevant ses deux éponges —, effacé trois bastos dans la cage thoracique.

Et voilà qu'aujourd'hui il se retrouvait assis sous le dôme étoilé, à s'écouter, pendant qu'un invisible bestiaire escaladait le ciel au-dessus de l'atelier enténébré. À quoi pouvaient bien carburer les Anciens, pour distinguer toute une arche de Noé dans ces loupiotes dérisoires ? Il ferma les paupières et se massa le front de la base du pouce pour s'empêcher d'élucubrer.

Il disposait de huit Gypsies, installés à l'intérieur de cette baraque et tétant de la bière à la lueur livide de la télévision en attendant de tuer ou d'être tués. Leur ingénuité — leur indécrottable naïveté — les incitait à s'imaginer que l'existence est une prérogative uniquement accordée aux plus impitoyables, la bonté un accident de parcours et le sexe un dû, intimement lié à la qualité d'être humain. C'étaient tous de braves types, en dépit d'eux-mêmes, se contentant de frugales espérances qu'ils payaient au prix fort, vivant de came et de plaisirs simples, et aussi peu ferrés en amour que l'était le reste des hommes.

Pour le plus grand bien des Street Gypsies, Liam avait choisi de pousser Silence dans ses derniers retranchements, jusqu'au bout de ses forces et de son destin. Si le trauma du manque ou le courroux de l'Organisation ne le tuaient pas, Silence triompherait de son accoutumance, dompterait sa guenon, vaincrait ses ennemis et connaîtrait la puissance brute et bornée de l'amour authentique, auquel nul ne saurait se soustraire... Un amour capable de modeler une existence sans jamais se couler dans son moule. Telle était la périlleuse bénédiction de Liam. Et si jamais Silence entrait dans cette enceinte plongée dans les ténèbres et lui réclamait les disquettes et l'argent, c'était très exactement ce que Liam comptait lui dire.

Mais, avant même que Silence ne se fût montré, Liam eut une nouvelle inspiration. Il décida de se rendre sur-le-champ chez les frères Hellas, pour leur remettre les disquettes et conclure avec eux un arrangement avant que le sang ne soit de nouveau versé.

L'Archer n'aurait jamais fait allusion à un rendez-vous si Algernon n'avait pas été disposé à négocier. À quoi bon se faire des chaleurs jusqu'au lever du jour ? Cette folie pouvait avoir pris fin aux premières lueurs de l'aube. L'idée lui parut tellement limpide qu'il se leva séance tenante et alla dans l'atelier trouver la Grue, lequel était en train de trifouiller à la lueur d'une torche dans les entrailles de la 1200 cm^3 qu'il avait entrepris de remonter.

— C'est le fric de Billie, dit-il en posant sur le bureau le sac en papier qui contenait l'argent liquide.

La luciole rougeoyante d'une cigarette allumée traça une boucle décousue dans le noir et il aperçut Andrea, assise sur le sol à côté de Cassie :

— On pourrait pas mettre un peu de lumière, là-dedans ? Si jamais l'équipe de flingueurs se pointe, ce serait pas plus mal de les voir passer la porte.

La Grue alluma les tubes fluorescents des plafonniers et révéla, dans son moindre lugubre détail, le spectacle des deux filles échevelées, séparées par une bouteille de bourbon sur laquelle elles avaient toutes deux posé la main. Andrea était hagarde, livide de chagrin, et la joue droite de Cassie était congestionnée, rouge, enflée et douloureuse. Leurs yeux lançaient des lames de rasoir et il se détourna hâtivement. Ce n'était pas une vie pour une femme. Mais un jeu de hasard dont ils étaient l'enjeu. Lorsqu'un mec survivait jusqu'au soir, il avait droit la nuit venue à son coup dans le vase, seule « évasion » que goûterait jamais une femme menant cette vie de hors-la-loi.

Son petit jeu de mots à usage personnel enchanta Liam et dissipa sa propre nostalgie d'une amante. Il avait fait une croix sur les femmes comme sur la gniôle et sur les cigarettes, encore qu'il eût flatté ce dernier vice un peu plus longtemps. Il ne crachait pas sur la bagatelle mais, au cours des quelque dernières années, il s'était refusé à tout engagement sérieux avec une fille. Il lui avait fallu tout ce temps pour comprendre qu'une régulière n'était qu'un emprunt à fonds perdus, un pari sur la scoumoune. Il avait chapitré Bobby et Bassman à ce sujet ; ils ne l'avaient pas écouté et, à présent, leurs deux meufs le fusillaient du regard comme s'il était une espèce de nécrophile.

La Grue prit le fric et le porta au coffre. Pendant qu'il lui tournait le dos, Liam se faufila dans l'enceinte par-derrière et poussa sa bécane racée jusqu'au bout de la ruelle. Les Gypsies ne prirent conscience de son départ qu'en entendant le grondement de son moteur. Il fendait la nuit, rapide et détaché, brûlant les feux rouges et s'engouffrant dans la circulation de l'autoroute sans se soucier des risques. Son énergie vitale lui semblait regonflée à bloc, en même temps que sa décision lui simplifiait la tâche. Il était le chef des Street Gypsies, et il avait pris sur lui de mettre fin aux hostilités.

Arrivé devant la propriété des Hellas, il brandit les disquettes sous l'objectif de la caméra vidéo du portail et ne se donna même pas la peine d'appuyer sur la sonnette. Au bout de quelques instants, la grille s'ouvrit en coulissant et deux hommes coquettement attifés de pimpants spencers blancs le passèrent au détecteur de métal, puis l'escortèrent jusqu'à la maison illuminée *a giorno*.

Ray Fowler, vêtu avec une élégance raffinée d'un costume d'alpaga et d'une cravate de soie, l'attendait devant l'entrée principale :

— On t'attendait demain matin.

Liam referma ses poings sur les revers de son blouson de cuir :

— J'ai perdu patience, dit-il. Tu as tué l'un de mes gars, ce soir. Je veux mettre définitivement terme à ce malentendu avant que quelqu'un d'autre ne se fasse souffler.

— Alors, pour toi, c'est un simple malentendu ?

— Les Street Gypsies n'étaient au courant de rien, pour Silence et Billie, affirma Liam. Sinon nous n'aurions pas accepté le fric que vous nous versiez pour la débusquer. Quand j'ai découvert le pot aux roses, il était trop tard pour arrêter les frais.

— Alors pourquoi as-tu lâché Gomes sur nous, au Ritz ?, demanda Pat Roccio, qui sortait du salon, en socquettes et maillot de corps, le pantalon encore à demi dégrafé. Les suaves arpèges d'un parfum flottaient dans son sillage et Liam sourit en constatant qu'il avait interrompu une partie de jambes en l'air.

— Qu'est-ce qui te fait rigoler, Papa ?

Le ton irrité du Roc n'eut d'autre résultat que d'élargir encore plus son sourire :

— Je t'ai surpris la culotte baissée, juste avant la saillie, non ?

Jack Shaw entra dans le salon en chemise, portant un Walther semi-automatique dans l'étui d'aisselle qui naguère avait contenu son 10 mm. Il mordit agressivement dans une pomme en dévisageant Liam de ses petits yeux méchants de goret.

— T'as pas répondu à ma question, Papa, dit Roccio.

— Ce n'est pas à toi que je suis venu parler, Roc. Où sont Al et Manny ?

— Sortis tous les deux, répondit l'Archer. Ils régalent un vieil ami.

— Slick Stanger, laissa tomber Liam. Ouais, Silence m'a dit qu'il l'avait vu ici. Je me souviens encore de Slick, de quand j'étais gosse. Il écumait le North End avec Al, et passait de pleines cargaisons de bananes sous le nez des grossistes pour se faire deux mille dollars. Ô temps d'innocence !

— Ta nostalgie, tu peux te la garder, fit le Roc. T'as les disquettes ?

— Je repasserai dans la matinée pour les remettre à Al.

Le Roc se fendit d'un sourire glacial, qui alla se perdre entre Ray et Jack :

— Le bougre s'imagine qu'il va revenir dans la matinée.

Ray décocha à Liam un regard sinistre et Jack marmotta, la bouche encore pleine de pomme :

— Revenir... ? Ouaf ! Cette tête de nœud se prend pour le Christ.

Dans la petite cuisine coincée entre le garage et l'atelier de la Grue, Andrea et Cassie, assises à la table de formica, terminaient une bouteille de bourbon.

— T'es une chiée potesse, toi, dit Andrea en vidant le fond de la bouteille dans le verre de Cassie, avant de se pétrifier pour réfléchir à ce qu'elle venait tout juste de dire. Elle ne se sentait pas spécialement ivre. Mais bien plutôt aussi placide que du papier peint. Cette seule idée lui fit comprendre qu'elle était bel et bien bourrée, et elle gloussa, ce qui ne manqua pas de la perturber puisque à peine un instant plus tôt, elle pleurait encore comme une madeleine.

Cassie la fixait de ses yeux étincelants de lionne. Elle ne sentait plus son visage endolori, là où Bobby l'avait cognée, ni la souffrance consécutive à sa chute dans l'escalier, qui avait saccagé son épine dorsale et tous ses membres. Son corps tout entier lui donnait l'impression d'être vitrifié, translucide, comme si elle pouvait voir à l'intérieur d'elle-même. Mais elle n'avait pas la moindre envie de regarder à l'intérieur. Elle avait bien trop peur d'y trouver tous ces bleus et ces ecchymoses qui devaient le meurtrir du dedans et qu'elle ne ressentait plus de façon épidermique. Mieux valait encore contempler sa copine, laquelle resplendissait pour la première fois depuis qu'elles s'étaient mises à picoler.

— Je me sens aussi paisible que du papier peint..., lâcha Andrea en pouffant.

— T'as le dos au mur, suggéra Cassie, du tréfonds de sa transparence. T'es acculée. Nulle part où aller. Autant te sentir à ton aise.

— Scotchée, en convint Andrea. Mais je commence à m'écorner, Cass. On a fini la bouteille. J'vais pas tarder à me décoller du mur, et le bon vent m'emportera.

— Jamais de la vie. T'es collée au mur.

— Ah, tu crois ça ? (Elle secoua la tête jusqu'à ce que sa tignasse blonde échevelée lui masque complètement le visage.) La seule chose qui me retenait ici, c'était Bobby. Mais Bobby et moi, c'est classe. J'vais m'casser.

— Où tu crois que tu trouveras une équipe qui te paiera aussi bien ?

— T'inquiète pas pour moi. Les boutiques qu'ont besoin d'un comptable, c'est pas ça qui manque. Mais plus question de m'incruster avec un gang.

— Tu vas tout de même pas marcher droit ?

Cassie se rejeta en arrière, dans le suave et retentissant coup de tonnerre d'un afflux de sang à son cerveau. Ce qui la surprenait, ce n'était pas tant que son amie puisse envisager de s'embourgeoiser, mais uniquement qu'elle puisse réellement s'en croire capable. Sa guenon lui coûtait deux cents dollars par jour, rien qu'en Dilaudid.

— Droit ? Et comment ! (Andrea explosa de nouveau en gloussements, dans un silence pétrifié, et son visage ingrat s'avachit.) Droit en enfer, tu veux dire.

— Sur le trajet, tu pourrais peut-être faire un petit arrêt-buffet chez moi, à l'Œil, proposa Cassie, inspirée, tentant d'épargner à son amie, en déviant la conversation, une nouvelle crise de larmes. Je t'aiderai à décrocher.

— C'est trop dur.

— Pas si tu t'y sens prête. Écoute, ça fait trois ans que je ne touche plus à rien. À la seule idée d'un comprimé, j'ai la gerbe.

— Mais toi, t'as la magie.

— Tout le monde l'a, la magie. Y a juste à s'en servir.

Andrea balaya les mèches qui lui voilaient la face, brusquement emballée :

— Tu veux bien exercer ta magie sur Bobby ?

Cassie laissa échapper un rire bêlant :

— Tu déconnes ?

— Faire qu'il m'aime de nouveau ?

— C'est de la magie noire, ça, Andy. Et tu n'en as pas besoin. Il t'aime déjà. C'est la haine, pas l'amour, qui l'a poussé à faire ce qu'il a fait ce soir à cette fille.

— J'ai bien vu comment il la regardait.

— T'as rien à lui envier, risqua Cassie avant de sentir s'empourprer ses joues sous l'effet de son mensonge. Merde, avec le corps que t'as, ils tombent tous comme des mouches. Bon, d'accord, elle est rousse. Mais toi, en ta faveur, t'as tout ce qui plaît réellement aux hommes.

— Je pourrais me teindre les cheveux.

Elle empila ses cheveux sur le sommet de son crâne et se redressa toute droite dans sa chaise.

— Bien sûr. Bassman adore, quand je mets une perruque.

— Et quand tu te fais passer pour une autre ?

— C'est lui qui fait semblant d'y croire, dit Cassie en levant les yeux au ciel. Les hommes sont tellement balourds. Ils laissent leur queue réfléchir pour eux.

— Comme tout à l'heure pour Bobby ?

— Ouais. Bobby s'est servi de sa queue, mais pas de sa tête ni de son cœur. Et tu sais quoi ?...

Le martèlement de l'alcool monta soudain d'un cran et elle se retrouva sans prévenir au faîte d'un escalier de voix, s'enfonçant en spirale dans un puits de ténèbres qui rutilaient comme de l'or fondu.

Andrea reconnut aussitôt la lueur de la transe dans l'expression de son amie et se pencha légèrement en avant.

— Bobby ne baisait pas réellement Billie. (Le son de sa propre voix effraya Cassie.) C'est Silence qu'il baisait.

Andrea eut un mouvement de recul :

— Cass ! C'est grotesque. Si Bobby t'entendait dire ça, il t'arracherait la langue.

— Une haine aussi profonde, c'est le plus féroce des amours !

— La ferme, Cassie. Tu me rends dingue.

— Ça marche aussi dans l'autre sens, poursuivit Cassie d'une voix sourde. C'est bien pour ça que le mal existe, Andy. Dieu aime le monde d'un amour si féroce qu'il se change parfois en haine. Regarde un peu ce qu'il a fait à son fils...

Un fulgurant éclair de lumière neurale violette traversa son cerveau, et elle vit Liam, debout au beau milieu d'un tourbillon palpitant de fumées d'essence et d'oxyde de carbone, lui faire au revoir de la main, l'œil brillant d'un éclat inintelligible, comme s'il ne savait trop s'il devait rire ou pleurer. Une brindille se rompit avec un bruit sec dans son oreille interne :

— Liam est mort.

— Cassie !, hurla Andrea en se dressant.

Cassie releva des yeux hallucinés :

— Qu'est-ce que j'ai dit ?

— T'as dit que Liam était mort.

— Ah, ouais. (L'effroi rampait en son tréfonds et elle descendit la dernière gorgée de bourbon.) Je recommence à divaguer. Je ferais mieux d'aller me coucher.

— Des fois, tu peux vraiment dire les pires conneries, fulmina Andrea en agrippant son sac et en se retournant, se disposant à partir.

— Où tu vas ?

— Me venger.

Cassie lutta de toutes ses forces pour tenter de se relever, mais parvint tout juste à pencher le corps un peu en avant, par-dessus la table :

— Fais pas ça, Andy. T'es complètement pétée.

Andrea visa la porte et se retrouva dehors plus vite qu'elle ne s'y était attendue. Elle grimpa l'escalier quatre à quatre et, collant son oreille à la porte de Silence, écouta sans faire le moindre bruit. Lorsqu'elle ouvrit la porte pour jeter un coup d'œil à l'intérieur, le papillonnement électrique du désir titillait ses entrailles. Elle aperçut Billie, recroquevillée sur un futon dans les ombres grasses tracées au fusain. Silence était assis près de la fenêtre ouverte, et son profil carré se découpait sur le fond brillant de la nuit.

Silence n'avait pas cessé de sombrer dans le sommeil

pour se réveiller aussitôt, tiré de sa torpeur par le craquement sec d'aiguilles scintillantes qui se brisaient dans ses muscles, cousant au point de croix le linceul de douleur qui serait son fardeau lors des trois jours d'enfer qui allaient suivre.

Lorsque Andrea fit son apparition, il s'efforçait de démêler l'inextricable nœud des peurs et des fureurs qui s'ajoutaient à la douleur du manque, d'isoler de l'entrelacs le fil de cette dernière. Liam était parti en emportant les disquettes, se proposant de jouer les héros après s'être conduit envers Billie et lui de monstrueuse façon. Hank était mort, et le souvenir de son cadavre privé de nez et du regard aveugle de ses yeux éteints refusait de se dissiper. Et, lorsque d'aventure il cessait de le hanter, c'était pour céder la place au rictus méprisant de Gomes.

La colère rageait en lui et ulcérait son cerveau. Il lui fallait impérativement tuer Gomes s'il voulait que sa Furie lui laisse ne serait-ce que la plus misérable des paix... Pourtant, Billie ne voulait pas qu'il tue, ne voulait pas qu'il soit comme les autres. Elle s'était endormie en le réconfortant, comble d'ironie... en lui assurant que tout irait bien... Mais ce que pouvait dissimuler cette vaillance de façade ne laissait pas de l'épouvanter.

C'est à ce tournant de ses réflexions qu'il comprit que Liam, à sa façon diabolique, avait cherché à l'éprouver... en le forçant à choisir entre la fille et les usages de la rue. Avait-il encore les moyens de redevenir cet homme neuf qu'il avait régénéré avec l'aide de Lani, cet homme dont Billie avait tant besoin ? Ou bien Billie n'était-elle qu'une chimère, une autre façon de se bercer d'illusions, de feindre qu'il pouvait parvenir à s'affranchir de son passé, avec tout son pesant fardeau de souffrances — exactement comme elle feignait, de son côté, de croire qu'elle s'était libérée du sien en le rencontrant ? Tout cette farce n'était qu'un rêve éveillé, un pur fantasme engendré par le désespoir, et Liam s'efforçait de l'arracher à sa torpeur... Avant que Manny ne le fasse.

Tel était l'amer enchaînement de réflexions qui, assorti des spasmes et des vrilles reptiliennes de son manque en plein épanouissement, lui perturbait l'esprit lorsque Andrea ouvrit la porte de la chambre pour jeter un œil à l'intérieur. Il se leva et marcha jusqu'à la porte, et elle le prit par la main et l'attira dans le couloir.

— Qu'est-ce que tu branles ?, demanda-t-il, croyant que Bobby l'avait tabassée.

— Toi, j'espère, ronronna-t-elle en se frottant contre lui.

Il se ratatina sur lui-même et elle plongea la main dans son sac et en retira une poignée, indistincte dans la pénombre, de ce qu'il reconnut immédiatement, sans même les avoir vus, pour des Dilaudid.

— T'en meurs d'envie, dit-elle dans un souffle. Et moi, j'ai envie de toi.

La main tendue d'Andrea s'éleva dans le noir comme la tête d'un cobra et son corps se couvrit subitement d'une pellicule de sueur glacée.

— T'essayes simplement de te venger de Bobby.

— Y a intérêt. Et royalement, encore. C'est bien pour ça que c'est à toi que je m'adresse.

— T'es saoule, Andy. (Silence lui prit la main et referma ses doigts sur les pilules.) Ne me fais pas ce coup. (Son corps tout entier s'ébroua comme le flanc d'un cheval.) Je suis avec Billie, maintenant.

— Bobby a baisé Billie !, râla-t-elle, la voix enrouée de rage.

Une poussée de pure et froide malignité lui tordit l'estomac, fit mauvais ménage avec le manque et faillit se solder par un haut-le-cœur. Il secoua la tête et balaya de son esprit la répugnante pensée. Billie était la seule bonne chose qui lui restait, et il n'était pas question, aussi malade qu'il fût, qu'il l'expulse de son cœur.

— Il l'a vergée, mec !

Andrea retournait le couteau dans la plaie.

— Je m'en fiche. Pour moi, elle ne se résume pas à un simple vagin.

Même dans le noir, il pouvait distinguer l'éclat humide de ses yeux douloureux.

— Mais pour Bobby, c'est tout ce que je représente.

Sa voix se brisa, et Silence l'attira contre lui.

— C'est un connard, Andy.

Il la conduisit dans la chambre de Liam, alluma la lumière et, à la vue de tous les souvenirs qui s'entassaient là, cligna des yeux dans la clarté éblouissante : deux trophées de course, plusieurs plaques minéralogiques renversées appartenant à des motards ennemis vaincus au combat, la canne à pêche armée de son moulinet dont il s'était servi avec Bobby, une paroi entièrement tapissée de photographies de Liam et de ses innombrables copains, photos remontant à l'époque où il était dans les Marines, photos de bidasses, de motards, de matons et de détenus, libéralement entrelardées de clichés dévêtus de ses anciennes maîtresses dans des poses lascives. Il resta planté devant, pour qu'elle n'ait pas à endurer ce spectacle.

— Si tu tiens vraiment à te venger de Bobby, tu n'as qu'à te barrer.

— Facile à dire, mecton. Tu pars accompagné, toi.

— Et toi, tu pars pour rencontrer quelqu'un, même si tu ne le connais pas encore. Tu peux trouver salement mieux que Gomes.

— Tu me trouves bandante ?

— J'ai la tête d'un aveugle, à ton avis ? Ou bien tu me prends pour un pédé ?

Andrea sourit, et un cri angoissé monta de la rue, fracassant le silence nocturne.

— C'est le cri de Frail, dit-elle.

Un calibre apparut comme par magie dans la main de Silence et il éteignit la lumière d'une gifle :

— Redescends.

Elle se cramponna à lui, et il se libéra.

— Où tu vas ?, chevrota-t-elle.

Mais il s'était déjà fondu dans l'obscurité.

Il dévala rapidement l'escalier jusqu'à l'atelier, où les lumières continuaient de brûler. Marsbars, assis sur un tabouret et berçant une carabine au creux de son coude, haussa les épaules en signe de totale ignorance lorsque Silence le regarda.

Cassie, titubante, s'encadra dans l'embrasure de la porte de la cuisine, et une étrange lueur, que Silence refusa d'affronter, scintilla dans son regard. Il s'y déroba en la contournant, traversa précipitamment le garage et sortit en trombe par la grande porte de la boutique. Et ce qu'il vit lui glaça la moelle des os.

Tous les Gypsies présents étaient descendus sur la chaussée et s'attroupaient dans le rond de lumière d'un lampadaire, formant une mêlée confuse. Il balança entre se ruer sur eux pour les disperser et rebrousser chemin à toute vitesse pour aller protéger Billie.

— Surveillez vos arrières, hurla-t-il.

Bassman, qui portait un fusil en travers de ses deux épaules, comme un joug, tourna vers lui un visage inondé de larmes. Frail était à genoux, tout le corps secoué de sanglots. Seaworms fixait solennellement le sol, et Gomes lui-même paraissait décomposé. La Grue fit signe à Silence de s'approcher d'un haussement d'épaules accablé, et se voila la face de la main.

Silence traversa la rue en l'inspectant de haut en bas, et crut voir quelque chose bouger tout au fond, dans la trouée de ténèbres qui marquait l'emplacement du réverbère éteint. Puis il vit le corps. Il sut immédiatement qu'il s'agissait de Liam, car il avait sa calvitie et portait ses vêtements... mais son visage avait été emporté. Il lui manquait les yeux et la mâchoire inférieure, et le crâne souriait, d'un sourire obscène, de toutes les dents qui lui restaient, au travers d'une masse placentaire, effilochée et sanguinolente, de sang, de cervelle et d'étoffe.

Cette hideuse vision de mutilation le frappa comme un coup de poing au creux de l'estomac et son esprit se recroquevilla, sonné. Il ne ressentait plus que le raclement abrasif du papier de verre de ses muscles, se tendant comme des ressorts, tandis que sa guenon fouaillait tout son corps de ses griffes, en quête de ce qu'elle n'y pouvait trouver. Il se força à contempler le spectacle de cette gueule cassée et sentit l'horreur se déverser en lui, si épaisse, si compacte que sa peau menaçait de se fendiller et que la haute tension du manque, palpitante, alternativement glacée et torride, passa sans crier gare au voltage supérieur.

Il se rejeta de côté et tomba à genoux dans le caniveau pour vomir tout son saoul. Lorsqu'il releva la tête, à demi suffoqué, il s'aperçut que l'animation battait son plein au bas de la rue, dans la trouée de ténèbres à l'autre bout du pâté de maisons. Une fourgonnette cabossée apparut brusquement dans leur champ de vision, remontant la rue en catastrophe en faisant crisser ses pneus, dans un ululement pareil à un bref coup de sirène.

— Descente !, beugla Seaworms, en vidant son fusil sur la fourgonnette lancée à toute allure. La déflagration larda les ténèbres comme un coup de foudre et leur lacéra les tympans, de sorte qu'il se passa un moment avant que quiconque ne perçoive le tir nourri qui leur ripostait de l'autre bout de la rue.

Les balles faisaient voler des éclats de trottoir à travers les airs, et tous battirent précipitamment en retraite vers la boutique, sans cesser de mitrailler férocement. De fulgurants crépitements, provenant de derrière un pylône téléphonique situé dans une ruelle, permirent à Silence de localiser le tireur isolé et il rafala dans cette direction avant de retraverser la rue en zigzaguant.

Son actuel état de faiblesse le retardait et il avait l'impression de se mouvoir dans un rêve, au ralenti, à une désespérante allure de limace, tandis que tous les détails s'imposaient très clairement à lui. Les éclairs d'une rafale illuminèrent la rue comme un aveuglant stroboscope, et les silhouettes de Gypsies et leurs visages convulsés de rage se mirent subitement à grouiller tout autour comme autant de spectres belliqueux.

Mais ils étaient désarmés, et à découvert. Frail se dressa au mépris du danger et, écartant les deux jambes, un calibre dans chaque poing, arrosa le van qui lui fonçait dessus. Une balle tirée par le sniper le cueillit dans le dos et le propulsa en avant ; il retomba sur le ventre en mordant l'asphalte, tandis que le haut de son crâne s'éparpillait vers le bas de la rue en une gerbe brillante de gravillons toupillants.

Seaworms avait presque atteint la porte lorsque

qu'une rafale d'Uzi scia son thorax en deux, le cisaillant net et répandant dans les airs de luisants lambeaux d'entrailles. Il s'effondra comme une marionnette dont on vient de couper les fils et mourut en retenant ses tripes à deux mains.

Gomes plongea, enjamba son cadavre et s'engouffra par la grande porte. Il actionna immédiatement l'interrupteur du treuil électrique qui remontait la porte blindée du garage et celle-ci commença de s'entrebâiller. Bassman se glissa par-dessous et la Grue le suivit en frétillant des quatre fers, puis se retourna sur le ventre, et son fusil à pompe tonna.

Les jambes indolentes de Silence le portaient languissamment vers le rectangle lumineux de la porte entrouverte du garage, et des balles crépitaient tout autour de lui, cinglant à ses oreilles. Certes, sa volonté bandée vers ce but l'aiguillonnait, mais son cœur usé battait la chamade et criait grâce. La fourgonnette obliqua dans sa direction et sa cauchemardesque cavalcade s'acheva en un futile plongeon.

De l'endroit où il s'était vautré, la Grue pressa de nouveau sur la détente de son fusil à pompe, se déchirant douloureusement le muscle de l'épaule dans la manœuvre, mais réussissant toutefois à crever le pneu avant de la fourgonnette. Lambeaux de caoutchouc et étincelles jaillirent de la jante métallique dénudée, pendant que la fourgonnette, échappant au contrôle de son conducteur, faisait une embardée et détournait son tir. En même temps qu'il roulait sous la porte du garage, Silence put voir la fourgonnette s'éloigner en slalomant, tandis que son conducteur, son Uzi ballant inutilement au bout de l'une de ses mains, se raccrochait désespérément de l'autre au volant. C'était Ray

Fowler, en train de se débattre avec son engin comme un conducteur de char avec ses chevaux emballés.

La fourgonnette chassa, ralentit légèrement, puis continua de dévaler la rue obscure en cahotant.

— Bande d'enculés !, les invectiva Gomes.

Lorsqu'ils eurent disparu hors de vue, il reporta sur Silence son regard incendiaire.

— Hé, toi ! C'est ta faute, tout ça ! Tu les as tous tués, putain de Dieu !

Silence le fixa sans mot dire, cependant que le choc et le désespoir déchirants de la sombre minute qu'ils venaient de vivre continuaient de bouillonner en lui, tendant vers le point d'explosion. Puis il se souvint brusquement de l'avertissement de l'Archer, qui l'avait prévenu que Jack Shaw et Dan Meade passeraient par l'arrière, et il fit volte-face et traversa le garage au pas de course.

— Cours, sale con, cours !, hurla Gomes. Putain de foireux !

En atteignant la réserve, Silence trouva Marsbars, le dos tourné à la porte qui donnait sur l'extérieur, en train de s'interroger sur la cause de tout ce tintouin en façade. Les coups de feu et les hurlements l'avaient fait sauter de son tabouret, mais il était loyalement resté en faction.

— Casse-toi de la porte !, hurla Silence. Ils déboulent par l'arrière !

La porte explosa en un nuage d'échardes et d'esquilles de bois, et Marsbars s'effondra, soufflé par un tonitruant concert de rafales. Silence sauta en arrière au moment précis où Jack Shaw enfonçait d'un coup de pied les derniers débris de la porte. Jack vida son pistolet-mitrailleur dans la tête de Marsbars, et une giclée de sang vint zébrer le mur.

Silence reculait vers le fond du garage quand Jack arrosa toute la boutique d'un déluge de feu. Les Street Gypsies rappliquèrent en se planquant, s'abritant qui derrière le bureau, qui derrière les fichiers métalliques, et ouvrirent le feu, clouant Jack à l'intérieur de la boutique. Dan Meade s'était lui aussi engouffré à l'intérieur, sur ses talons, et escaladait déjà l'escalier du fond.

Billie et Andrea s'étaient réfugiées à l'étage et se blottissaient dans la chambre de Silence. Dès que ce dernier l'avait quittée, Andrea, inspirée par les fumées de l'ivresse, était montée dans sa chambre pour parler à Billie et faire la paix avec sa rivale. Mais Billie dormait encore. De sorte qu'Andrea avait glissé une poignée de Dilaudid dans la poche du blouson de cuir de Silence, qu'elle avait trouvé étalé sur le bureau, et s'apprêtait à ressortir de la pièce lorsque la fusillade avait éclaté. Le vacarme avait réveillé Billie en sursaut, et elle s'était assise toute droite, abasourdie.

Andrea avait extrait de son sac à main un automatique .22 à plaques de couche nickelées et, après avoir allumé la lumière dans le couloir, s'était plantée dans l'embrasure de la porte, prêtant l'oreille aux cris et aux détonations. Lorsque la fusillade s'était propagée à la boutique, juste sous leurs pieds, elle avait fait signe à Billie de venir la rejoindre. Et maintenant, recroquevillées toutes les deux, elles se demandaient ce qu'elles devaient faire.

— Liam garde toujours un fusil de chasse dans sa chambre, dit Andrea d'une voix éraillée, en plantant de force le .22 dans la main de Billie. Prends ça et suis-moi.

Elles enfilèrent le couloir mais, avant qu'elles n'aient pu atteindre la chambre de Liam, la trogne fendue de

Dan Meade leur apparut dans le coude de l'escalier, les reluquant à travers les barreaux de la rampe.

— Billie est ici !, hurla-t-il en se tournant vers Jack.

En bas, la fusillade crépitait toujours.

— Descends-le !, glapit Andrea.

Billie tira, l'automatique se cabra dans sa main sous l'effet du recul, et la balle alla se perdre très haut au-dessus de sa tête.

Dan releva son Uzi et expédia un torrent de balles qui déchiquetèrent la moquette et se fichèrent dans le mur à quelques centimètres d'Andrea. Elle recula en toute hâte, en faisant de grands moulinets avec les bras, et éteignit la lumière d'une preste gifle assénée à l'interrupteur.

Tous les détails se fondirent dans l'obscurité... jusqu'à ce que Dan tira de nouveau en rafales du sommet des marches, illuminant le couloir d'éclairs grésillants. Juste à côté des deux femmes, la porte de la salle de bains s'ouvrit à la volée sous l'impact des balles. Billie tomba à genoux en même temps qu'Andrea, et pompa sans relâche sur la détente de son arme.

Les balles qui lui sifflaient aux oreilles obligèrent Dan à redescendre de deux marches et Andrea se propulsa en avant et se jeta dans la chambre de Liam. Le calibre de Billie cliqueta, tirant à vide. Une seconde plus tard, l'Uzi de Dan dépêchait de nouveau une rafale de balles dans les lames du parquet, à quelques centimètres d'elle. Marchant en crabe, elle battit frénétiquement en retraite dans la chambre de Silence.

Un éclair de feu surgissant de la chambre de Liam éclaira soudain le couloir et, dans un fracas de tonnerre, un trou se forma dans le mur tout près de Dan. Lorsque la foudre s'abattit pour la deuxième fois dans le couloir, Dan n'était plus là. Andrea pompa une nouvelle cartouche dans le canon et aspergea la cage d'escalier, en même temps qu'elle ressortait en trombe de la chambre de Liam. Elle chercha l'interrupteur à tâtons, le trouva, alluma d'une chiquenaude et constata que l'escalier était désert. En bas, la fusillade continuait de plus belle, et Andrea fonça rejoindre Billie.

— Recharge, dit-elle en pêchant un chargeur de rechange dans son sac.

— J'sais pas comment on fait, chevrota piteusement Billie.

Andrea posa sa carabine, inséra le chargeur neuf dans le .22 et le rendit à Billie.

— Ils vont revenir, fit-elle en ramassant la carabine. C'est toi qu'ils veulent. Je surveille l'escalier. Va faire le pet devant l'échelle extérieure, celle qui conduit à la fenêtre de Silence.

La fusillade s'interrompit tout à trac et, de sa fenêtre, Billie put voir les ombres trapues de Jack et de Dan filer vers l'enceinte et se fondre dans l'obscurité. Les jambes lui manquèrent et elle s'affaissa au sol, le poing crispé sur le .22 qu'elle serrait sur sa poitrine comme un talisman.

— Ce n'est pas Silence, l'ennemi, déclara Cassie, en essayant de résister au vertige de l'ivresse.

— Ah non ? (Les tendons rigides du visage de Gomes se crispèrent encore un peu plus.) Et moi, je dis que c'est lui. Lui et cette pute qu'il nous a ramenée. C'est elle qu'ils veulent.

— On peut pas se permettre de s'empailler maintenant, fit Bassman. Ces enculés peuvent se repointer d'une seconde à l'autre.

— Pas si on leur donne ce qu'ils veulent, dit Gomes.

Le timbre de sa voix recélait toute l'amertume d'un juron.

— Liam est mort, geignit la Grue en laissant retomber sa tête. Et Seaworms... Frail... Hank... Marsbars...

— Que dalle, on leur donne, déclara Bassman. Billie fait partie des Street Gypsies, maintenant.

— Les Street Gypsies sont nazes, pauvre taré !, hurla Gomes. Les veines de ses tempes se nouaient, épaisses comme des vipères.

Une sirène trilla dans le lointain. Silence tourna les talons et alla chercher Billie avant l'arrivée des flics. Elle était toujours dans sa chambre, accroupie sous le rebord de la fenêtre, un petit .22 à plaques de couche nickelées à la main.

Silence lui prit le calibre et le posa sur le bureau. Puis il s'assit à côté d'elle sur le plancher et lui raconta ce qui s'était passé. Elle l'écouta, convaincue en son for intérieur, au plus profond des féroces ténèbres de sa peur, d'avoir tué ces hommes.

— C'est totalement faux, déclara Silence, devinant ce qui la rongeait. Ce n'est pas ta faute.

— Manny les a tués pour me reprendre, déclara-t-elle, les yeux noyés de larmes. Silence...

— Ne redis jamais ça.

— Je vais me livrer à Manny.

Silence expulsa tout l'air de ses poumons et, rejetant la tête en arrière, l'adossa au mur. Le manque lui labourait les entrailles d'un millier de griffes acérées, le saignant à blanc de l'intérieur, tant et si bien que son corps se vidait de toute son énergie et semblait se tasser un peu plus à chaque battement de cœur. Les ululements des sirènes se firent plus pressants. Plus proches.

— J'ai du sang sur les mains, Silence.

— De la merde. (La colère imprima son masque à son visage et il téta une longue goulée d'air chuintant entre ses dents serrées.) Écoute-moi bien. S'ils t'entendaient, ils seraient fous de rage.

— Tu as une meilleure idée ?

— Moi ? Je me bats aux côtés de ces hors-la-loi depuis que j'ai quatorze ans. Ils ne connaissent que la guerre. Tu n'as rigoureusement rien apporté de neuf.

Elle enfouit son visage dans son épaule et pleura.

Lorsque la police arriva, Silence et Billie étaient redescendus au rez-de-chaussée, et ils patientèrent comme les autres, en attendant qu'on ait terminé de vérifier leurs identités et leurs permis de port d'arme. Les extraits de casiers judiciaires crépitaient à l'antenne et on déblayait les cadavres qui, fourrés dans des sacs à viande, étaient évacués en ambulance.

Billie braquait délibérément ses yeux sur les inspecteurs qui la questionnaient pour ne plus voir les corps. Tout le monde allait être incessamment embarqué au poste de police le plus proche pour y être interrogé. Au beau milieu du déroulement des opérations, alors qu'on escortait Billie, Silence et les Gypsies survivants vers l'arrière d'un fourgon cellulaire, une nouvelle voiture de patrouille vint se garer le long du trottoir, et une femme commandant de police à la stature majestueuse et aux cheveux gris et bouclés entra dans le cercle vertigineux délimité par les clignotants. Elle coiffa sa casquette lorsqu'elle eut repéré Billie et se dirigea droit sur elle, à grandes enjambées.

— Personne n'ira au poste, annonça-t-elle aux autres policiers. Il ne s'est strictement rien passé. Tout juste quelques détritus qui se sont embourbés dans la grille du caniveau. C'est un job qui incombe aux services sanitaires, pas aux forces de police. Expédiez-moi ça en vitesse et rejoignez vos postes. Vous, là...

Elle pointa son index sur Billie et lui fit signe de venir s'installer à côté d'elle. Silence l'accompagna, et le commandant lui jeta un dur regard, dépourvu de toute aménité.

— C'est avec la dame que je veux m'entretenir.

— Je vais là où va la dame, rétorqua Silence, en soutenant sans sourciller le regard d'acier du commandant.

— Vous êtes Thomas Cunningham, n'est-ce pas ? (Elle l'évalua de son œil sévère.) L'assistante du DA prétend que vous méritez d'être épargné. Mais, à mes yeux, vous n'êtes qu'un merdaillon.

Silence ne dit rien. Il lui semblait que des milliers de mouches zonzonnaient dans ses entrailles, et le seul fait de rester debout accaparait toute sa force de concentration.

— Willemma Hellas ?, s'enquit le commandant avant de marquer une pause, laissant à Billie le temps d'acquiescer d'un hochement de tête. Je suis le commandant Sophie Weaver. Les services du DA m'ont informée de votre actuelle situation. Je ne suis pas en mesure de vous apporter le moindre appui officiel. Mais, par pure humanité, je consens à vous offrir une porte de sortie. Si vous acceptez de monter dans ma voiture, je vous accompagnerai jusqu'à l'aéroport. Et, si vous avez de quoi vous payer le billet, vous êtes libre de prendre le premier vol en partance de Logan, pour l'endroit qui vous plaira.

Billie branla du chef et sentit ses yeux s'écarquiller de stupéfaction :

— Pourquoi ? Pour quelle raison faites-vous ça ?

Le commandant Weaver la regarda fixement :

— Vous ne me faites pas l'effet d'être quelqu'un de

pendable. Vous êtes tout bonnement tombée dans un merdier noir. Je vous offre une issue de secours. Ça s'arrête là.

L'espoir la submergea. Après ces trois nuits de cauchemar, la perspective de recouvrer sa liberté avait quelque chose de fabuleux, d'authentiquement magique, un peu comme si ses prières avaient réussi à se frayer un chemin hors de l'enfer et avaient finalement été entendues là-haut, et exaucées. Elle jeta un regard à Silence, et il opina immédiatement :

— Vas-y. Tu ne retrouveras jamais une meilleure occasion.

Son cœur se gonfla de soulagement. Elle était libre, et cette brutale délivrance la laissait tout étourdie, dans un état éthéré, presque irréel.

— Merci, lui dit-elle en l'enlaçant.

Il hocha de nouveau la tête pour l'encourager et effaça de son visage la souffrance qui le marquait, l'ensevelissant au sein du fracassant maelström de ses douleurs musculaires qui ne cessaient d'empirer.

— Merci, commandant Weaver, dit Billie. (Et elle se vit contrainte d'avancer d'un pas pour rattraper le commandant qui, déjà, retournait vers sa voiture.) Mais je ne peux pas vous suivre.

Le commandant Weaver lui décocha, par-dessus son épaule, un regard agacé :

— Pourquoi ça ?

— Vous faites erreur à propos de Silence, commandant, répondit Billie, tandis que tout son bel espoir s'amenuisait, réduit à une peau de chagrin, pour céder la place à une peur panique, physique, musculaire, qui avait au moins le mérite d'être tangible. Ce n'est pas un merdaillon. Il m'a aidée à m'évader... Et à rester en vie, depuis la première seconde. Je ne peux pas l'abandonner maintenant.

Silence lui broya le bras pour lui signifier son total désaccord :

— On se retrouvera, Billie. Mais tu dois filer d'ici tout de suite.

— Non, Silence. (L'effroi qui brillait dans son regard étouffa ses derniers arguments.) Je reste avec toi. Et on va veiller au grain.

Le visage crispé du commandant se renfrogna davantage :

— La prochaine fois, ce sera votre tour de pisser le sang dans le caniveau.

Billie secoua la tête :

— Non, commandant. C'est tout de suite que je pisse le sang.

Le commandant Weaver se rapprocha :

— Vous n'êtes qu'une enfant. Vous croyez agir par amour... Mais si vous aimiez vraiment cet homme, vous me suivriez. Pour arrêter le massacre.

Billie ravala péniblement sa protestation, et elle appréhenda pleinement toute la vérité contenue dans les dernières paroles de cette femme à la massive charpente. Elle regarda Silence, et ce dernier hocha de nouveau la tête.

Évidemment, se dit-elle. *C'est le seul moyen.*

— D'accord, commandant, dit Billie d'une voix lasse. Laissez-moi le temps de rassembler mes affaires.

Elle se retourna, et Silence la prit par les épaules :

— Tu as très bien fait, Billie. Tu as fait au mieux.

Il la fixa avec gravité et elle l'embrassa avec une fougueuse véhémence, puis tourna les talons.

CHAPITRE HUIT

Après le départ de Billie, Silence se sentit au trente-sixième dessous : un sac de gravats, dur, glacé, vieux de deux millions d'années, insensible et gourd. Sa tête et son dos le lançaient affreusement, là où il s'était cogné en tombant, d'invisibles scolopendres rampaient sous sa peau, son estomac se dévorait lui-même, ses poumons lui faisaient l'effet d'être brûlés par le gel et son sang grésillait dans ses veines comme la mèche d'une fusée.

Mais tout cela, c'était déjà de l'histoire ancienne. Il finirait par s'en défaire dans un fleuve de sueur, au bout de deux ou trois jours de torture à se retourner sur le gril. Et lorsqu'il s'en serait débarrassé, il récupérerait toute son énergie et toute sa vitalité, serait même plus fort que jamais. Car tel était le cadeau que lui avait fait Billie. Son amour l'avait délivré de sa haine. En outre, même s'il devait la regretter jusqu'à son dernier jour, il la savait désormais en sécurité.

Et c'était cela, surtout, qui lui importait. Elle pourrait dorénavant vivre sa vie comme elle l'entendait, reprendre ses études à la fac ainsi qu'elle en avait fait le projet, et devenir ce qu'elle était. La satisfaction qu'il en tirait surclassait de loin le soulagement du Dilaudid. Elle lui conférait la solidité du roc, et il se sentait immuable, invulnérable, prêt à tout endurer.

L'ambulance démarra, emportant les cadavres, et la dernière voiture de police lui emboîta le pas. La Grue se tenait au beau milieu de la rue, dans la mare qu'avaient laissée les flics en dégageant la cervelle de Frail à la lance d'incendie, et regardait s'éloigner et disparaître les feux arrière et les gyrophares des voitures de patrouille. Derrière lui, Cassie et Bassman pleuraient sans bruit, enlacés.

Le spectacle de Bassman en train d'éponger ses larmes eut le don d'exaspérer Gomes :

— Sur quoi vous chialez ? Ces connards sont morts en combattant. On peut pas en dire autant de vous. (Il projeta sa mâchoire en avant, dévisageant belliqueusement Bassman, puis la Grue.) Ouais, peut-être même que c'est pour ça que vous pleurez. Z'auriez pu faire mieux.

— Boucle-la, Gomes, dit Silence au moment de passer devant lui en traînant les patins, tout en cherchant des yeux un endroit où il pourrait s'étendre.

Gomes pivota sur son axe pour l'affronter :

— C'est *toi* qui me dis de la boucler ?

Il le percuta si brutalement que le grand type chancela sur ses bases, vacilla en arrière, trébucha sur le trottoir et s'assit sur le cul. Gomes plaqua son visage contre celui de Silence, et ses yeux d'un noir d'encre hurlaient au meurtre :

— Pétochard ! Face de con ! Tu t'es cavalé, ouais, dès que tu t'es retrouvé à l'intérieur. Pour sauver ton gros cul. Alors viens pas me dire à moi de la boucler, maintenant.

Silence tenta de le repousser d'une taloche, mais Gomes esquiva facilement et vicieusement ses coups sans force.

Andrea se rua vers eux :

— Laisse-le tranquille, Bobby.

— Pourquoi je ferais ça ? (Il rit au nez de Silence, déployant une joie maligne.) T'as tué ces Gypsies, mec. T'es tombé amoureux d'une salope qui pense qu'à elle et, parce que ton gros palpitant a fait la culbute, il a fallu que ces mecs crèvent. Et où est-elle, maintenant, Gueule de Raie, tu peux me dire ? Elle s'est servie de toi... Exactement comme je me suis servi d'elle. Je l'ai baisée le dernier, rappelle-toi.

Silence se releva en brassant l'air, et Gomes lui shoota dans la tête et le culbuta de nouveau à la renverse.

Andrea poussa un hurlement, et Bassman et la Grue maîtrisèrent Gomes avant qu'il n'ait eu le temps d'asséner un autre coup de pied à Silence.

— Lâchez-moi, piailla Gomes. Cet enfoiré a tué nos potes. Faudrait le laisser sur le carreau.

Silence se redressa en épongeant le sang qui coulait de sa bouche. Son état de faiblesse étouffait toute colère en lui et, voyant que Cassie et Andrea se baissaient pour l'aider à se relever, il les repoussa d'un geste de la main.

— J'vais t'crever, enfoiré, si tu t'incrustes ici plus longtemps, glapit Gomes.

— On ferait mieux de tous se tirer, d'ailleurs, laissa tomber Cassie. Ils peuvent revenir d'un instant à l'autre.

Silence, tout en s'efforçant péniblement de se remettre debout, réfléchissait au problème. Il ne s'était pas plié aux instructions d'Algernon. Ce serait bien le genre de l'Organisation que d'envoyer ici pour le tuer ceux-là mêmes qu'on lui avait ordonné de tuer. En outre, pressentait-il, Jack Shaw n'était pas près d'oublier sa vendetta personnelle.

— J'irai nulle part tant que je ne m'y sentirai pas prêt, laissa tomber la Grue en rentrant dans sa boutique.

— Bon, ben, moi, en tout cas, je dégage, déclara Andrea.

— Et où crois-tu aller, bordel de merde ?, la provoqua Gomes.

— En quoi ça te regarde ?

— T'es ma meuf, s'entêta Gomes. Ça me regarde.

— Dans ce cas, pourquoi t'as sauté la nana de Silence ?

Gomes eut l'air franchement patafiolé :

— Hé, c'était juste le boulot. Liam m'a lâché sur elle.

— Et toi t'as obéi comme un bon chien-chien. (Elle cracha.) Cassie, tu peux nous déposer quelque part, Bassman et moi ?

— Va te faire foutre, tiens, grinça Gomes en s'enfonçant à son tour dans la boutique, à grandes enjambées.

Cassie posa la main sur le bras de Silence :

— Tu as très bien fait de revenir en courant. T'as rien d'un foireux. Tu avais Billie à protéger.

Silence hocha brièvement la tête pour marquer sa gratitude :

— Ne remettez pas les pieds ici avant quelques jours.

— Je repasserai ce soir après avoir déposé les filles, déclara Bassman. Je vais chercher la camionnette.

— Je veux que tu restes avec moi cette nuit, protesta Cassie.

— On en reparlera, promit Bassman, alors qu'ils redescendaient déjà la ruelle.

Andrea prit la main de Silence :

— Tu as très bien fait.

— De laisser Gomes me flanquer la pile ? Tu parles. Je suis bien trop crevard pour riposter. Je vais aller m'allonger.

— Non, je ne parlais pas de ça. De laisser partir Billie, je voulais dire. J'ai bien vu. Si tu t'y étais opposé, elle ne serait jamais partie. Elle t'a dans la peau.

Ouais... Alors pourquoi s'est-elle tirée ?, aurait-il pu lui rétorquer, mais il était tellement soulagé de la savoir saine et sauve qu'il ne put que se contenter d'opiner.

— Viens avec nous, Silence, proposa Andrea. J'ai assez de Dilaudid pour nous deux.

Son expression trahissait toute sa réticence, de sorte qu'elle ajouta :

— Mais si tu tiens absolument à décrocher, fais-toi plutôt héberger à l'Œil par Cassie. Elle saura s'occuper de toi, avec ses tisanes et ses charmes. Mais ne reste surtout pas ici. Tu es trop malade. Et Bobby a complètement déjanté. Tous ces morts...

Il secoua la tête :

— Y a trop de fantômes ici pour me trisser comme ça. Va d'abord falloir qu'ils trouvent le repos.

Andrea afficha une expression sceptique :

— Fais gaffe à Bobby. Je n'ai pas envie de te voir devenir l'un de ces fantômes.

La camionnette redescendait la ruelle, et elle grimpa à l'intérieur.

— Où comptes-tu aller ?, demanda Silence.

Andrea souffla sur une mèche qui lui tombait dans l'œil.

— Nulle part. Où veux-tu que j'aille ? C'est le seul endroit que je connaisse.

L'esprit de Billie vacillait comme une flamme, sous le vent glacé qui s'engouffrait par la vitre descendue de la voiture de patrouille. De brûlantes, téméraires pensées l'agitaient. Si seulement ce vent avait pu les moucher, elle aurait allégrement enduré ce trajet jusqu'à l'aéroport, où l'attendait sa liberté. Mais des gens étaient morts pour la lui rendre, et d'autres, probablement, allaient encore mourir. Et cette certitude la consumait.

— Commandant, laissa-t-elle soudain tomber, s'adressant à la femme au visage carré assise à côté du chauffeur. Pourriez-vous me déposer près de la première cabine téléphonique ?

Sophie Weaver lui jeta un regard intrigué à travers l'épais treillis métallique qui la séparait de la banquette arrière.

— On sera à l'aéroport dans dix minutes.

— Vous en avez fait bien assez pour moi, lâcha Billie. À partir de maintenant, je ne peux plus compter que sur moi-même. Je ferais aussi bien de m'y faire.

Le commandant Weaver la cracha à un coin de rue brillamment éclairé. Le jour se lèverait dans une heure à peine, et elle tenait absolument à éteindre avant l'aube cette flamme qui lui dévorait la cervelle, faute de quoi elle risquait de perdre tout courage. Dès que la voiture de patrouille eut démarré, Billie appela Manny sur sa ligne privée. Il répondit d'une voix hagarde.

— Je suis disposée à rentrer à la maison, lui annonça-t-elle. Il y a déjà eu trop de morts, Manny. Je ne peux plus me supporter. (Elle ignora son feu roulant de questions emportées.) Viens me chercher avec tes sbires. Je ne pose que deux conditions. Laisse Silence et les autres Gypsies en paix. Et, quand tu me tueras, tâche de faire ça vite.

Elle lui donna l'adresse de la fonderie de South Boston où elle s'était planquée la veille avec Silence. Puis elle raccrocha et héla un taxi. Le chauffeur accueillit avec un certain scepticisme son désir de se rendre en pleine nuit dans un quartier aussi désert. Mais elle lui paya le double du tarif prévu et il ravala ses protestations.

Les premiers filaments rubescents de l'aube s'étiraient déjà dans le ciel lorsqu'elle descendit du taxi. Il n'y avait pas âme qui vive en vue. Dès que le taxi eut redémarré, elle alla se poster sous un réverbère, ouvrit son sac de voyage et en sortit le.22 nickelé d'Andrea. Il lui restait un chargeur plein, plus qu'il n'en fallait pour éliminer Manny, et elle-même dans la foulée.

Elle rangea l'automatique dans son sac et commença d'arpenter fiévreusement la rue de long en large. Elle aurait voulu que Manny se pointe immédiatement, avant le lever du jour. Elle aspirait à la complicité de l'obscurité, tant pour le meurtre que pour son suicide. L'aile de la panique l'effleura, effroyable, et, relevant les yeux pour contempler les zébrures écarlates qui ensanglantaient le ciel, elle se remémora délibérément l'assourdissant vacarme de la fusillade et les hurlements qui s'étaient ensuivis, lorsque l'ouïe lui était revenue, et les morts, aussi, tout le sang qu'ils avaient versé pour elle. Mais rien de tout ceci, jusqu'à ce qu'elle repense à Silence, ne suffit à raffermir sa résolution. Il l'avait sauvée de la noyade, la première fois. Elle était bien déterminée, à présent, à lui renvoyer l'ascenseur.

Les rides du visage d'Algernon semblaient s'être creusées, aussi profondes que des balafres. Il n'avait pas très bien dormi ces deux derniers jours — pas une seule minute au cours de la nuit précédente — et il était irrité.

— Ça devrait déjà être bouclé, dit-il en lapidant du regard Ray Fowler et Pat Roccio, tous deux nonchalamment assis dans un fauteuil, devant son bureau. Voilà dix heures que vous traquez ces loques. Qu'est-ce qui vous prend tout ce temps ? Vous manquez de puissance de feu ? De personnel ?

— Dan et Jack y sont retournés deux fois, dit l'Archer. La première fois, ils ont déclenché l'alarme en trébuchant sur son fil piégé. La seconde fois, les motards étaient sur leurs gardes. Notre gars a salement dégusté.

Algernon lui jeta un regard aigu, style « Et quand bien même ? ». Il se pencha par-dessus son bureau et fixa Dan Meade, lequel, debout devant la fenêtre, retenait les tentures d'une main pour mieux admirer la lueur pourpre qui suintait du ciel à l'Est.

— Ce n'est pas si simple, Al, déclara-t-il sans se retourner. Ces loques dont tu parles sont armées jusqu'aux dents et endurcies au feu. Ce sont des types dangereux.

La lèvre supérieure d'Algernon se retroussa en signe d'incrédulité :

— Endurcies au feu ? À t'entendre, on croirait presque que je vous ai envoyés combattre les Bérets Verts ! Ce sont des camés. Qui habitent une masure en ruine dans un quartier de taudis. Seraient-ils protégés par la police ? Détiendraient-ils des armes automatiques ? Où est le problème ?

Dan laissa retomber les tentures et se retourna vers

Algernon ; une ride profonde, agitée d'un tressaillement nerveux, s'était creusée entre ses deux sourcils.

— Nul besoin d'une arme automatique pour te faire sauter la cervelle.

— Al, je veux la mort de Silence au moins autant que toi, tonna la voix de Jack Shaw, tombant de l'endroit où il se tenait, adossé à une étagère de la bibliothèque. Si on avait pu entrer, on l'aurait fait.

— Autant que moi, hein ? (La mâchoire d'Algernon se durcit et il referma son poing crispé sur les revers de satin de son peignoir de bain de brocart.) Il t'a flanqué un grand coup de poing dans le bide et t'a confisqué ton pétard et, maintenant, tu as consacré ton entière existence à sa perte ?

Jack massa sa tignasse orange et se redressa de toute sa taille, ne sachant trop si Algernon se payait sa tête ou s'il lui posait une question simple et directe :

— Ouais.

— Ouais ?

Algernon fronça les sourcils d'un air méprisant :

— Ce... ce pouilleux est entré chez moi. Il a descendu... abattu l'un de nos gars. Il m'a collé le revolver dont il venait de se servir sur la tempe et m'a obligé à sortir d'ici pendant que vous assistiez à toute la scène en chiant dans vos frocs. (Il fusilla successivement les quatre hommes du regard.) Silence est un homme mort. J'exige que vous y retourniez immédiatement... Et ne me faites surtout pas mentir.

— Le temps d'arriver là-bas, il fera jour, protesta Pat Roccio.

— Parfait. Comme ça au moins, ce coup-ci, vous y verrez clair.

Il s'adossa à son fauteuil et, s'efforçant de recouvrer son sang-froid, pinça entre deux de ses doigts le bourrelet de chair qui séparait ses yeux. Il n'avait pas la moindre envie de piquer une crise, à l'instar de son petit frère. Et tiens, celui-là, puisqu'on en parlait... Il décocha à Ray un regard exaspéré :

— Où diable est passé Manny ? Et Slick ? Il me semblait vous avoir ordonné de me les amener. Pas question d'être le seul, ici, à qui cette affaire fera perdre le sommeil. C'est son problème, après tout.

— Il ne dort pas, Al, répondit Dan. Il a reçu un coup de fil.

— À cette heure-ci ? (Algernon congédia Jack d'un signe de tête.) Ramène-moi ton patron. Et Slick avec, pendant que tu y es.

Jack regarda Dan, qui lui donna son consentement d'un clignement de paupières.

— Qu'est-ce qui vous prend, à tous les deux ?, demanda Algernon à Dan, dès que Jack eut refermé la porte derrière lui. Vous me bâclez un banal coup de main. Et quand Liam se pointe ici pour nous restituer notre légitime propriété, vous réussissez à descendre le seul homme qui aurait pu nous livrer Silence sans coup férir. Et voilà que maintenant Jack refuse d'obéir à mes ordres ? Qu'est-ce qui se passe dans cette maison, Dan ?

— Rien, Al. (Dan couvrit son bec-de-lièvre de sa main pour étouffer un bâillement.) On est juste éreintés. Un point, c'est tout.

Algernon lui jeta un long regard soupçonneux et regretta soudain que l'Archer et le Roc ne lui tournent pas le dos. Dan était beaucoup trop tendu, comme s'il savait qu'Algernon savait qu'il le doublait. Et si c'était le cas, il serait bien le dernier à lui tourner le dos. Algernon décida de changer de sujet de conversation.

À côté de lui, sur le dessus du bureau, gisaient les

disquettes que Liam était venu leur livrer un peu plus tôt cette même nuit ; il s'en empara et les brandit :

— Et ça, c'était le comble, la plus grosse foirade de toute la soirée ! Liam travaille pour moi depuis des années. Pourquoi l'a-t-on tué ?

— Tu étais toujours au bal du sénateur..., commença le Roc.

— Je sais parfaitement où j'étais, aboya Algernon. Mais ce que j'aimerais savoir, c'est où diable étaient passées vos cervelles ? C'était le seul et l'unique de tous ces junkies avec qui on pouvait discuter.

— Discuter de quoi ?, s'enquit Dan. Y a strictement rien à discuter.

— Et d'une, par exemple, essayer de découvrir s'ils n'auraient pas fait de copies de ces disquettes ?, fit Algernon, sur le ton de la dérision.

— On lui a posé la question, affirma l'Archer. Il n'en savait rien. Il est venu sur un coup de tête. Croyait pouvoir te persuader de laisser Billie filer.

— Si c'était réellement sa seule exigence, on aurait pu en tirer pas mal de choses, déclara lugubrement Algernon. Le tuer comme ça, de façon aussi prématurée, c'était pas franchement une idée de génie.

La porte s'ouvrit et Jack introduisit Manny, vêtu d'un pyjama noir, et Slick, en robe de chambre écossaise. Manny avait les traits tirés et les yeux cernés d'épuisement, mais son visage arborait une expression enjouée.

— Vous ne me croirez jamais quand je vous dirai à qui je viens de causer, fit-il en entreprenant d'arpenter la pièce de long en large. À Billie. (Il adressa à Dan et à Jack un sourire féroce.) Vous lui avez mis les miches à zéro, les mecs. Elle jure ses grands dieux qu'elle veut arrêter le massacre. Rentrer à la maison.

— Pour que tu puisses la tuer ? (Algernon repoussa sa chaise en arrière.) Qu'est-ce que c'est que ce charre ?

— C'est pas du charre, Al, dit Manny, dont les yeux luisaient d'un éclat démentiel. Sa voix était terrifiée. Elle sait très bien ce qui l'attend. Mais elle veut sauver Silence. Sa peau contre celle de Silence. Elle a demandé que j'aille la chercher dans je ne sais quelle fonderie désaffectée du South End.

— C'est un traquenard, dit Ray.

— Pas question une seconde d'y entrer, s'insurgea Manny. Elle m'a assuré qu'elle serait seule.

— Tu parles, rétorqua Algernon, narquois. Seule dans la rue, peut-être. Mais il y aura un gugusse planqué quelque part dans l'usine, avec une praline en réserve spécialement destinée à ton épaisse caboche.

— Bon, ben, je prendrai des gardes du corps, dit Manny. Le temps d'arriver là-bas, il fera jour. À la première entourloupe, on lui explose la tête sur le tas.

— Billie est loin d'être idiote, dit Algernon, pesant le pour et le contre en se tapotant la joue du pouce. Elle a dû mijoter un quelconque coup fourré.

— Ouais. Et je suis censé faire quoi, à ton avis ? Rester ici, assis sur mon cul, à me ronger les ongles ?

— Envoie-lui des gardes du corps, répondit Ray. Fais-la ramener. Si t'y tiens, j'irai moi-même, bordel.

— Jamais de la vie. (Manny tira la gueule et secoua la tête.) C'est ma femme. C'est moi qui la ramène à la maison.

Algernon tourna vers Slick un visage marri :

— Essaye de lui inculquer un peu de bon sens, tu veux bien ?

— J'ai déjà essayé, Al. (Slick tiraillait pensivement

les poils de son bouc.) Il refuse d'écouter le vieillard que je suis. Mais toi, il t'écoutera peut-être.

— Moi ? (Algernon parut stupéfait.) Qu'est-ce que tu as derrière la tête ?

— On détient cette bécane fantoche, celle avec laquelle le chef des Gypsies a débarqué ici, répondit Slick. Et Manny me dit qu'en guise de règlement pour la protection d'une brochette de mules boliviennes, vous aviez touché des honoraires sous une forme assez inhabituelle : quelques pains de semtex — un explosif du style plastic, ce me semble ? Eh bien, il se pourrait que j'en aie l'usage.

— Laisse tomber, Slick. (Algernon émit un petit rire bêlant.) Tu ne vas tout de même pas faire sauter un garage en ruine pour venir à bout de quelques bâfreurs de pilules ? Redescends sur terre. (Il considéra tour à tour Ray et Dan, en plissant des yeux.) Je veux que vous retourniez là-bas séance tenante, les gars, et que vous me nettoyiez la casemate. Et la prochaine fois que je reverrai vos tronches, je veux entendre de votre propre bouche que Silence et tous ceux qui l'entouraient sont couchés dans un frigo de la morgue avec une étiquette au gros orteil.

— Quant à moi, je vais régler ça immédiatement avec Billie, se promit Manny. Avant la fin de la matinée, tous nos emmerdements seront terminés.

— Parfait, convint Algernon. Tâche d'embarquer suffisamment de renforts avec toi, et ne prends aucun risque. Billie bat la breloque. Elle n'a plus rien à voir avec celle que tu as connue.

— Ouais, ouais. Va donc dormir un peu, grand frère. Je te réveillerai pour le brunch, et je t'ouvrirai l'appétit avec les détails croustillants.

Algernon opina d'un air funèbre, se serra plus étroitement dans son peignoir de bain et regagna sa chambre à coucher. Pendant que Ray et Pat allaient préparer voitures et armement, Dan et Jack restèrent sur place, attendant que Manny ait terminé en toute hâte de s'habiller.

Dan stoppa Slick dans son élan alors qu'il se dirigeait vers la porte :

— Jack et moi, on voudrait te parler.

Slick arqua un sourcil intrigué.

— Voilà. En fait... On aimerait travailler pour toi.

Slick ferma la porte et demanda à voix basse :

— Vous n'êtes pas bien avec Manny ?

— C'est pas tant Manny, rétorqua Dan. Manny est correct. C'est Al. Il a essayé de nous faire descendre pas plus tard que ce soir.

Slick resserra le nœud de la ceinture de sa robe de chambre.

— Comment ça ?

— Quand on est entrés dans la cour des motards, répondit Jack, on l'a fait à l'insu de tout le monde. Personne ne savait qu'on était là. Et là, avant même qu'on entre, juste au moment où on s'apprêtait à faire irruption dans la baraque, on a entendu Silence prévenir la sentinelle de notre arrivée. Comment il pouvait être au courant ?

— Il vous a vus ?, hasarda Slick.

— Il ne nous a pas vus, certifia Dan. Nous sommes entrés par l'arrière. Il a traversé la maison de part en part en fonçant comme un malade. Il arrivait de l'entrée principale. Quelqu'un avait dû le prévenir de notre passage.

— Et vous croyez qu'Al aurait tuyauté Silence, fit Slick. Mais pourquoi ? Vous êtes de bons soldats.

— Al sait qu'on traficotait en sous-main avec l'un de

ces motards, avoua Dan. En petites quantités. Mais Al a dû s'en rendre compte. Et nous monter un souk.

— Et maintenant, c'est pour moi que vous voudriez travailler ?, s'enquit Slick avec un rictus irrité. Parce que vous vous dites sans doute que je fermerai les yeux sur vos magouilles, que je me montrerai plus tolérant qu'Al. Je me trompe ?

— On ne l'a jamais vraiment arnaqué, protesta Dan. Tout ce que j'ai fait, je l'ai fait en solo. Avec mon propre fric, mes propres contacts, sur mes heures de loisir et en prenant mes risques tout seul. J'essaye juste de faire mon beurre. Je ne veux pas rester un larbin jusqu'à la fin de mes jours. Vous pouvez bien comprendre ça, non ?

— Je n'étais même pas dans le coup avec Dan, ajouta Jack. Et Al m'aurait supprimé moi aussi. C'est pas juste.

— Non, les gars, ce n'est pas juste, acquiesça Slick d'un air compatissant, enchanté d'apprendre la nouvelle. Je vais vous dire une bonne chose. Vous allez aider mes amis Al et Manny à nettoyer ce merdier et, ensuite, je rachèterai vos contrats. Mais d'abord et avant tout, est-ce que l'un d'entre vous s'y connaît en radiodétonateurs ?

Andrea avait décidé de refaire sa vie. Cassie aurait souhaité qu'elle vienne passer la nuit à l'Œil pour Œil, avec elle et Bassman, mais Andrea se consumait littéralement de l'intérieur. Ses entrailles, ulcérées par la terreur et par la rage, lui semblaient rougeoyer, aussi incandescentes que des charbons ardents. Elle avait failli se faire tuer... Et pour qui, pour quoi ? Pour un enfoiré qui lui était infidèle. Qu'il aille se faire foutre.

La mort de Liam ne lui pesait pas outre mesure. Il s'était toujours comporté en véritable branque, en fumier insensible et sans cœur, indifférent à la douleur quand il n'y aspirait pas goulûment — elle n'aurait su dire, étant donné son penchant marqué à décrocher de son propre chef et à se rendre malade à en crever même quand il y avait pléthore de pilules. Et encore, ça, ce n'était que simple et banale loufoquerie, mais, rien que pour ce truc dégueulasse qu'ils avaient fait à Billie, Bobby et lui, il avait amplement mérité de clamser.

Les autres aussi l'avaient bien cherché, d'ailleurs. Tous savaient parfaitement qu'ils jouaient avec le feu et maintenant... Ils n'étaient plus que cendres... Cendres et poussière... Tu es poussière... Silence mis à part, personne n'allait lui manquer. Mais Silence n'en avait plus pour très longtemps, lui non plus, et l'idée de le voir à son tour réduit en cendres lui était insupportable. Elle espérait qu'il trouverait les DL qu'elle avait fourrés dans la poche de son blouson, qu'il en ferait bon usage et ne laisserait pas Liam lui imposer ses élucubrations jusque dans la tombe. Mais ce n'était déjà plus son problème. Elle souhaitait, avant toute chose, prendre le plus de distance possible avec cette existence.

S'il y avait une chose qu'elle regrettait, c'était de ne pas avoir repris son.22 à Billie. L'odeur de poudre brûlée qui s'attardait encore sur ses mains lui faisait froid dans le dos. Comment allait-elle faire pour se défendre, maintenant que Bobby n'était plus là, et qu'elle se retrouvait seule au monde ? L'écho de la fusillade gronda de nouveau en elle et elle revit le museau grimaçant de vipère de Dan Meade, assoiffé de meurtre, et les yeux de Jack Shaw, profondément enfoncés sous des arcades sourcilières proéminentes, la fixer tel quelque monstre de Frankenstein.

— Andy, tes nerfs sont totalement fusillés, dit Cassie en posant sur les siennes une main compatissante. C'est valable pour nous tous. Viens vivre avec nous à l'Œil.

Andrea lui adressa un petit sourire reconnaissant et reporta toute son attention sur les lumières de la ville qui défilaient comme des joyaux derrière les vitres de la camionnette. La dernière fois qu'elle avait séjourné à l'Œil, Cassie avait scruté sa boule de cristal et lui avait déclaré : « Moins tu existes, plus tu possèdes. » Elle n'avait pas la moindre envie, pour le moment, d'entendre ce genre de conseils qui vous font chaud au cœur, et ne désirait qu'une chose, c'est qu'ils la déposent à une station de taxis.

Mais au lieu de ça, Bassman, sans nul doute inspiré par la loyauté qu'il devait à son copain Bobby ou, plus vraisemblablement, par la trouille qu'il avait de ses éventuelles réactions, insista pour la déposer là où elle voudrait. De sorte qu'ils roulèrent jusqu'à Chelsea et gagnèrent une planque secrète, un petit entrepôt situé sous un salon de beauté du Mystic Mall — ce marché aux voleurs clandestin de petite envergure, qui ne fonctionnait qu'après minuit et où l'on pouvait acheter ou vendre bijoux ou vêtements volés. Les Street Gypsies fourguaient fréquemment des marchandises aux receleurs qui sévissaient là et, dans la mesure où Bassman connaissait la plupart des gens qui tenaient cette caverne d'Ali Baba, il consentit volontiers à cracher Andrea là avant de raccompagner Cassie à la maison.

Madame Z, la vieille peau vêtue d'une tailleur-pantalon écarlate qui régnait sur les penderies pleines de fripes de la boutique de nuit en même temps qu'elle gérait un réseau de call-girls par le truchement de son téléphone cellulaire, accueillit Andrea avec un sourire carnassier et l'étreignit sur son cœur. Andrea ne possédait que deux cents dollars et n'était pas venue pour acheter quoi que ce soit, encore qu'ayant laissé derrière elle pratiquement tous ses effets personnels, à la seule exception de la jupe en jean barbouillée de sang et du chemisier imbibé de sueur qu'elle portait sur le dos, de ses DL et de son lourd fardeau de peur, elle eût volontiers fait l'emplette de quelques sapes neuves. Madame Z, dont les yeux humides de vieille chouette brillaient d'un éclat maternel, entreprit immédiatement de sélectionner des vêtements accrochés aux cintres qui quadrillaient le sous-sol de leur labyrinthique enchevêtrement, et Andrea se vit contrainte de modérer son enthousiasme en lui annonçant qu'elle cherchait tout bonnement un emploi.

— Commence d'abord par te rafraîchir un peu, mon chou, dit Madame Z en la détaillant de pied en cap d'un œil appréciateur et en prenant tout son temps, de derrière les mèches bleues de sa frange. À force de monter des motos en croupe, tu t'es légèrement chiffonnée. Sers-toi de la salle de bains du fond. Tu trouveras un bain moussant que tu vas adorer. Parfumé à la lavande. Et demande à Anthony de faire quelque chose pour tes cheveux. Ta coiffure est un peu trop punk à mon goût. Tu auras bien meilleure allure lorsqu'ils seront coiffés un peu moins... sauvagement.

Madame Z déclina l'offre d'Andrea, laquelle, pour la dédommager, avait offert de lui céder sa bague incrustée d'un éclat de diamant, premier cadeau que lui ait fait Bobby et dont elle était disposée à se défaire :

— On parlera d'argent et de travail plus tard, lui promit-elle.

Andrea envisageait de proposer ses services de

comptable à Madame Z et au petit cartel clandestin. Les années qu'elle avait passées à tenir, pour les Street Gypsies et d'autres petites entreprises, des livres comptables hautement créatifs avaient suffisamment affûté ses talents en la matière pour qu'elle se sente désormais prête à balancer des comptes moins modestes et, pendant qu'elle prenait son bain, elle s'efforça d'apaiser ses nerfs en pelote. Deux autres Dilaudid l'y aidèrent largement et, lorsque ce fut chose faite, elle se doucha pour se rincer, nettoya la baignoire et enfila le peignoir de bain en éponge que Madame Z avait laissé à son intention.

Ce n'était pas spécialement le coup de feu, ce soir, et Anthony, garçon efflanqué aux cheveux longs et au teint bistre de Tzigane, esthéticien de profession doublé d'un concessionnaire en bijoux volés, eut largement le temps d'administrer à Andrea le traitement complet, masque de boue y compris. Enhardie, et avide d'affronter de nouveau le monde avec un minois retapé, elle l'autorisa à teindre en roux ses cheveux blond pâle et à les couper en dégradé. Lorsqu'il en eut terminé, elle se trouva époustouflante. Bouffantes et gracieuses, les ondulations adoucissaient son visage ingrat, et elle se trouva aussi classieuse que Billie.

Madame Z lui présenta ensuite un slip largement échancré aux hanches, un soutien-gorge de dentelle et une robe chemise bleu pâle qui se nouait à la taille comme un sarong.

— Tu es belle à couper le souffle, lui déclara la vieille guenon lorsqu'elle fut habillée, tout en rajustant quelques plis pour mieux mettre en valeur son opulente poitrine ou dénuder une plage de cuisse. Tu vas te ramasser du fric à la pelle, avec ces rondeurs-là.

Andrea secoua la tête en roulant des yeux :

— Non, Madame Z, vous vous méprenez. Je ne tapine pas. Je suis comptable.

Les lèvres écarlates de Madame Z se pincèrent :

— Comptable ? Pourquoi gaspiller un corps aussi sublime en tenant des écritures ? Que non pas, mon chou, jamais de la vie. Tu te feras dix fois plus, crois-moi, en oubliant tes livres et en exploitant ton véritable talent. Et en t'épargnant les migraines, qui plus est.

Andrea arracha la bague de son doigt, s'empara de la main potelée de Madame Z et la planta dans sa paume :

— Je préfère encore les migraines.

Elle balança son sac à main par-dessus son épaule et entreprit de se frayer un chemin, en slalomant, entre les râteliers chargés de vêtements.

— Tu reviendras me trouver quand tu auras changé d'avis, la rappela Madame Z d'une voix enjouée, tout en portant la bague à ses yeux de vieille chouette.

Silence grelottait, bien que la nuit fût chaude, et, lorsqu'il approcha ses mains en coupe de sa bouche pour souffler sur ses doigts et les réchauffer, son haleine était pestilentielle. Quelque chose était en train de crever en lui, une chose putride, gangrenée, qui dormait dans son sang et agonisait à présent, parcouru des frissons d'un froid mortel, en exhalant des relents de putréfaction. Ça râlait dans tous ses muscles et les tétanisait, les durcissait comme pierre, râpait ses articulations, abrasif comme du verre pilé, de sorte que chacun de ses gestes était un supplice. Ça espérait le voir mourir avec lui.

Lorsqu'il sentit son cerveau se refermer sur la douleur et l'enkyster, il se força à se relever du recoin où il s'était recroquevillé en chien de fusil, sur le parquet de sa chambre. Il s'appuya au mur pour se hisser, les yeux révulsés de souffrance, tout en s'efforçant de tenir en respect les convulsions qui l'électrocutaient, l'ébranlaient de leurs décharges comme un câble à haute tension sectionné d'où fusent des jets d'étincelles. Une fois remis sur pied, il réprima une violente nausée, s'empara du blouson de cuir qui gisait sur son bureau et se dirigea en titubant vers la salle de bains.

Il se pencha au-dessus de la cuvette, tel un suppliant, coinçant son blouson entre ses genoux serrés, et laissa sa souffrance s'évacuer à grands jets. Mis à part sa douleur, il n'avait rigoureusement rien à régurgiter, et elle gicla de son corps avec le goût pâteux du sang, en lacérant sa gorge de ses racines disloquées. Il resta cramponné à sa cuvette pendant une éternité, grimaçant au gré du vent glacé qui montait du tréfonds de ses os en hurlant lugubrement, tandis que des filets de bile pendillaient comme des crocs à ses lèvres.

Lorsque le froid devint intolérable, il s'arracha à la cuvette, puis se battit avec son blouson, s'efforçant péniblement de le jeter sur ses épaules. Quelque chose tomba de sa poche et cliqueta sur le carrelage. Une pilule jaune... Un comprimé de Dilaudid de quatre milligrammes.

Il loucha dessus, et son estomac se révulsa, battant soudain des ailes comme une chauve-souris.

Il plongea dans la poche de son blouson un poing frénétique et referma sa serre sur une douzaine d'autres pilules. Il fixa sa paume d'un œil hébété, saisi d'une frayeur létale. Il la fixait si intensément que l'ossature de son visage en était douloureuse. La subite apparition de ces DL, leur manifestation diabolique à l'apogée de sa torture, c'était l'horreur absolue, en même temps que son triomphe suprême, le plus beau moment de toute son existence. Il les caressa de ses doigts tremblants, avec d'infinies précautions, sondant la profondeur abyssale de son manque.

Une palpitante explosion lui déchira le cœur, et l'envie de se détourner, de détacher son regard de la contemplation fascinée des petits lambeaux de vie jaunes qui scintillaient dans sa paume — son âme, comme arrachée à son corps — s'empara soudain de lui. Mais il n'était déjà plus qu'une mouche engluée dans une toile d'araignée. Chacun de ses gestes accélérait sa perte.

Non.

La promesse de mort que recélait ce mot lui dessilla les yeux et il se retrouva en train de fixer le lavabo, d'y contempler les petits débris gluants de lui-même qui s'y entassaient. Son poing se referma sur les pilules, et son bras se roidit comme du fer froid. Les yeux obstinément clos, il prêta l'oreille au silence, que ne venaient plus troubler que le tumulte de son sang et les craquements de ses os.

Trop pétri de douleur pour endurer de nouvelles désillusions, il porta son poing à sa bouche et rouvrit les yeux au moment de desserrer les doigts. Il mordilla les comprimés... À peine s'il lui restait la force de s'interdire de les avaler tous. Leur saveur acidulée, douceâtre, lui piqua les muqueuses. Et la désespérante prise de conscience de l'immédiateté et de la réalité sans partage de l'ascendant qu'ils exerçaient sur lui creva comme un ballon son désir insatiable.

Il recracha les pilules dans la cuvette des toilettes, balança à leur suite celles qui lui restaient dans la main et appuya sur le levier de la chasse d'eau. L'atroce signification de son geste lui apparut en filigrane et c'est en proie à un chagrin horrifié qu'il regarda l'eau tourbillonner dans la cuvette en emportant sa dernière planche de salut. La violence du maelström s'apaisant, il fondit en larmes. Le froid glacial referma encore plus étroitement ses serres et, tout au fond de lui, la frustration rua des quatre fers, dans un nouvelle quinte de cruels vomissements.

Totalement incapable, après cet acte de barbarie, de s'attarder plus longtemps dans la salle de bains, il déplia douloureusement son corps et se redressa. À ses pieds, très loin, mais aussi brillante qu'un astre, il aperçut la pilule qui, la première, était tombée de sa poche. La mer rugit en lui, le ressac de son sang cingla ses tempes et ses tympans, éperonnant son désir éperdu, le charriant vers son cerveau, exigeant de lui qu'il tombe à deux genoux, se prosterne devant l'astre et le porte à ses lèvres.

Mais, plutôt que de s'y résoudre, il préféra la piétiner, l'écraser sur le carrelage en sortant de la salle de bains en titubant. Une cuisante douleur suturait chacune des fibres de son corps et il se déplaçait à petits pas, cassé en deux, tout en s'efforçant de comprendre ce qui avait bien pu se passer. Mais dorénavant, seule la patience pouvait faire sens à ses yeux. Il allait devoir attendre que ça se passe. Ça finirait par s'arrêter. Il le savait. Mais il ne savait que ça.

Parvenu à mi-chemin de sa chambre, il entendit des voix monter du rez-de-chaussée. La voix sourde de la Grue, ponctuée par les divagations moroses de Gomes, lui remirent en mémoire le véritable danger de la renonce : plus que jamais, il était vulnérable aux agressions de Gomes. Obsédé par l'idée que ce petit fumier n'était revenu que dans le seul but d'assouvir sa vengeance, Silence s'enroula plus serré dans son blouson de cuir et entra dans la chambre de Liam en traînant les pieds. Il referma la porte sur lui et se roula en boule sur le pucier. Le corps ravagé de frissons, il passa la main entre le lit de camp et la paroi et palpa la carabine que Liam planquait à cet endroit. Le contact froid du métal tempéra quelque peu sa terreur de Gomes, et il s'abandonna à sa souffrance.

Des vibrations évoquant le crissement d'un ongle sur un couvercle de poubelle parcouraient tout son corps et, tantôt bouillant de fièvre, tantôt grelottant de froid, il se roula en boule, en position fœtale. Il s'entortilla autour du dur noyau de douleur de son échec et, tout en désespérant d'avoir tiré la chasse sur le seul plaisir qui lui restait dans la vie, se raccrocha à la certitude qu'au moins Billie s'en était tirée et s'ensevelit dans un linceul de ténèbres, face contre terre, les narines pleines de l'odeur de Liam, pour respirer sa propre pourriture tout en s'ingéniant à percevoir, par-dessus le chuintement de parasites de sa propre circulation sanguine, les signes avant-coureurs de la prochaine et sournoise agression de Gomes, pris d'un vertige colossal comme si, sous ses pieds, la planète tout entière se précipitait vers les confins de l'espace.

— Je peux le laisser là-haut sans crainte, tu crois ?, se demanda la Grue à voix haute, en même temps qu'il resserrait les boulons du châssis de la 1200 cm³ qu'il avait remontée. Il adressa à Gomes un bref regard inquisiteur et fit passer son cure-dents d'un coin à l'autre de sa bouche. Tu vas pas le brûler pendant qu'il est dans le coaltar, au moins ?

Gomes qui, tous les sens en alerte, faisait les cent pas devant la porte ouverte du garage, pendant que la nuit se dissipait, pila tout net :

— Qu'est-ce que ça peut te foutre, mec ? Tu dégages, non ?

— Y a des bécanes au fond, grogna la Grue, penché sur son tourne-à-gauche. T'as qu'à en prendre une et te casser avec moi.

— Des bécanes de macabs.

La Grue se redressa et vérifia l'assemblage du frein sur la roue avant :

— Ouais. Marsbars pourrait bien revenir te harceler si tu lui piquais sa meule. Mais Frail et Seaworms n'en auront rien à cirer.

— Pas question de fuir.

La Grue s'empara du tuyau à siphonner qui dépassait du baril métallique adossé au mur et l'enfonça dans le trou du réservoir de sa moto.

— Bon, ben, si tu restes, la boutique est toute à toi. Mais Cassie va devoir se crever le cul pendant un bon moment avant de l'avoir nettoyée de fond en comble.

— J'en veux pas, de ton putain d'atelier. (Gomes se rapprocha et fixa durement la Grue, pendant que le mécano dégingandé adaptait la pompe à main au baril d'essence.) Ce que je veux, c'est me venger.

La Grue secoua la tête et cala son cure-dents entre ses incisives.

— La vengeance, c'est pas donné, Bobby. Ça peut coûter un max, et ça n'a jamais rien rapporté.

— Écoutez-moi ce petit mariolle. (Les ailes du nez de Gomes avaient blêmi.) Et Liam, là-dedans ?

La Grue continua de pomper sans s'émouvoir.

— Eh bien, quoi, Liam ?

— Il est mort ! Ces enfoirés l'ont dessoudé. Et ça s'est pas passé rapidement, tu peux me croire. T'as vu un peu ce qu'ils lui ont fait ?

— J'ai vu.

— Et après ça, tu peux prendre tes jambes à ton cou, comme si de rien n'était ?

La Grue décapsula son réservoir, ôta le tuyau et revissa le bouchon d'une torsion de poignet péremptoire :

— J'prends pas mes jambes à mon cou. Je roule.

Gomes cracha un juron :

— Chiotte. Ce local porte ton nom. T'emportes que pouic. Tu te tires avec la merde au cul, ouais. Où tu vas ?

— J'ai un frangin qui tient une station d'essence à Tulsa. J'crois bien que j'vais me cracher par là en passant.

— Pour distribuer de l'essence jusqu'à la fin de tes jours. Merci du peu.

Gomes renifla dédaigneusement et revint se poster à pas de loup devant l'entrée du garage. Le ciel noir soulevait sa barbe d'étoiles, dévoilant les premières meurtrissures d'un jour nouveau. Il entendit la chasse d'eau se déclencher à l'étage et pointa un menton agressif :

— Je le tuerai dès que t'auras tourné le dos. Rien à foutre qu'il soit crevard. C'est sur lui que je prendrai ma première revanche.

La pompe à air émit un bref chuintement et la pression s'avéra suffisante dans le pneu arrière. Les pneus et le châssis avaient longuement patienté, attendant que le moteur soit achevé. Mais ils étaient mariés, maintenant, tout prêts à s'offrir une longue lune de miel sur l'autoroute.

— Silence a tué les Street Gypsies, grinça Gomes. Il a enfreint notre seule loi. Ne jamais trahir sa bande. Il nous a trahis, mec. Il nous a tous vendus pour une chagatte. J'ai essayé de l'en empêcher. Je suis le seul à avoir essayé de le virer. Mais il m'a cogné. (Son pouce désigna belliqueusement la chair tuméfiée, sous son œil droit.) Et, maintenant, ils sont tous morts... Liam, Hank, Frail, Seaworms, Marsbars. Tous clamsés, bordel... Et pour que dalle.

La Grue entreprit de remballer sa trousse à outils :

— T'as jamais pu blairer Silence. Pour quelle raison, Bobby ?

Gomes regardait se dissoudre les dernières cendres parcheminées de la nuit :

— Ouais, j'ai toujours détesté Silence. Depuis la première fois où je l'ai vu. Et tu sais pourquoi ? (Il se retourna, et ses yeux luirent comme des couteaux.) Parce qu'il a la trouille d'avoir peur. Faut toujours qu'il se montre à la hauteur, parce que c'est ce que voulait sa Maman. Rien ne peut lui faire peur, soi-disant. Et ça m'a toujours pué au nez, et ça continue de me puer au nez. Il est là-haut, en ce moment, en train de gerber ses tripes, de faire comme si le départ de cette salope l'avait pas retourné, comme s'il ne crevait pas de peur de flancher, de chier sous lui parce qu'il sait que je vais lui tomber dessus d'un instant à l'autre, pour lui couper les joyeuses. Ouais. Qu'il continue à rouler des mécaniques. Grand bien lui fasse. Et que le manque le bouffe tout cru. Et, au moment où il s'y attendra le moins, je monterai réellement là-haut. Et je lui montrerai à quel point il chie dans son froc.

De l'autre côté de la rue, du sommet d'un immeuble de brique encrassé par le temps qui, autrefois, avait hébergé une usine aux cadences infernales, Slick Stanger, Ray Fowler, Pat Roccio et Jack Shaw, accroupis derrière la corniche de la terrasse, reluquaient l'atelier de la Grue.

— Le type qui fait les cent pas devant le garage, dit Ray, c'est Bobby Gomes.

Slick plissa les yeux, gêné par la lumière grisâtre et, les genoux endoloris, déplaça légèrement ses rotules noueuses sur la toile goudronnée. Gomes, qui se découpait en ombre chinoise sur fond de lumières fluo éblouissantes, paraissait aussi léger et nerveux qu'un ocelot.

— Je ne m'attendais pas à trouver leur garage grand ouvert, fit-il observer.

— Billie est partie, dit le Roc, additionnant deux et deux. Les disquettes ont été restituées. Et Liam et la majeure partie de l'équipe sont morts. Faut croire qu'ils s'imaginent que c'est définitivement classe.

— Ça devrait l'être, lâcha Ray. On a eu tout ce qu'on voulait.

— Je veux Silence, grommela Jack.

— M'étonnerait fort qu'il soit là, dit Ray. Il a dû se tirer avec Billie.

— Il n'y a qu'un seul moyen de s'en assurer, dit Slick. Il se retourna, s'assit, adossé à la corniche, et massa ses genoux meurtris. C'est toi qui as reçu une formation de policier, dit-il à l'Archer. Comment on va s'y prendre pour les éliminer ?

À l'Est, le ciel était un patchwork de flaques aux couleurs bariolées.

— Il fait encore trop sombre, dit Ray. On va devoir faire vite. Mais si on arrive à s'introduire par l'arrière sans déclencher une autre alarme, on peut réussir à les déborder et à les faire gicler par la porte principale. Un bon tireur posté ici pourra les dégommer au fur et à mesure qu'ils sortiront.

— Et moi, je dis : « Foutons le feu à la baraque », dit Jack. Quand Dan et moi on est entrés, j'ai repéré une douzaine de barils d'essence sur l'arrière. Reste plus qu'à les allumer, et on les grille tout vifs.

— Je ne suis pas de cet avis, fit Slick en tirant sur sa barbiche drue. Al veut voir crever Silence.

— Moi aussi, renchérit Jack. Je veux le voir frire.

— Justement, contra Slick. Si les flammes se mettent à dégager de la fumée, on n'y verra plus rien. On n'aura même pas la certitude que Silence se trouvait bien à l'intérieur.

— Ouais, se marra le Roc. T'imagines ? Tu voudrais annoncer à Al que Silence a cassé sa pipe, et voir l'autre bâtard resurgir dans un autre coin du monde sans crier gare ? Y a pas, faut qu'on entre.

— D'accord, dit Ray d'un ton décidé. Le Roc, tu me couvres d'ici. Jack et moi, on entre par-derrière.

Slick secoua la tête :

— Non. Jack reste avec moi. C'est le Roc qui entrera avec toi.

— Pourquoi ? (L'Archer affichait une expression dubitative.) Le Roc est un fin tireur. C'est en haut de l'immeuble qu'il nous sera le plus utile.

— Pas besoin d'être un tireur d'élite pour dégommer une cible aussi rapprochée, fit remarquer Slick.

— Non, ça n'a pas de sens, s'insurgea Ray. Jack est déjà entré, il connaît la disposition des lieux. Et, en plus, il veut se faire Silence.

Slick haussa les épaules :

— Jack bosse pour Manny. Al veut qu'on marque ce point. Il me paraît normal que ce soient ses hommes qui s'y collent.

— Et depuis quand Manny et Al ont-ils cessé de se partager le personnel ?, questionna Ray.

— Depuis que Dan et moi on a failli se faire descendre par ces mecs, la dernière fois qu'on est entrés là-dedans, parce qu'ils savaient qu'on allait se pointer, dit Jack en lui jetant un regard noir.

Ray, comprenant que Jack avait découvert, Dieu sait comment, qu'Al lui avait tendu un traquenard, sentit sa gorge se nouer légèrement.

— Vous feriez mieux de vous y mettre tout de suite, leur conseilla Slick, d'un air un peu pincé. Le jour se lève rapidement.

L'Archer ravala son mauvais pressentiment et hocha la tête avec une résignation contrite. Il fit signe au Roc de le suivre. Un instant plus tard, lorsque, leurs gilets pare-balles noirs sanglés et leurs Uzis chargés, ils furent ressortis de l'immeuble au petit trot et eurent dépassé les motards, couchés à plat ventre, à qui Slick avait demandé de surveiller la moto de Liam, Pat demanda :

— Il voulait dire quoi, là, Jack ?

La furie de l'adrénaline montait graduellement.

— Tu pourras lui poser toi-même la question, à cette tête de pioche, quand on aura expédié ce turbin, répliqua sèchement Ray, dont le visage tanné comme du vieux cuir et tendu de concentration n'exprimait que le seul désir de les voir survivre à ce coup de main.

Ils grimpèrent dans l'une des deux voitures qui les avaient amenés et contournèrent le bloc en maraudant. Il faisait déjà suffisamment clair pour qu'on puisse lire les graffitis bombés sur les murs fuligineux — « TROUEUR DE CULS/CHASSEUR DE CRÂNES » — et Ray, à force d'essayer de comprendre comment Jack et Dan avaient pu s'apercevoir qu'Al s'était servi de lui pour les piéger, éprouva soudain des difficultés respiratoires. Il envisagea brièvement de regagner la propriété en voiture pour demander asile et protection à Al. Mais Al voulait qu'on mène ce boulot à bien. Lorsqu'ils arrivèrent en face de la boutique, de l'autre côté du pâté de maisons, il stoppa la bagnole.

Un incendie embrasait le ciel. Sentant une boule acide de hargne s'installer au creux de son estomac, il serra les dents et fit un signe de tête à Pat Roccio. Le Roc arma son Uzi d'un mouvement coulé et un sourire carnassier illumina son jeune visage rugueux.

— Passeport pour l'enfer, souffla-t-il dans un doux roucoulement, en tapotant son arme.

Pauvre connard, songea Ray en émergeant dans la pâle lumière aqueuse. Ils dévalèrent la ruelle et se faufilèrent par la palissade défoncée. Puis, contraints désormais d'avancer pas à pas dans les hautes herbes, de peur de trébucher sur un fil piégé, ils progressèrent en jetant à la dérobée de fréquents regards en direction des fenêtres arrière de la maison, en quête du moindre signe laissant entendre qu'ils avaient été repérés. Mais tout était tranquille.

Parvenus à l'enceinte, ils trouvèrent la porte coulissante dégondée, carrément basculée hors de son rail par la rafale qui avait pulvérisé sa serrure quelques heures plus tôt, lorsque Dan et Jack, à la faveur de la fusillade qui se déroulait sur le devant, s'étaient frayé un chemin jusqu'à l'intérieur. Retenue par un unique gond, la porte du fond pendouillait également, son montant éclaté à l'endroit où Jack l'avait enfoncée d'un coup de pied. Ray fit halte, prêtant l'oreille, et entendit Gomes jacasser avec emportement. Il franchit le seuil et se pétrifia immédiatement sur place en entendant craquer les lattes du parquet sous son poids.

Il reprit son chemin à pas de velours, traversa la réserve et atteignit la cage d'escalier du fond. Il comprit tout de suite, au vu de la rampe fracassée dont les débris jonchaient le sol et à la lecture des impacts de balles qui criblaient les murs, comment les coups de feu tombant de l'entresol avaient bloqué Dan et Jack. Il allait devoir monter au premier, histoire de vérifier qu'il ne restait là-haut plus personne qui risquait de leur tomber sauvagement sur le poil alors qu'ils se seraient engagés dans un accrochage avec les motards sur le devant.

Il fit signe au Roc de lui emboîter le pas. Si jamais ça devait chauffer à l'étage, ils doublaient ainsi leur puissance de feu et pourraient toujours redescendre, une fois le boulot fait, en arrosant tous azimuts. Le visage ruisselant de sueur, il escalada les marches par l'intérieur, en s'efforçant de réduire au maximum les craquements du bois vermoulu. Mais c'était peine perdue. Chacune de ses enjambées provoquait un couinement malheureux et, au bout du compte, se décidant à les grimper deux à deux, il se rua vers le palier supérieur en braquant son Uzi alternativement de droite et de gauche, prêt à cisailler tout ce qui bougerait.

Le Roc avait bien discerné la peur dans le comportement de son coéquipier mais, pour sa part, n'en éprouvait pas l'ombre. Il se fiait à son arme, à ses réflexes et à la précision de son tir, et il aurait voulu prendre la tête, mais Ray ne cessait de lui faire signe de battre en retraite, non seulement parce qu'il était soucieux de protéger son cadet, mais encore parce qu'il se méfiait de sa témérité. L'Archer longea prudemment le couloir, s'engouffra dans la salle de bains par sa porte béante, et trouva la pièce déserte.

Avide d'engager le feu, le Roc dépassa Ray et progressa rapidement le long du corridor. Il plongea son regard dans une seconde cage d'escalier qui conduisait sur le devant de la boutique, et il entendit des voix monter du bas des marches. Il enfonça le canon de son arme dans l'embrasure d'une porte ouverte et découvrit une chambre au sol couvert de moquette et nantie d'une grand poste de télé stéréo encastré dans un meuble en noisetier, d'un râtelier bourré de revues et de plusieurs fauteuils au dossier ajustable. Dans l'enfilade, il fit irruption dans une pièce meublée d'un futon et de plusieurs tatamis, dont l'un des murs s'ornait d'un impact de balle gros comme le poing, tandis que des livres de poche écornés s'entassaient sur un bureau branlant.

Ne restait plus qu'une seule porte. Ray se tenait juste à côté et s'apprêtait à se précipiter à l'intérieur. Le Roc se plaqua contre la paroi, abaissa son bec-de-cane d'une tape de la main et l'ouvrit à la volée. Mais, avant même qu'il ait pu faire le premier geste, le mur qui se dressait immédiatement derrière lui explosa et il vola dans le corridor, dans un nuage de poussière de plâtre et d'éclats de bois, et percuta le mur d'en face. Du sang s'écoula en gargouillant de la déchirure de son gilet pare-balles lorsqu'il heurta le sol où il resta étendu, secoué de soubresauts spasmodiques, la tête tordue sur le côté, les yeux écarquillés, la mâchoire pendante et la bouche barbouillée de gelée rouge.

Le corps tout entier de Ray se roidit, et il sentit ruisseler un liquide chaud le long de sa jambe de pantalon. Poussant un hurlement aussi sonore que désespéré, il balaya d'une rafale le pan de mur soufflé. Des débris de plâtre tournoyèrent à travers les airs. Il enjamba à croupetons le corps convulsé du Roc et chargea dans la pièce en mitraillant tout ce qui bougeait.

Mais il n'y avait personne. Un crissement de métal froissé déchira l'air à l'extérieur. Il se glissa jusqu'à la fenêtre et aperçut Silence en train de dégringoler l'échelle métallique de l'escalier d'incendie, un fusil coincé sous l'aileron. Une rafale d'Uzi arracha des étincelles à l'échelle sur toute sa longueur mais Silence s'en laissa choir, indemne, et plongea à travers la porte du fond.

L'Archer se décolla de la fenêtre et, dans un sursaut de terreur panique, s'enfuit de la chambre à toutes jambes, fonçant vers l'escalier par lequel ils étaient montés. Une nouvelle vague d'effroi le submergea lorsqu'il entendit s'élever des cris au rez-de-chaussée, alors qu'il dévalait encore les marches quatre à quatre. Une balle perfora le mur juste à côté de lui, et il arrosa la pièce d'un arc de cercle de mitraille à travers les barreaux de la rampe, juste avant d'apercevoir Gomes et la Grue, au pied des marches et un calibre à la main.

Son tir nourri et forcené les contraignit à reculer en vociférant. Et c'est alors qu'il décida, en voyant la panique se refléter sur leurs visages, de ne pas déguerpir par la porte du fond. Bien au contraire, il allait traverser la boutique en mitraillant à tout va. Il viderait tous ses chargeurs, les refoulerait vers l'extérieur et les obligerait à ressortir par l'entrée du garage, en plein dans la ligne de mire de Jack. Pat Roccio ne serait pas mort en vain. Il décida de suivre ce plan fumeux et se mit à courir, sans perdre de vue une seule seconde que Silence se trouvait quelque part au rez-de-chaussée, probablement tapi dans la réserve.

Gomes bondit en avant en tiraillant au petit bonheur la chance, et le crépitement d'une nouvelle rafale le contraignit à renverser la vapeur en jouant frénétiquement des gambettes. L'Archer progressait en arrosant l'espace qui s'ouvrait devant lui d'un tir d'enfilade, une succession de rafales intermittentes dont le but était de contraindre les motards à battre continuellement en retraite. L'espoir fleurit en lui, fulgurant — et, une nanoseconde plus tard, l'escalier entrait en éruption sous ses pieds. Le coup de fusil, dirigé de bas en haut, qui le cueillit à l'entrejambe et le fendit en deux envoya rebondir contre le mur la masse enchevêtrée de ses entrailles et culbuta au bas des marches son enveloppe charnelle privée de vie.

La porte du placard dérobé dissimulé sous l'escalier s'ouvrit à la volée sous la poussée de Silence, et celui-ci lâcha prise et s'affala au sol. L'effort qu'il venait de faire avait révulsé ses poumons, et l'épaisse puanteur de mort qui stagnait dans l'atmosphère le transperça de part en part. Lorsque Gomes et la Grue passèrent la tête à l'intérieur, ils le trouvèrent à genoux, cassé en deux, le corps secoué de sanglots irrépressibles.

La Grue enfonça son calibre dans sa ceinture et se précipita vers Silence. Gomes, braquant sa main armée droit devant lui, fixa d'abord longuement l'Archer puis darda tout autour de lui des regards nerveux, cherchant d'autres tireurs des yeux. Il se dirigea en sautillant vers le corps éviscéré de Ray, en respirant par la bouche, à petits traits, pour s'épargner le lourd relent d'égout et sans jamais cesser de braquer son arme sur la porte du fond, s'attendant à voir d'une seconde à l'autre apparaître un autre tueur. Mais seule la lumière bleutée de l'aube s'encadrait dans l'embrasure.

Gomes fourra son arme dans sa poche et arracha l'Uzi à la poigne de l'Archer, raidie par la mort. Il récupéra encore deux autres chargeurs sous son gilet pare-balles éclaboussé de débris sanguinolents.

— Donne-moi un coup de main, le héla la Grue. Il s'escrimait vainement à soulever Silence qui, vêtu de son blouson de cuir, crispait encore le poing sur le fusil de chasse.

D'un geste brutal, Gomes confisqua son fusil à Silence, puis l'agrippa sous son aisselle droite pendant que la Grue le soulevait par la gauche : « Chez moi », fit la Grue, et ils traînèrent le grand type à travers le garage, jusqu'à la porte doublée de zinc qui conduisait à ses appartements. Gomes braqua tout du long l'Uzi sur le vantail béant du garage. Lorsqu'ils eurent laissé tomber Silence sur le lit de camp de la Grue, Gomes retourna dans le garage pour abaisser la porte coulissante.

Au moment où il repassait devant le bureau, le téléphone sonna et il décrocha : « Ouais ? ». Il scruta l'espace libre qui s'étendait devant le garage, espérant plus ou moins une occasion de rafaler avec son Uzi.

— Bobby ?, fit une voix tonnante. Content de t'entendre. T'as super-bien fait de décrocher. Ici Jack Shaw. Je t'appelle du téléphone de la voiture de Manny. Faut que je te prévienne... Fowler et le Roc sont en route pour vous liquider.

Gomes se renfrogna à l'autre bout du fil :

— Pourquoi tu me dis ça ?

Slick et Jack avaient entendu les coups de feu de l'autre côté de la rue et, ne voyant personne ressortir de l'immeuble, avaient conclu à la mort des hommes d'Al. D'un geste impatient de la main, Slick encouragea Jack à continuer de parler dans le téléphone cellulaire, et à déclencher ce faisant leur plan B.

— Tu m'as vu au Ritz, Bobby, tu te souviens ?, poursuivit Jack, en guise de présentation. Je travaille avec Dan. Il m'a dit que tu étais des nôtres. Écoute, c'est l'Archer qui a tué Liam. Il a appris que tu travaillais pour Dan et l'a répété à Al, et ils se sont retournés contre les Gypsies. Mais on n'a pas le temps de bavasser. Je viens tout juste d'apprendre de la bouche d'Al que l'Archer et le Roc allaient vous tomber dessus. Ils devraient arriver incessamment.

— Ils sont déjà là, et ils sont morts, déclara Gomes en se rengorgeant.

— Navré de t'avoir prévenu trop tard. Je viens à peine de l'apprendre. Tu vas bien ?

Gomes fulmina :

— Qu'ça peut t'foutre ? T'es pas ma Mater, que j'sache, bordel !

— J'ai besoin de ton aide. Je veux Silence.

— Ah ouais ? Ben, viens le chercher.

— Il est là ?

— Il vient à l'instant d'exploser l'Archer et le Roc. Et toi aussi, il t'expédiera en enfer.

— Aucune chance. Je vais lui arracher le cœur et le lui enfoncer dans le cul. Garde-le-moi bien au chaud. Le laisse surtout pas se barrer.

— Que dalle. J'suis pas ta bonne.

— J'ai besoin de ton aide, Bobby.

— Qu'est-ce que j'en ai à cirer ?

— Dan prétend que t'es réglo, Bobby. Maintenant que les Gypsies sont repassés, il veut que tu travailles pour nous. Exactement comme avant, mais en nettement mieux... à plein temps. Liam est mort. Tout ce qui lui appartenait te revient. On a juste besoin d'un petit coup de pouce. D'un témoignage de ta loyauté... en quelque sorte. Qu'on soit bien sûr qu'il n'y pas de mauvais sang entre nous. On n'est pour rien dans cette guerre, Dan et moi. On est de simples soldats.

— Et pourquoi Dan me cause pas en personne ? Comment ça se fait ?

— Il est occupé. Il est allé chercher la femme de Manny. Mais il réglera tous les détails avec toi plus tard. En attendant, tu dois nous aider.

— Je fais que t'chi. Je n'ai pas à te livrer Silence, ni à le retenir ici pour ta gueule.

— D'accord. Alors, c'est entre moi et Silence. Je m'en chargerai moi-même. Mais là, tout de suite, tu pourrais déjà nous aider en permettant à Al de récupérer les corps de ses soldats. Laisse-nous envoyer quelques gars pour les ramasser.

— Tu me prends pour un con ?

— Rien que deux Rude Riders. Sans armes. L'un d'eux montera la moto de Liam. Tu peux garder la bécane. En signe de bonne volonté, pour te récompenser de ton aide. Qu'est-ce que t'en dis ?

— Que ça craint. Voilà ce que j'en dis.

— Tu ne veux donc pas travailler pour nous ? Tu vas tourner le dos à tout ce fric facile ? À cette possibilité inespérée de te mettre à ton compte ?

— Alors c'est *toi* qui viens ici récupérer ces putains de cadavres.

— Je t'appelle de Brookline, Bobby. Manny m'a chargé de couvrir Dan. Je ne peux pas venir en personne mais, d'un seul coup de fil, je peux te faire parvenir cette bécane en quelques minutes. Elle est dans un atelier pas loin du vôtre... Et elle est à toi. À condition qu'on soit bien d'accord, s'entend.

Gomes éloigna le récepteur de son oreille et le considéra avec une indifférence teintée d'un zeste de veulerie. La Grue se tirait, Silence tomberait sous les balles de Jack Shaw, et tous les autres étaient morts. Il était le dernier des Street Gypsies... et c'était à lui que reviendraient les dépouilles.

— D'accord, dit-il au téléphone. Passe ton putain de coup de fil.

Avant que la limousine grise ne bifurque gracieusement pour se garer sans à-coups le long du trottoir, Billie était entrée à trois reprises dans la fonderie pour utiliser ses toilettes, non seulement pour soulager sa vessie oppressée, mais encore pour remettre en bonne place le petit automatique d'Andrea. Elle l'avait disposé sur le devant de sa culotte et il n'arrêtait pas de glisser et d'aller se fourrer dans son entrejambe. Il fallait absolument qu'il reste en position haute si elle voulait dégainer rapidement, et elle avait une sainte frousse qu'il ne se prenne dans le revers de sa culotte, la laissant désarmée et à la merci de Manny.

Lorsque la limousine s'arrêta devant l'endroit où elle se tenait, debout, les bras croisés, tripotant fébrilement l'une de ses mèches et son sac de voyage ballottant devant elle, une irrésistible envie de vomir s'empara d'elle. Quoique le soleil n'eût pas encore incendié l'horizon, le ciel était déjà d'un bleu étincelant, des oiseaux gazouillaient sur le rebord du toit fracassé de la fonderie, et elle se sentait formidablement exposée et vulnérable. Pour la toute première fois, une idée qui tombait sous le sens lui traversa l'esprit, l'ébranlant de pied en cap : ils allaient tout simplement la descendre. Elle aperçut son reflet dans la vitre fumée noire, prit conscience de sa fragilité, de la roideur de sa contenance, de son visage mortifié, et fit deux pas en arrière au moment précis où s'ouvrait le battant de la portière arrière de la limousine.

Dan Meade en sortit prestement, sans même daigner la regarder et, s'attendant à des coups de feu, se contenta d'inspecter du regard les toits alentours. Son front d'airain et la fistule de sa lèvre supérieure luisaient d'une sueur angoissée, et il l'agrippa sèchement et l'attira précipitamment vers la voiture. Il lui arracha son sac de voyage des mains et la projeta aussitôt après sur la banquette arrière, comme on balance un paquet de linge sale.

Billie se tassa dans l'ombre fraîche et sentit glisser le calibre de sa ceinture vers son aine. La portière se referma en claquant, et elle tourna la tête et aperçut Manny, assis juste à côté d'elle, les yeux soulignés de valises noires, les lèvres serrées et hostiles. Il posa sur sa cuisse une main de propriétaire, puis la broya méchamment.

— Sale pute !, glapit-il au moment où la voiture s'ébranlait. Sa main jaillit, délaissant la cuisse de Billie pour s'abattre sur sa bouche, si violemment que sa tête fut projetée en arrière.

Elle remonta instinctivement les jambes pour interdire à l'automatique de glisser plus bas dans sa culotte et faufila sa main sous sa ceinture.

Manny crut qu'elle se recroquevillait pour esquiver ses coups et il lui en colla un derrière l'oreille, envoyant sa tête rebondir contre la vitre :

— Pauvre connasse débile. T'aurais pu nous faire tous tuer.

Il l'agrippa par les cheveux et lui cogna de nouveau la tête contre le carreau.

Son poing se referma sur l'automatique, et elle le libéra d'un coup sec, se contorsionna et le planta sous le nez de Manny.

L'expression narquoise de ce dernier s'effaça illico, son visage devint tout flasque et ses yeux se révulsèrent.

— Hé, ça va pas la tête ?

Ravie de constater que la dernière expression qu'elle verrait s'afficher sur sa trogne brutale serait celle de la terreur panique, elle riva fermement son regard entre les deux yeux de Manny, écarquillés de stupeur, et elle appuya sur la détente. Mais celle-ci ne bougea pas d'un poil. Billie, avec un clignement de paupières effaré, se souvint brusquement de la sécurité, et la libéra d'une chiquenaude. L'automatique oscilla légèrement lorsque son doigt se crispa de nouveau sur la détente... Mais, cette fois-ci, elle ne parvint pas à tirer.

La rage, consécutive à la douleur hébétée qu'avaient engendrée ses coups, avait rapidement reflué, la laissant déterminée et l'esprit lucide. Elle ne réussissait tout bonnement pas à trouver en elle la force d'accomplir ce geste banal : appuyer sur la détente... Et elle disposa d'une longue seconde pour prendre, sidérée, la mesure de la pernicieuse malédiction qui l'avait conduite ici, et de la furieuse insanité dont elle était désormais frappée.

Manny la sentit hésiter et écarta l'automatique d'une calotte. Une détonation fit se cabrer le canon et sa clameur parut saturer l'automobile. Le recul arracha l'arme à leur emprise et le revolver s'abattit sur le sol, tandis que la voiture freinait dans un hoquet. Manny se pencha pour le ramasser et Billie, d'une bourrade de l'épaule, ouvrit la portière en même temps qu'elle repérait du coin de l'œil, posé entre eux sur la banquette arrière, le téléphone portable de Manny. Elle s'en empara avec vivacité et sauta de la voiture.

Dan Meade se retourna sur le siège du conducteur et tenta bien de la harponner au passage, mais elle était déjà dehors. La portière se referma sur elle et elle piqua un sprint sur le trottoir, puis s'enfonça dans une ruelle encombrée de conteneurs à ordures. Elle slaloma de droite et de gauche entre les conteneurs éparpillés, atteignit enfin une ligne droite dégagée et fonça à toute allure jusqu'à ce que, d'épuisement, elle sente ses genoux se dérober sous elle. Elle était arrivée tout au bout de la ruelle et celle-ci donnait sur la rue déserte contiguë à la fonderie. Elle jeta un coup d'œil par-dessus son épaule : Dan venait tout juste de contourner le dernier des vastes récipients métalliques et, précipitant le pas, piquait droit sur elle.

Elle traversa la rue à toute vapeur, en inspirant de longues goulées d'air, à demi suffoquée, tout en tentant de refouler la terrifiante impression de futilité qui la gagnait, lui coupait les jambes, lui vidait les poumons et lui pompait toute son énergie. Une nuage de poussière de brique s'éleva de l'immeuble situé juste devant elle lorsqu'elle enjamba le trottoir, et l'écho assourdissant d'un coup de feu l'éperonna. Au moment où elle tournait le coin, un nouveau coup de tonnerre retentit et d'autres éclats de brique fusèrent.

Elle courait atrocement mal, la respiration entrecoupée, les muscles en feu, les bras flottant au vent et les jambes ankylosées, mais elle réussit néanmoins à franchir le demi-pâté de maisons qui la séparait du large portail de la fonderie, et à s'engouffrer dans l'obscurité. Elle trébucha sur les marches de métal et se cogna douloureusement les tibias en tentant gauchement de se rattraper. Arrivée au premier palier, sa lassitude eut raison d'elle et elle se vautra sur le caillebotis métallique en s'efforçant de réprimer ses halètements, tout en prêtant l'oreille au piétinement qui se rapprochait sur le trottoir.

Dan entra, son automatique levé, et plissa les yeux pour sonder les ténébreux abysses, bourrés de chaînes, de câbles et d'échafaudages. Lorsqu'il s'engouffra dans les toilettes, Billie se redressa et escalada précipitamment la seconde volée de marches qui menait à la passerelle. Elle s'y pelotonna aussitôt, Dan émergeant des toilettes pour se diriger à grands pas vers la fournaise, dont il inspecta les entrailles obscures. Puis il la contourna, non sans sonder au passage tous les recoins sombres du museau de son calibre.

Elle se traîna le long de la passerelle avec un luxe infini de précautions, rampant à reculons jusqu'au renfoncement le plus sombre, où elle se recroquevilla. Et lorsque enfin il releva son regard acéré pour fouiller des yeux le dédale de solives, de passerelles et d'échafaudages, il ne la vit pas. Une illumination venait brusquement de le frapper : elle avait très bien pu se faufiler à l'extérieur par les portes défoncées de l'arrière, et il se rua aussitôt dans cette direction.

Dès qu'il eut disparu hors de vue, elle déploya l'antenne du téléphone cellulaire qu'elle n'avait cessé de serrer comme un bébé sur son cœur, et composa le numéro des renseignements. Les trémolos d'une lointaine sonnerie de téléphone expirèrent dans un déclic, cédant la place à la question d'une opératrice, et elle dut aller chercher sa voix au plus profond d'elle-même.

Silence se tordait sur la paillasse de Liam, emmitouflé dans son blouson qu'il serrait tout contre lui, mais néanmoins infoutu de garder la moindre chaleur. De l'endroit où il gisait, il pouvait voir la Grue dans la cuisine, en train de préparer une infusion d'orties et de racines que Cassie avait apportée tout spécialement en prévision de ce genre d'occasions. La porte plaquée de zinc qui donnait sur le garage était ouverte et, à la pénombre bleutée qui régnait dans la pièce, il devinait que la porte d'entrée l'était également.

Saisi d'une funeste appréhension, il se pencha pardessus le rebord du lit pour s'emparer du fusil à tâtons et cette futile tentative suffit à endolorir ses muscles moulus. Après s'être escrimé frénétiquement pendant un petit moment, il cessa tout net de bander ses forces et, les yeux mi-clos, riva son regard sur la grosse bécane aux puissants muscles de chrome, dressée sur sa béquille, que la Grue avait remontée.

Un furtif reflet dans le métal luisant attira son attention et il se força à se redresser dans le lit, puis pencha légèrement le corps en avant. À la faveur de ce nouvel angle de vue, il put apercevoir Gomes en train de discuter au téléphone. Lorsque Bobby raccrocha, il regagna la cuisine d'un pas dégagé, sans prendre la peine de refermer ni la porte extérieure ni la porte intérieure.

— Qui c'était ?, demanda la Grue en laissant tomber dans la casserole d'eau bouillante un fagot composé de brindilles et de tubercules émincés.

— Jack Shaw, rétorqua Gomes avec un sourire mauvais. (Silence se redressa encore, tentant de se soustraire aux crampes qui le taraudaient.) Ce blaireau téléphonait pour nous prévenir de la descente.

— Timing légèrement foireux, fit observer la Grue en battant des paupières, la fétide puanteur du breuvage offensant ses narines.

— Ouais, et maintenant, ils voudraient récupérer les cadavres. Ils vont nous envoyer une paire de Rude Riders chargés de déblayer l'Archer et le Roc. En échange, ils nous rendent la moto de Liam.

Silence leva la main et s'arracha quasiment les mots du gosier :

— Un coup de vice.

— Ouais, ouais. (Gomes s'empara du fusil appuyé contre le mur près de la porte ouverte et fit monter une balle dans la chambre.) Qu'ils les ramènent, leurs fraises.

— Vont balancer les macabs dans une décharge, fit

la Grue. Shaw n'a rien à glander de deux cadavres. C'est Silence qu'il veut... Et nous.

— La porte est grande ouverte, grogna Silence.

— Faut qu'on se tire d'ici, renchérit la Grue. Avale un peu de cette tisane de racines, et je vais appeler Bassman pour qu'il te transbahute chez Cassie.

Le vrombissement d'une moto dévalant la rue se fit entendre. La Grue éteignit la cuisinière d'une pichenette et sortit l'automatique de sa ceinture. Gomes brandissait l'Uzi d'une main et le fusil de l'autre :

— Où est ton 10 mm ?, demanda-t-il à Silence. Tu l'as laissé là-haut, hein ? Dommage pour toi. Si tu veux fumer Jack Shaw, c'était l'arme rêvée. Brûler un mec avec son propre calibre.

Gomes et la Grue s'enfoncèrent dans le garage, et Silence clopina sur leurs brisées. En passant devant Gomes, il agrippa le fusil.

— T'as pas l'air de tenir la grande forme, Gueule de Raie, nasilla Gomes d'un ton narquois. Pourquoi t'irais pas t'allonger un peu ?

D'une brusque torsion, Silence lui arracha l'arme des mains et alla s'asseoir sur le fauteuil rembourré installé près de la porte, le fusil sur les genoux. De l'endroit où il se tenait, il put voir surgir, dans la lumière cendreuse de l'aube, la camionnette cabossée qui avait servi au raid de la veille. La Knucklehead noir et chrome de Liam roulait derrière, montée par un Rude Rider vêtu d'un jean et d'un tee-shirt moulant.

Dès que la camionnette se fut arrêtée, les Street Gypsies la couchèrent en joue. Le Rude Rider qui s'était laissé tomber du siège du conducteur leva les mains en l'air, se dirigea vers l'arrière du véhicule et ouvrit les portières. Gomes s'aventura prudemment de quelques pas pour s'assurer qu'elle était bien vide, puis fit signe au type qui chevauchait la bécane de Liam de monter sur le trottoir.

À la vue de cette dernière, la Grue avait fait un pas en avant puis, ayant constaté qu'elle était en bon état, avait hoché la tête d'un air satisfait. Silence, s'attendant à du grabuge, ne cessait de balayer le véhicule du regard, de l'avant à l'arrière. Mais rien de tel ne se produisit. Les Rude Riders suivirent Gomes à l'intérieur de l'atelier, en ressortirent chargés du cadavre désarticulé de l'Archer, ballottant entre eux et exhalant une infecte puanteur d'égout, et le hissèrent à l'arrière de la fourgonnette. Gomes alla récupérer le second Uzi à l'étage et, brandissant dans chacune de ses mains un pistolet-mitrailleur, escorta les deux motards rébarbatifs jusqu'à ce qu'ils aient dégagé le corps du Roc.

La fourgonnette n'avait pas démarré que le téléphone sonnait. Gomes fonça vers le bureau et répondit. Silence décrocha le combiné fixé au mur près de son fauteuil et sentit son sang se fluidifier dans ses veines en entendant une sourde voix féminine demander :

— Silence est là ?

— Qui ça regarde ?, aboya Gomes.

— Billie !, fit Silence. Où es-tu ?

— Dans la fonderie. J'ai essayé de descendre Manny. C'est dans ce but que je t'ai quitté hier au soir. Mais je n'ai pas pu, Silence. Je n'ai pas pu faire ça.

— Tu vas bien ?, demanda-t-il en détournant les yeux pour ne plus avoir à affronter le regard fielleux de Gomes.

— J'allais l'abattre, Silence, reprit-elle d'une voix saccadée, vibrante de peur. Et je me serais supprimée après. Pour venger tous ces morts. Tous ces gens qui sont morts pour moi. Mais je n'ai pas pu. Je n'ai pas pu faire ça. Alors je me suis sauvée en courant. J'ai agrippé le portable de Manny et j'ai cavalé comme une perdue. Et maintenant je me cache ici. Mais ils me cherchent. Dan et Manny...

— J'arrive, déclara Silence en raccrochant.

Gomes le dévisageait ; ses yeux étaient deux dagues effilées :

— T'iras nulle part, tête de nœud.

Il braqua sur lui les deux Uzi.

Silence se hissa péniblement sur ses pieds, pointant son fusil devant lui.

— Hé ! hurla la Grue depuis le trottoir où il faisait encore le pet, guettant le moindre signe suspect, pendant que la fourgonnette rapetissait tout au bout de la rue. Reposez ces flingues ! Qu'est-ce qui se passe, ici ?

Silence avança d'un pas, la tête inclinée en avant et rentrée dans ses épaules, tel un buffle s'apprêtant à charger. Et les démons qui le ravageaient — nausée dévastatrice et douleurs lancinantes, parcourant ses nerfs comme autant de décharges électriques — marchaient à ses côtés, avides d'appuyer sur la détente. Mais il les jugula en plongeant ses yeux dans ceux de Gomes.

Gomes mourait d'envie de tirer mais, à la lueur de démence qui brillait dans le regard de Silence, il comprit qu'il leur faudrait mourir ensemble... Et une telle issue était totalement inadmissible.

L'instant d'après, Silence se dressait devant lui, juste sous son nez, et toute son attitude, de son regard à ses mâchoires verrouillées, criait au danger de mort. Le canon de son fusil jaillit en avant dans un geste d'une redoutable fluidité, vidant de tout leur air les deux poumons de Gomes. Ce dernier s'affaissa et Silence, laissant tomber son fusil, lui arracha des mains les deux pistolets-mitrailleurs. Il en balança un à la Grue à travers le garage, et enfonça l'autre sous son blouson.

Puis, alors que ses démons continuaient de mugir férocement à ses oreilles et que le houleux ressac de son sang lui chamboulait encore la cervelle, Silence bouscula la Grue et enfourcha la bécane de Liam. Il la démarra au kick, l'ébranla dans un grondement de tonnerre, négocia un virage sur les chapeaux de roue et faillit verser, déporté par sa brutale accélération. Il adressa à tous ses membres une prière fervente et désespérée et se propulsa dans la lumière de l'aube.

Sur la terrasse de l'immeuble d'en face, Jack Shaw et Slick Stanger sursautèrent, abasourdis, en voyant Silence émerger brusquement du garage et s'éloigner à fond les manettes. Ils avaient patiemment attendu que la Grue ait terminé de pousser la moto de Liam à l'intérieur du garage pour activer la charge de semtex qu'ils avaient préalablement disposée dans ses fontes. Slick tripota maladroitement les boutons de l'émetteur mais, le temps qu'il envoie le signal, la bécane avait déjà disparu hors de portée.

— Passe-moi ça !

Jack s'empara de l'émetteur et traversa la terrasse à grandes enjambées.

— Où vas-tu ?, l'appela Slick, en trottinant derrière lui.

— Faire sauter cet enfoiré, même si je dois le pourchasser à travers toute cette putain de ville.

Mais le temps de récupérer leur voiture garée sur l'arrière, il n'y avait plus personne à pourchasser. Gomes avait terminé de gerber, consécutivement au coup que lui avait asséné Silence et, ravalant sa douleur, l'avait concentrée et pétrie en un noyau de rage pure. Faisant fi des protestations de la Grue, il avait enfourché la moto que celui-ci venait de reconstruire et avait jailli aux trousses de Silence.

Jack et Slick redescendirent l'avenue dans la direction qu'avaient empruntée Silence et Gomes, puis entreprirent de quadriller le secteur en coupant au plus court aux carrefours. Slick avait bouclé sa ceinture de sécurité et se cramponnait d'une main au tableau de bord tout en s'efforçant, de l'autre, d'ouvrir la boîte à gants. Il en sortit le téléphone cellulaire et appela Manny pour le prévenir que Silence leur avait filé entre les doigts et roulait quelque part dans la nature, incontrôlable.

Au bout de quelque trois kilomètres dans l'autre direction, Silence piqua droit sur la fonderie. La haute tension du manque faisait crépiter son corps, rendant sa conduite branlante et, aussi fermement qu'il se cramponnât au guidon, il zigzaguait d'un bord à l'autre de la route. Celle-ci ondoyait sous ses yeux comme un ruban vaporeux. Et sa vision s'était émoussée : tous les contours étaient flous. Mais il tenait bon pour Billie. Une voiture qui arrivait droit sur lui klaxonna hystériquement et il braqua complètement à droite, le flanc gauche brusquement happé, magnétisé par la ruée impétueuse de la masse d'acier qui le frôlait, à quelques centimètres à peine.

Le vrombissement d'un autre moteur gagna du terrain et, tout soudain, Gomes lui apparut, flottant parallèlement à lui, tous ses traits ramassés en un rictus venimeux. Il percuta rudement la bécane de Liam et Silence faseya follement. Il évita de justesse une voiture en stationnement et, penché sur le côté, presque à toucher la chaussée, traversa la route en diagonale. Le cœur serré, il lutta pour redresser sa machine, mais la perte de son équilibre lui ôtait tout levier et, en dépit de tous ses efforts, il ne parvint qu'à braquer la titanesque masse d'acier droit sur un terrain vague. Il heurta le trottoir au passage, bascula cul par dessus tête et se retrouva en train de tournoyer à travers les airs. Une main de géant l'arracha à sa selle et l'envoya voler dans les ronces touffues. La moto poursuivit sur sa lancée et finit par s'arrêter, freinée par des roseaux friables, tandis que ses deux roues continuaient de tournoyer frénétiquement.

Gomes sauta de la bécane de la Grue, la laissa retomber sur le flanc sur la chaussée et se rua sur Silence. Sonné par sa culbute, Silence se redressa néanmoins à temps pour voir Gomes, debout, se pencher sur lui. Il leva les deux bras pour parer un coup, mais la féroce dégelée que lui infligeait l'autre finit par l'anéantir et il s'écrasa au sol, cependant que toute son énergie le désertait comme eau qui s'évapore.

Gomes tira l'Uzi de sous le blouson de Silence :

— T'es mort, trouduc, haleta-t-il en armant le pistolet-mitrailleur.

Silence riva ses yeux dans le zéro noir du canon et banda toutes ses forces pour se relever, mais ne parvint pas à bouger d'un iota.

Le pathétique spectacle d'impuissance que donnait l'homme qu'il tenait à sa botte refroidit la haine bouillante de Gomes. Il avait espéré un combat, une quelconque résistance, une lutte à mort. Mais Silence se contentait de rester allongé au sol, baignant dans son jus, vaincu d'avance, terrassé par sa propre et monstrueuse faiblesse. Gomes ressentit les premières atteintes d'une honte balbutiante, et il gifla Silence à deux reprises :

— Fais chier, cracha-t-il. T'es déjà mort.

Il reposa l'Uzi, planta furieusement ses doigts dans le gras du bras de Silence et retourna ce dernier sur le ventre. Il réussit, en s'acharnant frénétiquement sur son blouson, à en dépouiller les épaules de Silence et à le faire glisser le long de ses bras. Il retourna Silence sur le dos de la pointe de son pied et agita triomphalement le blouson devant ses yeux :

— Tu viens de perdre tes couleurs, sac à merde. Je te les confisque, parce que tu nous as trahis. (Il s'étrangla carrément de fureur, et cingla Silence de son blouson.) T'es plus un Gypsy, trouduc. Et si jamais je te revois, je te massacre pour de bon.

Il endossa le blouson, bien que ce dernier pendît lamentablement sur sa frêle carcasse. Il trouva les lunettes à verres miroirs dans l'une des poches et en chaussa son nez. Puis il entreprit de sataner férocement Silence, dans l'espoir de lui briser quelques côtes.

Silence gisait sur le sol, inerte, même si, à chaque nouveau coup, la douleur gagnait en intensité, le perforant de part en part. Il aurait voulu se lever pour l'amour de Billie, se lever ne serait-ce que pour sauver sa propre peau lacérée jusqu'aux os, mais l'épuisement le clouait au sol, aussi pesant qu'une masse de fonte. Le plus angoissant de ses soucis, pour le moment, ce n'était ni la sauvage raclée qui lui était administrée, ni même la bouillante fureur, dirigée contre Gomes, qui couvait en lui, mais la terreur de ce qui pourrait arriver à Billie. Elle avait besoin de lui. Elle était revenue et l'avait appelé. Mais il n'était là pour personne. Ne restait plus de lui que sa cosse vide, et la douleur qu'elle hébergeait.

Du toit de la fonderie, Billie observait la scène. Les silhouettes étaient certes minuscules, mais elle avait malgré tout reconnu le profil taillé à coups de serpe de Silence, assisté à son accident et à la correction que lui avait infligée Gomes, trop éloignée pour l'encourager, serait-ce de la voix. Elle avait vu, terrifiée et en proie au plus profond désarroi, Gomes le dépouiller de son blouson, le bourrer de coups de pied et le laisser sur le carreau, immobile. Elle rivait sur lui des yeux paniqués et, périlleusement penchée par-dessus la rambarde, priait Dieu qu'il remue, qu'il fasse un geste. Aveuglée de douleur, elle s'empara de ses mains tremblantes du téléphone cellulaire qu'elle avait posé sur la balustrade et s'apprêtait à composer le 911 quand il lui glissa des mains. Éperdue, elle le regarda plonger vertigineusement vers le trottoir.

Elle sentit poindre en elle un cri futile et, reportant vivement son regard sur le paysage matinal, vit Gomes redresser la moto de Liam, la pousser sur la chaussée et l'enfourcher. Au désespoir, elle le regarda slalomer entre les quelques pâtés de maisons rasées au bulldozer, puis se ranger le long d'un bus.

Ce qu'en revanche Billie ne pouvait voir, c'est qu'Andrea était assise dans ce bus, le visage détourné pour le dérober au regard des ouvriers qui la reluquaient. La lumière matutinale qui s'engouffrait entre les immeubles apaisait le pressentiment d'un malheur inéluctable qu'elle avait senti poindre en elle juste après avoir quitté la boutique de Madame Z. Depuis l'époque du collège, elle avait toujours eu un petit ami. À présent qu'elle se retrouvait seule pour la toute première fois, elle doutait d'elle-même. Jusqu'à la légitime fierté que lui inspiraient ses talents de comptable qui se rétractait à la perspective d'entretiens professionnels. Peut-être était-ce simplement la fatigue et le contrecoup de ses terreurs de la nuit passée, mais le désir irrépressible de rentrer chez elle l'avait brusquement submergée alors qu'elle était assise dans un café, à l'heure où l'aube commençait d'ensanglanter le ciel. Et maintenant que le soleil faisait scintiller les vitres de l'usine, sa décision de rentrer au bercail lui semblait totalement justifiée.

À l'instant précis où cette pensée lui traversait l'esprit, Bobby, tel le génie de la lampe, vint se ranger le long du bus, chevauchant la moto de Liam, vêtu du blouson de Silence et portant ses lunettes de soleil. Stupéfaite, elle agita la main pour attirer son attention. Il releva les yeux et un sourire nerveux éclaira son visage. Elle descendit à l'arrêt suivant et il monta sur le trottoir à sa rencontre.

— Hé, qu'est-ce que t'as fait à tes cheveux ?, demanda-t-il en faisant rugir le moteur.

— J'avais envie de changer un peu de look après la nuit d'hier, répondit-elle en mettant sa main derrière son dos pour qu'il ne s'aperçoive pas de l'absence de sa bague. T'aimes ?

— Ouais... Ça fait très chic. Chouettes frusques, aussi.

— Comment ça se fait, la moto et les couleurs de Silence ?

— C'est classe avec les frères Hellas, répliqua-t-il laconiquement. Ils nous ont rendu la moto de Liam pour marquer le coup. Mais ce fumier de Silence a essayé de tout faire foirer. Billie l'a appelé et il est parti la chercher. Du coup... (Il tira sur un pan du blouson.) ...je l'ai désossé et dépouillé. C'est plus un Gypsy. Et si jamais je le revois, je le crève.

Andrea encaissa placidement la nouvelle, mais elle se sentit attristée. Elle aurait aimé revoir Silence, maintenant que la guerre avec l'Organisation était finie, pour l'aider, peut-être, à surmonter le chagrin de la perte de Billie. L'idée séduisante de partir à sa recherche la tourneboula, et elle fit un pas en arrière.

— Monte, la pressa Gomes. Il ne s'était pas attendu à la revoir après ce qui s'était passé la veille et fût-elle réapparue à un autre moment qu'il l'aurait peut-être envoyée balader. Mais la correction qu'il avait infligée à Silence lui avait tourné la tête, l'emplissant d'une exubérante allégresse. Et à la voir ainsi pomponnée, si désireuse de ressembler à Billie, il la prit plus ou moins en pitié :

— Je te ramène à la maison.

Andrea hésita, détourna les yeux et considéra l'avenue ensoleillée qui conduisait ailleurs. Mais cet ailleurs-là était bien éloigné, tandis qu'elle avait Bobby sous la main. Elle haussa les épaules, puis monta en croupe de la moto, après avoir pris la décision de commencer par mettre bon ordre dans ses affaires avant de s'embarquer pour une aventure en solitaire.

Mais ce n'est que lorsque la moto eut démarré en vrombissant qu'elle comprit son erreur et prit la mesure de la solitude qui l'attendait, découlant directement de cette décision : jamais Bobby ne serait amoureux d'elle et, tant qu'elle resterait avec lui, elle ne serait jamais que sa régulière. L'accablement resserra sur elle son emprise, et elle releva les yeux vers les hauts cirrus qui, surgissant de nulle part, s'écoulaient dans le bleu du ciel et comprit qu'elle allait devoir s'abandonner au vent. Se laisser emporter par lui si elle voulait réellement s'enfuir.

De son point de vue sur la terrasse, Billie avait vu se déverser du bus plusieurs ouvriers et une longue fille aux cheveux flamboyants. Au déhanchement qu'elle affecta en se dirigeant vers Gomes, Billie la reconnut immédiatement pour ce qu'elle était : Andrea, réapparue avec les cheveux teints dans sa propre nuance de roux. Billie sentit une espèce de moiteur imprégner la moelle même de ses os lorsque Andrea s'éloigna sur la moto de Gomes et disparut entre les entrepôts.

Elle reporta son attention sur la petite silhouette de Silence, vautrée comme un tas d'immondices au milieu des broussailles drues. Il n'avait toujours pas donné signe de vie et elle ne put se contenir plus longtemps. Elle abaissa l'échelle en spirale et redescendit au cœur de la fonderie, bien décidée à aller le retrouver. Progressant aussi rapidement que la chose lui était possible sans faire résonner la passerelle, elle traversa la fonderie sur toute sa longueur jusqu'à l'escalier métallique aux marches en caillebotis, et était déjà arrivée à mi-hauteur de celui-ci lorsque Manny lui apparut, s'encadrant dans le rectangle aveuglant de la porte.

Il était planté là, les mains sur les hanches, inspectant des yeux l'intérieur de la fonderie. Dan Meade apparut à son tour juste derrière son dos :

— T'as trouvé ton téléphone ?, interrogea Manny.

— Ouais. Il était dans le coffre. Écoute, Manny, on ferait mieux de se barrer d'ici. Elle a dû appeler les flics, à l'heure qu'il est.

— Et quand bien même ? On n'a enfreint aucune loi. (Il fit un pas à l'intérieur du lugubre bâtiment et ses yeux se posèrent pile sur l'endroit où Billie se pelotonnait, le long de l'escalier, comme s'il la pouvait la voir.) Elle pourrait être n'importe où, maintenant. Appelle-moi Slick au téléphone.

Billie se recroquevilla encore plus, cherchant à se faire toute petite, s'efforça de respirer plus posément, puis ferma obstinément les yeux et se persuada qu'elle n'était qu'une flaque de ténèbres.

Jack Shaw et Slick Stanger avait pratiquement parcouru tout le périmètre du secteur et, au terme d'un long circuit erratique, s'apprêtaient à faire demi-tour sur l'avenue qui conduisait à l'atelier de la Grue lorsqu'ils aperçurent un motard, juste devant eux, à une distance de quelques pâtés de maisons. Jack accélérant aussitôt, Slick se pencha légèrement en avant et reconnut la découpe classique de la bécane noir et chrome de Liam. Il nota qu'elle portait deux personnes. En se crevant les yeux au maximum, il put constater que la cavalière qui montait la moto en croupe avait des cheveux roux qui flottaient au vent comme une bannière.

— C'est Billie, dit Jack. Silence l'a retrouvée.

Il s'empara de l'émetteur radio posé sur le tableau de bord, le braqua à travers le pare-brise et appuya sur le bouton.

Balpeau.

Ce que voyant, il le fit passer dans son autre main et le sortit par la vitre ouverte. Le bouton qui déclenchait le signal cliqueta, sans autre résultat.

— Ils sont trop loin, dit Slick.

Jack écrasa la chanterelle au plancher, et la voiture fit un bond en avant.

— Non !, ordonna Slick. On va foncer pile dans l'explosion !

Jack sursauta et faillit lâcher l'émetteur. Il ralentit en catastrophe.

— Décompresse, lui enjoignit Slick. S'ils nous repèrent, on ne pourra jamais les rattraper. Décélère et laisse-leur du mou. Ils retournent à l'atelier.

Ils continuèrent de filer la bécane de Liam le long de l'avenue en maintenant entre les deux véhicules une distance prudente. Lorsque l'atelier de la Grue apparut dans leur champ de vision, la motocyclette remontait déjà l'allée et entrait dans le garage. La Grue, poussant devant lui la bécane de Frail, déboucha à son tour sur le devant après avoir contourné l'atelier. Il l'abandonna sur le trottoir en appui sur sa béquille, inspecta l'avenue de haut en bas d'un œil méfiant, puis entra.

— Parfait, Jack, ordonna Slick. Vas-y, maintenant. Appuie.

Jack braqua l'émetteur sur l'atelier et pressa le bouton du détonateur avec un sourire rapace.

Une nuée ardente jaillit par la porte du garage et fit voler les vitres en éclats. Un dixième de seconde plus tard, les barils d'essence explosaient et des flammes écumantes surgissaient du toit. Dans un rugissement qui fissura le béton, la conduite de gaz principale s'enflamma et l'atelier et la maison contiguë s'évanouirent en une boule de feu, qui enfla démesurément, traversa la rue et échauda la paroi de brique de l'immeuble d'en face. Des débris embrasés décrivaient des paraboles dans le ciel, laissant dans leur sillage des traînées de vapeur fuligineuse, tandis qu'une noire et bouillonnante colonne de fumée montait vers le firmament.

Des décombres s'abattirent en pluie sur la voiture, craquelèrent le pare-brise et cabossèrent le toit, secouant durement Jack et Slick et les projetant au sol. Jack passa la marche arrière en laissant échapper un glapissement étranglé et recula en chassant sur un demi-pâté de maisons avant de consentir à s'arrêter. Puis il jeta un coup d'œil sur Slick, et le vieux renard lui adressa du sol un égrillard sourire de troll :

— Tu peux annoncer à Manny que le boulot est fait.

Billie, avant même d'entendre l'explosion, sentit vibrer l'escalier où elle se pelotonnait et vit brinquebaler les chaînes et les câbles qui pendaient aux échafaudages. Manny s'était recroquevillé de trouille juste sous ses pieds, et Dan avait laissé tomber son téléphone avant d'avoir pu terminer de composer son numéro.

— Un putain de séisme..., hurla Dan.

Puis ça s'arrêta. Complètement.

Mais Manny était déjà à mi-chemin de la porte, et Dan repêcha son téléphone et se rua à ses trousses.

Billie, non moins terrifiée qu'eux, dégringola l'escalier quatre à quatre et courut se réfugier dans les toilettes. Là, plaquée contre le mur près de la fenêtre protégée par un treillis métallique, elle entendit sonner le téléphone de Dan et écouta ce dernier répéter à Manny le compte rendu de l'affaire que lui donnait Jack Shaw.

— Silence devait attendre Billie, supputa Dan. À moins qu'elle ne l'ait appelé par ton téléphone. C'est pour ça qu'on n'a pas pu la retrouver : il l'avait déjà embarquée sur sa moto. Jack dit qu'il leur a filé le train jusqu'à l'atelier, sur six putains de blocs. Sans qu'ils s'en rendent compte.

— Demande à Slick ce qu'il a bien pu mettre dans son engin, bordel, fit Manny.

— On l'a senti jusqu'ici, laissa tomber Dan au téléphone. C'était quoi, putain de moine ?

Billie jeta un œil par une fente de la fenêtre et vit Dan regarder Manny de ses yeux luisants de bouc satanique.

— La conduite de gaz a explosé, bordel ! Express pour l'enfer !

— Hé, efface ce sourire de ta gueule de mangemerde, s'il te plaît, l'admonesta Manny en feignant la colère. Tu parles à un veuf, là. Un peu de considération, pour l'amour de Dieu.

Le cœur de Billie se dilata de terreur et d'émerveillement lorsqu'elle se rendit compte qu'il les croyait morts tous les deux, Silence et elle. Elle les regarda se congratuler mutuellement et s'administrer de grandes claques dans le dos, puis songea à Andrea et à Gomes, et à tous ceux qui s'étaient trouvés dans le bâtiment. Un ardent émoi lui piqua les yeux, et des larmes vinrent brûler ses joues.

Dès que la voiture de Manny se fut éloignée, elle sortit en courant de la fonderie, éperonnée par la peur, épuisant ses dernières réserves d'énergie pour atteindre le carré d'herbe où Silence, les yeux fermés, gisait sur le dos. Elle s'accroupit au-dessus de lui, haletante, et le contact de sa peau, aussi froide que celle d'un poisson, la stupéfia. Elle plaqua ses doigts sur sa jugulaire, suffoquant à demi et ravalant ses sanglots, et sentit battre un faible pouls. Son cri se figea comme un caillot dans sa gorge et elle se mit à le secouer.

— Silence !

Voyant qu'il ne réagissait pas, elle souleva l'une de ses paupières, aperçut une pupille dilatée et posa l'oreille sur ses lèvres, paniquée, cherchant vainement son souffle tout en s'efforçant de se remémorer les cours de secourisme qu'on lui avait donnés à l'orphelinat. Elle perçut le râle d'une inspiration, fouilla des yeux les alentours en quête de quelqu'un qui pourrait l'aider et ne vit que les vétustes bâtisses de brique qui se dressaient devant elle, derrière leurs palissades grillagées. Puis elle se souvint du téléphone qu'elle avait laissé tomber et s'interrogea, se demandant s'il fonctionnait encore et si elle ne devrait pas foncer là-bas pour le récupérer.

— Billie, murmura Silence en reprenant conscience, la gorge nouée d'un épais garrot de douleur, pour l'apercevoir, penchée sur lui, sa chevelure rouge gainée d'une aura de lumière matutinale.

Bassman avait tressé ses cheveux longs en une lourde natte et les avait enfoncés dans son col de chemise pour interdire à quiconque de les agripper dans une bagarre. Il termina d'enfiler ses bottes et se redressa, au beau milieu d'une nuée d'oiseaux multicolores suspendus au plafond.

— N'y retourne pas, l'avertit Cassie en passant la tête entre les franges du rideau de perles qui masquait la porte arrière de son salon. Tu n'as plus rien à faire là-bas, Pete.

— Les Street Gypsies sont là-bas, dit-il. J'aurais dû y retourner hier au soir. Je ne suis resté ici que pour toi, parce que l'Organisation connaît l'existence de cet endroit. Mais maintenant, je dois y aller. Tu ne risques plus rien. Ils nous seraient déjà tombés dessus.

Le tonnerre gronda.

— Qu'est-ce que c'était que ça ?, demanda Bassman en passant devant la table laquée de rouge qui portait la boule de cristal pour aller jeter un œil par la fenêtre. Y a pas le moindre nuage.

Un coulis d'air glacé hérissa la nuque de Cassie :

— Ils sont morts, marmonna-t-elle. Les Street Gypsies sont morts. Reste ici avec moi.

— Me balance pas ces conneries de vaudou dans les gencives, grogna Bassman en sortant par la porte de devant dans un bruit de carillon. Je dois veiller au grain.

Cassie, respirant à peine, resta plantée de longues minutes au milieu des perles à contempler à travers le cristal les ombres mouvantes des oiseaux silencieux, tournoyant au gré de la brise qui était entrée dans la pièce lorsque Bassman était sorti. La lumière tapie dans le verre paraissait froide et inhospitalière, et elle crut y distinguer l'ardent rictus d'une tête de mort.

À seize kilomètres environ de la ville, au bout d'un sentier de gravier longeant la berge d'un ruisseau au lit encombré de canettes de bière vides, Billie trouva l'argent que la Grue avait planqué dans les fontes de sa motocyclette. La somme incluait les dix-neuf mille dollars en liquide qu'elle avait tirés avec les cartes de crédit de Manny, plusieurs milliers de dollars appartenant à Silence et tout l'argent de la Grue.

Elle referma le sac et alla annoncer la nouvelle à Silence, qui reposait sur le dos dans une flaque de soleil et, les yeux levés vers le ciel, regardait défiler les nuages d'été entre les pins de guingois. Il était plongé dans leur contemplation, et ils emportaient avec eux les grincements d'ongles sur le fer-blanc, les nids de serpents grouillants et les pattes acérées d'insectes qui l'avaient tant torturé. Certes, ses frissons n'en continuaient pas moins de l'assaillir par vagues successives. Mais il les avait endurés, avait enrayé les tremblements convulsifs qui les accompagnaient, assez longtemps en tout cas pour les conduire jusqu'ici, Billie et lui. C'est en fouillant les fontes, à la recherche d'une couverture pour le réchauffer, que Billie avait découvert le magot.

— On dirait qu'on a gagné nos billets d'avion pour

Tombouctou, dit-elle en s'allongeant à côté de lui pour le réchauffer de son corps.

Il l'enveloppa de son étreinte et elle respira l'odeur calcinée des toxines qui suintaient de son corps, et lui annonça sa trouvaille. Mais il ne parut pas l'entendre. Et lorsqu'il la fixa de ses pupilles dilatées, ce fut pour regarder au fond de son cœur, vérifier qu'elle allait bien.

Elle sourit et frotta son museau contre sa chemise imbibée de sueur, pour le rassurer, le persuader qu'il pouvait continuer d'endurer son supplice et traverser la grande épreuve du manque en sachant qu'il n'était pas seul. Qu'elle serait encore là quand ça prendrait fin.

POST-SCRIPTUM

Il y a de ça vingt ans, lorsque j'étais encore accroché à l'héroïne et membre d'un gang des rues, la lecture était la seule évasion que m'autorisaient les insatiables exigences de mon existence criminelle. Mon livre préféré était l'*Iliade*, dans la traduction de Richmond Lattimore. J'admirais chez le poète homérique son obsession, jusque dans les plus sanglantes querelles, de la gloire et de l'honneur. Cette même hantise semblait prévaloir parmi mes camarades, motards hors-la-loi et membres du gang — mais sur un mode inversé, cruellement ironique : là où les héros de la Guerre de Troie combattaient brutalement pour une gloire immortelle, qui leur vaudrait de passer à la postérité dans les chants du poète, les combattants des rues de ma connaissance s'entre-déchiraient pour le seul profit immédiat, et leur seule réputation présente. *Le biker de Troie* est une tentative personnelle de raconter l'histoire de la Guerre de Troie en termes contemporains, de la couler dans le moule des valeurs postmodernes, où la gloire est réduite à la pure cupidité, l'honneur mutilé et réduit au respect, et l'*areté*, cette excellence du caractère et des talents qu'incarnaient les héros grecs, contractée en un simple et prosaïque VAG : Veiller Au Grain. À l'instar de la Guerre de Troie, *Le biker de Troie* est aussi une histoire d'amants tragiques, dont la passion inspire les plus terribles violences. Mais, contrairement aux versions médiévales, ou antérieures, de la Guerre de Troie — de l'*Iliade* d'Homère au *Roman de Troie* de Benoît — chansons de geste fréquemment romantiques, *Le biker de Troie* partage le cynisme de notre époque. Ici, les Grecs sont la Mafia et les Troyens un gang de motards. *Le biker de Troie* emprunte son premier mot — « la colère » — à l'*Iliade*, et s'ouvre sur des hostilités. Mais, comme les œuvres classiques qui l'ont inspiré, ce roman traite du mouvement des passions. Son sujet est la Vertu.

Robert S. Henderson
Palolo Valley, O'ahu, 1992

OUVRAGES D'A. A. ATTANASIO

LE DRAGON DES SEPT MERS, Presses de la Cité, 1989
L'ARC DU RÊVE, Laffont, 1987 (réédition LGF, 1993)
RADIX, Laffont (réédition LGF, 1987)

Composition Nord Compo, Lille.
Reproduit et achevé d'imprimer sur Roto-Page
par l'Imprimerie Floch à Mayenne
le 23 septembre 1999.
Dépôt légal : septembre 1999.
Numéro d'imprimeur : 47041.
ISBN 2-07-049780-1 / Imprimé en France.

83333